ヤーン・エクストレム/著
瑞木さやこ/訳

ウナギの罠

Ålkistan

扶桑社ミステリー
1677

ÅLKISTAN
by Jan Ekström
1967

ウナギの罠

登場人物

ブルーノ・フレドネル　ボーラリード（スウェーデン南部のイエンシェーピン県ジスラヴェード市内の集落）に住む大地主。ボーラリードの農場、広大な土地や森を所有。さらに、ニッサフォシュ集落を流れるニッサン川に築かれた堰堤（えんてい）に、ウナギの罠（オールシスタン）を所有

ロアンナ・ルンディーン　フレドネルの隣人。独身

ロヴィーサ・ルンディーン　姉のロアンナと同居。独身

エイヴォル・ルンディーン　ルンディーン姉妹の姪。父母は死去

ラーシュ・マグヌソン　エコノミスト。ストックホルムに在住。通称「ラッセ」

マグヌス・マグヌソン　ラーシュの弟。母とともに、ボーラリードにあるフレドネル所有の農場を借り受けて暮らす

イーダ・マグヌソン　マグヌソン兄弟の母

ホルゲル・スヴェンソン　イーダ・マグヌソンのもとで働く使用人

アグネータ　イーダ・マグヌソンのもとで働く使用人

ローランド・ロースルンド　ボーラリードに住む園芸農家

ヴィクトリア・ロースルンド　ローランドの妻

シャネット・ロースルンド　ロースルンド家の娘。小学校の教師
イヴォンヌ・ロースルンド　ロースルンド家の娘。ジスラヴェード市で一家が経営する生花店の店員
シャック・ロースルンド　ロースルンド家の息子、父の園芸農場を手伝う
エーミル・ベックマン　ニッサフォシュ水力発電所の監視員兼整備士
ウッラ・ベックマン　エーミルの妻
セーレン・レーテ　陸水学の修士。ボーラリードのシュルク湖で研究を行なう。兄のカールと同居
カール・レーテ　ボーラリードの牧師補
ヨハンソン　〈ヨハンソン・スーパーマーケット〉のオーナー
パール・バルデル　警部補
メランデル　ジスラヴェード警察署長（元地方検事）
バーティル・ドゥレル　警部
その他、医師、鑑識官、警察官の面々、ヘストラのホテル従業員、トラーネモーからやってきたミュージシャン、エステル、バールブロー・ヘルグレーンとその他の人々、子猫、乳牛、ブタ、ニワトリ、雄牛のルビーンなど、そしてなにより、一匹のウナギ。

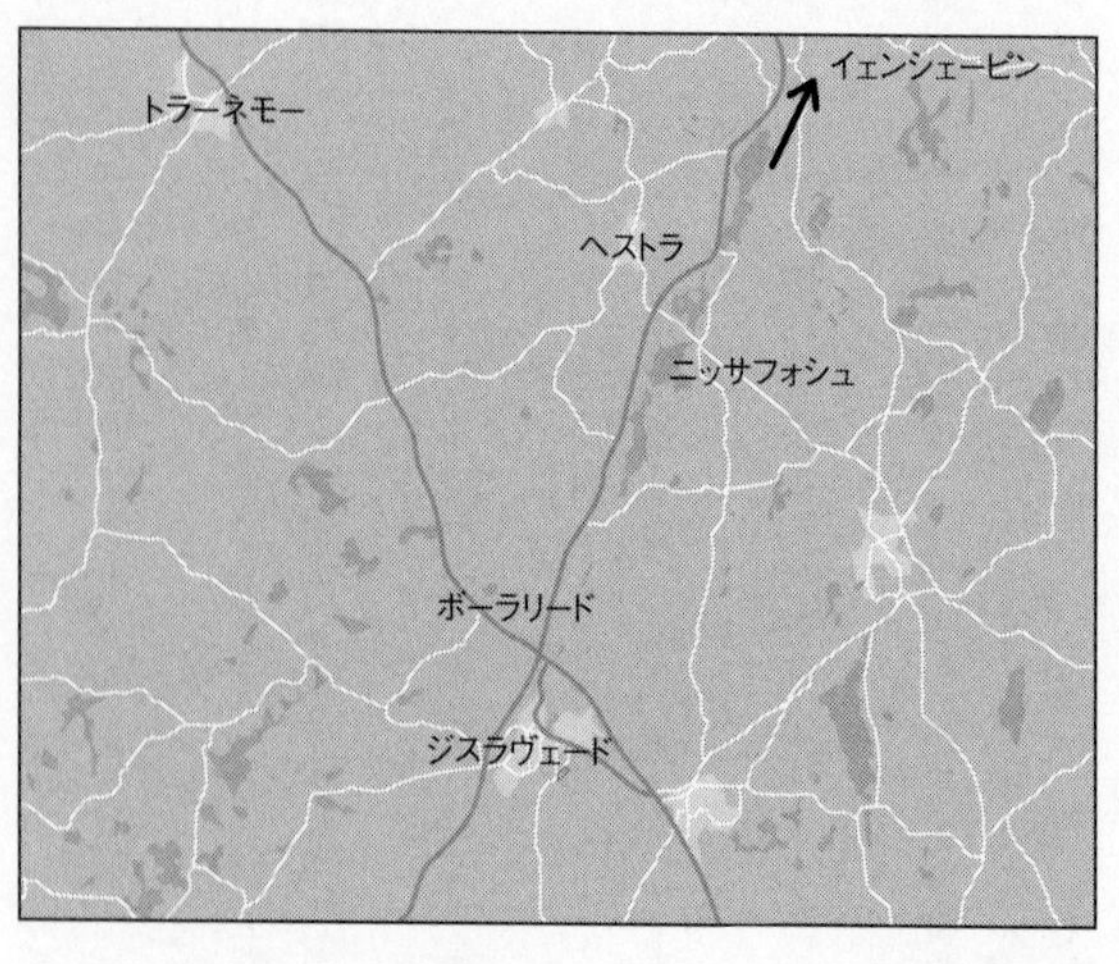
トラーネモー
イェンシェーピン
ヘストラ
ニッサフォシュ
ボーラリード
ジスラヴェード

1

湖水に足を踏み入れると、ゴム長靴を通して秋の冷たさが沁みた。ラッセは、延縄を収めた道具箱を弟のマグヌスに手渡した。マグヌスは小舟の中央に立っている。箱を受け取ると、彼は船尾へ向かって一歩踏み出し、後方の座席にそれを置いた。身に着けた分厚い灰色のセーターは彼の首元をしっかりと覆い、うなじの髪がその襟首に垂れ下がる。

「じゃあ、行くか」と、マグヌスが言った。「葦の群生に沿って縄を下ろしていく。葦が途切れるあたりからだ」

小舟は舟底を浅瀬にこすりながら岸を離れた。ラッセは舳先から伸びた鎖をじゃらじゃらと舟底に下ろし、同時に縁をまたいで舟に乗りこむと、操舵席に座った。年月を経てつやを帯びた木材の板に腰をかけ、櫂を握り、灰褐色の湖面の上に薄い翼のように広げる。後方に向かって櫂を何度か突き立てると、舟は深さのじゅうぶんな湖面まで後ろ向きに滑りでた。舟を転回させ、帯状に広がる葦の群生を舳先で切り拓くようにして進む。葦は岸辺の岩々から十数メートルのあたりに密生していた。生い茂った葦の叢(くさむら)を切り開いてゆくその光景は、彼の中にある記憶と寸分もちがわない。櫂を後方にやるときの、引きずるように長く軋(きし)む音。まるでざらついた木の板に、ゆっくりと紙やすりをかけるようだ。茎の折れる乾いた音とともに櫂は着水し、向きを変え、なぎ倒された葦を引きちぎっていく。水が舳先を叩き、後方へと流れゆく音が耳に心地よい。櫂の先からしたたり落ちる水の音、櫂掛けから響くぎいぎいと不満げに軋む音。一瞬、自分は、ほんとうは家を離れたことなど一度もないのではないかと思えた。七回漕げば、この葦の群生を通り抜け、広い湖面に出る。この小舟がカヌーのように、急に軽く感じられるポイントまで、七回。すると、通り過ぎた葦の群生が反動で立ち上がり、船尾を叩き返し、その細い葉から水滴がはじけ飛ぶ。茎の折れた葦は、そのまま永遠に湖面をたゆたう。舟は背後にくっきりと船跡を描きながら進む。白い波が左右に踊り、櫂を抜いたあとの水面に生まれる無数の渦に吸いこまれる。周囲の湖水とは異なる、つややかな灰色の、まるで固形の錫を思わせる色調を帯び、何時間もそこに漂いつづける。彼は舟を漕ぐ右腕に力をこめた。舟は向きを変え、目的の方角へまっすぐに舳先を向けた。マグヌスはバケツを手にし、夜のうちに舟底にたまった雨水を何度かすくって捨てた。バケツを座席の下に蹴り入れて前屈みになり、兄に向かって話しかける。

「めったにお目にかかれない姿だな。兄貴がそこに座って、櫂を握ってるなんてさ。ああ、そういや、最後に延縄を仕掛けたのはいつだったかな——兄貴が家を出てから一度もないんじゃないかな。まあ、ウナギが目当てなら、ほかの場所へ行くことだ。この湖にはもう魚なんて一匹もいなくなっちまったんだから」

「ここに魚なんて、いたことがあったか？」

そう言うと、ラッセは軽く笑った。マグヌスは数秒のあいだ兄を静かに見つめたあと、にっと歯を見せて笑った。マグヌスはここ五年のあいだに大人になった。前に会ったときには、まだいかにも年下の弟といった風情で、幼く、気弱そうだった。いまや、ごつごつとしたその手、険のある顔、冷たい目を見ていると、彼がなぜだか見知らぬ人物のように感じる。殻に覆われ、別の人格を宿しているかのようだ。その違和感は、彼が笑ったときにも消えることはなく、むしろ反対に強くなった。ラッセは急に心許なくなり、やや声を張り上げるように言った。

「おれも、もうすこし頻繁に帰って来るべきだよな。おまえたちの暮らしぶりを見にさ。釣りをしたり。なにも釣れなかったとしても。ノウサギを一発しとめて——ただ、帰りたいと思っても、なかなかそうもいかなくてな」

「帰りたい？　ここいらなんてクソしかないのに」

マグヌスはまたすこし笑い、両頰を吸って水面につばを吐いた。

「おふくろは半分呆けてるし。おれと会ったってたいして楽しくはないだろう」

弟は目をぎゅっと細め、湖に覆い被さる修道女の破れたヴェールのような、灰色にかすむ空気の向こうをすかし見た。そして深く息をつく。

「ああ」と彼は言った。「ここにあるものはぜんぶクソだ。兄貴が家を出たのは正解だったよ。残ったおれたちも、なんとなく鼻が高いしな。よくみんなに聞かれるんだ。『ところで、エコノミストの兄さんはどうしてる？』って」

マグヌスは彼らの声真似をして言った。大げさなスモーランド訛りには敵意がこもっている。それからゆっくりと背を伸ばしてつづけた。「そうしたら、こう答えてやるんだ。『そうだなあ。ずいぶん調子がいいみたいだよ。あんまり調子がよすぎて最近じゃおれたちのことなんて忘れちまったみたいだ。三年前のクリスマスに手紙が一通届いたきりさ……』」

ラッセは歯を食いしばり、櫂の先を水中深くに沈め、ぐいっと一気に漕ぎ寄せた――できる限りの力をこめて。マグヌスがつづける。

「だが、ボートの漕ぎ方は忘れちゃいないようだ」

「おまえたちがおれに手紙をよこしたのだって、昨日やそこらじゃないだろう。もうこの辺でよければ、延縄を仕掛けよう」

「いや、もうすこし先だ。それに、仮におれたちが手紙を書かないとして、それは兄貴がおれたちの綴りの間違いをぜんぶ直さなくてもいいように気を遣ってのことだ。なあ、ラッセ――洒落た男になったよなあ。こちとら毎日肥やしに手をつっこんでさ。公民館でダンスパーティーと来た日には、爪に挟まった糞をほじくり出して、きれいに取れりゃあ御の字ってもんだ。ほら、見ろよ……」マグヌスは指を広げて両手を突き出し、前屈みになってできるだけ兄に近づけた。「見ろよ、ミミズを釣り針に刺しつづけるとこういう手になる。兄貴も覚えてるだろ、だから生き餌をつけるのはおれの役目ってわけなんだ」

彼は両手を戻すと舟の縁に覆い被さり、湖水に両手を入れて洗った。ラッセが言う。

「なあ、マグヌス――気に入らないな」

「気に入らない？　気に入らないって、なにがだよ」

「おまえのおしゃべりだよ。帰省して初日だってのに」

「へへへ。初日ね」

弟は両手を水から出した。手は冷たさで白くなっていた――最初に手のひらを、それから手の甲を太ももに打ちつけて手を乾かそうとする。ジーンズに黒いシミができる。彼は歯ぎしりをするように言った。

「おれが気に入らないことはなにか、教えてやろうか、兄貴。この延縄漁さ。ぬるぬるしたミミズを釣り針に刺しつづけることさ――延々と百匹も――それから湖に漕ぎ出て、びしょ濡れになりながら延縄をぜんぶ湖底に沈める。そして次の日の早朝にまた水中から引っ張り出す、仕掛けた釣り針の一本一本をな。そこには一匹や二匹のちんけなバスがひっかかっている以外、なにもありゃしない。そして釣り針から餌を引き抜いて、また誰かさんから延縄漁の依頼がくるまで準備を整えておく。反吐が出るぜ」

ラッセは舟を漕ぐ手を止め、肘を櫂の上に休ませたまま、眉間にしわを寄せて弟を見つめた。

「さっきはおまえ……」

「……最後に延縄漁をやってからずいぶん経つ、そう言った。こういうのを皮肉って言うんだぜ。実際は、この秋だけでもう十回目になる。兄貴以外のやつらが、延縄漁を仕掛けてほしいと頼んでくるんだ――とんだ楽観主義者どもが」

そして彼は一瞬口を閉じた。「いや、そうとも言えないか……」

「もうちょっと具体的に言ってくれよ」

「ああ。フレドネルのやつだ。大地主の」マグヌスは口を突き出して不満げに言った。

「――大地主。おふくろが、旦那さま、と呼ぶ声を聞いてみろ。まるで主にすがるような口調でさ。その地主さまが釣り好きでな。――マグヌス、今日の夜までに、延縄を仕掛けておいてくれないか、天気もちょうどよくなりそうだ……それは、質問やお願いじゃない——ちがうね。命令だよ。あいつはいつも杖を持ち歩いていて、自分のブーツをぴしりと叩くのさ。このクソガキが、六時までに延縄に餌をつけなきゃ悪魔に食らわせるぞ——ああ、もちろん、口に出してそう言うわけじゃないが、そう聞こえる——そしたらおふくろが——マグヌス、ほら旦那さまがおっしゃってるよ——ミミズなら箱に入れておいたから、夕べ母さんが外に出て集めておいたのよ、旦那さまがきっと釣りをなさると思ったから……」

彼は押し黙り、もう一度、遠くの水面につばを吐いた。つばは泡になって水面に浮かんだ。それから彼は笑い声を上げて言った。「さあ、漕いでくれ。すこし円を描くように回ってくれれば、おれが延縄を仕掛けていく。葦の葉先に気をつけて……」

道具箱の片面を開くと四角い浮きが転がり出た。マグヌスは慣れた手つきで舟底から細長い石を拾い上げ、幹縄にしっかりとくくりつけて重石にし、舟の縁から水の中へ釣り糸を沈めた。ラッセが舟を漕ぎはじめる。マグヌスは幹縄から枝分かれする釣り針のついた枝縄をほぐし、一本一本、水に沈めていった。ときどき背をかがめて石を拾い、幹縄にくくりつける。糸を引っ張ると、延縄は水中から姿を現し、したたる水が真珠のネックレスのようにきらきらと輝いた。彼は話しつづける。

「おふくろはフレドネルを怖がっている。死ぬほどびびってるよ。厄介払いを恐れているんだ。農場を取り上げられるんじゃないかって。借地料をもう二年も滞納している

くなく払えなく支金を賃金を

からな。おれや、貧しい使用人のホルゲルやアグネータたちにも、賃金を支払えなくなるんじゃないかと心配してる。おれ自身はあんな土地、とっととあいつに返してやりたいよ――おれはひとりでもなんとかやっていける。だがおふくろは無理だ。おふくろはどこか別の土地へ移って食い扶持を稼ぐためにお針子をやったり、掃除のおばさんになったり、とにかくそういうことはできないんだ。まあ、この国で飢え死にする人間なんていないけどな。おっと、そこに結び目ができている……」

彼は幹縄につけた重石を引っ張った。釣り糸が両手のひらに深く食いこむ。「おふくろがいちばん恐れているのは、よそさまにお家の事情を知られることだ。気位の高いおふくろだからな――見栄っ張りでさ。まあ薬で気分をごまかせるうちはなんとかなるだろう」

彼はまた笑い声を上げた。舟が進むにつれて幹縄は伸び、釣り針を下げた枝縄が一本、一本、水中に沈んでいく。ラッセが尋ねる。

「薬？」

「そうだよ。毎晩、薬で眠ってる。一錠飲むたび、皮膚に弾を打ちこむようなもんだ。あーあ――兄貴が知らないことなんて山ほどある。渦中にいなくて済むならそうなって当然だ。大地主さまが釣りをなさる？　ちくしょうめ。あいつが釣りをするのはこの湖だけじゃあない。使う餌だってミミズとは限らない。そうだ――釣り針に札束をひっかけりゃあ、どこでだって釣りが楽しめる――他人の土地でだって……あいつはロースルンド家でも釣り上げやがった――シャネットを――まあ、おれにはどうでもいい話だが。彼女、大いに興味をそそられたらしくてさ。えらく噂になったもんだよ――もうすぐ五十に手が届くという男と、花屋の娘のシャネット嬢――小学校教師のシャネットが、地主といっしょにイェンシェーピンまで行ってグランドホテルで一夜を明かしたと。ダブルベッドの部屋だったそうだ……」

マグヌスはゆがんだ笑みを浮かべた。

「いや――シャネットの話は、まださして昔のことじゃない。もちろん彼女は、釣り針にがっちり食らいついた。だが、地主はその針を引き抜き、彼女を放り出した。釣り針には、まだ餌がたんまりと残っている。銀行預金、森林付きの土地、農場、リノベーション済みの一軒家、地主自らが住む瀟洒な家。だが、牧師がシャネットを訪ねてきて、この小さな町の子らの教育者でありつづけたいなら、自分について語られる噂には気をつけろと諭したんだ。彼女も、もうすこし慎重に身の振り方を考えるようになるだろう――はあ――まったく、あいつらもよくやるよ……」

彼は沈黙し、唇を嚙んだ。ラッセは弟の言葉に苦々しさがこもっているのを感じた。苦しい想いが抑えきれずにあふれ出し、口をついて流れ出てくるようだった。兄弟だからこそわかる――たとえ五年という時の隔たりがあっても。ラッセは櫂の上で腕を休ませた。船は影のように湖面を滑った。ラッセは言った。

「自分にとってはどうでもいい話だ、って言ったよな——シャネットの件は。じゃあおまえにとって、どうでもよくない話もあるってことかい」

マグヌスはしばらくのあいだ、黙って兄を見つめていた。そして言った。

「エイヴォル。エイヴォルのことは知ってるだろ」

ラッセはうなずいた。マグヌスがつづける。

「おれたち、すごくうまくいってたんだ。エイヴォルとおれ。何年も。だけど、ここに来ておかしくなっちまった。ひと月前に別れを告げられた——つまり、彼女のほうからさ。フレドネルを好きになったって」そう言うと、彼は顔をゆがめた。「おれ自身はよく知らないんだが、いまこの界隈はその噂で持ちきりだ——彼女が夜ごとあいつの家で過ごしてるとか、なんだとか」

彼は最後の釣り針から手を離し、糸が舟の縁を滑り落ちて水中に沈むのを見送った。そして機械のように延縄に最後の重石をくくりつけ、縄を収めていた箱ごと舟から外に放った。箱は舟から寄せる波に揺られてぷかぷかと浮いていたが、やがて水面に静止した。マグヌスがつづける。

「彼女、移り気なところがあってさ。そういう状況を楽しんでいるというか——最初の相手は花屋の息子のシャックだった——あいつ、いまだに彼女に花を贈りつづけている。エイヴォルとおれがつきあっていた頃もずっと。でっかい花束を——もしかして、あいつが温室で花を育てるのは、彼女にプレゼントするためじゃないかと思えるくらいだった。まったく——一度その温室の近くを歩いていたら、大きな花束を抱えたあいつと出くわした。おれはその花束を手からもぎ取って、やつの顔面を叩いてやった。そしたら、あいつ、ぼろぞうきんみたいに尻餅ついて——それでおれはあいつの全身に花をなすりつけてやったんだ。あのざまったらなかったな……」

マグヌスは乾いた笑い声を上げて、つづけた。

「みじめなやつさ。まあいまとなっちゃあ、気持ちはわかるがな——また光が戻るまでただ待ちつづける……エイヴォルもそのうち飽きるだろう——そうじゃなかったとしても、フレドネルのほうがつづかないよ」

彼は一瞬沈黙し、それから考え深げに言った。

「あの野郎、フレドネルからも痛い目にあわされたんだ」

「シャック・ロースルンドが？」

マグヌスはうなずいた。「フレドネルの寝室の窓の外をこそこそかぎまわっていたらしい。そのときは、シャネットが寝室にいたとか。あの女教師——自分の父親と同じ年くらいの男をどうやったら好きになれるのかね……だがまあ、そういうことだ——金だよ——金がなんだってんだ——この時代に人を金で買おうってのか——あるいは、まだ金で買えるものなのかな……」

彼は両手で頭を抱えこみ、ラッセの背後に広がる湖面を鋭い視線で見つめていた――ずっと遠くを。そしてつづけた。

「だが、彼女は戻ってくる。ちょっと好奇心をくすぐられるってのは、きっと誰にでもあることだ――戻って来てくれたらそれでいい。おれは待つしかないんだ。ただ不愉快なのが、そうやって待っているあいだにも、おれはあいつの釣りのお供をしなきゃならない。しょっちゅう延縄を仕掛けては、ミミズを釣り針に突き刺して、外して、手をどろどろに汚し、歯ぎしりしながら、妄想の中であいつを切り刻んでつぶしてミンチにしてやる、涼しい顔で世間話なんかしながらな。一切なにも悟られちゃならない。わかるだろう、へたを打てばおふくろが農場から追われる。いったい越えちゃあいけない一線はどこにあるのかって、ときどきわからなくなるよ――反撃に転じるための我慢の限界っていうのはどのあたりにあるのかな……」

ラッセは皮肉な笑みを浮かべて言った。

「だけど別れを告げたのは彼女からだって、さっき言ったじゃないか。選択の自由ってやつさ――それはフレドネルにしたってどうにもできない」

「ああ、まあな――でも、もし椅子につまずいて転びかけたら、その椅子を蹴り飛ばしてやりたくなるもんだろ。ところで……」

彼は口をつぐみ、首を伸ばして岸辺のようすをうかがった。そして、半分ささやくような声で言った。

「見たか、あいつ――あそこにいるよ。噂をすれば影だ……」

ラッセは櫂を水面から上げた状態で後ろを振り返り、向こう岸のほうに視線をやった。すこし日が落ちはじめていた。空は灰色の靄に覆われ、遠くのほうでは空気が厚い層をなして霧となり、建物や風景の輪郭をぼんやりと滲ませていた。入り江には湖水浴の客のために二層建てのトランポリンが立っている。幅の狭い砂浜の奥には緑に塗られた板壁が立ち、それを背にして更衣室が点々と立ち並んでいた。そこからシラカバやマツの森が細長く帯状に延びて、さらにその先の道路へとつながっている。

湖へ向かって、森を背にして坂を斜めに下りる人影があった。男は湖岸に沿って進み、湖から陸に浸食した葦の群生まで歩いた。湖に注ぎこむ川につきあたると、岸沿いに川をさかのぼって歩き、浸水した草地や岩の転がる砂地を越えていった。男は葦を両手でかき分け、群生の中に入っていき、姿を消した。マグヌスは目を凝らして彼の行方を追っていた。ラッセはそのあいだ、櫂の先で湖面をそっと撫でるようにして、ゆっくりと舟を進めた。

「あれがフレドネルか？　おまえ……」

マグヌスが身振りでラッセを黙らせた。ラッセは弟を観察した。張り詰めたような表情で、タカが獲物に狙いを定めるような、冷酷な鋭い目をしていた。頰の筋肉が皮膚の下で震えている。

「ああ、いまのがフレドネルだ」と彼は鼻を鳴らして言った。「地主が、こそこそと葦の陰に隠れやがった。望遠鏡なんて持って、どういうつもりだ」

そこからは二、三百メートルの距離があったが、彼は無意識に声を潜めた。「出てきたぞ……」

トランポリンの近くにまた男の姿が現れた。まっすぐに森へ向かって坂を上っていく。ラッセはその先に黒いステーションワゴンが停められているのを見た。フレドネルが車に乗りこむ。エンジンのかかる音が聞こえ、マフラーから白い煙が噴き出し、車は木々のあいだを走り去った。数秒後には、その車がすでに県道を走っている姿が見えた。上り坂の道は、数百メートル先にある教会に向かってうねうねと蛇行している。兄弟は車を目で追った。ラッセは無意識に櫂を動かしつづけた。とつぜん誰かの叫び声が聞こえ、ラッセは舟が葦の群生につっこんだことに気づいた。慌てて舟を停止させる。

「おい、止まれ、マグヌソン！　どういう舟の漕ぎ方を……」

兄弟の舟は、もう一隻の、黒いタールで塗られた不格好な舟にぶつかる寸前で止まった。相手の舟は打ち寄せる波に叩かれ、ゆらゆらと揺れた。舟の縁から半身を乗り出すようにして、三十代くらいの男が座っていた。ずっと頭を下げてうつむいた姿勢でいたためか、顔に血が上って赤くなっていた。男は身を起こして立ち上がると、同時に水中からガラスの容器を引き上げ、慎重に座席の上に置いた。マグヌスは言った。

「その道具で、先生はなにを捕まえようっていうんです？」

「藻だよ」

彼はすこしゆがんだ笑みを見せ、マグヌスを見つめた。「正しい深度において採取することが大事なんだ――すべてがそれにかかっていると言ってもいい。だがマグヌソン君、きみはたいして藻に興味はなさそうだがな」

「つまり、どこよりもここがちょうどよい深さだってことか。おもしろいね」

「おもしろいとは、なにが？」

「もちろん、ここがぴったりの深さだってことですよ。水深二メートルとみた――どうです、先生」

相手は困惑したように見えた。

「ぼくは湖底から二十センチメートル上方でサンプルを取っている。だが、ああ、そのとおりだ――ここはちょうど水深二メートルだよ」

マグヌスは鼻を鳴らし、片目をつむった。

「藻は、この場所がお気に入りってことだ」

ラッセは弟のものの言い方が気に入らなかった。相手が誰かを知らされないままであることもしゃくに障った。咳払いをして注意を引こうとしたが、マグヌスは気づかない。修士が言う。

「ほう、マグヌソン君は、藻が好む環境を知っていると。それならきみたち、牧師館に来てぼくが栽培したサンプルをちょっと観察してみるとおもしろいかもしれないよ。ぼくの兄だって、自分の教区の信者たちが自然科学に興味を持つことに反対はしないさ——そう、信者たちが聖なる存在に敬意を払わないことの言い訳になるってものだ」

マグヌスがざらついた声で言った。

「先生の藻なんかどうだっていいですよ。おれが言いたかったのは、何年か前にここで死体が釣り上げられたことがあるって話で——ちょうど水深二メートルだった——まだ養分が残っているのかもな」

修士は微笑んだ。

「ああ、そうさ、すべての事柄には理由がある。そして隠された物事は最後に明るみに出る」と彼は言い、すこし黙ったあと意味ありげにつづけた。「ぼくはすでに、この湖のほとんどの場所でサンプルを採集した。その中でもとりわけ、あそこの遊泳場近くの葦の群生で非常に興味深い生態系がある——あそこの、川が流れこんでいるところだ。もちろんきみたちはそのことを知って……」

マグヌスが冷たい目で彼を見やった。

「ああ、ついさっき知りました――先生はフレドネルのことを言ってるんでしょう。やつを生態系に加えることに反対はしないが、あいつのことを興味深いだなんて言わないでくれ」

修士は、すばやく彼に目をやった。顔に笑みが浮かぶ。ゆっくりと、慎重な手つきで試験管を木製の筒に収め、ふたをして、小さなシールになにかを書きこみ、それをテープで筒に貼りつけた。そして言った。

「ああ、地主さんね。この地域じゃたいした権力者なんだろう。ぼくの兄ですら怖がっているよ」

「へええ」とマグヌスが微笑み返す。「牧師さんですら怯えていなさるってわけか。それはどうも」

「まあね。彼も本来、人に媚びへつらうような人間ではないんだが、彼が今日言うには、今度の日曜の礼拝にとびきり上等の花を祭壇にしつらえないとならないとかで――とても重大な報告を控えているらしくてね」

修士はひとり笑い声を上げ、筒を鞄にしまった。

「彼の言葉を借りれば、説明はできないものの――これは重要な一歩になると。まあ

――ぼくは住民のことはよく知らないからね。ほんのわずかな人たちしか――でも、聞くところによると、地主のフレドネル氏のためであれば、祭壇を飾ることになにがしかの意義はあるようだね」

マグヌスは無言で彼を見つめた。やがて、口を開いた。

「報告だって。なんの報告です?」

修士は額にしわを寄せた。マグヌスの口調に戸惑っているように見える。彼は言った。

「今日、フレドネル氏と若いお嬢さんが教会の受付にやってきて、日曜の朝の礼拝で結婚を宣言するための許可をもらっていたんだ。たまたま耳に入ったが、女性はエイヴォル・ルンディーンという名だった。兄が何度か彼女の名前を口にしていた――なにか気がかりなようすでね」

「エイヴォル」

マグヌスがささやく。顔をふたたびこわばらせたが、その表情はうつろだった。日に焼けた肌は土気色に褪せ、両手がゆっくりと座席の板を握りしめた。唇は言葉を発しようと動いたが、声は出ないまま一秒一秒が過ぎていった。彼は腰を浮かしかけたが、手は座席を握って離さなかった。やがて背をのけぞらせ、霧に向かって叫んだ。

「ちくしょう!」

叫び声は対岸に向かって湖面を転がり、霧の向こうに姿を隠した丘にぶつかり、こだまになって返ってきた。マグヌスはかすれた声で言った。

「――家へ帰ろう……」

修士が、乾いた声で独り言をつぶやく。「たしかにこれは重大なニュースのようだ。もしかして彼は異議を唱えるつもりなのかな」

「ねえみんな、聞いてちょうだい」とヴィクトリア・ロースルンドは言った。テーブルについた彼女の左隣には二女のイヴォンヌが座っている。イヴォンヌは母に励ますような視線を送った。その視線がさまよい、シャックをとらえる。彼は人をいらいらさせかねない、いつもの呆(ほう)けた表情を浮かべ、ゆっくりと椅子の背にもたれかかった。と同時に、卵用スプーンを皿の中に落として派手な音を立てた。両手で椅子の座面をつかみ、いかにも話に集中しているかのように見せかける。シャネットはまったく上の空だった――と思うと、いきなり口を開いた。

「もしあれが猩紅熱(しょうこうねつ)なんだったら、一晩中あの教室に残ったりするべきじゃないのよ。どうして教師は毎晩、みんなが自由に過ごしているときに生徒のノートを添削しなきゃならないの。じきに、わたしたち、ペニシリンやなにかを飲まないといけなくなる――ねえ、誰か知らないかしら、その……」

シャックが憂鬱そうに言った。

「自由だって？　ぼくらが夜は自由だとでも思っているのかい。昼は植物の世話をして、夜は車で商品を運んで——店に補充する。今晩はキュウリとニンジンだ。広場用の屋台にも。十箱もの……」

「小さな箱じゃない」とシャネットは言った。「どうせわたしが生徒たちのノートを半分も終わらせないうちに、あなたは用事も済んでベッドで眠ってるわよ」

イヴォンヌが溜息をつく。

「ママが話を聞いてほしいって言ってるのに」と彼女は言い、すがるように父親を見た。「ねえ、ちゃんと話を聞くように言ってあげて……」

ローランド・ロースルンドは力なく微笑んだ。ここ最近、鼻の周りと額に刻まれたしわが深くなったとイヴォンヌは思った。それに、あまり話さなくなった。なにか心配事を抱えているのはわかったが、具体的な理由はわからない。温室のことだろうか。あの、ガラスの代わりにプラスチックを使った、最新の、高額な温室——金のかかる実験だ、正気の沙汰じゃない、とほとんどの人が言った。でも、父はなぜかその温室に賭けていた——なによりも、あの自動運転機能を備えた最新式の温室に。

シャネットが肩をすくめる。彼女は口をナプキンでぬぐって言った。

「まあいいわ。どうぞおしゃべりしていて。わたしには三十人の鼻を垂らした子どもたちへの責任があるの。鼻水の原因が猩紅熱なのか、ちり紙の不足にあるのかわからないけど。猩紅熱の子がもうふたりも出ているのよ」

「おねがい、シャネット」と、ヴィクトリアは言った。彼女は困惑し、すがりつくように夫を見た。ローランドは言った。

「シャック、父さんもいっしょに行こう。八時に人と会う約束があるし、そのあと一部やり残した帳簿をつけなきゃならない——なあ、シャネット、夜に残業をしなければならないのはおまえだけじゃないんだぞ」

シャックは無表情な視線を父に投げかけた。そして、父親に聞かせるつもりはなかったとでもいうように低い声で言った。

「そうそう、急いで帳尻を合わせなきゃならないもんな」

「どういう意味だ！」ローランドは首まわりを赤くして言った。「うちの帳簿に不明瞭な点などない。商売に関しておまえからアドバイスを受けようとはな」

「シャックは繊細なのよ」とヴィクトリアが弱々しく言った。「花のことなら知り尽くしているわ」

シャックが言う。

「ああ、もちろんいっしょに行ってもいいよ。ぼくの用事はすぐに終わるけどね——父さんのほうが時間がかかるんじゃないかな。どれくらいかかる？　——一晩中？」

彼は空っぽな表情で見上げた。また口が半分開いている。ローランドは言った。

「父さんが帰る頃には、おまえは床についているかもな……」

「いや、つまり――父さんの仕事が終わるのを待つつもりはないんだ。もしふたりいっしょに車で行って、父さんの帰りが遅いなら、ぼくはどうやって家に帰ればいいのかと思って。まあ、どうせ六キロメートルだ」彼は言葉を切って溜息をついた。「ああ――いつだってなんとかなるもんさ。四十五分歩けばいいんだ」

シャックが鼻を鳴らす。イヴォンヌがくすくすと笑った。彼女の黒く深い色調を帯びた瞳が、リスの目のようにきらきらと光る。笑った目が前髪に隠れそうになる一方で、両頬にくっきりとえくぼが現れた。シャックは首を斜めにかしげ、半開きの口のまま、彼女にうんざりした視線を投げかけた。彼の唇から聞こえてくるのは、うなるような深い溜息だけだった。イヴォンヌが言う。

「シャック、待ちぼうけになるのは慣れっこだと思ってたわ――かわいそうなシャック。毎日毎日、畑からバラの花が何本も消えるの。それも、小さなポリアンサローズじゃなくて。ええ、豪華にしなきゃいけないものね。昨日なんか、クリムゾン・グローリーがなくなってた。少なくとも十本」

「六本だ」とシャックは言い、口を閉じて歯を食いしばった。

シャネットが溜息をつく。

「花屋に惚れられたら、女の子にとっては最高でしょうね」

ヴィクトリアがローランドの視線を探る。イヴォンヌはそれを見ていた。結局、ママが言おうとしたことなんか、たいしたことじゃなかったんだ、と彼女は思った。きっともう、なにを言おうとしたかも忘れてしまったんだ。あの〈花屋に惚れられたら、女の子にとっては最高でしょうね〉という言葉を聞いて、まるでスコップで土を返すみたいに、頭の中がひっくり返ってしまったんだろう。二十五年前、パパがきれいな花束を自分に差し出したときのことを思い出して。イヴォンヌは言った。

「哀れなシャックに勝ち目はないわ。彼女は気にもかけてくれない。それにあの子、花が好きなタイプの子じゃないし。女性らしくないというか、その反対というか、いまの時代、なんて言えばいいのかな。彼女、シャネットに似てる――そうじゃない、シャネット？　それにあなたたち、たしか星座も同じだったはず」

イヴォンヌは首をかしげて姉にウィンクを投げかけた。シャックが言う。

「彼女はぼくの花を気に入ってる。ちゃんと受け取ってくれるし――初めて会ったときからずっと、いつだって花束を受け取ってくれる――つまり、男女のやりとりとしてさ」そう言うと彼は口をつぐみ、目を閉じ、独り言のように言った。

「ぼくは、待てる」

イヴォンヌが顔をしかめる。

「へえ、よく待てること。花束を受け取ってるのはあの子のおばさんたちだっていうのに、チャンスがあると思ってるの。残念ながら――待ってても無駄よ。エイヴォルは自分のことしか頭にないの。あなたは振りまわされてるだけ」

そう言うと、彼女はシャネットに向かい、大げさにささやくふりをした。

「それに、いまはフレドネルと同棲してるも同然じゃなかったっけ、シャネット？」

シャネットは身をこわばらせた。そして言った。

「いまのはわたしに釘を刺したつもり？　悪いけど、たいして深くは刺さらなかったわ。ブルーノ・フレドネルには、もう興味はないの。男なんてほかにもいるし……」

唐突にヴィクトリアが言った。

「フレドネルと言えば――すこし前にうちに電話をしてきて、あなたと話がしたいと言っていたわ。伝えたいことがあるって」

彼女は夫と目を合わせようとしたが、ローランドは急に視線を皿に落とした。

ヴィクトリアはつづけた。

「あなたが会う相手って、フレドネルではないの？」

「ちがう。ブルーノじゃない――銀行だよ」

ヴィクトリアは驚いて言った。

「だって銀行なんてもう開いてないでしょう？」

シャネットが急に立ち上がり、テーブルの磁器が音を立てた。ランプの真下に立ち、その長い髪が後ろから照らされ――まるでコロナのように光に包まれる。彼女が一息でまくし立てた。

「男はほかにもいる。わたしは学ばざるを得なかったし、シャックだってもうわかっていい頃でしょう――あなたはエイヴォル・ルンディーンにはいちばん合わないタイプよ。あなたのあげたバラの花を、いったいなにに使っているやら。誰かを刺したりしてるんじゃないの。シャック、恥をかく前におしまいにしなさい。スキャンダルにまみれるのはひと家族にひとりでじゅうぶんよ」

そう言うと、彼女はシャックに向かって皮肉たっぷりに微笑んだ。「その点においては、わたしとあの娘は似てるわね。ああ、そろそろ学校に行って添削をしないと。神様に感謝しなくっちゃ、わたしを自由の身にしてくださってありがとう」

シャネットはきびすを返し、書類鞄を手にした――大きな赤茶色の、皮のにおいがする鞄だった。父親が手のひらでテーブルを叩く。

「自由の身か」と彼は言った。「ここにいるみんなが自由だ。イヴォンヌも自由だ。おまえは勉学の機会を与えられたからといって、尊大な態度をとるんじゃないぞ。父さんだって、家業をつぐ伝統がなければ、もっと勉強することができたんだ――忘れるなよ、うちの家系は百年以上も、園芸農業の仕事を心臓に芽接ぎをするようにして、代々引きついできたんだ」

　シャネットは笑い声を上げ、賞賛するように鞄を手で叩いてみせた。

「芽接ぎをするようにですって。接ぎ木のことね。でもわたしが言いたかったのはそういうことじゃないの。わたしが言いたかったのは、ぼんやり頭の哀れなシャックが、まるで花の栽培みたいに彼の依存心を大事に大事に育てているのが、不健康だし不愉快だってこと。一年や二年じゃないのよ。もうずっと。彼女がマグヌスとつきあっていた頃から、ブルーノ・フレドネルと関係をもちはじめた現在に至るまでずっと」シャネットは鼻を鳴らした。「わたしは問いたいの――プライドはどこにあるの？　これが依存じゃなくてなんだというの？　それに、ひとり自己憐憫(れんびん)に浸るために温室の倉庫にこもったりして。一晩中音楽をかけて――悪趣味なソフトミュージック。ランプも二十四時間つけっぱなし――めそめそした音楽、淡い照明、けっして手には入らないものを想う切ない夢。いかれているとは思わない？」

　彼女は言葉を切り、テーブルにつく者たちに視線を巡らせた。その視線が最後に父親をとらえる。彼女はつづけた。

「それに、父さんの〝自由〟のことだけど――あの温室だって借金を背負って建てている以上は自分のものとは言えないのに、なにをもって自分は自由の身だと思えるのか、ぜひ教えてもらいたいわ。ところで、温室に苗床(なえどこ)と花壇を両方とも入れると狭すぎると思うわよ、どちらかは別の場所に移さないと……」

イヴォンヌが大声を上げて笑いはじめた。

「ああ、おかしい——〈床（とこ）〉が狭いだって——フレドネルに訊（き）いてみれば、シャネット？ あなたが彼のベッドから出てきたのもそのせいだったの？ ——先生が入るとベッドは狭くなってしまった——auf（〜に乗って）、in（〜の中で）、hinter（〜の後ろで）、uber（〜の上で）、neben（〜の隣で）——この前置詞は動きを表すときには対格になるんだっけ？」

シャネットは怒りの表情で彼女を見返したが、口調は冷静だった。

「あら、あなたでもドイツ語のなにがしかは学ぶことができたのね。状態を表すときの格がなんだったかは忘れたんでしょうけど。もっと知りたいことがあるなら、エイヴォルに尋ねるといいわ」

彼女は回れ右をして部屋から出ていった——数秒後に玄関のドアが強く閉まる音がしたが、その響きから察するに、彼女もまったく動揺していないわけではなさそうだった。

ヴィクトリアはナプキンを口に押し当てた。彼女はさっきまでの会話に出てきたソフトミュージックだの、〈対格〉や〈状態を表す格〉だの、さっぱり意味が理解できなかった。ローランドにもわからなかったのではないかと気にかかった。だがシャックにはわかったかもしれない。シャネットがかんしゃくを起こしているあいだ、いつものように口を半開きにして静かに座っていたシャックなら。半開きの口はいただけない。人が見たら頭の巡りが悪いのかと思われるだろう。ほんとうはそんなことはないのに。頭の悪い人間に、あんなに生き生きとした緑を育む園芸の才は得られない。頭の悪い人間が、キャンドルリリーの根を、まるでヒトデがのびをするように、あんなにゆったりと土の中に休ませることはできない。そのためには水はけ用の石を敷いた上に、砂と養分をうまく配合した用土をかぶせ、絶妙な加減に土で覆わなければならないのだ。頭の悪い人間が、春の季節のどのタイミングで水やりを始めるべきか、そうしてリリーの球根に備わる秘められた力を最大限に解き放ち、目を疑うほどの強烈な美を花開かせることができるか、それを心に直接感じ取ることはできない。ヴィクトリアは溜息をついた――彼女自身、キャンドルリリーの栽培は苦手だ。花を創るのはローランドとシャック――彼女とイヴォンヌはそれを売る。父と息子は似ていた。母と娘が似ているように。ただ、イヴォンヌのほうがなんとなく自分より頭がいいような気がする。少なくとも、飲みこみは早い。ヴィクトリアはたっぷりと時間を割いて人の話に耳を傾け、ゆっくりと言葉を咀嚼する。そうするうちに誰かがすこし含みを持たせたようなことを言い、彼女は最初の言葉の意味がなんだったのか、理解が追いつかなくなる。次の考えが思い浮かんだときには、それはもう場にふさわしくないほど古くなっている。なぜみんな、それぞれの考えを、まるでピンポン球のようにせわしなく飛ばし合うのだろう。ボールは空中をふわふわと漂わせるのがいい――やわらかなタンポポの綿毛のように、お互い慎重にふうっと息を吹きかけ合って。そうすれば綿毛の動きをじっくりと追うことができ、その方向を操ることもできるのに。綿毛の行方に困惑するのではなく、楽しむこともできるのに。〈対格〉に〈状態を表す格〉。彼女は伸びをすると、われに返った。同じ部屋に、四人がテーブルについている。シャネットの席は空になり、そのおかげでやっと待ち望んでいた静寂が訪れたものの、いざそのときが来ると、彼女は自分がなにを言おうとしていたのか思い出せなくなっていた。彼女は腕を伸ばし、シャックの肩に手を置いて言った。

「あの子はきっと、おまえの花を喜んでいるわよ。バラを育てた場所には愛が育つ。そうでしょう、あなた？」

ローランドはうなずいた。

「だが、やはりシャネットが正しいと思うがね。エイヴォルはシャックとは合わない。あの子は気の強い娘だ。そういう娘を相手にバラは役に立たない――土が合わないということだ」

イヴォンヌが手を伸ばしてパンを一切れ取り、たっぷりとバターを塗った。そして独り言のようにつぶやいた。

「フレドネルは、大きな角の中にうなるほどの大金を詰めこんだ雄ヤギよ――貧しい娘には目がくらむような財産。それに、そこまで年老いてるわけでもない。あなたにどんなチャンスがあると思う、シャック？　彼が角をひっくり返して、出てくる金に糸目をつけないとしたら——花になんてなんの価値もない。わかるかしら？　——坊ちゃん。もう無理しなくていいのよ」

彼女が話すあいだに、シャックはゆっくりとテーブルから立ち上がった。窓辺へ近づき、すでに暗さを深めていく夜の始まりを窓越しに見つめる。ただ、空のいちばん底に——天地の境目である地平に沿って——消えゆく太陽から放たれる光が、細い灰色の線となってまだ残っていた。イヴォンヌは彼の横顔を見つめた。両目をぎゅっとつむっている。なにかささやくように独り言をつぶやいているようだ。だが、もしかすると彼のなんとも解釈しがたいゆがんだ表情の中で、唇がひとりでに動いただけなのかもしれない。彼は目を閉じたまま、ルンディーン老姉妹が彼女らの姪と住む家のほうへ顔を向け、それからフレドネルが住む家のほうへ顔を振り向けた。イヴォンヌが急に彼がかわいそうになって慰めの言葉をかけようとしたとき、隣の部屋で電話の呼び出し音が鳴った。ヴィクトリアが言う。

「お願い、ローランド、電話に出てもらえない？」そしてイヴォンヌに対して、「そんなことを言うなんて恥を知りなさい、どんな状況だかわかっているくせに」そしてシャックに対し、「もうリンゴの木は梱包した？　明日配達することになっているからね」

だが、シャックはすでに部屋から出ていくところだった。これで席がふたつ空いた、とヴィクトリアは思った。ローランドは立ち上がり、電話に応えるために出ていった――これで、みっつ。イヴォンヌも立ち上がった。彼女は両肩をすくめ、角砂糖をひとつ指でつまみ、口の中に放りこんだ。唇をとがらせ、無言で不満の意を表明し、床の上を滑るようにして二階につづく階段へと向かう。白く塗られたドア枠に、額を押しつけたまま立っているシャックの横を通り過ぎる。ヴィクトリアが大声で彼女の名を呼ぶ。

「イヴォンヌ――コーヒーが切れたわ。お店が閉まる前にちょっと走って買ってきてもらえない?」……これで、わたしひとり、とヴィクトリアは思った。その瞬間、ローランドが戻ってきた。そして乾いた声で言った。

「日曜日の礼拝で、ブルーノ・フレドネルとエイヴォル・ルンディーンが結婚の宣言をするそうだ」

ヴィクトリアは目を見張って夫を見つめた――長いことそうしていた。シャックがドアのそばで身動きし、振り返った。彼は言った。

「金、バラ、財産、角――くだらないことを言いやがって……」

そしてシャックも部屋から姿を消した。玄関のほうから彼が外套を引きはがして着こむ音が聞こえ、そしてシャネットのときと同じように、ドアが大きな音を響かせて閉まった。ヴィクトリアは思った――またもとに戻ってしまった――ピンポン球の応酬。まるで、お客さんから二、三本のジプソフィラとデルフィウムをブーケにしてほしいと頼まれて、ジプソフィラがどんな花だったかすぐに思い出せなかったときみたい。もちろん、カスミソウのことだ。このふたつを合わせると、とても美しかった――青いデルフィウム、そして白いふわふわのカスミソウ。あら、結婚の宣言をするの。ローランドの両手が震えている。彼女はその理由を考えようとしたが、どうしても思考を制御できず、思いはあらぬ方向へ行ってしまった。霧の中にいるような気分で、彼女は言った。

「ねえ、ローランド――〈対格〉ってどういう意味?」

商店は教会に向かって斜めに建っている。その半分は住居部分で、赤く塗装され、窓枠と横壁の縁（ふち）が白く塗られている。ラッセが最後に見たときとはちがって、店主のヨハンソンは建物の壁の一部を取り除き、そこに店のサインを施した立派なウィンドウをはめこんでいた。ガラス製の看板はライトアップされ、古い装飾がそのまま残された玄関まで堂々たる階段がつづいている。ドア板は店舗用にデザインされた明るい色のオーク材とガラス板でつくられ、ハンドドルと真鍮製のフックがついたモダンな扉に換えられていた。フックからは〈フィンドゥス〉(食品会社)の看板と、最新版の週刊誌が吊り下がっている。ラッセは店内を見まわして感銘を受けた。すべて文句のつけようがない。店舗内の三分の一は家電製品や日用品、その一部は布などの商品が占めていた。次の三分の一には食料品などが整然と並び、そして残りの三分の一には精肉と冷凍食品が置いてあった。

「こいつは悪くないぞ、ヨハンソン」と、彼は言った。「こんなに投資して、このボーラリード地区でやっていけるのかい？　みんなジスラヴェードまで行って買い物をしてくるんじゃないのかい」

　ヨハンソンが背筋を伸ばした。彼の顔は誇らしげに上気していた。

「そろそろ店に金をかけていい頃かと思っていたんだ。子どもたちも巣立ったしね。わたしらが住むのには建物の半分しかいらないわけだから。おかげさまで売り上げもかなりいいよ。マグヌソン、ひとつ教えてあげよう、人は自宅から近いところで買い物するものなんだ」と言い、彼はあえて言葉を切った。「――欲しい品物がそろっていて、そして店の側が〈サービス〉のなんたるかをわかっていればね」と言って、彼ははにかんだように微笑んだ。「女房とわたしで、交代で店に立っている。誰か客がある限り、夜も店を開けているんだ。もしうちが開いていなければ、マグヌソン、あんたはどこでタバコを買っていたかな？　こんな夜遅くにね。これがわれわれのいうサービスさ。わたしらはブティックと壁ひとつ隔てて住んでるんだから——最近では、ブティックと呼ぶんだよ、マグヌソン——だから、客が来れば足音でわかる……ほら、来なさった」

彼はすでにドアに向かってお辞儀をしていた。若い娘の姿がドア越しに見える。彼女は店に入ってきた。ここまで走ってきたのか、息を弾ませている。かなり小柄な、女性らしい体つき、暗い髪色に厚く切りそろえた前髪が印象的だった。なんとはなしに、彼女の周りは笑い声にあふれているようだ——その目、口元、身のこなしから、そう感じた。ラッセは彼女の年齢を二十歳くらいとみた。誰だろう……。

「こんばんは、ヨハンソンさん」と、彼女は言った。「コーヒーをくださいな。ママが、コーヒーがなくなったって大騒ぎなの」

彼女の声は耳に心地よかった——透き通った、はきはきとした口ぶり。両目はきらきらと輝いている。一秒にも満たないほんの一瞬、その視線がラッセをよぎった。視線はそれから彼に留まり、すこし深刻な、もの問いたげな表情を宿した。

「あなた、ラッセね——ラッセ・マグヌソンでしょう?」

彼女はきっぱりと言い切った。もちろん、そうだ。彼はうなずいた。ヨハンソンが言った。

「コーヒーはちょうど入ってきたところですよ——まあ近頃じゃあ缶に入ってるから、

あまり関係ないけれどね」

彼女が言った。

「わたしのこと覚えてないんでしょう？　イヴォンヌ・ロースルンドです。あなたが最後にここにいたとき、わたしはまだ小さな鼻垂らしだったから」

彼は微笑んだ。彼女の存在に胸が満たされるように感じた。温かな、自然な感情がわき上がり、彼女がすでに近しい知り合いであるように思えた。彼は言った。

「まったく覚えていないな。だって――ぼくは実際、両親がここへ越してきて、農場を借りたあと、まともに家にいたことはなかったから――ええと、ぼくの父は……」

彼女はうなずいて彼の話をさえぎった。にっこりと笑った頬には深いえくぼが刻まれている。

「知ってます。でも、わたしはあなたを見たことがあるの。うちは園芸農場や温室で花や野菜を育てているんです。あなたがいつだったか、夏にうちに来たときのことを覚えているわ。まだ学生さんで、学生帽をかぶっていて。すごいと思った。姉のシャネットが大学に入るまでずっと――姉が大学に入ってしまうと、そっちのほうが奇妙に思えて」彼女が笑い声を上げる。「わたしはもちろん、実科学校を出ただけだけど。わたしはジスラヴェードで商売をやっているの――お花屋よ」

彼は混乱した。なぜか彼女が、まっすぐふところに飛びこんできて、彼の髪を手でくしゃくしゃにしてしまったように思えた。彼は言った。

「ぼくもビジネス関連の仕事をしているよ」

ヨハンソンが言った。「商売ってのはいいもんだ。貯蔵庫はいつも満杯で」それから彼はすこし考え深げにつけ加えた。「だが、貯蔵庫に花はいらんなあ」

イヴォンヌがまた笑った。

「お願い、ヨハンソンさん。人は冷凍ものだけじゃ生きられないでしょ」と言い、ラッセにウィンクをした。そしてつづけた。

「どれくらいここにいる予定？　夏休み？」

「十四日。休みは一カ月だよ」

彼女は考えこむような表情で彼を見つめ、すこし唇をとがらせ、それからコーヒーの入った缶をつかんだ。「これ、うちのつけにしておいてね、ヨハンソンさん」そしてラッセに向かって言った。「土曜日に公民館でダンスパーティーがあるんだけど、いっしょに行きません？　ポップバンドを招待してるんですって――もちろんぜんぜん有名なバンドじゃないけど。トラーネモーから来るらしいわ」と言って、彼女はラッセの腕をとった。

「さあ、帰りましょう、道は同じだから」

「そうだね――少なくとも、すこしは重なってる」

彼女が手を放した。腕に軽くかけられていた手は、けっして無理を強いるものではなく、自然な好意を感じさせた。彼女はその手をヨハンソンに向かって振った。「さよなら、書くのも面倒でしょうから領収書はいらないわ。奥さんによろしく」

ラッセはイヴォンヌのためにドアを開け、彼女について階段を降りていった。そのとき、ちょうど一台のステーションワゴンが店の外の道路に停車した。狩猟用のコートを羽織ってハンター帽をかぶり、緑色のブーツを履いた大柄な男が降りてきて、店へとつづく道を上ってきた。男はイヴォンヌに気づくと立ち止まり、急いで帽子をとった。

「おや、これは、イヴォンヌじゃないか。シャネットは元気かな」

彼女は男から顔をそむけていたが、それでも体がこわばっていることにラッセは気づいた。彼女が言った。

「シャネットは家で添削をしているわ。間違いだと思うところにバツ(ボック)をつけてる。バツはバツ、ついたバツが大きければ大きいほど残念な気持ちになる。雄ヤギ(ボック)には気をつけないといけないわ、そうでしょう、地主さん」

男は笑みを浮かべた。金色の歯が、店の照明に反射してきらめいた。彼は身を前にかがめてラッセをつくづくと眺めた。

「これはこれは、なにか真新しいものを見つけたようだな」

「ええ、そう。そこのお店でね。ヨハンソンの店にはなんだってそろってるの。こちらはマグヌスのお兄さん。お願いだから彼を怖がらせてここから追い出さないでね。だけど、彼、けっこう腕力はあるのよ」

ラッセは笑顔をつくろうとした。同時に彼は、男を目の前にして、気味の悪い不安に襲われた。つまり、これがあの大地主——ブルーノ・フレドネルか。フレドネルは彼をじろじろと見つめて言った。

「あんたがたは今日、湖にいただろう。あんたとマグヌス。窓から見えたんでね。このボートなら誰のものだかひと目でわかる」

「延縄漁をしましてね。ぼくにとっては久しぶりでした。地主さんは何度か挑戦されているようですね」

「ときどきね。だが、うまくないね——ああ、天候にさえ恵まれればなんとかなるんだが。今時はもっと確かな技法もあるが、おもしろみがなくてね。あまり結果には期待しないほうがいいよ」

「今日は天候が悪かったということですか」

彼はうなずいた。

「そのとおり。天候が悪かった。つまり、ウナギ漁にはね。ウナギ漁をするなら雷の鳴る日でなきゃあ——雷、暴風、嵐なんかがいい。それに今夜は満月だ。満月の日にはウナギは餌にかからない――荒れた天気の日でなければね。まあ、さほど関係はないのかもしれないが」

ラッセは不安に駆られた。相手の声には、なにか嫌なことを暗示するような、非常に不愉快な響きがあった。

「どういうことです？　――延縄を仕掛けたら、やはり獲物に期待をかけたくなるものじゃないですか」

「もちろんだ」地主は笑い声を上げた。「だが、あんたがたは飢えるということもなさそうだしな」

そして彼は急にラッセの目を見つめ、乾いた声で言った。

「食料なら奪えばいい――そうだな、たとえば食料庫から。そうだろう？　まだあとすこし時間はある。だがいずれこの件に終わりが来ることは確実だ」

「なんのことかわかりませんが」

地主は彼の目をじっと見据えた。地主の顔は真剣で、邪悪にさえ見えた。長い数秒が過ぎ去ったあと、表情が和らぎ、こぼれた笑みの中で歯が光った。地主は言った。

「まったく、あんたのことを信じてしまいそうになるよ。家庭の秘密を外に漏らさない者もいるということだな」

ふたたび冷たい笑い声を上げると、彼はくるりと背を向け、店へ向かって階段を小走りに上がっていった。ラッセは彼を目で追いかけた。窓越しにヨハンソンがお辞儀をし、もみ手で近づくのが見える――そこで彼は、自分の腕の下にイヴォンヌの腕があることに気がついた。彼女が優しく言った。

「まあ、今夜は満月なのね。いっしょに月を楽しみましょうよ。わたし、月夜の散歩が大好きなの。そして、そのあとうちでママとお茶を飲みましょう。ママはきっとひとりでお留守番をしているから」

2

ルンディーン老姉妹の住居は、白く改装された一軒家だった。真向かいには地主が住むこげ茶色の平屋建てがある。老姉妹とフレドネルの家はロータリーを隔てて向かい合わせに建っていた。フレドネルの敷地内には、ロータリーからさらに幅の狭い車道がつづいている。道路に接する面に低い生け垣が植わっていた。まっすぐ豊かに育った灌木（かんぼく）の列は、その内側にある芝生を、北西の風にあおられて吹きつける道路の土埃から守っていた。闇の中、生け垣は真っ黒なインクのように見えた。だが、ちょうどその両端あたりから道路を横断するようにロープがかけられ、ロープに吊されたランプは揺れて、生け垣の一部がぼんやりと光ったり、暗くなったりした。

　地主の家の大きな居間の明かりがついていた。居間の壁に並ぶ窓のうちふたつが、老姉妹の家に向かって、なんの隠し立てもないというように開け放たれていた。姉のロアンナはカーテンの隙間から外をのぞいた――慎重に、そっと。首を伸ばして体を前に倒すと、スカートの後ろ側の裾が持ち上がった。妹のロヴィーサは部屋の反対側に置かれたソファに座り、柔らかな、刺繍の施されたいくつものクッションにうずもれていた。手には針と、さして大きくはないがきめの細かい刺繡用の布を持っている。目の前には古びた楕円形のマホガニーテーブルがあり、その上にはあらゆる色調の絹の糸巻きが並べられ、その隣にはデザイン画の掲載された雑誌のページが開かれていた。彼女は手に持った刺繡を膝の上に下ろし、姉のほうに視線を投げた。彼女の姿越しにその向こうを見ようとしながら、あんなに薄いレースのカーテンでは姉の姿は外から丸見えだろうと思った。あの地主に、姉が窓からようすをうかがっていることが知られたらたいへんだ。少なくとも天井のランプは消したほうがいい。

ロアンナが言った。

「ほら、電話がかかってきたわ」

彼女の視界の中で、地主は読んでいた新聞を床に放り投げ、肘掛け椅子から立ち上がった。一歩一歩、離れたところにある書き物机に向かい、椅子に腰を下ろし、受話器をとるようすを彼女は見つめていた。彼はいらいらと机の板を指先で叩き、口を動かしたあと、黙りこんだ。そして会話は終わり、彼はまた受話器を戻した。地主はそのまま椅子に腰掛け、壁を見つめていた。彼女には、はっきりと見えた——額に苦々しげにしわが刻まれるようすも。ロヴィーサがソファから立ち上がる。腰に疼痛が走った——片手で痛む腰をさする。雨の前触れだ。彼女は言った。

「ロアンナ、あなた、外から見えるわよ。窓から離れなさい、それともわたしが明かりを消しましょうか？」

「なにか悩んでいるようよ」と、ロアンナは言った。「ほら、いまタバコ机のほうへ行って、パイプを詰めてる。まるで誰かが来るのを待っているみたい。ほら、行ったり来たりしはじめた」

「窓から離れないなら、明かりを消すわ」

「天井の明かりだけね――テーブルランプは関係ないから」

そう言うと、彼女は慎重にカーテンの隙間から横に移動し、ロヴィーサのほうに体を向けた。その目には不安の色が浮かんでいる。彼女はいきなり言った。

「きっと喧嘩したにちがいないわ。もし喧嘩でもしていなければ、あの子がこんな夜に友達と映画館に出かけるはずないもの――ねえ、いま頃あの子、後悔してるかもしれないわね」

彼女は口をつぐみ、ロヴィーサの答えを待った。ロヴィーサにはなにか、不安をあおることではなく、彼女を安心させるようなことを言ってほしかった。姉妹のあいだでは、なにかにつけ発言をするのは――意味のある発言をするのは、いつもロヴィーサと決まっていた。会話が始まるきっかけをつくるのは――妹のロヴィーサだ。だが、彼女はなにも言わなかった。ロヴィーサは壁にあるスイッチへ向かって歩き、天井の照明を消した。クリスタルの照明飾りが、最後に弱くきらめいて光を失った。部屋にはソファの脇に置かれたテーブルランプのピンク色の明かりだけが残った。そして、彼女はそこに立ち尽くした。ロアンナは壁のそばに立ったまま動こうとしない妹を、じっと見つめた。いつもは賢さや力の象徴であるかのように思われた彼女の顔のしわが、いまはただ老いの印にしか見えなかった。堂々と背の高い体軀（たいく）はコーヒー色のドレスの中でしぼみ、大きくて力強い、頼りがいのある彼女の両手は、蛇のようにぐねぐねと血管を浮かせて体の両脇にぶら下がり、片手に刺繡道具を持っていることも忘れているようだった。ロアンナは、妹が疲れた目をしているのに気づいた。

ロアンナはそっと話しかけた。

「ねえ、ロヴィーサ――あなた、今度のエイヴォルとフレドネルのこと、うれしくないのね。そうでしょう?」

ロヴィーサは肩をすくめた。

「寝耳に水の話だったから。あなたにとっても、さしてうれしくはない話だと思うけど」

「わたしたちに相談があってもよかったわ、そう思わない? いまはただすべて、訳がわからない」

ロヴィーサが背筋を伸ばして言った。

「もうあの子はわたしたちの手を離れたのよ、ロアンナ。そういうこと。あの子は自分の好きなようにする。わたしたちに恥をかかせることだけは、いただけないけど」

ロヴィーサは固く目をつむり、刺繍道具を胸に引き寄せた。そして、独り言のようにつづけた。「あのふたり、どんなに噂の種になったことか。エイヴォルったらこの年寄りの叔母たちを振りまわして。彼女と地主との噂話――あの男の家に泊まったというじゃない。もうだめ。あの子は恥というものを忘れてしまった。もしあの子の父親が生きていれば、こんなことにはならなかったのに」

彼女は深く溜息をつき、おずおずと体をかがめて刺繍道具をテーブルに置いた。その手が宙をさまよい、磁器製の花瓶に生けた小さなバラのブーケに触れた。手を丸め、一輪のバラを包みこむ――まるで壊れ物に触るように、そっと。

「相手がシャックだったらよかったのに」ロヴィーサは言った。「あの子は優しくて優秀な男の子だわ。それに、これまでいただいたお花の数々。ここ何年ものあいだ、ずっと」

彼女はすこし沈黙し、バラの花から手を離して姉を見上げた。

「あるいは、イーダ・マグヌソンのところの息子さん」と、静かに言う。

ロアンナはうなずいた。

「エイヴォルもフレドネルが相手では、どうせ長くはつづかないわ。きっとマグヌスとよりを戻すことになるわよ」

ロアンナは口をつぐみ、そして唐突に声を上げた。「ふたりのあいだに、きっとなにかが起こったにちがいない。明日が結婚宣言の日だというのに。ジスラヴェードに行って、ホテルで食事をする予定じゃなかった？　もしくはイェンシェーピンに行って。でも、あの子は映画館に行ってしまった――そして、彼は……」

彼女は窓のほうを向き、また向かいのようすをうかがいはじめた。それから、溜息とともに言った。

「……そして、彼のほうはテーブルのそばに立って、なにか小さな包みを取り上げた。あれは結婚記念の贈り物じゃないかしら。だとしたら、自分用に買ったのね。茶色い紙包みよ」

ロヴィーサが言った。「あの男、いったいあの子にいままで花の一輪でも贈ったことはあるのかしら。いいえ、ブルーノ・フレドネルはそんな心を持っていない。彼は与える側ではなくて――奪う側だから」

ロアンナが心配そうに言う。

「なにかしら贈り物があってもよさそうなものなのに。お金はあるんだから」

「お金ね」ロヴィーサが鼻を鳴らす。「お金だけじゃないわ。あの子が地主とつきあって、みんな、エイヴォルはうまい相手をつかまえたと言うでしょう。でも、あの子が地主をつかまえたんじゃない。地主があの子をつかまえたのよ。それがわたしたちにとっての屈辱なの。いまに報いがやってくるわよ。あの子にとってのね。あの男と結婚しようだなんて、いったいなにがあの子の頭によぎったのかは神のみぞ知ること。もしかしたら——あの子、ほんとうは結婚なんてしたくないんじゃないかしら」

ロアンナが言った。

「フレドネルがしたいなら、そうするしかないんだわ」

一瞬、部屋に静寂が訪れた。それからロヴィーサの頬が上気しはじめた。彼女は両手を胸に当て、まるでそうすることによって力を得ようとするかのように、部屋の中を行ったり来たりしはじめ、やがて立ち止まった。彼女はロアンナを振り向きざまに、両腕を十字架のように大きく広げ、頭を後ろに反らした。彼女はロアンナは彼女を見つめた。妹は急に、背の高く威厳に満ちた人となり、コーヒー色のドレスは消滅し、その目は磁力を持ったかのように姉の視線を引き寄せた。彼女は言った。

「フレドネルがしたいなら、そうするしかない、と言ったわね。でももし彼の望みがわれわれのみじめな姿ならば、容赦なくやり返してやらねば。そうしなければ、あの子にとっても、われわれにとっても、この先待っているのは——地獄……」

ロアンナが息をのむ。

「その言葉はやめて」

「まさにその言葉よ。お互いにお芝居をする必要はないわ。わたしたちだって例外ではない――地主さんのお情けにすがって生きているのだからね。プライドなきポーヴル・オントゥーズ（フランス語で貧しさを隠す人々の意）。そうよ。シクステンが死んでからというもの、わたしたちのプライドはどこへ行ったの。あの子の父親なら――こんなことが起こらないように未然に防ごうとしただろうに。でも、われわれがいる。わたしたちがそれをやるのよ。あの子は後先が見えなくなっているのだから。これまで、わたしたちがフレドネルに対して礼を尽くして感謝を表してきたのは仕方のないこと。だってふたりの年老いた女には、礼を言って受け取ることしかできない。哀れみを。施しを。雨をしのぐ屋根を。年金だったらじゅうぶん足りていますなんて見栄を張って。シクステンに養われていたときは、ちがってた――わたしたち、代わりに彼のお世話をしていたし、エイヴォルの子育てや教育もあったし、それにシクステンが死んだとき、わたしたちはエイヴォルの保護者になったのよ。わたしたちがフレドネルの家に残って住めるようにするために、すこしずつ自分たちのプライドを削っていったのも、あの子のためだったと言ってもいいわ。今度は、この結婚を受け入れることをもって、感謝の意を表すのよ。あの子を売るの、ロアンナ。屈辱に耐えつづけるの。今度はあの子がわたしたちを養うことで、あの子からの恩返しを求めてもいいのかもしれない――フレドネルの金でね。そういうふうに考えるなら、あの子もひどく後悔することになるでしょう。あの子が自分自身の地獄で目覚めるまでにそう時間はかからない」

ロヴィーサは急に押し黙り、それからささやくような声で言った。

「それは阻止しなければならない」

ロアンナがくり返す。

「……阻止しなければならない」

「ええ。彼女自身のために。いま、あの子は魔法にかかっているのよ、かわいそうなエイヴォル。わたしたちにも自分自身にも、恥知らずな態度を取っている」

ロアンナがこだまのようにくり返す。

「……恥知らずな態度を」

「そう。まさに恥知らず。あなたも、あの子があの男の家に泊まったことを知っているでしょう。それも何回も。二十年にわたって、あの子は彼をブルーノおじさんと呼んでいた。勉強に励み、優秀で優しくて、何人かのすてきな青年、なかなか悪くない子たちとつきあっていた。そしたらそれから急に、勉強するのをやめてしまった。そして、あの男をブルーノと呼び、他人の目もはばからずキスを交わすようになった。それが恥知らずだというのよ」

ロヴィーサは吐き捨てるように言った。それから結んだ口を、無言でぽっかりと丸く開き、芝居がかった身振りで両手を前に突き出した。だが、その目は真剣で怒りに燃え、大げさな言葉や身振りがけっして演技ではないことを示していた。ロアンナは怯えた目つきで彼女を見ていたが、その目は信頼感にも満ちていた。これこそが、知恵と意思と能力を備えた、彼女がよく知る妹の姿だ。妹の、すべて自前の大きな歯。そのごわごわした白髪に怒り肩、知的な節くれ立った指。そこにはどっちつかずの優柔さや、ロアンナのようにすべてを受け入れてしまいそうになる弱さはみじんもなかった。ロアンナが自分自身を鏡に映したときに目に入る、たおやかな女性らしさ――頰を覆うふわふわの白い産毛、細く白い髪、薄く繊細な唇とはかけ離れていた。ロヴィーサは力を手に入れ、六十代になるその背筋をしゃんと伸ばした。一方で、ロアンナは背を丸め、意思を失い、従順になった。シクステンと暮らしていたときのように。彼が死んだとき、ロヴィーサはシクステンの跡をついだのだ。ロアンナはとつぜん胸が苦しくなって激しく深呼吸をした。妹の視線から逃れるために――その目に潜む冷たさから逃れるために――また窓のほうを向いた。いつもの癖で、両手をカーテンの隙間に伸ばし、左右に広げた。

外に風が吹きはじめた。フレドネルの屋敷のそばに吊されたランプが前後に揺れ、芝生と生け垣の上に奇妙な影を投げかける。家の側壁には、半分生け垣に隠れるようにしてぴかぴかの車が駐めてあった。大きな車だ。車内がずいぶん広い、黒いステーションワゴン。居間の窓はまだ明かりがついていたが、反対側にある部屋は暗いままだった。もしそこに明かりがつけば、庭に生えた赤スグリの茂みや芝生に光が落ちるはずだった。とつぜん彼女は体をこわばらせて言った。

「来て、見てごらんなさい——彼はなにをしているの？」

ロヴィーサが近づき、ロアンナの肩越しに外を見た。

地主が居間の中央に立っていた。手には青黒く光るなにかを持っている。彼は腕を伸ばしてそれを正面に持ち上げ、彼女たちには見えない的に狙いをつけた。ロアンナが言った。

「たいへん、彼、撃つつもりじゃないかしら？」

地主はゆっくりと腕を下ろした。彼は思案顔でピストルを眺め、片手でそれを撫でた。ロヴィーサが低くささやいた。まるで彼女の声が、道路をわたり、壁を抜けてフレドネルのいる広間に聞こえるのを恐れるかのように。

「まさかあの子を傷つけるつもりじゃ……まさか、そんなふうに」

ロアンナが言う。

「もう映画から帰っていないとおかしい時間だわ。あのふたり、きっと喧嘩をしたのよ。もしかしたら、彼女が別れを告げたのかも——彼は、復讐しようとしているのかもしれない」

「馬鹿なことを」

ロヴィーサは背筋を伸ばし、部屋の奥へ戻った。だがロアンナはそこに立ち尽くした。地主はピストルをもてあそぶのをやめた。彼はそれを上着のポケットにしまい、書き物机のほうへ移動して、また電話の受話器を持ち上げた。ロアンナは息をついた。窓辺に置かれたツツジの葉がしおれているのが目に入る。

「かわいそうに」彼女はつぶやいた。「お水がいるわね」

彼女は早足で部屋を横切り、ホールの向こう側にあるキッチンに入った。ロヴィーサは目で彼女を追った。ロヴィーサはふたたびソファに座っていたが、刺繍道具には手を出そうとしなかった。ロアンナが大声で叫ぶ。

「じょうろを見なかった？」

「あるはずよ」

ロヴィーサも姉につづいてキッチンに入り、流しの下の扉の中から小さなプラスチックのじょうろを取り出した。ロアンナはじょうろを水でいっぱいにした。壁にかかったキッチンの時計に目をやる。彼女が言う。

「まあ——まだそんなに遅い時間ではないわ。映画もまだ終わっていないでしょうね。あの子はいったいどうやって帰ってくるつもりなのかしら」

ロヴィーサは肩をすくめた。

「外出ね——ああ、新鮮な空気が欲しいところね。いろいろあって疲れたし、外に散歩に行ってくるわ。教会の向こうまで歩けば、あの子とすれ違うかもしれない。もちろん、車に乗っていることでしょう。どうにかして。それに、これからいろいろと決断しなきゃいけないこともあるから、考えるための時間が欲しいわ。すぐにでもあの子と話さなきゃいけないことがある——もう明日の話よ。ベッドに入っておやすみなさい、ロアンナ。あなた、とても疲れているみたい」

ロアンナは水をこぼさないように両手でじょうろを持ち、背を向けた。ロヴィーサはすでに玄関ホールに移動していた。衣装掛けの下でなにかがぶつかる音がし、ハンガーが一本床に落ち、妹がなにかをつぶやいた。ロアンナも彼女につづいて玄関ホールに出た。妹はすでに丈長の黒いコートを着て黒のパンプスを履き、茶色のわらでできた丸いハットをかぶっていた。

「猫もその辺を歩いていないか、見てきてちょうだい——このままいなくなってしまったら悲しいわ」

ロヴィーサがうなずく。

「地主が処分していたとしても驚かないけどね。だって、あの猫を嫌っていたから——もちろん、あの猫は、あの子がマグヌスからもらった猫だからね」と言って、彼女は面倒くさそうにつけ加えた。「階段の下にちょっとミルクでも置いてみたらどう？　どこかに出かけて隠れているなら、それでおびき出せるかもしれない。おやすみ、ロアンナ。外に座ってわたしを待ってたりしないでね」

彼女はうなずき、玄関から外に出てしっかりと静かにドアを閉めた。

ロアンナは溜息をついた。そして居間に戻ってしおれた植物に水をやった。彼女の目線はまた窓の外をさまよい、地主の姿をとらえた。彼はまだ電話機の近くに留まり、いまは椅子に腰を下ろしていた。彼が電話での会話を終えると同時に、ロアンナは水やりを終えた。彼女がじょうろを床に置いたとき、地主は受話器を激しくフックに叩きつけた。彼は一瞬そこに座ったまま、なにか考え事をしているようだったが、とつぜん書き物机から立ち上がった。地主が居間を横切ってホールに向かうのを彼女は目で追った。広間は空っぽになったが灯りはついたままだった。数秒後に彼は短い緑色の狩猟用コートを羽織り、頭には帽子をかぶった姿で居間に戻った。その瞬間、部屋の灯りが消えた。居間はなにも見えない暗闇となった。まるで、黒く反射するガラスを窓にかぶせたように、その向こうは大きな空っぽの空間と化した。

ロアンナは佇み、ようすをうかがっていた。すこし頭を動かして視線をずらす。ほら、出てきた。地主は玄関のドアを閉め、背をかがめて鍵束を相手に不器用に奮闘していた。頭上の玄関のランプに照らされ、手元がはっきりと見える。それから彼はそのランプも消して、芝生の上を影が滑るように車へと移動した。運転席に乗りこむ。ドアが閉まる大きな音がした。ヘッドライトが点灯して鋭利な刃のように闇を切り裂き、遠くにある果樹の枝を白く浮き上がらせた。車はロータリーを弧を描くように移動し、県道へつづく道に鼻先を向けた。ロアンナはヘッドライトの片方がついていないことに気がついた。右側のライトが――真っ黒につぶれていたが、左側のライトはまるで大きな炎が燃えさかるように輝いていた。ひとつ目の光は上り坂を進み、スピードを上げて彼女の視界から消えた。

ロアンナはまた溜息をついた。――もちろん、きっと、彼は車であの子を迎えに行ったのだ――映画が終わるのを待って。いま、わたしはなにをしようとしていたのだっけ。そうそう――ミルクだ。ミルクを入れた皿を階段の外に置いておけば、猫が帰ってくるかもしれない。かわいそうに。いったいどこへ行ってしまったのかしら。とってもかわいい子猫、背中にまるでサドルのような黒い斑があって。どれくらいのあいだ飼っていたんだっけ――ひと月以上だ。そう、マグヌスが子猫をプレゼントとして連れてきたのが最後で、そのときからひと月以上が経つ。

「だめよ、エステルったら、もう一分も遅れられない。エーミルはわたしが帰るまでぜったいに寝ないし、それに寝る前にコーヒーを欲しがるの。それに、わたしがなにか外で悪いことでもしてるのかと思われるじゃない」

ウッラ・ベックマンは、そう言いながらだらしなく笑った。リキュールを一杯、余計に飲み過ぎてしまったようだ。ふたりがホールから外へ出るとき、彼女は鏡にちらりと目をやり、唇を丸くすぼめて十五歳は若く見えるように繕った。二、三歩ダンスステップを踏むと、丸い胸が小さく揺れた。ふくよかな手で、ぽってりとした腰を叩き、拍子をとる。

「なにか悪いこと――たとえば地主さんと。そうね、地主さんが相手なら、エーミルはなにも言えないわ。たとえ腹の中は嫉妬で煮えくりかえっていたとしても」

友人は笑いすぎて息がとまりそうになっていた。

「地主ですって」と彼女は叫ぶような声を上げた。「あらまあ、ウッラ、あなた自転車でよくボーラリードに行くと思ったら、彼と会っていたのね。いい男だもんねえ！あんたのやせっぽちのエーミルとはちがって……」

ウッラ・ベックマンはぴんと背を伸ばした。顔は怒りと屈辱で真っ赤になっている。彼女が言った。

「ボーラリードには妹がいるのよ。それにエーミルはぜんぜん、あんたが思うようなやせっぽちじゃないわ。あの人、筋肉質なのよ、エステル。それに優しいし。いい夫よ、エステル。それにチーズケーキが大好きなの」

そう言いながら、彼女はいきなり噴き出して笑った。「それで、ちっちゃいネズミみたいにぽりぽりケーキをかじるの。それに、勇敢で――彼が唯一怖いのは、地主さんと牧師さんとわたしだけよ」

エステルが言った。

「お化けが怖いって言うのかと思った。どっちでもいいけど」と言うと、彼女は体を震わせて笑い、ウッラの首にすがりついた。

ウッラが言う。

「ちょっと、ほら。もう帰らないと……」

エステルは彼女についてドアから外に出、幅の広い階段を三段下り、テラスの床に立った。その先は闇に溶けこんでいる。半分枯れた花壇と黄色い葉をつけた茂みが見える。ウッラはぶるっと体を震わせ、ショールを体に巻きつけた。頭の中が一気に冴える。空気が冷たい。さほど風は吹いていないが、寒い、と彼女は唐突に思った。遠い樹々の合間から照明を受けて浮かび上がる教会の尖塔を不安そうに見上げた。時間はすでに十時を五分過ぎている。彼女は言った。

「ちょっと遅くなり過ぎたみたい。旦那もきっと、いらいらしはじめてるわ。ねえ、うちを通り過ぎるときにちょっと寄って、わたしももう帰り道にいるって伝えてくれない？　でもリキュールのことは言わないでね、おねがい。あの人、わたしがときどき飲み過ぎるって気にしてるから……」

彼女は大股で歩こうとしたが、友人が彼女の腕をからめとり、後ろに引っ張った。

バランスと歩くリズムが乱され、気持ちが余計に焦りはじめた。明かりに照らされたテラスから出た。真っ暗な闇が目先に迫り、まるで手で目隠しをされたように感じる。数秒間、まったくなにも見えなくなったが、それでもはやる気持ちを抱えて軋む砂利を踏みしめ、前に進んだ。敷地のゲートでふたりは立ち止まった。エステルがやっと手を放した。彼女はもう一方の腕に抱えていた白い紙の箱を差し出して言った。

「はい、チーズケーキ。これを餌にしてあげてよ。それと、まだ冷め切ってないから、地下室に置いておくのを忘れないで」

「大丈夫、わかってる。わたし、どうして自転車で来なかったんだろう。ほんとにニッサフォシュの半分を走って行かなきゃならないの?」

彼女は箱を胸に押し当て、どうしたらいいのか決めあぐねていた。目が慣れて、さきほどよりは闇も薄らいで見えた。月にかかった雲ももうすぐ切れそうだ。それに今日は満月だ。彼女は心を決めた。

「わたし、川沿いに走っていくわ」と彼女は言った。「そしたら五分で家に着く。おねがい、エステル――うちの近くに来たら自転車のベルを鳴らしてね」

彼女は県道から脇道にそれ、森に入っていった。道は細かった。背の高いマツの樹々や、頑丈で棘（とげ）のある低木の合間を、道はさまようように曲がりくねっている。だが、この道には慣れていた――日中、エステルに会いにいくために、彼女はいつもこになかった。真っ暗だ。怖いわけではない。地主だって、牧師だって、お化けだって。木の根を踏んで足を滑らせ、歩調をゆるめる——もうすこしゆっくり歩いたほうがいいかもしれない。片手でショールを引き寄せ、胸のあたりでぎゅっと握る。チーズケーキを抱えたもう片方の手に力が入る。気づけば息が弾んでいた。一歩一歩、足先で探るように歩くだけなのに。自らの呼吸の音と、頭上高くそびえる樹々の頂から聞こえる不気味な風の音が入り交じる。仰ぎ見ると、黒く茂った樹々が高く天を指し、空を滑る雲は背後に月を抱いて、その輪郭を白く光らせている。左手のほうから川の流れる音が聞こえてきた——暗い闇の中から、柔らかにせせらぐ水の音。川の存在が、日中よりもずっと近くに迫るようだった。急ぎたかったが、また足を滑らせそうで怖い——やはり街中を歩いてきたほうが速かったかもしれない。道にわたされた木板のステップが急に間遠になり、地面が黒い縞模様に見えた。彼女は淡い月明かりをたよりに黒い板から次の板へ、空っぽの空間をつま先で探るように進んだ——エステルにせめて懐中電灯を借りてくればよかった——そして月が雲に隠れた一瞬、すべてが漆黒の闇にのみこまれた。彼女は足を止めて待った。なにも見えない。この闇の底に自分の存在があることに恐怖する。自らの苦しげな息の音。長く引きずるように樹々を通り過ぎていく風の音。針葉樹の濃密な香りが頭上からのしかかり、足元からはコケに覆われた森床の湿ったにおいが立ちのぼる。遠くから聞こえる車のエンジン音、樹々の枝がざわめく音、小枝が折れる乾いた音、胸に押しつけた紙の箱のがさつく音。ああよかった、いままたすこし明るくなった。わずかに歩を速め、地面に伸びる自分の影をありがたく思った。月が明るく照らすほど、影の輪郭は鋭く、鮮明になった。

もう滝のすぐそばまで来た。勝手知ったる、泡立つように、歌うように轟きを響かせる滝。彼女の日常とは関係のないこの滝が、まるで歓迎するように、彼女をその両腕に包みこんだ。もうほとんど家の近くだ、あとは右のほうへ向かって斜めに道をのぼるだけ、あと十数メートル。道路脇にロータリーがあり、それから行き止まりになった幅の広い、短い道路がある――そこから彼女の家が見えるはずだ。心地のよい、温かく迎え入れてくれるわが家。三つの窓に明かりが灯っている。なぜならきっとエーミルが起きて待っていてくれるから。そして外階段の照明も灯って――どうしてもうすこし早く帰らなかったんだろう、彼はものすごく怒っているにちがいない。月が雲の一片に隠れたが、気づくことはなかった。まっすぐに歩を進める。もう足元に感じている、あの滝の轟く音からミリメートル単位で自分の位置がわかる。微妙に変化するあの滝の音が道標となり、まるで方位磁石が体内にあるかのように、無意識のうちに……。

そのとき、懐中電灯の明かりが闇を裂き、光の槍が彼女の顔を貫いた。彼女は身をこわばらせて立ちすくみ、持っていた紙箱をぎゅっと胸元に押しつけた。箱はゆがみ、指の先にチーズケーキの温もりを感じる。悲鳴を上げようとしたが、声はかすかなささやきにしかならなかった。

「うちへ帰るの」彼女は言った。「おねがい、うちへ帰らせて……」

まるで顔に光のマスクを当てがわれたように、彼女の視界は十月の夜の漆黒の闇よりも暗く……。

やっと妻が帰ってきたとき、エーミルはキッチンテーブルに座っていた。彼はテーブルを指先でこつこつと叩き、彼女は後ろ手にドアを閉めた。彼が鼻を鳴らすと同時に、妻はどさりとドアに背中をもたせかけた。彼は言った。

「おい、いつまでこうやって待たせるつもりだ。どこまで行ってやがった——夜に外をほっつき歩いてよ」

妻はドアから背を引きはがすようにして前に出た。それからテーブルの上に視線をやり、弱々しい足取りで彼に向かって歩き、目の前にチーズケーキを置いた。まるで別世界の出来事のように感じる。紙の箱を押しつぶしてしまったこと、その力はおそらくケーキにも及んでいるだろうことに気がつく。それから全身ががたがたと震えだし、彼女は必死でそれを抑えた。夫はやっと、彼女の身になにかが起こったことを理解したようだ。額に寄せたしわは怒りとともに不安を物語っていた。彼は丸椅子を一脚テーブルに引き寄せ、彼女の体に手を添えてその上に座らせると言った。

「いったいどうした、寒いのか？」

彼女は激しくかぶりを振った。涙がこみ上げてくるのを感じた。

「怖かった」彼女は言った。声が喉につっかえる。「地主さんがいた」

「地主ってなんだ。フレドネルか？」

彼女は何度かうなずき、息を吸った。

「あの人、怖かったの。わたし、森の中をずっと歩いてきて。自転車を置いてきてしまったから。それで周りが真っ暗で、彼が懐中電灯で思い切りわたしの顔を照らして」

エーミルは疑わしげな表情で言った。

「誰が？　地主のやつが？」

彼女は激しい勢いでうなずいた。自分が震えていることに気がつく。エーミルが唇を嚙んだ。頭を前に突き出し、そのせいでいつもより顔が余計にネズミに似て見えたが、もう怒ってはおらず、ただ困惑しているようだった。

「待て、いまコニャックを入れてやる」と、彼は言った。

夫はキッチンを横切って寝室に入っていきながら、顔はずっと妻のほうに向けたままだった。まるで彼が戻るまで、妻がちゃんと椅子に座っていられるかを案じているようだった。ほんの数秒後、グラスとコニャックの瓶をまるまる一本手にしてまた姿を現した。グラスに酒を注ぐ。

「さあ」と彼は言った。「ほら、飲め」

彼女はコニャックをすすった。もう一杯。効果はあった。激しかった震えは緩慢になり、やがてそれもおさまって、穏やかな心地よい温もりが体に広がる。彼女は解放感に包まれ、とつぜんすべてが馬鹿げたことに思えてきたが、エーミルをいらつかせることになりそうで、それを口に出す勇気はなかった。夫はテーブルのふちに黙って腰掛け、彼女が話し出すのを急かすような表情で見つめた。

「ほんとうに、いきなりだったの――だからすごく怖かったのよ。あの人がわたしの目を直接、懐中電灯で照らしてきたものだから、もうなにも見えなくなってしまって。わたしだとわかると、あの人は懐中電灯を消したけど、すぐにはなにも言わなかった。ただ、くすくすと笑っていたわ。わたしの目がやっと暗闇に慣れて、相手が誰だかわかるまで、その笑い声がずっと気味悪かった。月明かりの下で、幽霊みたいに見えた。顔も蒼白くて。ああ、エーミル、ほんとに怖かった」

彼女は口をつぐむと、グラスを目の前に掲げた。エーミルはなにも言わず、片時も彼女から視線を外すことなく、コニャックをグラスに注ぎ入れた。彼女がつづけた。

「あの人、片手に袋を持っていたの。それから車が見えた。駐車場からすぐの森の中まで乗り入れて駐車してあった。ヘッドライトも消えていて――ランプもなにもかもぜんぶ消えていた。ハザードランプもついていなかったし。それからあの人、わたしに帰るように言ったの。『家に帰っておやすみなさい、ベックマンの奥さん』って言ったわ。『あんたを怖がらせるつもりはなかった』って」

彼女は片手を伸ばしてエーミルの手の上に置いた。

「だいたいあの人、なんでこんな遅い時間に、罠の獲物をとりにくるのかしら。すごく遅いときもあれば、いきなり朝にいることもあるし。わかる、エーミル?」

エーミルは口をとがらせて言った。

「朝飯にウナギが食いたかったんだろう。だが、ちょっと話をつけてこなきゃな――こんなふうに人を死ぬほどびびらせやがって」

エーミルは薄っぺらな背を伸ばし、細い両肩をすくめ、いきなりコニャックの瓶を口に持っていくと、あおるように何度か喉を鳴らして飲み下した。ゆっくりと瓶を下ろしてテーブルに置く。そして、妻を険しい目で見た。

「しかし怖がることはないだろう。まったく女ってやつは。コーヒーを用意しろ、そしたら巡回に行ってくる。もしあいつがまだいやがったら、説教をかましてやる。ここを監視してるのはおれだ、地主だろうがなんだろうが、関係のない人間の立ち入りを制限するのがおれの役目だってな」

妻は夫を尊敬のまなざしで見つめた。

「勇敢なのね、エーミル。地主さんに——物申すなんて。急げばきっと間に合うわ。まだそんなに遠くへは行っていないはずよ。罠から獲物を取り出すにも多少時間はかかるから」

エーミルは目を細くして彼女を見つめ、言った。

「コーヒーが先だ——そろそろ地主にはひとこと言わなきゃいかんと思ってたのさ」

三十分経った頃、コーヒーのポットは空になり、コニャックの瓶はほとんど飲み尽くされた。エーミルがテーブルから立ち上がる。すこし足元がおぼつかないように見えたが、ふらつくようすはなかった。彼はゆっくりと玄関まで歩いていった。

「ウッラ、もう寝てていいからな——おれはすぐに戻ってくる」

夫がドアの外に姿を消すやいなや、彼女は服を脱ぎすてた。窓を開け、ベッドにもぐりこむ。次に夫が戻ってきたとき、彼女は眠ったふりをしていた。彼は寝室のすぐ外で歩を止めた。

「おい、あの野郎、いなくなってたぜ」

そう言って言葉を切ると、彼は妻からの返事を待った。薄く開いた彼女の目に、キッチンの明かりに縁取られ、戸口に立つ夫のシルエットが見えた。彼女は軽くいびきをかいた。夫が言う。

「ウッラ、寝てるのか。ウッラ――こいつを拾ってきてやったぜ、おまえはなんでもとっておく質だろう」暗闇の中で彼女はそっと目を開け、夫の姿を盗み見た。同時に、軽いいびきを混ぜながら、深くリズミカルな寝息を立てつづけることを忘れなかった――今晩はひとり、ゆっくりと邪魔されずに眠りたい。彼女の視界の中で、夫がなにか小さなものを手にしているのが見えた――なにか丸いもの――南京錠だろうか？彼がようすをうかがっている。それからあきらめたように客間に入っていった。引き出しを引く音が聞こえる――もちろん、拾ったものをあの引き出しに収めたのだ、彼女自身も、なにかの役に立ちそうな拾得物をそこに保管している。彼が戻ってきた。彼は静かに服を脱ぎ、隣のベッドにもぐりこむ。五分もしないうちに夫のいびきが聞こえてきた。

ラッセはイヴォンヌを抱き寄せ、そっと、ためらいがちに唇を寄せた。彼女が目を閉じて彼を受け入れたとき、心臓の鼓動は高鳴り、体はじんわりと温かく、時は止まったようだった。

やがて彼は、彼女からそっと手を放した。ふたりはゆっくりと歩を進めた。言葉はいらない。彼は彼女の体に腕をまわした。厚いコートの上からでもしっかりとした、しなやかな腰を感じる。彼らは温室の壁に沿って歩いた――温室は三棟あった。まるでおもちゃのブロックを三つ並べたようだ。ガラスが月光を反射して彼らを照らした。遠くのほうには月明かりの下に広々とした農園が広がっている――低木の茂みや、苗の温床、いくつかの切り株から細い枝が何本も伸び、土中から伸びた手のような黒いシルエットが、風に吹かれてかすかに揺れている。いちばん手前にある温室の妻側に、木材で建てられた倉庫のような小屋が建てつけてあった。淡いランプの明かりがレースのカーテン越しに漏れていた。窓の近くには細長いドアがある。壁を通して、かすかなリズムを刻む陳腐なダンスミュージックが漏れ聞こえてきた。

イヴォンヌが言う。

「シャックが帰ってきたわ。かわいそうな子――夜は音楽だけが彼のお友達なの。音楽と明かりがないと眠れないのよ。誰かとふたりでいるほうがすてきなのに――そうじゃない？」

ふたりは家の外階段までやってくると、いちばん下の段に隣り合って腰を下ろした。彼はまた右腕を伸ばしてイヴォンヌを抱いた。彼女がささやく。

「これでいいわ、とてもいい気持ち。あなたはわたしのことが好きなの、それともわたしがそうしてほしいと思っているのを感じ取って、そうしたの？」

「そうした、ってなにを？」

「わたしにキスしたこと」

彼は微笑み、彼女の目を見つめた。

「ぼくが、そうしたいと思ったからさ」と、彼は小さく笑って言った。「もう一度したいと思っている」

イヴォンヌは答えなかった。彼女は闇の向こうに視線をやり、なにか物思いに耽っているようだった。彼はそんな彼女をこっそりと観察し、ますます恋心を募らせていた。散歩に出かける前、彼女の家で、彼女の母親と三人でお茶を飲んだとき、昔話に花が咲いた——彼はイヴォンヌよりもむしろ母親のほうをよく覚えていた。それに彼女の姉やシャック、父親のことは記憶していたが、イヴォンヌのことはほとんど覚えていなかった。こんな女の子を忘れるなんて——いずれにしても、これ以降は絶対に忘れることはない。ヴィクトリアが部屋を出て電話をかけに行き、つながらなかったと言って戻ってくるまでのあいだに、彼はソファに座ったまま彼女にキスをした——そのとき、イヴォンヌは抵抗した。それからふたりは外に出て、シャックの住む小屋のぼんやりと光る窓を通り過ぎた。だが、そのとき彼は不在だった——音楽がかかってないから、とイヴォンヌは言った——ということは、彼はまだ帰ってきていないのだ。そしていま、ここにたどり着いた——真夜中近く、眠りについた家の外の、玄関へとつづく階段に座って。イヴォンヌがとつぜん言った。

「ねえ。わたしたちの周りは、ビニールのラップに包まれたりしてないでしょう?あそこにあるリンゴの木みたいに——見える?」

彼はリンゴの木を見た。温室の外に、リンゴの木が長い列をなして植わっていた。家から農場へつづく道沿いに吊り下がった外灯が、木々をくっきりと照らしている。ビニールの梱包材で巻かれたリンゴの木は光を照り返し、まるで氷のように冷たく凍てついて見えた。温室の硬い板ガラスでできた屋根や壁も、同様の印象を与えた。温室内の屋根の下に並んだ蛍光灯の光が、まるで雪灯籠のようにちらちらと光っている。

彼女がつづけた。

「わたし、すぐにわかったの——あのお店であなたを見たとき、あなたと友達になりたいって。あなたはビニールじゃなくて温かい肌の持ち主だって。わたしと同じ。ほとんどの人はあのリンゴの木みたい——自分が生きていた世界から掘り出されて、根っこは灰色の梱包紙に巻かれて、そして全身をビニールの袋に覆われて封をされる。その中には命があるのかもしれない——だけど、そこに手が届くことはない。梱包された命よ」

「さすがは園芸農家のお嬢さんだ」

彼は微笑み、彼女の肩を抱き寄せた。イヴォンヌが言う。

「ふざけないで。本気で言ってるの。でもたしかに、こういう考え方は園芸農場で育ったからかもしれない。お客さんがランの花を買うでしょう——そうすると鉢植えをプラスチックの箱に入れて、閉じた箱の上からシルクのリボンをかける。ありのままの姿で渡すことはできない、裸のままの傷つきやすい姿では。たった一枚の紙で包むだけでは足りないの。プラスチックの箱じゃなきゃだめ、そう決まってる。ダリアもそう——ひと抱えもあるダリアの花。お客さんは言うの。『お嬢さん、ビニールの袋に入れてくださいな、それを持ってイェンシェーピンまで行かなきゃいけないのよ』——そして、リンゴの木も——『地植えするのは今度の土曜日になるから、それまでもつように、配達の時には根っこが乾かない状態で、全体をビニールで覆うようにしてもらえますか』って。まるで、あの薄い貧弱な膜で命を保存することができるとでも——あんな、皮膚よりも薄い代物で。でも、人の肌は温かいわ。人を覆うのは血の通った皮膚でなければ。ビニールで覆われていてはだめ。シャネットはビニールに包まれてる、でもシャックには人の肌がある。パパもビニール、ママは人の肌。ほとんどの人がビニールをかぶってるわ。もちろん——ときには命が内側からほんのすこし光っているのが透けて見えるけれど」

イヴォンヌが声を上げて笑いはじめた。彼は彼女の唇をキスでふさごうとしたが、イヴォンヌは頭を反らせて抵抗した。彼が言った。

「そんなふうに大声で笑わないで。嫌な感じに聞こえるよ。それに家で寝てるみんな

が目を覚ましちまう。　親父さんが出てきてぼくらを見たら、　お帰りくださいって言わ
れるよ」
イヴォンヌがまじめな顔で言った。
「そんなに心配する必要はないの――いま頃、お母さんは丸太ん棒のように眠ってい
るから。シャネットは学校で添削しているし。パパはまだ家に帰ってない、帰ってた
ら家のすぐ外に車があるはず。シャックは音楽をかけてるからなにも聞こえない、ま
だ起きていたとしてもね。それに彼はわたしがなにをしようが、まったく気にもかけ
ないから」そう言うと、彼女はすこしためらいがちに口をつぐんだ。
「彼、人の肌じゃなくて、ビニールで覆われた女の子に恋してるの。彼女のことなん
か忘れたほうが、彼は幸せになれるのに」
イヴォンヌは言葉を切って、不安そうに彼を見つめた。「誰のことだか、わかる?」
「おそらく。その子に振りまわされているのは、彼ひとりじゃないだろう」
イヴォンヌはかすかに微笑み、彼に体を押しつけて言った。
「彼は自分を守るすべを持ってないの。もしも誰かに殴られたとしたら、彼は静かに
黙って這うように逃げて、自分で自分の傷を舐める。彼女、一度つきあってくれたこ
ともあったのよ――わりと長いあいだ。彼女から離れられなくなるくらいには、長く。
彼女を自分のものにすることができようができまいが関係なく、シャックのような人

間は魂を抜かれてしまう。でも彼女はいつだって、より強い存在を求めていて……」

ラッセはイヴォンヌを見つめ、急にあのことを知っているだろうかと考えた。彼は言った。

「その彼女は、結婚するんだよ」

「知ってる。フレドネルとでしょ」

イヴォンヌは沈黙し、夜空を振り仰いだ。そして急に言った。

「どっちのほうが、よりかわいそうかしら」

「それはつまり――彼女かフレドネルかということ?」

「ちがう――わたしの弟か、あなたの弟か。だって彼女はあなたの弟と、シャックと二股をかけていたじゃない。でも彼なら乗り越えることができる――つまり、あなたの弟なら。そうじゃない?」

「たぶんね。どうだろう。彼もよく知らなかったみたいだから――つまり、その知らせに驚いていたから」

彼は口をつぐんだ。頭の中に湧いた思考は、意識の外へと流れ出ていった。ふたりは身を寄せ合ったまま暗闇の先を見つめていた。夜空には、月光に照らされ、輪郭を光らせた雲が切れ切れに、なにかを追いかけるように流れていく。気温は下がっていたが、彼は気づかなかった。数百メートル先を県道が走っている。ときおり通過する車のヘッドライトの白い光が、遠い樹々のあいだをちらちらと移動する。下り坂に入るとライトは消え、上り坂になるとより強く、目がくらむような光線を放つ。エンジンの音は高く低く、樹木に吸収されてくぐもり、最後に森の帳（とばり）を破って大きな音を響かせ、震えながら遠ざかっていく。ヘッドライトのぎらぎらと光る目が姿を現し、通り過ぎ、弱まって赤いテールランプに取って代わる。あの車たちが厩舎と母屋のあいだを縫う県道を通過するたびに、不眠症の母は浅い眠りから目覚めるのだろう。いや、そうでもない——最近では薬で眠っていると言っていた。イヴォンヌがとつぜん立ち上がって言った。

「さあ、そろそろね。遅くなったわ。イヴォンヌはベッドに入って、いま会ったばかりの人、そしてまた会いたいと思う人の夢を見ることにします——またすぐにでも」

彼女は目を閉じ、彼に身を寄せた。「おやすみなさい」

ラッセは彼女が玄関のドアを閉めてしまうまで、そこに立っていた。それからゆっくりと家に向かった。頑固に音楽を流しつづける小屋の窓を横切り、温室と、梱包されたリンゴの木の列を通り過ぎる。まだ県道まで届かない地点で、彼は遠くのほうにヘッドライトの明かりがちらつくのを見た。エンジン音が近づき、リズミカルな波のように押し寄せる。目がくらむような光が現れ、一瞬彼の顔を照らして去った——片目だけの、なにかを探すように光るヘッドライト。彼は車を振り返ったが、その光は母の農場に建つ納屋や小屋の向こうに隠れて消えた。そこで車は停車し、不審を抱かせるほど長くとどまっていた。車を乗り捨てていったのか。彼は道を半ば走るようにして、なにが起きたのか見定めようとした。すると、車はふたたび姿を現した。照明が消されている。彼からほんの二十数メートル離れた地点、坂道の下にあるカーブに向かって、闇の中からうなり声を上げる大きな黒い生き物が滑り出し、上り坂を進み、坂の頂を越えて夜へと消えた。ラッセは歩をゆるめた。――いったいなんであんなふうに車を走らせるんだ。最初は片目だけつぶれているのかと思ったら――もうひとつのライトも消して――それなのに、なにもなかったかのように、そのまま車を走らせていくなんて。彼は県道を横切り、敷地のゲートまで来た。門を開け、砂利を敷いた道を歩きはじめたところでなにかを踏みつけた――柔らかくて、ぐにゃりとした、踏んではいけない、気味の悪いなにか。彼は足元を見た。道沿いの照明が暗すぎる。家の玄関照明も消されていて、自分がなにを踏んだのかよく見えない。彼はポケットに手をつっこみ、マッチ箱を取り出して一本火をつけ、背をかがめた。砂利道の上に、死んだ猫が横たわっていた。まだ成長しきっていない子猫だ。乱暴に扱われたことがうかがえ、全身が汚れていた。しっぽが黒く、背にもサドルのように黒い斑（ぶち）がある。彼は指先で、そのやわらかい体を触った――湿ったように冷たい。そして不意に、猫に糸のようなものがからまっていることに気がついた。猫の首のまわりに固く巻きつけられている——ナイロン製の丈夫な糸。——かわいそうなことをしやがる、と彼は思った。マッチを地面に落とし、彼は指先で猫の首にひっかけられた糸を探り、取り除いてやった。一瞬、彼はしゃがんだ姿勢のまま手を猫に当て、生きているのか確かめた——猫は動かなかった。彼は猫の首の後ろをつまんで立ち上がり、近くを流れる水路のほうへ放った。「明日、ちゃんと弔ってやるからな」と、彼は小声で言った。猫を捨てたのは、もちろんあの車だ——こんなふうに動物を虐めやがって。無意識のうちに彼は手を握りしめ、県道の向こうの上り坂に向かって拳を振り上げた。

滝の轟音は寝室の半分開いた窓から部屋の中へ流れこんできた。彼女は滝の音が聞こえないと安心して眠れない。窓は年中、同じように開いていた。それが夏だろうが冬だろうが、たとえ室温が冷凍庫並みに下がったとしても。彼女は仰向けになって天井を見つめていた。まだエーミルに飲まされたコニャックのおかげで、体が温かかった。頭を横に向け、夫を見る。壁を背景に、彼のとがった顔の輪郭が、まるでネズミの鼻先のように見えた。ろうそくを灯し、組んだ指をその明かりにかざしてシーツに映し出したような、ネズミの影絵のシルエット。よく眠っているわ、おやすみ、エーミル——わたしは眠れないけど。視線は横へ滑り、ナイトテーブルの上に置かれた目覚まし時計のところで止まった――もうすぐ二時――どうしてぜんぜん眠れないのだろう。さまざまな考えが彼女の脳みそからアリのように這い出てきて、ゆっくりと、じわじわと、壁紙にできた黒いシミの周りをにじるように輪で囲み、それからカーテンの縁飾りへふわふわと漂い、移動した。カーテンは庭の外灯からの淡い光を受けて、ほんのかすかに揺れている。彼女の意識は滝の音に集中した。大量の水がタービンへと導く水圧管になだれこむ音、コンクリートの堰堤を超えてあふれ流れる音、爆音とともに砕け、泡立ち、ほとばしり、奔流となって岩々のあいだを抜けるときの音が、重なり合って独特のオーケストラを形成する。彼女は水流が奏でる重低音や轟音、力強い響きが好きだった。ウッラはベッドから抜け出した。エーミルを起こさないようにそっと、裸足のまま窓際まで近づく。部屋の中は寒く、床が冷たかったが、気にならなかった。いま、しっかりと目を覚ましてしまえば、そのあとに眠りに落ちることができるだろう。ウッラは夜の闇を見つめ、滝のほうを眺めた。彼女はそこでぎくりと肩を寄せた――おそらく懐中電灯から伸びる弱い光が、眼下のウナギの罠（オールシスタン）の仕掛けられたあたりでちらちらと揺れていた。彼女は回れ右をしてエーミルのベッドに駆け寄った。

「エーミル」

手を伸ばして夫を揺さぶる。

「なんだ……」

「誰かが滝のそばにいる——下のほうに懐中電灯の明かりが見える」

エーミルははっきりと目を覚ました。彼はベッドの中で上半身を起こし、薄闇の中、彼女をじっと見つめた。

「だからなんだ。どうせ地主が、仕掛けた罠を見にきたんだろう」

「いま——こんな時間に？　あなただって、地主さんはいなくなったって言ってたじゃない——すこし前に巡回から帰ってきたときに」同時に彼女は言い過ぎてしまったことに気がついた。夫が帰ってきたとき、彼女は寝たふりをしていたのだ。だが、彼はとくに反応しなかった。

彼女は熱心につづけた。

「ねえ、もし誰かが発電所やタービンになにかいたずらでもしたら——管理責任を問われるのはあなたよ、エーミル」

彼はとつぜん不安に陥ったようだ。ベッドに座り、両膝を抱え、小さく細く丸まっていた。ウッラは彼が震えていることに気がついた。それが寒さのためか、怒りのせいかはわからなかった。

「どれ」と、彼は言った。

ナイトテーブルのランプをつけると、彼はベッドから出て、窓まで歩いていった。

ふたりは並んで外のようすをうかがったが、光るものはなにも見当たらなかった。エーミルは言った。

「なにかの思い過ごしじゃないか。夕べの出来事で、おじけづいてるんだろう」

「そんなことない」いきなり、彼女は自分でも驚くほどきっぱりと言い放った。「あなたがそんなに弱気なら、わたしが自分で見にいってくるわよ」

仕方ない。彼はゆっくりと窓から離れてベッドの足元のほうへと歩いていった。そして長いあいだ無言で佇んでいた。彼は上半身に肌着を身につけ、腰からは七分丈くらいの、膝のあたりが伸び、シミのついた下着を穿いていた。丸首から鳥のような細い首が突き出ている。やがて彼は、ベッド近くの椅子にかけてあった青いつなぎの服に体を入れ、すり切れた長靴に足をつっこみ、玄関に向かった。ドア口で立ち止まり、彼女にいらだたしげな視線を向ける。

「まったく、いい加減にしろっていうんだ」彼は言った。「セーターはどこだ？」

「キッチンのフックにかけてある」と彼女は言った。「懐中電灯なら、きっと窓のところに置いたでしょ」

彼は乱暴にドアを閉め、出ていった。彼女はまたベッドに戻って横になり、耳を澄ませて待った。いま、彼は門のあたりにいるはず。いま、道を横切った。いま、滝のほうに向かって道からそれた。コンクリートの堰堤まで上り坂を三十歩。着いた頃だ。

いま、堤の上を歩いて川を渡っている。きっと道々毒づいているだろう。いまのところなにも起こってはいない。声も聞こえない。ウッラは聴覚を研ぎ澄ませた。もしさっきの明かりがやはり地主のものだったら――あの哀れなエーミルに、なにか物申す勇気などあるはずがない。それに、地主には自分のウナギの罠をいつだって見にくる権利がある。でも、こんなにも遅い時間に――いや、あれは地主なんかじゃない。頭の中の堂々巡りの応酬はどんどん速度を上げていく。ときおり目覚まし時計に目をやり、分刻みで時間を計り、窓越しに外を見つめる。庭のランプの照明に縁取られた窓には、灰黒色の夜が広がり、滝の音が轟いている――そうして横たわっていると、とつぜんエーミルが砂利道を駆け上がってくる足音が聞こえた。彼女はベッドの中で上半身を起こした。キッチンのドアがばたんと音を立てる。夫が彼女のそばに駆け寄った。彼は真っ青な顔をして、混乱していた。彼が言った。

「地主がいた――ああ、なんてことだ、ウッラ――地主がいた」

「なんですって――地主さんが？　あの人になにか――なにか言ってやったの？」

エーミルが激しくかぶりを振った。彼の奇妙なようすから、なにか重大な事態が起きたことを察する。彼が言った。

「地主があの中にいた。あの、罠の中に。ウナギの罠の中で、真っ白い顔で死んでいた。空っぽの目つきで、まっすぐ上を見上げて。それに、あいつの首に――まるで首輪みたいに、ウナギが——ああ、ウッラ——ウナギが」

彼らは大きく見開いた目で、長いこと互いを見つめ合っていた。やがてエーミルが電話に向かい、ポプラの葉のようにひらひらと震える指で電話帳をめくりはじめた。半分開いた窓から強風が吹きこんでいることにも、戸外の樹々の頂をときおり雨交じりの強い風が叩く音にも、ふたりは気づかなかった。エーミルはやっと電話番号を見つけた。彼はダイヤルの穴に指を入れて回しながら、途切れ途切れにつぶやいた——

警察、警察。

3

バーティル・ドゥレル主任警部はブルーのシャツの襟首に指を二本差し入れ、ネクタイの結び目をゆるめた。ジャングルを思わせる濃い緑の生地にオレンジと黄色のパターンを描いた、めったにお目にかかることのないような柄のネクタイ――それは、ブルーのストライプの背広を背景とし、熱帯に棲む毒ヘビが彼の首から丸い腹まで垂れ下がっているように見えた。彼は口を開いて息を吸いこみ、胸郭を空気で満たし、片手を腹の上に当て、もう片方の腕を軽く外に曲げる古典的なテノール歌手のポーズを取った。次の瞬間、吸いこまれた空気が朗々と、水晶のように透き通った歌声となって流れ出た。頬は紅潮し、淡い水色の輪郭のぼやけた瞳は、部屋を満たす美声にうっとりと閉じられている。

「朝はバラ色に輝き、空気は花の香りに満ち……」(『ニュルンベルクのマイスタージンガー』の歌詞)

アリアがクライマックスに到達したとき、彼はゆっくりと目を開いた。衣装ダンスの鏡に自分の姿が映っている。彼がドラマチックに頭を振ると、ニンジン色の短い髪が照明の下できらきらと光った。部屋の壁際に置かれた肘掛け椅子には、パール・バルデル警部補が腰掛けている。背が高く、暗い髪色に広い肩幅、男性的な顔の輪郭、薄茶色の瞳にすこし大きく突き出た耳をしている。近くにある椅子の背に背広をかけ、シャツの腕をまくって力強い両腕をあらわにし、筋張った両手で肘掛けを包みこみ、背もたれに仰向けに寄りかかって長い脚を絨毯の上に投げ出している。彼は目を閉じていた。ドゥレルはそれが、彼がこのアリアに聞き惚れているためか、またはうっとうしく思っているためか、あるいはイエンシェーピンで終わらせたばかりの神経を削る捜査の疲れに徐々に侵されているためなのか、判断しかねた。ドゥレルはいちばん目の選択肢を正解と読んだが、実際はどうでもよいことではあった。聴衆にいったいなんの意味があろうか。彼はいままさに、音階の迷路に突き進まんとし、そのフレーズ、先の見えない曲がり角のひとつひとつが創造的な冒険へといざなう瞬間にいた。とつぜん、電話の呼び出し音が冒険の世界を引き裂く。容赦なく響くベルの音に、歌声は弱く、震えるピアニッシモとなり、徐々に消えゆく運命を背負い、そして……。

ドゥレルはいらだたしげに、歌うのをやめた。

「……忌々しい電話機め」と、彼はつぶやいた。バルデルが目を開いた。彼はビロードのような瞳でドゥレルを見つめ、どうとでも解釈できる笑みを浮かべて言った。

「まあまあ。みんながみんな、夜中の二時半にホテルの部屋に響くオペラを喜ぶわけじゃあないってことですよ。でももちろん、ぼくが間違っているのかもしれない——いずれにしても、ふつうは聴衆がいなくなれば、舞台の幕も下ろすもんです」

そう言いながら、彼は両足を引き寄せ、疲れたようすで肘掛け椅子から立ち上がった。電話機へ向かって歩いていく。ドゥレルはまたアリアのリフレインを、今度は不機嫌そうに、低く口笛で吹いた。バルデルの顔が引き締まり、手が受話器を握りしめるのが見えた。彼は電話に向かって言った。

「もう二十時間も着替えてないのに……ほんのすこししか休んでないのに……はいはい、十分後ですね……了解」

彼は受話器をフックに戻してからドゥレルに言った。

「まったくひどいもんだ——もしぼくが言ったように、夜中のあいだにストックホルムに戻っていれば、こんなことにはならなかったのに」

ドゥレルの口笛がやんだ。

「新規の案件か？」

「ええ——それ以外になにがあります？　電話は県警本部長から——ニッサフォシュで殺人事件があったそうです。地方警察は責任を取りたくないようですね」

彼は部屋を横切ると、大きく窓を開け放ち、まるで秋の冷たい夜の空気で疲れを洗い流そうとするかのように、二、三度大きく深呼吸をした。ドゥレルが肩をすくめた。

彼はまたネクタイを引き締め、片手でゆっくりとあごを撫でた。すでに赤い無精ひげが伸びて手にざらざらと不快な感触を残す。彼が言った。

「そういうもんさ――ノンストップ、ってとこだ。迎えの車はあるのかな?」

バルデルがうなずいた。

「十分後に迎えの車が到着します。鑑識の車両はすでに現場に向かっています――逃げられませんね」

バルデルは肘掛け椅子に歩いて戻り、背広をつかんだ。大あくびをしながらぎこちない動作で背広に腕を通す。彼が窓際を離れると同時に、ばたばたとなにか大きな昆虫が部屋に舞いこんだ。ドゥレルは興味津々で虫を見つめた。

「コエビガラスズメ」と、彼は言った。「明かりをつければ、あらゆる種類の夜行性の昆虫が集まってくる。彼らに常識がある証拠だよ。犯罪者の反応はその反対だからな」バルデルは聞いていなかった。目ではその大きな蛾を追いながら、ゆっくりと口を開いて言った。

「道案内の段取りもついています。まずイーサベリ近くのニッサ通りに案内係の男がひとり。それから道が分岐するたびに、それぞれ道案内が立っています。目的地まで一時間くらいですね」

「ああ」と、ドゥレルが溜息をついて言った。「地図が苦手な人間もいるだろうから彼は蛾を窓の外に追い払おうとしたが、虫は平然と飛びつづけている。バルデルが言った。

「電気を消して。部屋を出るときに窓を開けっ放しにしといてください、そうすれば自然に出ていきますよ。五分後に会いましょう」

彼はホテルの廊下に面したドアを開け、まるで幽霊のように音もなく細い隙間をすり抜けていった。

現場にはすでに警察署長が待っていた。ドゥレルは彼を知っていた。二、三年前、この地域で難解な事件をともに捜査したメランデル前地方検事だ。その事件ではある技師の身持ちの悪い妻が殺され、死体は遺棄され、犯人は見つからないまま埋葬が執り行なわれた。メランデル署長は激しい通り雨を避け、傘のように枝を張ったマツの木の下に立って彼らの到着を待っていた。数人の警察官が投光器を設置していたが、できることはそれだけだった。この雨が降りつづく限り、ほかの作業は不可能だ。ドゥレルは体を丸めた。両手を光沢のあるレインコートの下に滑りこませ、ポケットの中の懐中電灯を握りしめると、警察署長に励ましの笑みを送って言った。

「この大雨を引き寄せた強運の持ち主は誰だ？——もうどれくらい降りつづいているのかね？」

「長くはないよ——われわれが現場に到着したとたんに降りはじめた。ときどき、数分降りやむこともある」と言うと、メランデルはとつぜん不機嫌そうになってつづけた。「もし証拠が残されていたとしても、それが生じたときよりも速く洗い流されてしまうだろうな。だが罠にはビニールで覆いをかけておいた——つまり、ウナギの罠のことだが。被害者はその中に横たわっていた——いや、いまもそこにいるがね」

ドゥレルは顔をゆがめて空を仰いだ。マツの葉は密に生えているが、それでも屋根としてじゅうぶんとはいえない。枝先から顔に、雨のしずくが落ちた。

彼は言った。

「ほう——それはよかった。つまり彼がまだそこにいるということだな。死んでいることは確実だね？」

メランデルが力なく微笑む。

「一から始めるというわけか。もちろんだ、ずっと死んだままだよ。医師も連れてきている——あそこの車の中に座っているよ」

メランデルが頭を振って示した方向には、数台の車両のハザードランプが点滅し、道路際の空き地を弱々しく照らしていた。メランデルがつづける。

「ひと目見れば、彼が罠の中で死んでいるとわかるよ。頭が砕かれている。この雨がやみさえすればなあ」

ドゥレルがさえぎるように言った。

「殺されているというのは確かかね」

「頭が卵の殻同然に砕かれていると言ったろう」

「被害者は下に落ちて――頭を打った可能性は……」

警察署長が肩をすくめる。

「かもしれんな。ただそうだとするとおかしいのは、そのあとどうやって階段を上って罠から出て、外から錠を閉めてまた罠の中に戻ったかということさ。それに凶器と目されるものは彼の死体の横にある――先端の鋭い鉄の棒がね。というわけで――この事件については他殺以外の可能性はない。だいたい、なんだってわたしがこんな事件に追いまわされなきゃならんのだ。ちょっとした侵入窃盗だとか、置き引きだとかが時たま起こる――その程度でちょうどいいんだ。あるいは控えめな喧嘩沙汰とか、水曜日や週末の酔っ払い案件とかが二、三件もあれば。そんな事件だ、わかるかね、われわれの予算でカバーできるのは。こういう事件じゃないんだよ。それにこの忌々しい天気ときたら」ドゥレルが喉でくつくつと笑ったが、その声は土砂降りの雨と遠方から響く滝の音にほとんどかき消された。ドゥレルは励ますように言った。

「だが、いずれにしても死体の主は判明しているわけだ」

「ああ、まあね。名前はブルーノ・フレドネル、この辺では地主と呼ばれている。ほんとうはここから十キロメートルほど離れたボーラリードに住んでいるが、ここ数年、そのウナギの罠を私的な楽しみのために仕掛けている、たんまりと金を持っていて……」

「〝持っていた〟」と、ドゥレルは穏やかに言った。「……そして、〝住んでいた〟……〝呼ばれていた〟……殺人によってすべてが過去形となることを忘れちゃあいけない。だからこそ殺しは厄介なのさ」

「つまり、殺されてるってことに異論はないんだな」と、メランデルが言う。

「ああ、同意するよ。しかし、興味深くもあるな。ときどき、もしも仮に事件が……」

ドゥレルは懐中電灯を引っ張り出し、周囲の闇をぐるりと照らしていった。木々の幹が湿気を帯び、ゆっくりと雨のしずくを垂らす。光に照らされ、幹と幹のあいだに、雨粒の踊る影が無数に浮かび上がる。すべてが水の中だ――降りしきる雨、濡れた地面、滝の流れる音。時おりぎこちなく動く警官たちの雨合羽には雨のしずくが流れ落ち、彼らが照らす懐中電灯の明かりは闇を切り裂き、そこここに激しい雨脚が浮かび上がった――彼は言った。

「雨がやむまでは作業を中止しよう。いまはなにをしても無駄だ。しばらくのあいだ雨を避けられる場所はないかな――たとえば、あの上のほうに家が見えるが。誰が住んでいるんだい？」

「あそこに住んでいるのが事件の通報者だよ。滝の管理人だ。ここには小規模な水力発電所がある。管理人はベックマンという名だ。エーミル・ベックマン。彼から事情聴取を始めてもいいんじゃないか？　われわれはここに駐めた車の中で待っているから」

「わかったよ、そうしてくれ。また夜明けに会おう」

彼はレインコートの襟を引き寄せ、鍬で土を耕すような姿勢で懐中電灯を持ち、地面を照らしながら、百メートル余り離れた場所に建つ家まで、小走りに向かった。半分ほど進んだところで、背後にバルデルがついて来ていることに気がつく。玄関をノックすると、小柄な太った女がドアを開けた。赤錆色のガウンをだらしなく羽織り、恐怖に怯えた表情を浮かべている。彼女はふたりをキッチンに招き入れ、レインコートを脱ぐのを手伝い、濡れた雨具が乾くように暖炉から突き出した通風調節弁に吊した。彼女の夫が立ち上がって会釈をした。主人の前のテーブルには二、三個のコーヒーカップ、グラスがいくつかと、ほとんど飲み干されたコニャックの瓶が一本置かれていた。ウッラ・ベックマンはさらに二つほど新しいカップをテーブルに置いてコーヒーを用意しようとしたが、ドゥレルはそれをさえぎった。

「ありがとうございます、ベックマン夫人――ですが、コーヒーを飲むには時刻が遅すぎる。よき睡眠の妨げになります――それにそちらの、もうひとつ別の飲み物――それをいただくにはまだ時刻が早すぎますのでね」

彼はそばかすだらけの顔ににっこりと笑みを浮かべ、バルデルはあさってのほうを向いた。ドゥレルがつづける。

「ええと、彼を見つけたのはベックマンさんということですね」

管理人はうなずいた。彼はそのネズミに似た顔を上げてドゥレルを見つめた。何度かつばをのみこんだあと、両手で膝をしっかりと抱えこんだ。心に鍵をかけてしまったようだ。コニャックをもってしても外れることのない鍵。

「それで、いったいどのような経緯で第一発見者となられたのですか？」

「ほんとうはおれの女房なんですよ、こいつが――眠れないと言い出してベッドから起きて、外をのぞいたら、誰かがあのウナギの罠の近くを懐中電灯で照らしながらうろついているのを見たってわけです」

彼は振り返り、妻と視線を合わせようとした。「そうだろう、ウッラ……」

「ええ、そうでした。だからわたし、エーミルにあそこまで行って誰がいるのか見てきてほしいって頼みました――彼には滝の管理責任がありますから」

エーミル・ベックマンがつづけた。

「それで、もちろんおれは着替えて外に出た――念のために鉄の棒を一本持っていきました。誰がいるのかわかったもんじゃないし、もしそれが地主だったとしても、なにか事が起きればおれは身を守るものを持っているってことをわからせたかったんでね」

ウッラ・ベックマンがドゥレルに向かってテーブルに身を乗り出した。彼女が慌ててつけ加える。

「もちろん、彼は地主さんと――それが地主さんだったとして――喧嘩を始めるつもりでいたんじゃないんです。わたしたち、地主さんとは仲良しでしたから」

「黙れ、ウッラ――いまはおれが話してる……」エーミルはやっと膝を抱えた手をほどき、右手で乱暴とは受け取られない程度に力を加減して、テーブルを叩いた。それから意識を集中させて話をつづけた。

「下のほうに降りていったが、誰にも出会わなかった。家を出たときにはあたりはすっかり暗くて、それでもおれは下まで降りた。ウッラが、明かりが罠の近くにあったと言うものだから、そこまで歩いていったんです。そして、罠を通り過ぎて発電所まで行った。だが、そこにも誰もいなかった。それでおれは引き返した。そのとき、罠の取水口が閉じられていることに気がついた。その晩、もっと早い時間に見にいったとき、取水口は開いていて、水を取りこんでいたのに。それでおれは考えた――なるほど、地主さんはもう獲物を捕り出したのか。それからまた考えた――なるほど、取水口を閉じたということは、もうこのあと罠を仕掛ける予定はないんだな。そしたら足元の罠のほうからなにか音がしたように思って、それで考えた――なるほど、地主さんは罠の中にウナギでも忘れてきたんだ――だいたい、なぜ真夜中に獲物を確認しに来るんだ、罠の中をはっきり見ることもできないのに。それでおれは罠の上に乗って、先のほうまで歩き、ふたに開けられたのぞき穴から下を照らしてみた。そしたらそこに――ちくしょう……」

管理人は顔をくしゃくしゃにゆがめた。そのときの光景がよみがえり、恐怖に苦しんでいるようだ。ドゥレルは静かに話のつづきを待っていた。やがて、管理人はゆっくりと言葉をついだ。

「そう、そこに彼が横たわっていた――地主だった。階段のステップのあいだから、斜め下に彼の頭が見えた。下に降りるために、はしごがつけられているんだ。罠の中を上下にのぼったり降りたりしなきゃならないから。地主の頭が赤く光っていた。おれは一息に、照明をまっすぐに当てた――血が飛び散って、地主が殺されているのが見えた。それで、おれが音を聞いたと思ったウナギが、地主の首のまわりに――まるで首輪をひっかけたみたいに。ああ、おれはめまいがした」彼は口をつぐみ、その光景をまぶたに映し出そうとするかのように目を閉じた。

ウッラ・ベックマンが片手を彼の手の上に置き、すすり泣きながら言った。

「かわいそうなエーミル」

ドゥレルが言った。

「なるほど、ベックマンさん——それからどうなさいました?」

彼は目を開けると手を引っこめ、妻をいらだたしげににらみながら言った。

「おれがなにをしたか。そこから走り去りました。まっすぐに家に走り戻って、ウッラに自分が見たことを話して、それから警察に電話して事件を通報した。そして、それから——そう、それからずっとここにこうして座っていました。もちろん、警察が来たときには地主の居場所まで案内しました——そのすぐあとから雨が降りはじめた。ウッラ、もうすこしだけ注いでくれないか」

ウッラ・ベックマンはためらったが、それでもコニャックの瓶を手に取り、グラスに少量を注いだ。ドゥレルは彼女の手が不自然なほど震えていることに気づいた。エーミルはグラスをぐいっとあおって飲み干した。それから静かに座り、床を見つめ、目撃者となったときの光景をまた頭の中で反芻しているようだった。ドゥレルが言った。

「何時頃のことでしたか?」

「二時頃——真夜中です」

「先に奥さんが見た懐中電灯の明かりについて、その主が誰なのかわかっていたようにおっしゃいましたね。それは地主さんのことだったんですか？」

エーミルがうなずいた。

「もちろん。昨晩、女房が森の中で地主に出くわしていたんです。あいつ、女房を半分気絶するほど怖がらせてね。だが、ということは懐中電灯の主はあいつじゃないってことか……」エーミルは興奮したようすで言った。「誰か、別の人間がいるはずなんだ……」

「誰だかわかりますか？」

「いや――でも、誰かしらが……」

ドゥレルが励ますように微笑んだ。

「犯人のことをお考えですな。ええ、そうかもしれません。もうすこし早くあの場に着いていれば捕まえられただろうに、残念ですな」

ドゥレルは口を閉じ、血のように赤い自分の靴のつま先を見つめた。雨水と泥で汚れている。ウッラがささやいた。

「嫌だわ――エーミルが来る前に、犯人が逃げてくれてよかったのよ」

ドゥレルが横目で彼女を見た。「なぜです、奥さん？」

「だってエーミルだって殺されていたかもしれないのに」

「ですが、ベックマンさんは鉄棒をお持ちだったでしょう……ご自身を守ることはできた。そうでしょう、ベックマンさん？」

管理人は身を丸め、警部の視線を避けた。彼は小声で言った。

「さあね——相手がどれくらいでかいやつかわからないし」

「その鉄棒はいまどこにあります、ベックマンさん？ あなたの鉄の棒は」

エーミルの顔が赤くなった。「わかりません。罠の上にいたときは、もう手に持っていなかった。もしかしたら滝の近くの草むらに投げ出したか、堰堤の上にでも置いてきたか」

ドゥレルが言った。「地主さんが鉄の棒で殺されたことはご存じですか？ 彼といっしょに罠の中に置かれているそうです」

エーミル・ベックマンは目を見開き、怯えた表情でドゥレルを見つめた。彼の顔が引きつりはじめる。

「まさか——まさか、おれがやったとでも……」

「あなたはつい先ほど、家を出るときに、これから会う相手は地主だと思っていたとおっしゃった……その前提で鉄の棒をお持ちになることを決めた——ちがいますか？」

ウッラ・ベックマンは目を見張ってドゥレルを見つめ——それから夫を見つめ——そして、取り乱したように泣き出した。彼女は言った。

「ちがう――エーミルじゃありません。ちがう、ちがいます……」声はだんだん消え入り、笛のようなか細い泣き声に変わったが、ドゥレルは容赦なく、今度は彼女に向かって言った。

「そしてあなたは夕べ、事件より早い時刻に地主さんに遭遇して、非常に怖い思いをされた――そうでしたね？」

「あの人が懐中電灯でわたしの目をまっすぐに照らしたんです――ほんとうに、いきなりのことで。わたしは女友達に会ったあと、森の中を歩いて家に帰る途中でした。地主さんはあのロータリーの近くに立っていて――あそこに車を駐めていたんです。でも、車のランプはぜんぶ消えていて、真っ暗でした。ほんとに怖かった」

「それはいつのことです？」

「十時頃のことです――正確にはわかりませんけど」

「そんな夜遅くになにをしていたのか、地主さんはあなたに話さなかった？」

彼女はかぶりを振った。ふたたびもの柔らかになった警部の声に、彼女は安堵した。つばを二、三度のみこんでから、彼女は言った。

「地主さんはもちろん、罠にかかった獲物を見にきたんだと思います」

「そんなことをするには、少々時間が遅すぎませんか――あなたのご主人がおっしゃったとおり」

エーミル・ベックマンがさえぎるように言った。

「罠の確認なんていつだってしたいときにするでしょうよ。でも、もしあなたが質問するというなら、地主はたいがい、朝方に罠を見に来ていましたがね」

ウッラ・ベックマンが言った。

「あのとき、地主さんは袋を持っていました——口のところを片手で握って。地主さんが目の前に現れたとき、もうすでに罠を見てきたあとだと、なんとなく思ったんです。袋の中になにかが入っているように見えたから。でももちろん確かなことじゃありません……」

「地主さんはどれくらいの頻度で罠を確認されていましたか？」

「たぶん週に一度くらいか——もっと多いときもあった」

質問に答えたのはエーミルだった。彼はつづけた。

「地主は、しばらく来ないことが前もってわかっていれば、罠の取水口を閉じて、川の水が流れこまないようにしていたんです。それからまた罠を見に来る数日前になるとおれに電話をよこして、罠を開けておいてくれと頼んでくる。つまり、水中の取水口のふたを上に引き上げるってことです」

エーミルは不安げに警部を見た——「仕掛けはきっとご存じでしょう——鉄の棒でふたを引き上げるんです——そうか、鉄の棒……」彼はある考えに打たれ、口を丸くし、目を大きく見開いて言った。「そうだ、警部さんは地主の隣に鉄棒が置いてあると言ったでしょう。それは当然、地主が持ってきた鉄棒だ——地主が取水口を開閉するときに自分で使う鉄の棒だ……」

ドゥレルは静かに彼を観察していた。この男が地主の第一発見者——小さな痩せぎすの、ネズミに似た顔をした、臆病な男。この男がすべてを自ら画策することは可能だろうか？　地主を殺害し、罠に遺棄して錠をかけ、警察に通報する。そしてその場合は妻も共犯者だ。もちろんありうることだ。もしそうであれば、この事件は太陽が昇る前に解決する。だが、直感的に、そんな終わり方ではないはずだとわかった。そう簡単にいくわけがない。二十時間もの労働のあとに取り組まざるを得なくなった殺人事件だ。一筋縄ではいかないだろう。彼は溜息をつき、ふたたびベックマン夫人に向かって言った。

「十時頃、あの川の近くで地主さんに遭遇したと、そして彼の車はロータリーに駐めてあったとおっしゃいましたね。さて——ご主人——あなたが滝を見にいったとき、その車はまだありましたか？　警察が来たときには、すでに車はなかったとわかっています」

夫は頭を横に振った。

「いや、車はありませんでした。それを確かめようとして、ロータリーも懐中電灯で照らして見たんだ」

ウッラ・ベックマンが言った。

「でも、木の中に隠れるみたいにして駐めてあったのよ、エーミル。あなたには見えてなかったのかもしれないけど」

「あそこに車はなかった……」彼はとつぜんそう強く言い放ち、つづけた。「でも、その前にならあった。うん、そうだ——その前にはあったんだ。地主があそこから車で走り去って……」

ドゥレルが眉間にしわを寄せた。「おふたりともちょっと待ってください、話がややこしくなってきましたな——その前というのはなんのことです?」

夫が興奮気味に言う。

「おれは、一度、巡回もしたんですよ。つまり、女房が外出から帰ってきて途中で地主にばったり会ったとき、こいつがあんまり取り乱していたもんで、おれはそれにつきあってそばにいてやった。それで、そのあといつもよりも遅い時間に巡回に行ったんです。時間は十一時近かったと思う。それで——おれが道路に向かって歩いていくと、地主がとつぜん車のエンジンをかけて走り去ったんです。おれは思った——逃げおおせたのは運がよかったな、もし顔を合わせてたら女房を怖がらせたことについて、がつんと言ってやったのに、と……」

ドゥレルが割りこむように言った。

「地主さんの顔は見ましたか」

「いいや、もちろん見ちゃいない」

彼は馬鹿にしたように鼻を鳴らして言った。「ほかに誰がいるってんです？　一応、車は目で追いましたよ。ヘッドライトがなにかおかしなことになってた、だがこちらにケツを向けて走り去っていったから、どうなっているのかはよくわからなかった。それから——そう、ヘッドライトがまったく消えていたような気がした。それで——それからおれは巡回をして、家に戻り、寝床に入ったってわけです」

「それでは車はもうすこし遠くのほうに駐められていたのでしょうか」

「うーん——そうかもしれない。もし滝の音があれほど大きくなければ、エンジンの音でもっと早くに気がついたかもしれないが。ただ、さっきも言ったように、ヘッドライトは両方とも消されていたと思う」

「そして、このときのことと、別のことを混同されていないことは確かですね。つまり、いまのお話は巡回に行ったときのことであって、懐中電灯の明かりに気がついて見にいったときのことではないと」

「ええ——確かです。それはおれが巡回に行ったときのことだった」

その間、ずっと黙って静かに聞いていたバルデルがとつぜん口を開いた。

「ええと、ベックマンの奥さん——地主さんと出くわしたときに、彼は誰かといっしょにいたりしませんでしたか？　やはり、彼ひとりだったことは確実ですか？」

「地主さんはひとりでした」

「誰かついてきていたということは——たとえば、誰かを車の中に待たせていたとか」

彼女はすこしのあいだ考えていたが、やがて言った。

「それはわかりません。でも、いま、地主さんがわたしに言った言葉を思い出しました。地主さんは、わたしが怯えているのを見て、こう言ったんです。『——申し訳ない、ベックマンの奥さん——あんたを怖がらせるつもりはなかった』……」そこで彼女は言葉を切った。「ちがうわ」と彼女は言い、つづけた。「——あんたを怖がらせるつもりはなかった——そう。『あんたを』という言葉を強調していた。もしかして……」

ドゥレルは満足げに彼女を見て言った。

「なんです、奥さん——地主さんには、誰か怖がらせようとしていた人物がほかにいたとお考えですか……」

延縄を仕掛けた日の夜は、いつもこうだった。ラッセは夜中に何度も目を覚ました。

彼は切れ切れの眠りの中で、同じ夢をくり返す――ラッセは父といっしょに舟へと歩く。舟が湖に滑り出る。櫂を握るのは父だ。ラッセは幹縄を水面から引き上げはじめる。縄はときどきなにかにひっかかって指の腹に食いこむ。水中から次々に釣り針が現れる。雨が降り、風が吹きつけ、大きな魚が群れをなして湖底から上がってくる。魚群は水面すれすれまで近づくと身を翻し、また水底へと戻っていく。群れの勢いでさざ波が立ち、水が手にかかる。湖水は黒くて、生ぬるい。彼は手にした縄を舟のふちから引き上げることができない――くねくねと臭いを放つウナギ、カワカマスにバス。泥が重石から流れ落ち、父が彼に向かって微笑んでいる。雨のしずくがその顔を流れ落ちる……そこでいつも、雨の音以外は現実じゃない、という感覚を覚え、目が覚める。雨が部屋の窓ガラスをぱらぱらと叩いている。そして彼はまた眠りにつき、最初から同じ夢をくり返す。今度こそはほんとうだ、現実のことだと確信しながら……。

ラッセは目覚まし時計が鳴り出す前に、アラームのスイッチを切った。窓ガラスの外には、幸先のよいことに、湿気に満ちた、鉛のように鈍い灰色の夜明けが広がっている。彼はベッドの中で伸びをした。筋肉や節々に熟睡したとはいえない疲労感を覚え、そしてイヴォンヌのことを考えた。はっきりと目覚めた頭で寝返りを打ち、温かいクッションに体を押しつける。数秒間じっと横になり、体全体の皮膚にかかる圧力を味わった。それから階下のキッチンで誰かが動く物音が聞こえ、やっと身を起こした。

時計を見た。六時だ。アラームをセットした時間を過ぎている。彼はベッドから起き上がった。床が足裏に冷たかった。靴下を履き、部屋を横切って廊下に面するドアを開けた。二階の廊下は冷気に満ちている。斜め向かいにマグヌスの部屋がある。ラッセは耳を澄ませたが、弟が起きている気配は感じられない。彼は静かに廊下を歩いて弟の部屋のドアをノックした――すぐ隣の部屋で寝ている母親を起こさないように、そっと。マグヌスからの反応はない。ラッセはハンドルを押し下げ、ドアをすこしだけ開けた。部屋の中は静かだ。彼はドアを大きく開けて足を踏み入れた。ベッドは使われた形跡がなかった。部屋は空っぽだ。下のキッチンにいるのか。ラッセはそう考え、階下から響いてきた音を思い出した。来たときと同じように、彼は静かに自分の部屋へ戻り、服を着替えはじめた。

キッチンにいたのはホルゲルだった。ラッセは彼に挨拶をした。

「もう始めてるのか。マグヌスは見なかったかい？　――これから延縄を引き上げに行くんだ」

「いいや。部屋にはいないのか？」

ラッセはかぶりを振った。「部屋は手つかずだ――夜、どこか別の場所にいたらしい」

　ホルゲルはうめくような声を上げ、唇をぎゅっと噛んだ。

「手つかず？　へえ。じゃあたぶん、あそこだな」

　彼は頭を振って、キッチンの奥まった場所にあるドアを指した。

「まあ、見ときなよ」

　彼はすばやくドアのほうへ移動した。そこで二、三秒、まるで聞き耳を立てるように身動きせずに待ったあと、乱暴にドアのハンドルを押し下げた。だが、ドアには鍵がかかっていた。彼は背を丸め、白く塗られた木製のドア板に向かって言った——大きな険のある声が響く。

「もう起きるんじゃないのか、アグネータ。朝食の時間だ。それともふたりしてベッドでコーヒーでも楽しもうってのか」

　部屋の中で物音がした。ベッドが軋んで高い音を立てる。それから静かになった。

　ホルゲルはドアに口を近づけて言った。

「開けろ」

　すこし間があいて——アグネータの眠たげな声がした。

「コーヒーなんてひとりで飲みなさいよ——あたためればいいだけなんだから」

「ふたりとも、起きる時間だ。聞こえただろ。ドアを開けろ」

「嫌よ。誰彼かまわずドアを開けるなんてことしないから。それに『ふたりとも』ってなによ」

ホルゲルは歯ぎしりをするような顔でラッセを振り返り、かすれた声で言った。

「マグヌスの野郎もこの中にいるにちがいないんだ――みじめなこそ泥が。こっちは毎朝六時に起きて、牛や馬の糞を片付けてるっていうのに、あの女はほかの男とゆっくりしやがって――くそったれ。おれが想像したとおりになった……」

彼は食器棚へ歩いていき、がちゃがちゃと音を立てながらコップや皿を出し、キッチンテーブルに放り出した。ラッセが微笑んだ。

「きみが代わりにいっしょに来てくれないか」と彼は言った。「邪魔するのも悪いじゃないか。それにあまり明るくならないうちに行かないと」

「邪魔するのも悪いって」ホルゲルが部屋の隅につばを吐いた。「ああ、そうかい。だが、期待しちゃいけないぜ――ここの湖なんてもう死んだも同然だからな」

湖岸までの道のあちこちに水たまりができていた。木々の枝からは静かに雨のしずくが落ちる。夜に降った雨水が舟の半分までたまり、水をくみ出すためのバケツが水面に浮かんでいた。ホルゲルは水をかき出し、櫂を握ると葦の中を力強く漕ぎ進み、茎をなぎ倒していった。ふたりは水面に出ると、広い湖面に視線を投げて浮きを探した。湖面を這うように覆う霧のせいで視界は悪く、水面には洗濯板のようなさざ波が立っていた。最初に見つけたのはラッセだった。彼は期待しながら縄を引き上げたが、手応えはなかった。次から次へと現れる釣り針には、死んだミミズがだらりとぶら下がっているだけだった。彼は釣り針のついた縄を膝に置いた箱の中にきちんとしまっていった。ジーンズに水がしたたり落ち、布を通して太ももが濡れた——縄にはなんの命も感じられず、引きもなく、餌をかじられた形跡もなかった。ホルゲルは櫂のあいだに座り、口元に皮肉な笑みを浮かべていた。冷酷な目は彼の無関心を示していた。

「ほらな。死んだ湖だ。さあ、急いでそのみじめな釣り糸を引き上げちまいな。急げばまだあったかい朝飯が食べられる。針からミミズを取る作業なんて、あんたが自分でやれよ。今日はジャガイモの収穫を始める日なんだ。なあ——」彼は目を細め、盗み見るようにラッセを見た。「あんたは釣りがしたいのか、それともウナギが欲しいのかい——たぶん、ウナギならなんとか手に入るかな……」

ラッセはまた空っぽの釣り針を引き上げ、箱に収めた。これが現実の釣りだ。彼は言った。

「どちらでもないよ。魚は別にどうだっていいんだ——実は夕べから、この延縄を仕掛けて引き上げるのは四回目か、五回目になるんだよ。そのたびにいつも大漁だったもんだから、いまこうして縄を引き上げていても、釣り針になにかしらかかっているんじゃないかと期待してしまうのさ。わかるかい」

ラッセはホルゲルに向かって苦い笑みを浮かべ、つづけた。

「だがそのとき舟を漕いでたのはもちろんきみじゃない。親父だったんだ。親父は舟を漕ぐのがうまいんだ。生きていたときと同じくらい、上手に漕いでたよ」

彼が目を伏せて箱の中を見ると、たくさんのミミズの死骸がぬめぬめと折り重なっていた。彼は考えこむように言った。「ミミズはあいつに外させよう。昔はいつもぼくの役目だった――そろそろあいつに引きつがないとな」

雨はやんでいた。堰堤の上からウナギの罠の屋根までは、幅の広い板が斜めに渡しかけてある。板には滑り止めとして、細い横木が一定間隔で固定されていた。滝からは水煙が立ちのぼり、水しぶきが霧状に漂って、板の上は滑りやすくなっていた。この板が罠に到達するための唯一の道であることは間違いない――箱形の罠は川岸からはだいぶ離れた地点に設置されていた。ドゥレルとバルデルは堰堤の上に立ち、眼下の罠の周囲で作業する警官たちを見守っていた。警官のひとりは管理人から借りた長靴を履いていた。丈が脚の付け根近くまで伸びた長靴で、彼は苦もなく水の中を歩き、罠の外壁を子細に調査していた。もうひとりの警官が、罠の側面を覆う幅約十センチメートル、厚さ約二・五センチメートルの木の板の並びにのこぎりを入れようとしている。横壁として打ちつけられた板の列は、天井と同様、互いにぴったりと密着していた。木材の内部は生木だったが、のこぎりの刃はなかなか進まない。濡れた木材の繊維に刃がひっかかり、のこぎりを引いても細かな木の粉ばかりが落ちてきた。

ドゥレルはすでに、この罠の効率的な仕掛けを丁寧に調べ上げていた。彼は慣れた手つきで黒い手帳の一ページに罠の構造を写し取った。正確な縮尺を保ち、寸法を書き入れた。さらに、警官のひとりに、あらゆる角度から罠を写真に収めるように指示を出した。

大きな箱形のウナギの罠だった。マツの木の板を使用した、高さ二メートル、幅二メートル、奥行きはほぼ三メートルの直方体だ。板は頑丈な角材に釘で固定され、ほぼ一、二センチメートルの間隔を開けて並んでいた。床面と、水が流れ出る側面だけは、排水のため、より広い間隔が設けられている。罠の底の四隅はそれぞれ大きな岩の上に固定されている。堰堤側にある取水口を閉じ、排水がない状態にあるいまは、罠の床の高さは水面から二、三十センチメートルというところだった。罠の屋根には本体と同じ材料でつくられた、五十センチメートル四方の四角いふたがついている。頑丈な蝶番(ちょうつがい)で固定された、跳ね上げ式のふただった。ふたの中央には四角いのぞき穴が開いている。約十センチ四方の穴だ――その穴を除けばウナギの罠は全体を木の板で覆われ、コンクリートの壁に接し、川面に浮かぶ閉じられた空間だった。排水側の壁は水に洗われ、藻がこびりつき、灰緑色に光っていた。

ウナギの罠(オールシスタン)｜ニッサフォシュ 1967年9月

側面の壁を取り除いた図

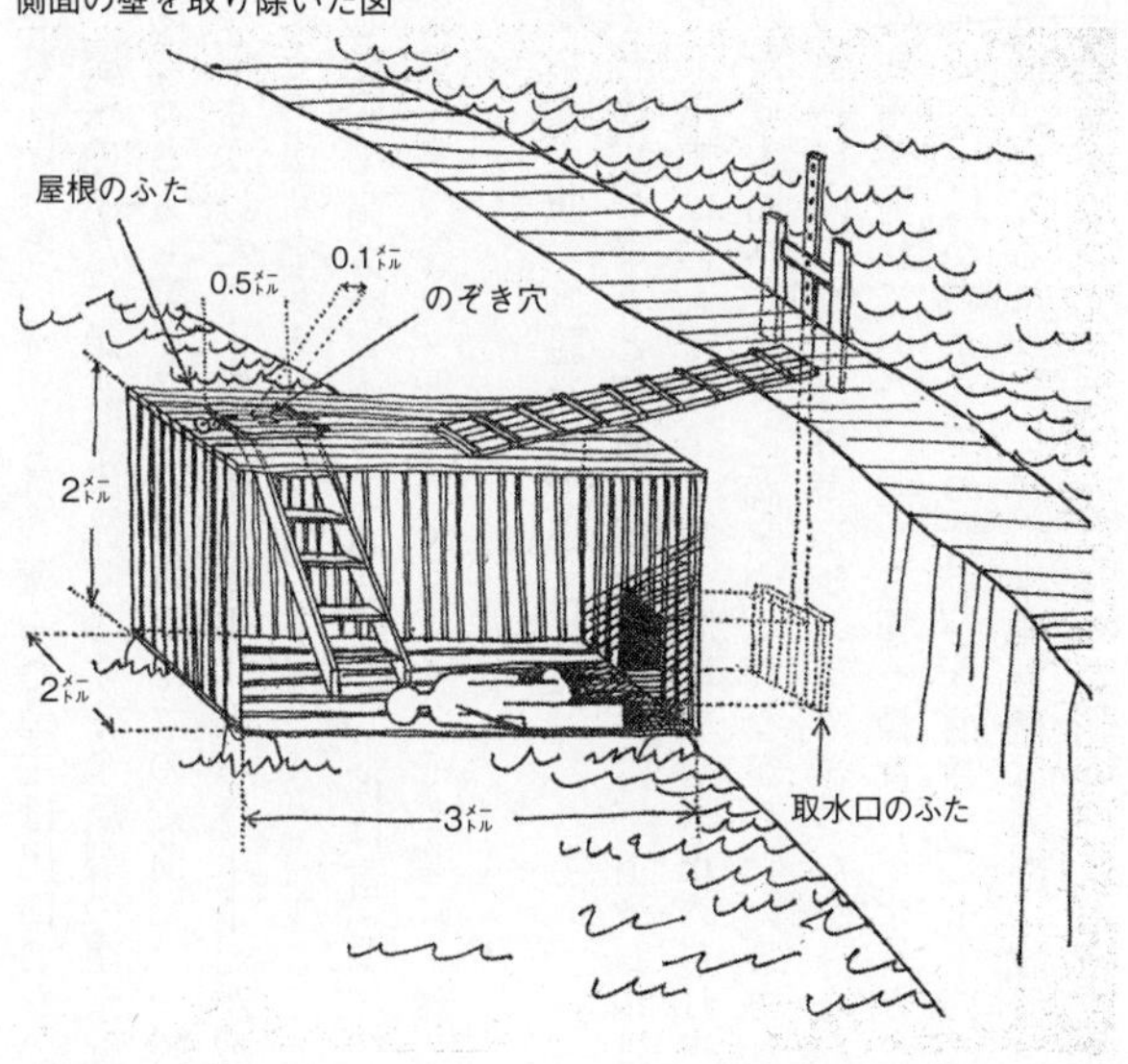

ドゥレルの黒い手帳より

罠が施錠されていたということは、死んだ地主は出口のない密室に横たわっていたことになる。屋根のふたは頑丈で黒光りのする金属製の南京錠で施錠されていた。開けるときも閉めるときも鍵を必要とするタイプの錠前だ。一瞬、ドゥレルは指示を出すために口を開きかけた——鍵を壊して中に入ろう——だが彼の直感が、経験が、そして慎重さがその決断を変えた。

「横壁を壊して床の高さから中へ入ろう」と、彼は言った。「はしごと、よく切れるのこぎりを持ってきてくれ。わたしでも、そこそこ楽に入れるくらいの穴を開けてほしい」

彼は丸く膨らんだ腹の両脇を手でさすった。

警官が板を一枚ずつ粛々と切断していくあいだ、ドゥレルは周辺のようすをスケッチしはじめた。川幅は約五十メートル。堰堤でせき止められ、茶色く濁った川の水はここから離れた放水路へと大きな渦をつくりながら吸いこまれ、滝となって川下の岩を叩く。そのさらに向こうには外壁をレンガで覆った小さな発電所があり、上空には重たい灰色の朝靄が垂れていた。滝から響く轟音が、オルガンの暗い音色のように発電所を包んでいる。ほかのすべての音がかき消される——のこぎりで木を削る音、鑑識の車の発電機が立てるエンジン音——発電機は周囲に設置された投光器に電気を送っていた。投光器が放つ光芒(こうぼう)は白みはじめた朝の中に消え、光源だけが円盤のように光っていた。ドゥレルは手早くスケッチをつづけた。堰堤より上流を見ると、川の片側は水辺まで深い森が迫り、反対側の岸にはハンノキが茂る川原がある。川原に沿って帯状に草地が広がり、その先には生け垣が伸びて、管理人の住む小さな家の敷地を囲んでいた。堰堤から下流の滝つぼのそばには、ハンノキと針葉樹が入り交じった森が生い茂っている。コンクリート製の堰堤は天井が狭い歩道となり、手前の端は連絡道路とその先のロータリーへ、向こうの端は発電所へとつながっている。家はほかに一軒もない。隔離された場所だ、とドゥレルは思った。もっとも、川沿いに車で数分下れば、ニッサフォシュの集落がある。

スケッチを描き終えると同時に、警官が堰堤の上へとのこぎりを持ち上げるのが見えた。そののこぎりと、最後の板きれを別の警官が受け取る。ドゥレルは背広のポケットに黒い手帳を押しこんだ。すこし離れた場所で、上下を返した箱を椅子にして座っている鑑識医に手招きをし、バルデルのほうを振り返った。バルデルが尋ねる。

「誰から行きますか？」

「きみだ」と、ドゥレルが答えた。「きみのほうが、わたしより写真の腕前は上等だからな。ストロボを忘れるなよ。あの中は、古代エジプトの墓室みたいに暗いような気がするんだ」

地主は罠のほぼ中央に横たわり、頭を殴られ、その勢いで倒れたかのような姿勢をとっていた――つまり、一見、誰かの手によってそこに置かれたとは思えないような状態だった。頭部はやや左斜め上にねじれている。凶器は体のすぐそばにあった。短い鉄の棒だった。棒の片端には血と脳漿が付着し――その中に髪の毛が数本混じっている。フレドネルは緑色の長靴を履いて、その中にフランネルのズボンの裾を押しこんでいた。前のボタンを外した狩猟用のコート、灰色の背広にチェックのシャツ。首まわりのボタンは開けてある。この不気味な箱の中でフラッシュが何度も光った。ドゥレルは脇に一歩退き、その光景を細部に至るまで記憶に刻んだ。屋根のふたからはしごが伸び、罠の床までつづいている。ステップの幅は広く、ほぼ階段状になっていた。ふたに開いたのぞき穴は白い四角形となり、罠の先のほうでうっすらと光っている。ちょうどその下あたりに獲物が集まるのだろう、排水壁に近い床板はつるつると緑色に濡れ、滑りやすくなっていた。反対の堰堤側を見ると、階段が邪魔をして床が見えにくい。壁は堰堤のコンクリート壁に密着しており、その中央には五十センチメートル四方の穴が開けられ、コンクリートごと貫通して取水口の機能を果たしていた。取水口のふたは隙間なくしっかりと取り付けられている――堰堤の向こう側からは水深三メートル分の大きな水圧がかかっているはずだが、箱の中にはちょろちょろと幾筋かの水が流れこむ程度で済んでいた。遺体を観察していた医師が立ち上がった。

「どうぞ」と、彼は言った。「もう調べてもらって結構だ。彼がこの鉄の棒で殴られて殺されたことに疑いの余地はないが、それでも解剖が終わってからでないと断定的なことは言いたくないな」

「ほう」と、ドゥレルが言った。「ほかにどんな殺されようがありますかね。打撲が致命傷でなかったとしたら、なにか奇跡でも起こったかな」

医師は鳥打ち帽をまっすぐに直した。手には赤いゴム手袋をしている。彼が鋭い口調で言った。

「まあね。そのときにまだ生きていたならね。だが、その前に水に溺れた可能性もある――たとえばの話だが。あるいは、ここに置かれる前に死んでいた可能性も――ちがうかね？　それはあんたたちが調べることであって――わたしの仕事ではない」

ドゥレルは薄く微笑んだ。ああ、もちろんだ。溺死ね、と彼は思った。だがそうだとしても、死んだのは罠の中ではなさそうだし、そのときにこの服を着ていたとは考えられない。着衣はまったく濡れていなかった――あんな大雨が降ったあとなのに。罠の屋根はそれほど密につくられていた。もちろん、遺体は外からここに運びこまれたのだ。こんなに小さな空間で、人を殺しうるほどの力で鉄棒を振りまわすことは不可能だ。少なくとも考えにくい。彼は物思いに耽るように、死体を見つめた。頭部は割られ、屋根に向けて上向きにねじ曲がっている。大きく見開いた目、ぽっかりと開いた口。体は横向きに倒れていて、まるで転んだかのようだ――だが殴打された勢いで転倒したのではないはずだ。誰かが屋根のふたを開けて、遺体を投げ落としたのか？　彼は天井を仰いだ。いや、遺体は何者かによって下へ運ばれた。屋根のふたから落としても、はしごが邪魔になってこの位置には落ちてこない。まあ——いずれにしても——殺人犯は被害者を殴打し、遺体を隠した——罠の中に運びこみ、錠をかけていった。数日間は遺体が発見されるまで時間を稼げたかもしれない、あるいは運がよければ数週間。男がひとり行方不明になったとして、誰がこのよくできた罠の中を探そうと思いつくだろうか。ドゥレルは医師のほうを振り向いた。

「どれくらい経っていますかね？」

「難しいな——腕の関節はかなり硬直している。六時間か、もうすこし長いかもしれない。解剖の結果を待つしかないね。遺体を運び出すか、それとも、もっと写真を撮るかい？」

ドゥレルは黙って計算した。つまり、真夜中の前だ——彼が最後に生きた姿を見られたのは、ベックマン夫人が彼と森で遭遇したときだ。この黒く塗りつぶされた二、三時間のあいだに、犯人は凶行に及んだ。彼は言った。

「もうわたしのほうは十分だ。遺体を出してくれ」

地主の遺体は担架に乗せられ、待機中の車両に運ばれていった。遺体を覆う灰色の毛布は、頭上に広がる曇天と同じく陰鬱に見えた。ドゥレルは目で追った——遺体を運ぶふたりの警官、彼らのそばを歩く医師はゴルフ用のズボンと鳥打ち帽を身につけ、片手に鞄を持ち、もう片方の手に赤いゴム手袋を握っている。バルデルが咳払いをした。

「なにか考え事を？」

ドゥレルがうなずく。

「このつづきを考えているのさ。哀れな男――もうすぐ彼は観察され、検査され、裸にされ、長さや重さを計測され、切り開かれ、分析され、情け容赦なく切り刻まれて解剖調書に――警察捜査のための一資料となる。最後に食べたものは？　最後に飲んだのはいつだ？　なにか病気は抱えていなかったか？　もちろんあんたの頭は割られているが、実際はどうやって死んだんだ――その点について予断は許されないからな……」

ドゥレルはバルデルを横目で見、彼の腕を取って言った。

「着衣には注意を払うように頼む。すべて漏れなく解剖室に届くように。ちょっとした運に恵まれれば、片方のポケットには殺人犯、もう片方のポケットに動機が入っていることもある。そうなればメランデルは万々歳だ――彼は年度末が来るたびに帳簿のつじつまが合わなくなるのを恐れて、こういうことにひどく動揺する」

そう言うと、ドゥレルは複雑な笑みを浮かべた。

「一度、わたしと彼とで立場を入れ替えてみたいもんだよ。たったの一度でいい、すべてが首尾よく運ぶようすをそばで見ているだけでいいんだからな」

彼はバルデルに向かって片目をつむった。それからとつぜん、視線を同僚の肩から横に滑らせた。その瞳はゆっくりと、そばかすの中に漂う無表情な円となった。彼はつぶやいた。

「彼がいま頃どうしたんだろう? なにか言い忘れたことでもあるというのか」

ドゥレルは背筋を伸ばし、レインコートの下の背広のポケットに両手を入れてコートを後ろにはだけさせ、親切そうな微笑みを浮かべた。ネズミの顔を思わせる例の管理人が道路を横切り、おずおずと近づいてきた。ドゥレルが言った。

「やあ、ベックマンさん。なにかありましたか?」

相手は弱々しくうなずいた。

「鉄棒のことなんだが——鉄棒は見つかりましたか?」

「ええ、もちろん——わたしが言ったとおりの場所にありましたよ」

彼は激しくかぶりを振った。「そうじゃなくて、おれの鉄棒です。あれは毎日使う道具だから、取りに来たんですよ。どこに置いたかちょうど思い出したんでね——あそこの発電所を見まわったときに、そこに置いてきたんだ」

「それはよかった——もちろん、取ってきてかまいませんよ」

ベックマンは堰堤の上を足早に歩いていった。ドゥレルが見ていると、彼は小屋に到着し、地面をきょろきょろと見まわしていた。やがて背をかがめ、置き去りにされた物体を拾った。彼はまた早足でドゥレルのほうへ戻ってきた。管理人が目の前を通り過ぎようとしたとき、彼は言った。

「そうだ、ベックマンさん。ちょっと別のことで——あなたはさきほど、あなたが罠の中をのぞいたときに、地主さんの首のまわりにウナギが巻きついているのに気がついたと言っていた。これは確かなことですか？」

「ああ——大きなウナギが——すごく大きなウナギだった」

「少々不可解ですね、ベックマンさん、というのもいま見たところではもうウナギはいないのですよ。そのウナギはあなたの想像の産物じゃないでしょうね」

ドゥレルが言い切らないうちに、停車中の車のほうから、バルデルが大声でなにかを叫ぶ声がした。彼は地主が横たわる担架に覆い被さるようにして、それから上半身を起こし——くねくねと黒光りする、手首ほどの太さもあるなにかを持ち上げた。ウナギだった。彼は宙高くそれを掲げ、もう片方の手でウナギが逃げ出さないように胴体をしっかりと捕まえた。一帯に響く水音を通して、彼の叫び声が聞こえた。

「こいつがシャツの中にいました……」

管理人がドゥレルの腕をつかんだ。彼はぎこちなくウナギを指さしながら、一歩前に踏み出し、細長い顔に恐怖心をあらわにして、半ば息を詰めたように言った。

「ほらね――おれの言ったとおりだ――太いウナギだと言っただろう。ウナギは気味が悪い――ウナギみたいな生き物はほかにはいない――あの中に悪魔が宿っているんじゃないかとさえ思える……」

そう言うと彼は乱暴な勢いでドゥレルから手を放し、片手に鉄の棒を提げたまま道を斜めに駆け上がり、家へと帰っていった。

ドゥレルは彼を引き留めなかった。彼の反応が奇妙だとも思わなかった。ドゥレルは担架の周りの小さな集団のもとへゆっくりと歩いていった。バルデルは必死でウナギを手につかみ、救いを求めるように周りを見まわして、根負けしたように言った。

「あそこの――あの段ボール箱を持ってきてくれ――こいつを手に持つのはもう嫌だ」

話しかけられた警官が立ち上がった。彼はバルデルがぬるぬる滑るウナギをなんとか制御しようと奮闘するさまに笑い声を上げ、急ぐでもなく、すこし離れたところの溝に落ちかけている段ボール箱へ近づいていった。彼は段ボールを手にすると言った。

「これがもてばいいですが。箱はずぶ濡れです」

「こいつが逃げる前に早く」

バルデルは足のつま先で箱のふたを開けると、ウナギを中に逃がした。それからまたふたを閉め、段ボール箱を持ち上げ、ドゥレルに向かって微笑んだ。

「これはご褒美としていただきますよ。ウナギの煮込みが好物でして。誰か調理をしてくれる人を見つけないと。かまいませんね?」

ドゥレルがうなずいた。

「かまわんよ——だが、まずは皮を剥いでからだな。言っておくが、わたしもすこし味を見るということに、なんら異存はないよ……」

4

イーダ・マグヌソンは電話の受話器をフックに押し戻すと、体をよろめかせた。一瞬倒れるかのように見えたが、テーブルの端を両手でつかんでめまいに耐えた。ラッセは心配そうに彼女を見つめた――母親は目をつむり、眉間にしわを寄せた。何度かまばたきをする。まるで陸に上がった魚が、えらをぴくぴくと動かしているようだ。

ラッセは彼女に近寄り、両肩を支えた。

「ほら、いったいどうしたんだい」と、彼は言った。

彼女は背筋を伸ばし、また正気に戻ったようだった。朝起きたばかりの眠たげな、かすれた声で言った。

「ウッラからよ。ニッサフォシュで、地主さんが殺されているのが見つかったんですって。ウナギの罠の中で――いま、警察がいなくなったところらしいわ」

彼女は身をよじってラッセの手から離れると、小刻みに震えはじめた。ラッセは、彼女の目に涙がこみあげてくるのを見た。

「マグヌスはどこ」と彼女は言った。「部屋にもいない。今日、ジャガイモの収穫を始める予定なのに――朝食も食べずに畑に出るはずがないわ。それに、アグネータが洗濯物を――ああ、どうして、ああ、ああ――昨晩は五錠のんだのに」

彼女は混乱したようにつぶやきながら、ガウンの前を引き寄せ、窓辺に近づいた。ガラス窓を大きく開け放ち、灰色の雲の下に身を乗り出す。

「いない、あの子の姿がないわ――ああ、かわいそうな地主さん、なんてひどい――あの子、畑にはいないようね……」

ラッセは窓の外に視線をやり、数本の樹木と背の高い生け垣の合間に見えるジャガイモ畑を探した。

「厩舎のほうにもいないみたい」

彼女はぶるっと体を震わせた。冷たい空気が開いた窓から流れこむ。冷気は部屋に広がり、彼女のむき出しの筋張った足を撫でていった。床は冷たかったが、スリッパを昨日どこに置いたかも思い出せなかったし、電話のベルが鳴り出してスリッパを探す暇もなかった――電話は容赦なく、ただちに要求を突きつけてくる。彼女はふたたび窓を閉じると、急ぎ足で玄関ホールに出た。ラッセがゆっくりとあとを追う。

「作業着のズボンがフックにかかったまま、ということは畑には行っていないはず――革のジャケットもあるし――あの子の長靴もそのままだわ」

自分自身のはき古した長靴が彼女の視界に入った。寒さに震えながら、彼女はフランネルの生地を裏打ちしたその長靴に足を滑りこませ、引きずるように歩いて玄関に下り、ドアを開けた。

「いないわ、厩舎のそばにもトラック小屋のそばにも……」

彼女はラッセを振り返った。

「あなたたち、湖に行って延縄を引き上げてきたんでしょう?」

「いいや。ぼくひとりだったよ。ホルゲルがついてきて、舟を漕いでくれた。マグヌスの部屋はそのときも空っぽだったし……」彼は一瞬口をつぐみ、言葉をついだ。「ときどきアグネータの部屋で休んでいるようだし」

彼女はぎくりとして腰を伸ばし、怯えたような目で彼を見つめた。

「アグネータですって。なんでそんなことを言うの──そんなでたらめなことを」

「ああ、まあね。ホルゲルがそんなふうにほのめかしていたから──ぼくはどっちだっていいんだよ。母さんが自分で訊いてみればいいじゃないか」

「いったい、どこへ行ったの。地主さんが殺されたのよ、ラッセ──わかるでしょ……マグヌスに知らせないと」

彼女は髪を乱したまま、蒼白な顔色で、ふたたび外のようすをうかがった。とつぜん、彼女が靄に向かって叫んだ。

「マグヌス」

一瞬、耳を澄ませる。

「あそこに人影が動いてた――ちがう――あれはアグネータだわ――」と言いながら、また甲高い声で叫んだ。

「アグネータ、マグヌスを見なかった?」

「いいえ、奥様」

「あの子はどこに行ったの」

「わたしが知るわけありません――ずっと洗い物をしてたんですから」

イーダは溜息をついた。たしかに、そのとおりだった――洗濯小屋の煙突から蒸気が立ちのぼり、灰色の雲に新しい灰色を塗り重ねていた。イーダは遅く起きたことが急に気まずくなったのか、機嫌を損ねたように、投げやりに手を振ってみせた――眠りに落ちるために睡眠薬を常用しなければならないなら、仕方のないことだった。彼女はまた叫んだ。

「朝食はどうしたの」

アグネータは高らかに笑い声を上げて答えた。

「七時半には済ませました。もちろん、マグヌスはいなかったけど。もう皿洗いもなにもかも済ませましたよ、奥様」

「マグヌスはいなかったの」

「ええ、いませんでした――ホルゲルとわたしと、ストックホルムのご長男だけ。奥様を起こしたくなかったもので。でも奥様の分の朝食は保温戸棚に入れてありますよ」

イーダはゆっくりとドアを閉め、家の中へ戻り、反対側のキッチンへと向かった。彼女が通り過ぎながら独り言をつぶやくのをラッセは聞いた。

「あの人が死んだなんて、ひとことも言わなかったくせに――兄弟ふたりして、冷たい性格だこと」

ラッセは母親の腕をとって言った。

「それはもう知ってたよ、母さん。朝ご飯を食べてたら、ウッラおばさんが電話してきたから。もうボーラリード中に知れ渡っているよ――きっとね。ただ、母さんを起こしたくなかったんだよ」

そして長い沈黙のあと、言った。

「それに、まず、マグヌスとその話をしたかったんだ」

アグネータは薪を拾い、籠に入れた。牛房へつづくドアには背を向けていたが、開け放った戸口にホルゲルが立ち、彼女を見つめているのはわかっていた。彼女は所作が美しく見えるように意識した。この不格好な合羽を着てきたのは残念だった、だが今日は上着なしで動きまわるには寒すぎた。それに、どうせ彼は彼女が上着を脱いだらどんなふうか知っている。なにを着たって彼はその視線で彼女の衣服を脱がしてしまうし、近づきでもしようものなら、合羽を着ていようがいまいが、彼女の体に手を伸ばしてくることはわかっていた。

「ばばあがなんだって？」

そこに彼がいるのは知っていたが、それでも彼女はぎくりとした。背筋を伸ばし、片手にシラカバの木片を握ったまま、彼女は振り向いた。

「あっちで音がしたから、厩舎の掃除をしているのかと思った」

「おれには、おまえがばばあと話している声が聞こえたぜ。これで、あのばばあもしばらくは安泰ってもんだ——もしかしたら、今後は朝のお目覚めもよくなるかもな。あれ——フレドネルがいなくなり、ばばあの心配もなくなり、睡眠薬もお払い箱だ。あれがばばあの仕業だったとしても、おれは驚かないね」

アグネータは薪を元に戻し、口をすぼめて彼を見つめた。彼はまるでスペイン人のように——見えなくもない。ホルゲルは戸口に立ってドア枠に手をやり、ぶら下がるように立っていた。牛たちが吐き出す白い息が、湯気のように彼の体を包んでいる。家畜や糞尿から放たれるほの甘いにおいが、彼女のところまで届いた。彼は口の端にタバコをくわえ、胸の前で腕を組んだ。シャツをはだけ、黒くカールした胸毛をあらわにしている——まるで最後の休暇で訪れたマヨルカ島で出会ったスペイン男性たちのようだ。そう見えなくもない。彼はシミだらけの、色の褪せきったブルージーンズを穿いていた。足につっかけた木のサンダルの土踏まずには、牛糞がくっついている。彼女の視線を受けながら、彼は終始にやにや笑いを浮かべていた。アグネータは長いブロンドの髪を後ろに振った。こうすると彼が喜ぶのを知っている。彼女は言った。

「そんなこと言ったら、ほかにだって怪しい人間はいるじゃないの。あんただってそうかも」

「馬鹿なことを言うな。冗談でも言うもんじゃないぜ」彼は不機嫌な顔をして、両目を細めた。

「地主があんたのことを卑しい下男って呼んだときに、あんたがなんて言ってたか、あたしは覚えてるわよ。でも、あんたにそんな大それたことなんて、できるわけないか」

ホルゲル・スヴェンソンは背筋を伸ばして戸口を離れ、ゆっくりと歩いてきた。壁際に並んだ大きな牛乳缶のひとつに腰を下ろし、口からタバコを噴いて捨てた。

「こっちへ来なよ」と彼は言った。

彼女はあごを上げた。

「いまは洗濯中だよ。湯沸かし用の火がもうすぐ消えるわ」

「あのばばあ、洗濯機を買えばいいものを、どけちな女だ」

彼は口についたタバコの紙切れを払おうと、何度かつばを吐いた。

「そんなお金はないんだよ。それに奥様をばばあなんて呼ばないで」

「こっちに来いって」

彼がなにを考えているかはよくわかっていた。彼女は気が進まなかったが、それでもゆっくりと彼のもとへ歩いていった。目の前まで近づくと、彼はいきなり立ち上がり、彼女を両腕で抱きしめてキスをし、手で体をまさぐりはじめた。脇の汗と、家畜と、こぼれた牛乳のにおい——放して、ホルゲル……。

と、彼女は心の中だけでつぶやいた。彼は彼女からいったん手を放し、片手を引いて厩舎の奥へ導いた。セメントの床を歩く木のサンダルが、くぐもった硬い音を立てた。アグネータは嫌々ながらもあとをついていった。ホルゲルが前を歩く。強くつかまれた手首が痛い。湿った息を吐く牛の列を横切る。牛たちは頭を巡らせ、もったりと口を動かしながらふたりを凝視する。首を垂れ、鼻からは白い湯気を吐き出し、ががたがたと柵を鳴らす。一頭が怯えたのか、急に身を起こし、後ろ足を溝に滑らせて体を壁にぶつけ、鈍い音を立てた。ホルゲルは半分ほど荷が積まれた手押し車を脇へどかし、奥のほうに見えるはしごに向かって、嫌がる彼女を先に歩かせた——はしごは屋根裏の干し草置き場へとつながっている。拒んでも無駄だった、それはわかっていたが、ただ、洗濯物が――もし、ばばあが来たら――ちがう、ばばあじゃなくて、奥様――でも、家から呼ばれたとき、奥様はガウンしか羽織っていなかったから――時間は足りるかもしれない。でもあのストックホルムから来たっていうラッセは――わりとかわいい顔をしてた……。

屋根裏への入り口から干し草が落ちて積もっている。干し草の山にホルゲルが足を踏み入れると、中で眠っていた雌鳥が驚いて飛び上がった。雌鳥はばたばたと羽ばたき、鳴き声を上げながらふたりのあいだをすり抜け、雄牛のルビーンの首をかすめて飼料の山に飛び移り、姿を消した。アグネータは抵抗するのをやめた。ホルゲルは彼女をはしごの下へと引っ張り、腰を抱えて上に押し上げた。背後にぴったりとくっついたホルゲルの胸が、彼女を上へと押しやる。アグネータはかすかにマヨルカのことを、彼女がほんとうは気乗りしなかったスペイン男のことを考えた。ホルゲルの手が馴れ馴れしく体を触ったが、なんの感情も湧かない。彼が濁った声で言った。

「感じてきたな、おまえ。おまえはおれの女だ、そうだろ……」

彼女は質問に答えなかった。はしごのさらに一段上へと抱え上げられる。彼がつづけた。

「あいつの女なんかじゃないだろ――なんでおまえ、夕べあいつと寝たりした」

なんのことか理解できない。彼女はかぶりを振ってゆっくりとささやいた。干し草から舞い上がったほこりが、周囲を漂っている。

「誰のことよ——ばかな人ね」

「マグヌスだよ」

声が険しくなり、ホルゲルの手が彼女の手首を強くつかんだ。

「あの人はわたしの部屋になんか来てないわよ——手が痛い……」

「この嘘つき女め——あの野郎、白黒はっきりつけてやる……」

ホルゲルの呼吸が荒くなる。合羽を着ているせいでごわごわとだぶつく腰のあたりに熱い息がかかった。ホルゲルが手を伸ばし、頭上にある天井のふたを押し上げ、その四角い枠の中へ彼女を持ち上げた。香ばしく、がさがさと音を立てる干し草の中へ、アグネータは倒れこんだ。闇の中で立ち上がる。暗くてなにも見えない。動物たちの気配が足元の穴から伝わってくる。その階下へとつながる四角い穴を、ホルゲルの頭と両肩が塞いだ。次の瞬間、彼はアグネータに覆い被さり、闇の中に乱暴に押し倒した。彼女は悲鳴を上げた。混乱の中でわめきつづけた。彼女の体の下に、誰か別の人間の体がある。背中の下からうめくような声が聞こえ、二本の腕と脚がうごめき、自由になろうともがいている。そして彼女の体は下から持ち上げられ、ごろりと脇に転がされた。暗闇に目が慣れてくる。ホルゲルが床に開いた出入り口のそばに立ち尽くしていた。アグネータの隣に、誰かもうひとりの人間が干し草の中から立ち上がるのが見えた。彼女は息を詰めて見上げた。

「下に戻れ」と男が言った。「そこまで楽しい思いをさせてたまるかよ。牛が食べる餌に変なものを混ぜこむな。出ていけ」

ホルゲルがあえぐように息をした。恐怖に打たれ、両腕をだらりと垂らし、ゾンビにでも出くわしたかのように目の前の男を見つめていた。

「マグヌス」と、彼は言った。「ここでなにをしている」

「なにをしているかだと」彼は苦々しげに笑った。「ここで寝ていたんだよ。夕べはずいぶん疲れていたからな」

彼は体を伸ばしてあくびをし、腕時計を見て言った。

「ここから去れと言っただろう。おふくろはおれの分の朝食を残しているかな。今日はジャガイモの収穫を始める日だ」

駅の近くで彼らは道を尋ねた。「この長い坂を上って、教会を過ぎて」と、男は言った。「坂のてっぺんあたりで、まず農園を通り過ぎたあとに右に曲がる道が出てくる、でもそこでは曲がっちゃだめだ。その先は園芸農家が住む道さ。そこを曲がらずにまっすぐ行くと、右手に二、三軒家があって、それからまた右に曲がる道が現れる。

そこで右折だ。そうしたらもう到着だ——白塗りに改装した家と、その向かいに洒落た平屋建ての家がある——地主の家はその小さい洒落た家のほうだ。ほんの二、三キロメートルの距離だよ」

パトカーは長くつづく急な坂道を、ゆっくりと上っていった。道の両側には背の高い針葉樹が立ち並び、いちばん低い枝先は早くも地面すれすれに広がっている。樹々のあいだから垣間見える草地はコケに覆われ、ごつごつとした岩がそこらに転がっていた。ドゥレルは後部座席に深々と背をもたれて座っていた。ひげが伸び、ざらつくあごをシャツの襟にもたせかけ、両手を結んで膝のあたりに置き、両方の親指を互いにくるくると絡めるように回す。目を閉じ、すっかりくつろいだ表情のため、指の動きがなければ眠っていると思われたかもしれない。彼の隣にはバルデルが座っている。彼もまた無精ひげが伸びかけてはいたが、緊張した面持ちを保っていた。彼は目標の家を見落とさないように、車窓から絶え間なく道を目で追っていた。助手席には鑑識官がひとり、両足のあいだに黒革の鞄を挟んで座っている。とつぜん、ドゥレルが目を閉じたまま言った。

「つまり、可能性はふたつだ。彼は罠の中で殺害されたか、あるいは別の場所で殺されてあそこに遺棄されたか。きみはどう思う？」

バルデルがすばやく彼に視線を移した。

「別の場所で殺され、あそこに遺棄されたんだと思います」

ドゥレルがかすかに微笑んだ。

「凶器もあの罠の中に転がっていた。遺体を隠そうとして罠の中に遺棄したとしても、あの鉄の棒まで同じ場所に置いておかなきゃならない理由はない。凶器は川の中に放って捨てるほうが簡単だ。そうじゃないか?」

「まあ、たしかに。そう言われればそうですね」

「凶器を捨てるよりも、罠の中に置いておこうと思うほうが不自然だ。どうしてそんなことをしなければならない?——鉄の棒はよく沈むじゃないか。だがまあ、それはよしとして——犯人は凶器もあそこに置いたのだとしよう。では——どういう経緯だったのだろうか?」

「犯人は彼を鉄棒で撲殺した。そして、罠の屋根の上まで遺体を運び、ふたを開けた」

「ふたに付いた南京錠の鍵は?」

「もちろんフレドネルが鍵を持っていたんです。ええと——そして犯人は遺体を運び下ろし、また階段を上ってふたを施錠し、フレドネルの車を運転して現場から走り去った」

「なぜ遺体を罠の中に運びこんだのかね?」

「もちろん遺体を発見されないようにするためです。少なくともすこしは時間稼ぎができます」

「なるほど。だがもしほんとうにそうするつもりだったら、罠の取水口は念のために開けておいたほうが理にかなっているのじゃないかね」

バルデルが笑い声を上げた。助手席の警官が後ろを振り返り、ドゥレルを見て微笑みながら言った。

「彼は取水口を開けることができない——鉄の棒は罠の中に置いてきたから」

ドゥレルはぴくりとも表情を動かさずに言った。

「罠の中に置いてくるほど間抜けだったとしても、彼は屋根にあるふたの鍵を開けて下まで降り、鉄の棒を取ってくることもできた」

バルデルが言った。

「もし鍵を持っていたら、そうですね。でも、もしかしたら犯人は事が終わったあと、鍵を川に投げ捨てたのかもしれませんよ。つまり、罠の取水口は開けておいたほうがよかったと気づいたときにはすでに遅かった——もし、彼がそれに気づいたとして、ですが」

「そうしておいたほうがよかったのかもしれない」ドゥレルが静かに言った。「取水口を開けたままの罠は、ときどき獲物がかかったかどうかを確認する必要がある。そうでなければ取水口を開けておく理由がない。つまり、取水口が何日も開いたままならば、さほど時間を置かずに管理人が罠の中を確認するだろう——そしてフレドネルが発見される」

バルデルはこらえきれないというように両脚を伸ばし、つぶやいた。

「取水口が開いていたか、あるいは閉じていたかでなにがちがうのか、よくわかりません。だが、ぼくは、遺体はあそこに遺棄されたんだと思います。それが最初の質問だったじゃないですか」

ドゥレルがやっと目を開け、優しげに同僚を見つめた。指をくるくる回す速度が増す。

「では、罠の中で彼が殺されたと考えるのは不合理かね？」

「あそこは狭すぎます」バルデルは顔をしかめた。「あの小さな空間で——今回の事件のようにすっかり頭が砕けてしまうほど鉄棒を振るうことができますか？　それに打撃は斜め上から当たっています。もっと空間に余裕のある場所でなければ無理です」

「それはどこだ？」

「どこか、ですよ。忌々しい雨がすべての証拠を洗い流してしまった」

ドゥレルは深く息を吸った。そろそろ長い坂のてっぺんあたりまで来たようだ。道は狭いが数キロメートルはまっすぐにつづき、片側はごつごつとした岩にコケが生えた草地、反対側は柔らかな土にシラカバが立ち並ぶ草原が広がっている。彼は言った。

「なるほどな。さて、と。きみが言うように、フレドネルがもっと空間に余裕のある場所で殺されたとする場合、犯行は彼が罠の獲物を収穫する前か、あるいは収穫したあとに起こったということだ──そうだろう？　ベックマン夫人がフレドネルと出会ったとき、彼は手に袋を持っていた。仮にその中にウナギが入っていたのだとしよう。であれば、彼は収穫のあとに殺されたということになる。だが一方で、彼があのウナギを見逃していたとは──そして取り残してきたとは考えにくい──あの、罠の中にいたウナギを──あんなにすばらしい大物を。あるいは──もしその袋の中にウナギがいなかったとしたら、彼は獲物を見にいく前に殺されたことになる、つまり別の言い方をすれば、彼には獲物を収穫する時間が与えられなかったのだ。その機会がなかったのなら──なぜ取水口の水は止められていたのか。取水口が閉じられているということは、当然、彼が獲物を収穫しようと考えたからだ。そして、もしすでに獲物を収穫したあとならば、今度はなぜふたたび取水口を開けなかったのか。理由はふたつある。彼はそのあとしばらくのあいだ罠を使うつもりがなかったためか、あるいは取水口を開ける時間を与えられなかったからだ。前者の可能性はないと思う、なぜなら──すでに言ったように──彼は罠の中にいたあの大ウナギを見ておいて、これで漁をやめようとは思わないはずだ。つまり、後者の可能性のみが残る。もう一度取水口を開ける時間がなく、さらにあのウナギが罠に残っていたことからして、見えてくるのはふたつの選択肢だけだ。第一は、いままさに取水口を閉じて獲物を収穫しようとしていたのか――その場合は罠の中の獲物はあのウナギ一匹だけだったということになるが――第二には、収穫している最中に殺害されたのか……いずれにしろ、われわれにわかっていることは、彼が殺されたときには取水口の水は止められていたこと、さらに、殺害後もずっと取水口は閉じられたままだったことだ。なぜなら遺体はからからに乾いていたんだからな」

バルデルが疑わしそうな口ぶりで話をさえぎった。

「『わかっている』と言いましたね。どうして『わかる』んです?」

「なぜなら被害者は鉄の棒で殺され、鉄の棒は犯人によって、被害者とともに罠の中に残されていたからだ。さらにいえば、その鉄の棒は――殺害後に――取水口の開閉には使われなかったことがわかっている。取水口の開閉装置にはなんの痕跡も残っていなかった。血液もなにも――あの鉄の棒は、われわれが発見したとき、先端から下のほうまで血にまみれていたのに」

「でも、犯人はまた別の鉄棒を使用したのかもしれない」

「ベックマンの鉄の棒か。だがその場合はベックマンが犯人ということになり、それはわたしの読みとはちがう」

「いやいや、それはわからないでしょう——それに、犯人はさらに別の鉄棒を使ったのかもしれない」

ドゥレルは聞こえないふりをした。声量を上げ、やや傲岸ともいえる口ぶりでくどくどと話しつづけた。

「つまり、フレドネルは取水口が閉じられた状態で殺された。あるいは、また——たいへんおもしろい視点だが——彼は取水口が開いて水が流れている最中に殺された」

バルデルがうめくように息を吐き、ドゥレルは満足げに笑った。

「罠にはウナギが一匹残っていただろう。フレドネルは余すことなく獲物を捕獲し、罠から出て、ふたたび取水口を開けたのかもしれない。そのあと、彼はロータリーに移動してベックマン夫人に出くわし、それからちょうどエーミル・ベックマンが巡回に出ようとした直前に車で現場を立ち去った。その後、彼は殺害され、遺体となってふたたび罠まで運ばれる。犯人が取水口を閉じて水をせき止め、屋根のふたの鍵を開け、罠の床に彼を運び下ろす。ウナギはいずれかの時点で罠の中にもぐりこんだ、と。まあ、それもありえない話ではない」そこでドゥレルは沈黙した……「だが、凶器となった鉄の棒は、フレドネル殺害のあとで、取水口を閉じるために使用された形跡がないのだから、やはりその考察は成り立たない。したがって——フレドネルは彼が獲物を収穫する前に、あるいは収穫の最中に殺されたということになる、そしてあのウナギが罠に残っていたことから、殺害は彼が獲物を捕獲中に、罠の中で起こったという推論に帰結する。わかるかね。それが正しい推理だ」

「はいはい。理にかなってますね。それを大前提として捜査すべきでしょう」

「なぜだ？」

ドゥレルは静かに微笑み、バルデルは目を丸くして彼を見つめた。ドゥレルが口を開いた。

「きみは自分で鉄棒は複数あった可能性があると気づいたじゃないか。あんな装置は、てこの原理を利用できる長さがあれば、どんな鉄の棒でだって開けることができる。とすると、彼の殺害場所はどこだってありうる──もしかしたら、このボーラリードで殺してから罠まで車で運ばれた可能性だってある──さっきわたしが言ったようにな」

彼は親しげにバルデルにもたれかかり、ささやくように言った。

「わかるだろう──わたしは、殺害場所は罠の中ではなくほかの場所だと考えている。なぜそう思うかわかるかい？」

ドゥレルは沈黙した──じゅうぶんその効果を考えての沈黙だった──大物役者が圧巻の演技を見せる前の一瞬の間。

「教えてやろう。あの罠のような狭い空間で、誰かが誰かの頭部を殴って殺すことは不可能と考えるべきだ。そうだろう――『打撃は斜め上から当たっている』んだからな」彼は背もたれに上半身を戻すと、満足げな笑みを浮かべて目を閉じた。同時に助手席の警官が笑い声を上げ、哀れなバルデルは座席のすみのほうへ縮こまるように身を細めた……。

車は教会を通り過ぎ、坂のてっぺんに到達した。ドゥレルはまっすぐに背筋を伸ばし、教えられた道標を見逃さないように、窓から外を観察していた。こんなに灰色に曇った日でさえも、ボーラリードの町は美しかった。砂利に覆われた道はゆるやかに波打ちながら、丘陵の上を走っていく。眼下に農場や牧草地が広がる。左手を見ると、数百メートルほど地面を下った先に、秋の黄葉をまとう樹木に囲まれ、静かに水をたたえた湖がある。湖の向こう岸には黄色い葦が帯状に茂り、その先には森が広がっていた。道路の右側には、石垣に囲まれた小規模な畑が点在している。畑の向こうにはつややかな葉の茂る針葉樹が立ち並び、その頂は垂れこめる霧の中にあった。さらに道を進むと、片側に灰色の壁を赤い屋根で覆った厩舎といくつかの小屋が現れた。道を挟んだ反対側には生け垣に囲まれ、灰色に塗られた質素な木造の母屋がある。ちょうど彼らがそこを通過しようとする寸前、ブロンドの髪をしたふくよかな娘が、厩舎の中から飛び出してきた。身にまとった黒く分厚い合羽をはためかせ、煙突のついた小屋へと駆けていく。無風の空を背景に、煙突から上空へ向かってまっすぐに煙がのぼっている。娘は急に立ち止まり、くるりと回れ右をすると、いま走ってきた道を半分ほど引き返し、地面に置き忘れたとみえる薪の入った籠を抱え上げた。彼女のあとから、しわだらけのジャケットにズボンを穿いた若い男が現れた――彼は道を超えた反対側にある母屋へ向かって歩き、ドゥレルたちの車の前方を横切っていった。車がちょうどその脇を通り過ぎたときに厩舎のドアがもう一度開き、またひとり男が現れた――黒々とした髪とひげ、はだけたシャツから黒くカールした胸毛をむき出しにし、日に焼けた褐色の肌をさらしている。彼は笑い声を上げ、同時に煙突小屋に駆けこんだ娘に向かって手を振った。彼女は薪用の籠を胸にしっかりと抱え、黒髪の男を振り向きもしなかった。

ドゥレルは彼らから視線を外し、ふたたび前方を見た。右手に支道を一本通り過ぎる。遠くのほうに二軒の家が現れた――県道から枝分かれした並木道がその家までつづいている……あそこにちがいない――彼はドライバーに向かって右の道に入るよう指示をした。

並木道の奥、中央の芝生を砂利で囲んだロータリーを挟んで、二軒の家が向かい合うように建っていた。右側の家は、白い漆喰壁の小ぶりな二階建てで、かなりの劣化が目立つ。その真向かいには、手入れの行き届いたモダンな平屋建ての家が見えた。

暗色に仕上げられた無垢材の壁に、窓の化粧枠やドア枠が白く塗られ、瓦屋根には銅製の雨樋があつらえてある。すこし奥まった場所に小屋が二、三軒立っている。おそらくは物置小屋だろう——小屋のひとつには幅の広い二枚扉がつけられ、戸口まで砂利道がつづいている。どうやら、ガレージとして使われているようだ。パトカーは減速し、停車した。ドゥレルは車のドアを開け、ずんぐりとした脚をすばやくドアの外に投げ出し、それから数秒間佇んで周りのようすを観察した。バルデルが彼の傍らに立ったとき、ドゥレルは自分たちが誰かに見られているような気がした。バルデルが言った。

「さあ、さっさと始めましょうよ」

ドゥレルはうなずいた。

「ああ、そうだな。まずは向かいの家から始めるか。地主が住んでいたのはあっちの家だろう」

ドゥレルは平屋建ての家に向かって首を振った。洒落た家という描写が当てはまるその唯一の家に、地主は住んでいたにちがいなかった。

向かいの家の玄関のドアを開けたのは六十代とみえる婦人だった。大柄で、見るからにがっしりとした体格をしている。分厚い唇、直線的な顔の輪郭、一本一本が太い豊かな黒髪には白髪が交じっていた。彼女の背後にもうひとり、女性が立っている

——おそらくいくつか年上で、よりふくよかな顔のまわりを、絹のように柔らかな銀白色の巻き毛が覆っている。たくましいほうの女性が、ドゥレルをてっぺんからつま先までじっくりと観察したのち、口を開いた。

「警察の方ね。わたくしどもは、今回の事件についてはなにも知らないものですから、もしなにかご質問があるならここで——階段で済ませてしまいましょう」

「なにがあったのかは、すでにご存じのようですね」ドゥレルは愛想よく言った。

「ええ。このあたりでは噂が届くのは早いのです。お気の毒な地主さん。ロースルンド夫人が——園芸農場の奥様が——電話をよこして教えてくれました」そう言うと、彼女は背筋を伸ばした。その目はドゥレルを通り過ぎ、彼方を見つめていた。「そのほかのことは存じ上げません」

ドゥレルはこっそりと相手を観察した。相手の視線をとらえて心のうちを読もうともしたが、彼女は頑なに遠くのほうを見つめていた。なにか、彼女が思わずしゃべってしまいたくなるようなきっかけはないものか。彼は手はじめに、精いっぱいの猫なで声で言った。

「地主さんとは親しくされていたのでしょうね」

彼女がこわばった声で返す。

「なぜそのように思われるのでしょう。あの方は、わたくしどもの隣近所に住んでいる――住んでいただけの方です。おつきあいのようなものは、ほとんどありませんでした。姉もわたしも、あの方については、あまりよくは思っておりませんでしたので」

「ほう……」

もうひとりの女性が、外階段にはみ出るほど前に身を乗り出して言った。

「地主さんは、わたしたちの姪とおつきあいしていたんです。わたしたちは、あの人が姪にふさわしい相手とは思っていませんでした、だって、あまりにも年が離れていて……」

「お黙りなさい、ロアンナ。警察の方はそんなこと、ご興味ないわよ」

そう言うと、彼女はドゥレルに顔を向け、ついに彼と目を合わせて言った。

「姉もわたしも、ふたりの結婚には反対でした――ええ、ふたりはつい昨日、教会で結婚の手つづきを始めたところだったんです。エイヴォルったら、いつも好き勝手にふるまって……」

彼女はとつぜん声をやわらげ、一瞬ためらったあと、つづけた。

「そうね――これがあなた方のお仕事だということは理解します。どうぞ、中にお入りください」

ドゥレルはお辞儀をした。ありったけの好意を青いストライプの背広が張り裂けるほどに体内からあふれさせ、同時にこのネクタイのうねるようなデザインが婦人たちを魅了し、心を解きほぐしてくれることを祈った。彼は言った。

「わたしの名はドゥレルと申します——主任警部をしております」

「ルンディーンです。こちらは姉のロアンナ——わたしはロヴィーサ・ルンディーンと申します」

彼らは玄関を入った。先頭にロヴィーサ、次にドゥレル、ロアンナは遠慮がちに玄関の内壁に背中を押しつけ、彼らが通り過ぎてしまうまで待っていた。彼女が外階段の下に佇むバルデルに問いかけるような視線を送ると、彼はかぶりを振って警察車両のほうへ歩いていった。ロアンナは玄関のドアを閉じた。

三人は居間へ入った。カーテンが半分ほど引かれている。ロヴィーサが花柄の肘掛け椅子を手振りで勧め、ドゥレルは腰を下ろした。姉妹は彼からすこし離れた場所に立っていた。空気中にはイワシを焼いた残り香と、安物のオーデコロン、古い布のにおいがかすかに漂っていた。ドゥレルは咳払いをし、なるべく目立たないように内ポケットに手を入れて黒い手帳を取り出し、慎重に質問を始めた。

「地主さんはここにどれくらい住んでいらしたんでしょう？　家はかなり新しいように見えますが」

「あの家は一九五〇年に建てられたものです——つまり、その年に古い建物から新しく建て替えられました。以前の建物はこの家につながる別棟でした。もうすこし詳しくお話ししましょう。この農場はわたしの兄のシクステンが戦前に借り受けたものです——そのときの土地の所有者は、地主さんの父方の叔父さままでした。その叔父さまが亡くなって、地主さんがこの土地を受けつぎ、ここへ引っ越してこられたんです。わたしの兄は数年前に亡くなりました」そこで彼女は一瞬押し黙ってから、勢いよく片手を振り上げて言った。「あの湖で溺れ死んだのです」

ロアンナがうなだれ、妹のあとをつづけた。

「兄と地主さんは湖で釣りをしていたそうです。帰ってきたのは地主さんひとりでした。そのときからわたしたちは、兄の娘のエイヴォルをこの手で育ててきたのです」

「それではお兄さまの借地権は——あなた方に引きつがれたのですか?」

ロヴィーサはかぶりを振った。

「いいえ、わたしどもには権利はありません。借地権はマグヌソン夫人に引きつがれました——彼女はここから離れた、教会の近くにある母屋に住んでいます。こちらに来られるときにご覧になったでしょう。いずれにしても、わたしたちは、この家に住みつづけることを許されました」

「お情けでね」とロアンナが辛辣に言った。そして彼女は目をうるませ、ささやくようにつづけた。

「わたしたちは、シクステンが生前に支払っていた少額の保険金で暮らしています。家賃はただにしてもらって。わたしたち、働くことができませんもの――わたしたち、なんにもできることがないのです」

「お黙り、ロアンナ」ロヴィーサの声がふたたび鋭くなった。「まあ、わたしどもは地主さんがエイヴォルとおつきあいするのをよく思っていませんでしたが、態度には出しませんでした。ふたりの仲はこの一カ月ほどで急速に深まったようで、だからわたしたちは、どうするべきか判断を下す間もなかった、というのがほんとうのところです」

ロアンナが目からそっと涙をぬぐった。

「ここに住みつづけるために、外面を取り繕って」と、ロアンナは静かに言った。「わたしたち、地主さんに追い出されるかもしれなかったのです。ここから引っ越せと――わたしたちにはお金がないのです、おわかりでしょう」

ドゥレルは言った。

「つまりあなた方は、意に反して結婚を認めざるを得なかったということですな」

ロヴィーサが深く息を吸いこんだ。そしてドゥレルを振り返って笑顔をつくろうとしたが、その表情はこわばり、口元は苦しげにゆがんだ。

「あの子はもう大人ですから、わたしどもの許可など必要ありません。ですが、反対はしました。わたしたちは、結婚してほしくなかった。さらに言えば、昨日、あのふたりが牧師様を訪ねるまでは、本気で結婚するつもりだということを理解していませんでした。警部さんも牧師様とお話しになったほうがよろしいかと」

ドゥレルはうなずいた。そのとき、彼の頭にある考えがひらめいた。

「もしかしたら、ほかにもその結婚を望まない人物がいたのではないでしょうか。つまり——殺人となれば動機を探る必要があります。嫉妬というのは動機としてけっしてめずらしいものではない」

姉妹は互いに見つめ合った。ロアンナが出し抜けにソファテーブルに近づき、咲き誇るバラの花を片方の手のひらで覆った。

「シャック」と、彼女は息を詰めて言った。「それにマグヌス。ちょっとお待ちください、いま持ってきますから……」そう言うと、彼女は本棚に歩み寄り、アルバムを手に取った。ページをめくりだし、ついに探していたものを見つけた。

「ここに写っています」と、彼女は言った。「この写真にはシャックが、そしてこっちにはマグヌスが。この子がわたしたちの姪です」

ドゥレルは写真を見た。ロヴィーサが顔をしかめる。

「警部さんはそんな意味でおっしゃったのではないでしょうに——ああもう、この子たちはただの青年じゃないの。いいえ、きっとなにか地主さんに関係のあることにちがいないわ」

彼女はなにか考え事をしているようだったが、やがて口を開いた。

「しばらく前にですけど、地主さんと、この町の小学校の先生との関係が噂になったことがありました。ふたりでよくいっしょに過ごしていたんです——先生はお金に目がくらんで地主さんに興味を持ったと聞きました」

「その先生の名前は？」

「シャネット・ロースルンド。シャックの姉ですわ。とても奔放な方だったと思います。ふたりとも、園芸農場の主人の子どもたちです」

ドゥレルは姉妹を不安にさせまいと、なるべく目立たないようにメモを取った。ペンとメモ帳をあからさまに取り出すと、往々にして相手が萎縮し、情報を出し渋ることが経験上わかっていた。彼は数人の名前を手帳に書きつけ——同時に心のうちで、恋愛とは誰を構成要素とするかによって、ふたつの顔を持つものであることを思い起こした。〝彼〟をとりまく人物と、〝彼女〟をとりまく人物。ここには明らかに、そのふたつの顔がある。自由にふるまう女教師と、〝ただの〟青年たち。そして、さらに興味深い第三の人物がいる。

「あなた方の姪御さんですが——お会いすることは可能でしょうか」

姉妹は同時に背筋を伸ばした。ロアンナの頰がかすかに紅潮し、ロヴィーサはふたたび彼から視線をそらした。

「エイヴォルは家にいません」

険しく、恨めしげな声だった。ロアンナがつけ加えた。

「エイヴォルは、昨晩わたしたちといっしょに夕食をとったあとから、ずっと家を留守にしているのです」

ドゥレルは即座に、これは穏やかではない、と考えた。彼は椅子に背をもたせかけて言った。

「ほう――どちらにいらっしゃるか、ご存じでない？」

「ええ」と、ロヴィーサがためらいがちに言った。「以前にもあったんです。一、二度ですが、地主さんのところに泊まっていたことが。でも、地主さんは亡くなっているし――それに……」

ロアンナがさえぎるように言った。

「いいえ、あの子、昨日は地主さんのところにはいなかったはずよ――あの子はジスラヴェードまで映画を見に出かけたんです。地主さんが昨晩外出したときは、てっきり、あの子を迎えに行ったんだと思っていました。でも、そうではなかったようです。だって昨晩、あの人は……」

彼女の最後の言葉は自らに問いかけるような口調に変化したが、ドゥレルはそれに気づかないふりをした。だが、彼の耳は、吸い取り紙がインクを吸うように、一言一句、その声色さえも聞き逃すことはなかった。彼は人差し指で、軽く黒い手帳の表面を叩き、そうして、まったく中立的かつ客観的な態度を装った。このふたりの老婦人の胸に、なにか仄暗い考えや秘められた恐怖が去来したのだとして、それを追い払ったり混ぜ返したりしてはならない。彼はゆっくりと尋ねた。

「『外出した』と――地主さんが外出するのを見かけたのですね……」

ロアンナが答えた。

「ええ――だいたい九時頃に車で出ていきました。窓から見ていたんです」と言い、彼女は妹を振り返った。「あなたが出かけてから、ほんのすぐのことだったわ」

「地主さんは、おひとりだったのですね」

ロアンナがうなずく。

「ええ、ひとりで。あの人は一晩中、ひとりきりでした。おわかりでしょう――」と言うと、彼女は頰をかすかに赤らめた。「夜、地主さんの家に明かりがつくと、実際、ここの窓からどんな細かなようすでも見えてしまうんです。もちろんのぞき見しようなんて考えはまったくありませんけど、見えてしまうものですから」

ドゥレルはこれまでにないほど優しげな口調で言った。

「わたしにお話ししていただけますかな？　よろしければ詳細に――なんでもないと

思ったことが、最終的には大きな意味をもつこともありますから」

ロアンナはためらい、ロヴィーサに心細げな視線を送ると、妹はうなずいた。

「お話しなさいな、ロアンナ。昨日はほんとうに気味が悪かったわ。だってあんなふうに立ってピストルで狙いをつけるなんて、いままでなかったことですもの。あなたも見たことなかったでしょう」

そうしてロアンナは昨晩目撃したことを説明した。彼女は時おり、不安そうにロヴィーサに目をやったが、妹はこの警部に対する説明を制限するような動きは見せなかった。ロアンナは、フレドネルの電話にかかってきた短い通話のあと、彼が座ったまま考えこんでいたようす、その後、姉妹で来たるべき結婚式について議論したこと、そして地主が開けた茶色い紙包み――あるいは開けなかったのかもしれない、なぜならそのとき彼は窓際から離れていたため、彼女には見えなかった――そして、ピストルのことを話した。それから、二回目の電話がかかってきたときのこと――今度は長い通話だった――ロヴィーサが新鮮な空気を吸いに外へ出ていき、ロアンナがじょうろを持って戻ってきたときにも、まだ彼は受話器を手にして座ったままだった――そして通話を終えると、彼はいきなり立ち上がり、古いすり切れた狩猟用コートを羽織って玄関の外へ出て、車に乗った――片方のヘッドライトが壊れた車――それから彼女は、どこかへ逃げてしまった猫のために、外にミルクを置いた……そこまで話すと彼女は溜息をつき、両手を膝に置いてあきらめたような顔でドゥレルを見つめた。

警部は彼女の語った回想が脳内に沈みこんでいくのを待った——一言一句、声色の変化のひとつも逃さず。沈黙が訪れ、彼は切り出した。

「では、ルンディーンさん。地主さんは、家を出ていったとき、あなたの目には興奮しているように映りましたか？　それともふだんと変わりませんでしたか？」

「それはわかりません。あの人は、最後の電話が終わるとすぐに外に出て——きっと、ふだんどおりだったのだと思います。もしそうでなかったらわたしもなにか気づいたはずですから。わたしはもちろん、すこし興奮しておりました。あの人とエイヴォルのことを妹と議論したあとでしたから」

「電話は向こうからかかってきたことは確かですか？　つまり、地主さんのほうから電話をかけたのではなくて」

「ええ、電話はかかってきたのです。そうでなければ、地主さんがダイヤルを回すのを見たはずですけど、彼はそうしませんでしたから。彼はただ電話まで歩いていって、受話器を取り、返事をしていました」

「お話になった茶色の小包について——彼が外出したときに、その包みを持っていたかおわかりですか？」

「いいえ、わたしには見えませんでした——それについてはわかりません」

「ピストルは?」

彼女はすこしのあいだ考えて答えた。

「ええ、ピストルなら彼は背広のポケットに入れました。二度目の電話はちょうど彼がピストルをいじっているときにかかってきたので、電話に出る前にポケットにしまったんです」

ドゥレルは固く目をつむり、慎重に尋ねた。

「地主さんが、そのピストルで誰かを撃つつもりなのだと思わせるような理由は、なにかありましたかな——というのも、彼がピストルをいじるのを見て、おふたりはかなり動揺されたということですから」

ロアンナは笑い声を上げたが、その声は不安に上ずっていた。

「そんなこと思いもつきませんわ——警部さんはつまり……彼はエイヴォルを映画館まで迎えに行こうとしていると思ったのはわたしの誤解で、ほんとうは……」

ドゥレルはうなずいた。「たとえばです」

ロヴィーサがきっぱりと言い放った。

「ちがいます。そんなことは、まったくもってありえません」

ドゥレルはロヴィーサを振り返り、尋ねた。

「あなたはつまり、フレドネルが車で走り去る前に外出されたのですね。彼の車が走っていくところを見ましたか？」

「いいえ、そちらの方向には行きませんでしたから——わたしは逆の方向へ歩いていったんです」

「なぜ彼が走っていった方向がおわかりに？　——彼が出ていくところを見ていなかったのでしょう」

ロヴィーサが背筋を伸ばす。彼女は急に冷酷かつ無機質な視線をドゥレルに向け、答えた。

「彼の車がわたしの歩くほうへはやってこなかったからです。もし方向が同じだったら、わたしが車を見逃すはずはありません。とくにロアンナが——失礼、姉が——お話ししたように、片方のヘッドライトがつぶれたような車が来たら、気がついていたはずです」

「車に追い抜かれたというようなことは？」

「ありませんでした」

「それから、ルンディーンさん、あなたはどちらの方角へ歩いていかれたのですか？　この質問は、フレドネルが県道に出てからどちらに向かったのかをはっきりさせるためのものでして——あなたの歩かれたほうとは逆方向になるのでしょうから……」

ロヴィーサはうなずいた。わずかに雰囲気がやわらぐ。

「なるほど、わかります。わたしは小道を歩いていきました——園芸農家のロースルンド家へつづく細い道です。ヴィクトリア・ロースルンドに挨拶でもしようかと思って。彼女はわたしたちの友人なんです。でも歩いているうちに、それはやめようと思いました。それからわたしは温室が立ち並ぶあたりを歩き、学校を通り過ぎ、マグヌソン家を通り過ぎた——あなた方がここへいらっしゃるときに通り過ぎた農園です」

そう言って、彼女は皮肉っぽく微笑んだ。「もしあなた方が、その方角から来られた場合のことですけど。ええ、なにが言いたかったかというと、あの人、つまり地主さんは、県道をジスラヴェードの方角へ向かったか、あるいは逆の方角へ向かったかのどちらかだということです。わたしは車では入っていけない、第三の道を歩きましたので」

ドゥレルは深く溜息をついた。

「そうですか、なるほど。そしてあなたがいずれ県道に出てきたときには、もう彼の車はとうに走り去ったあとだったというわけですね」

彼女はうなずいた。

「そういうことです。もしわたしと同じ方向に走っていたのであればね。でも、交差点のほうから別の車が来るのは見ました。マグヌソンの車です。彼の車が走ってきて、しかるべきところに止まりました——もっと正確に言うと——駐車すべきところに止まりました」

「つまり?」

「マグヌソン宅の外にです――彼らの母屋のそばに」

彼女はドゥレルが思わず顔をしかめるようすを楽しむかのように微笑んだ。そしてつづけた。

「ところで、おそらく警部さんにはもっと興味深いことだと思うのですけど、フレドネルの車がいつもの場所にないんです。あの人はいつも生け垣の内側の、家のすぐそばに車を駐めていたのですが、今日はその車がありません」

ドゥレルはうなった。「ほほう、あなた方はほんとうに地主さんの一挙手一投足を監視することができたというわけですな。もうひとつだけ、質問です。おふたりとも、昨晩は何時にお休みになりましたか?」

ロアンナが答えた。

「猫のためにミルクを出してからです。ええ、猫はまったく戻ってきませんけどね」

ロヴィーサが答えた。

「外出から帰ってすぐに。わたしはだいたい三十分くらい歩いてから帰宅しました」

「そうですか……」

彼は黒い手帳を閉じてすばやくポケットに押しこんだ。そしてソファから立ち上がると、ふたりの老姉妹に向かって穏やかな笑顔をつくろうとした。ロアンナが床を歩き、妹のそばにくっつくように並んで不安そうに言った。

「お出になる前に、警部さん——エイヴォルの身になにか起こったとはお考えになりませんわね？　あの子も——その——あの子も一晩中家に帰っていないもので」

ドゥレルは数秒のあいだ真剣な表情でロアンナを見つめ、答えた。

「あまり悪い想像はなさらないほうがいい。いまどき、若い娘さんは気まぐれに行動するものですよ」

そして彼は唐突に笑顔を見せ、玄関のほうへ向かった。

「それでは、ご親切な情報提供に感謝いたします」と、彼は言った。「またこちらにお邪魔することもあるでしょう。いまはこれからライオンの巣穴の鍵をこじ開けに行くつもりですよ。あそこになにが潜んでいるか、わかったものじゃありませんからな」

ロアンナが言った。

「鍵をこじ開ける必要はありません——地主さんはいつも鍵を開けっ放しにしていましたの。この辺ではお互い信頼し合っていますから——なにも起こらない土地ですからね」そう言うと、彼女は、はっと口を閉じ、ドゥレルがただ微笑んでいるのに気がついて顔を上気させた。

地主の家の玄関を入ると、黒いビニールのレインコートが二、三着、グレーの上着と革のジャケットがフックにかけられていた。帽子棚にはハンター帽が二、三個、そしてなんの変哲もないグレーのフェルトの帽子が置かれている。奥行きの広い玄関だった。床から約五十センチメートルの高さまですり切れた樫の木の板が壁を覆い、この家が、強烈にモダンな外観が暗示するよりも、ずっと昔に建てられたことを物語っていた。寄木張りの床には、オリエンタルなデザインが施されたウィルトン織りの絨毯が敷かれている。天井からは、側面が赤、緑、山吹色の板ガラスに覆われたランタンがぶら下がっていた。ランタンは灯されていたが、その弱い光は、正面の部屋の窓から流れこむ日の光にすっかりのみこまれていた。部屋に入ると、男性的な趣味をうかがわせる居間が広がっている。大きく重厚な革張りの肘掛け椅子、黒い樫でつくられた小さめのテーブルが二、三卓、革張りのソファ。羊皮紙製の装飾ランプが壁に沿って周囲をぐるりと飾っている。床には動物の皮や毛皮でつくられた数枚のラグが敷かれていた。壁の一面にはつくりつけの浅い棚に、見事な武器コレクションがずらりと並んでいる——旧式から新式まで、狩猟用ライフル、マウザー社（ドイツの武器メーカー）製の銃、散弾銃、ピストル、銃剣、サーベル。窓のない長い壁面には楕円形の木板から伸びるノロジカやヘラジカの角がいくつも並び、中央にはヘラジカの首から上をまるまる剝製にしたトロフィーが飾られていた。その鼻先はまるで呼吸をするかのように上向き、つややかなガラス製の黒い目は、はるか彼方を探すように――対面の窓を囲む赤錆色の重たいカーテンのドレープを、さらにその向こう側を見つめている。ドゥレルはこのハンター部屋をぐるりと見まわし、まるで納骨堂の中にいるような感覚に陥った。武器と毛皮のにおい。喫煙テーブルには銅製の灰皿が置かれ、その隣の封の開いた大きなタバコ入れからはタバコのにおいが漂う。カーテンやその他の布に染みついたパイプの煙のにおいと混ざり合い、なんともいえない閉塞感を抱かせた。

バルデルがとつぜん言った。

「ああ、くそう、まるで霊廟の中にいるみたいだ。ここにないのは棺だけだ」

ドゥレルがうなずく。

「姉妹は小包のことについてなにか言っていたが、これと関係があるのだろうか」彼は書き物机の上の電話機の下に押しこまれた紙をつまみ出し、つぶさに観察した。それは十六時四十五分と刻印された領収書だった――品名はないが、領収書のいちばん上には赤いイタリック体の文字で発行者の名前が書かれていた――〈ヨハンソン・スーパーマーケット、ボーラリード〉――そして、日付のスタンプ。昨日だ。ドゥレルは領収書を折りたたんで胸ポケットに押しこんだ。腰を曲げ、書き物机の下にあるくずかごを引っ張り出す。くしゃくしゃに丸められた茶色い包装紙が入っていた。広げるとかすかな油染みが二、三か所についている。ドゥレルはそれを胸ポケットの領収書の隣に収めた。包装紙は青いストライプの背広の生地を背景に、固まったポケットチーフのように突き出ていた。バルデルを後ろに従えて部屋を横切り、次のドアを開ける。戸口で立ち止まり、足を踏み入れる前に部屋の中をぐるりと見まわした。ここはフレドネルの実際の仕事部屋のようだ。壁の一面は本棚に覆われ、何冊もの本が互いに重なり合うように置かれていた。居間で見た机よりも大きく重たそうな書き物机があり、すり減った天板の上にはタイプライターと紙が置かれていた。机から難なく手が届く範囲の棚に書類挟みがずらりと並び、ほかにはなんの変哲もない事務ファイルが数冊、書類に穴を開けるためのパンチ、そしてもう一台の電話機がある。とつぜんバルデルがドゥレルの腕をつかんだ。彼が声を押し殺して言う。

「聞こえましたか……」

ドゥレルにも聞こえた――書斎のさらに奥にある部屋から、かすかな物音がした。ドゥレルは音もなく部屋を横切り、次のドアを開けた。そこは寝室だった。壁からはとてつもなく大きなベッドがせり出している。ベッドを覆うカバーに、誰かが寝た跡がくっきりと残っていた。部屋の奥にすばやく回りこむ。クローゼットがふたつ、その隙間に、背中を壁に押しつけて若い女が立っていた。美しい娘だった。長く下ろしたブロンドの髪に、大きな黒い瞳。ややくすんだオレンジ色のコートをまとい、首には毛皮のマフラーを巻いている。革製のショートブーツと手袋を身につけ、手にはハンドバッグを握っていた。若い貴婦人が、ちょうどいま、散歩にでも出かけようと思い立ったような出で立ちだった。だが、その顔は蒼白くこわばり、丁寧に紅の引かれた唇は固く結ばれていた。ドゥレルが深く息を吸いこみ、言葉を発しようとした瞬間、彼女が口を開いた。

「警察ね」ゆっくりとした口調だった。

ドゥレルはうなずき、言った。

「そして、あなたが――ルンディーンのお嬢さん――エイヴォルさんだ」

「ええ、エイヴォルです。もう、彼は見つかったんですか？　――かわいそうなブルーノ」

ドゥレルは眉間にしわを寄せて言った。

「つまり、もうご存じだと。ええ、見つかりましたとも」

彼女がクローゼットのあいだから歩み出た。頬にすこしだけ血の気が戻っていたが、それでもまだ顔色は青く、表情は人形のように硬かった。ゆっくりとドアへ向かって歩いていく。ドゥレルの目の前を通り過ぎ、後ろのバルデルを通り過ぎ、書斎に入るとそこで立ち止まり、視線をタイプライターに当てた。彼女がささやく。

「死体でね」

ドゥレルは答えなかった。その言葉がこの文脈においてどれほど自然なものであっても、いまここで耳にすることは不自然に感じられた。とつぜん彼女が振り向き、声を上げた。

「彼が死んだのはもうわかっています。わたしが彼を殺したんです」

ドゥレルは息をのんだ。

「あなたが……」

彼女はコートのポケットに手を入れ、一枚の紙を取り出し、ドゥレルに渡した。彼が紙に書かれた文章に目を走らせると、彼女はつづけた。

「これがタイプライターに挟まっていました。彼はピストルを持っていったはず――あの人のピストルが見当たらないんです」

彼女は視線を窓の外に投げた。

「車は家の外に駐めてある。ということは、ここからそう遠くには行っていないはずです」

ドゥレルは壁に向かって歩き、窓を開けて身を乗り出した。家の側壁、県道からつづく並木道のほうからは死角となる場所に、黒いステーションワゴンが駐車してあった。彼は困惑して言った。

「たしかに、車は家のすぐそばにある――だが、おそらくはいつもとちがう側だ。ルンディーンさん、あなたとわたしとで、じっくりとお話がしたい。わたしは犯罪警察から参りました。あなたにお尋ねしたいことが山ほどあります」

そう言いながら、彼はエイヴォル・ルンディーンから手渡された紙をバルデルに渡した。バルデルはドゥレルよりもさらに困惑した表情を浮かべた。彼は紙に目を走らせ、タイプライターで打たれた短いメッセージを読み上げた。

〈親愛なるエイヴォル。ピストルを持っていると、役に立つこともあるものだ。すべては終わった。これが考えうる最良の結末だ。

きみのブルーノより〉

5

「あいつのことなんかどうだっていい、もうその話はするな。これを一時間以内に届けないとならないんだ。そうしないと植えつけに間に合わない。ぼくがそっちへ回るから、これを持っててくれ」

シャックはロープの端を荷台の向こうに放り投げ、イヴォンヌがそれを受け取った。車両の後部を回り、彼女の手からロープの先端を奪うと、荷台にしっかりとくくりつけた。イヴォンヌは父親のほうにちらりと視線を投げた。この険悪な雰囲気をつくりだしたのは彼女ではないとわかってほしい。だが、ローランド・ロースルンドはふたりに背を向けていた。父親はちょうど最後の苗木を集め終えたところだった。腕に苗木を抱えて車までやってくると、さらにそれを荷台に積み上げる。シャックはふたたびロープを荷台の反対側に投げ、車両を回りこんで最後の結び目をつくろうとした。

「あんまりきつく縛るなよ」と、ローランドが言った。「枝が折れるぞ」

シャックがふん、と鼻を鳴らす。

「大丈夫だよ。苗木をあと八本掘り出して、梱包しておいてくれるかな——グノーシェーに持っていく分さ。もし梱包が済んでいれば、昼食後の配送に間に合うかもしれない」

彼は額の汗を袖でぬぐった。ずいぶん顔色が悪く、焦っているように見える、とイヴォンヌは思った。シャックが急に父親を振り返って言った。

「昨日の会計処理は、うまくいった？」

ローランドが驚いた顔で彼を見る。

「ああ、まあな。どうして？」

「ただ、どうなったのかなと思って。昨晩、野菜の作業が終わってから店に立ち寄ったんだけど、父さんの姿が見えなかったから。すこし話したいことがあって」

ローランドは息子をじっと見つめて言った。

「そうか。いや——言ったとおり、人と会う約束があったんでな。だがそんなに長くはかからなかった、せいぜい一時間かそこらだ。なにを話したかった？」

「べつに、もういいや。家まで歩いて帰るうちに、頭の中がすこし整理できたよ。ぼくは駅のそばの三叉路までタクシーに乗ったんだけど、そこから二、三キロメートルは歩いて新鮮な空気を吸ってきたんだ。新鮮な空気を吸うと、考え事がはかどるよね」

彼は沈黙し、父親をじっと見つめた。そして、言葉をついだ。

「もっと歩いたほうがいいよ、父さん」

そう言うと笑い声を上げ、彼は車のドアを開けて運転席に飛び乗った。エンジンがかかり、大きなピックアップトラックは勢いよく前に飛び出して県道に合流し、姿を消した。ローランドは長いあいだそこに佇み、車を見送っていた。そして苦々しげに言った。

「あいつの言う意味がよくわからん。どうも神経質になっているようだが」

「そうよ。シャックは神経質だもの。ママがいつも言ってるじゃない、彼には感性があるんだって。それに、なにか理由があるのかもしれないし」と、彼女は父親に笑顔を見せた。「シャックはちょっと働き過ぎなのかもね。夜はいつも死んだように眠ってるもの。わたし、梱包を手伝うわ、パパ」

ドゥレルはいかにもフレドネルの趣味にかなった革製の肘掛け椅子に座っていた。前屈みになり、エイヴォルの発する言葉をひとつとして聞き逃さないよう、神経を研ぎ澄ませる。彼女はゆっくりと、まるで独り言をつぶやくように、か細い声で話しつづけた。それが時間を稼ぐためなのか、物事を順序立てて説明することに慣れていないためか、あるいは事件にショックを受けたためなのか、ドゥレルには判断しかねた。

彼は半ば強引に彼女を居間まで引っ張ってきたのだが、椅子を目の前にすると、彼女はまるで気が抜けたかのようにすとんと腰を下ろした。そして、彼が促すまでもなく――問わず語りに話しはじめた。

「わたしが最後にブルーノに会ったのは、ふたりで教会に行って結婚の許可をもらったときです。彼がそのとき、なにを感じていたのかはわかりません。彼はけっして自分の考えや感情を明かすことのない人でしたから。ただ、彼は牧師様にいらだっているように見えました。それは、牧師様がわたしに対して冷たい態度だったから――いつもとちがう感じだったから――ええと、つまり、つまりほんとうなら牧師様は、わたしたちの結婚についてなにか言うべきだったのに、きっと幸せな未来が待っているとか、なんとか――わかります……？」

彼女は沈黙し、うるんだ目で窓の外を見やった。「彼がもういないなんて、わたしにとっては衝撃で、そんな……彼がそんなことを考えていたなんて、でも、ありえない話じゃなかった」

ドゥレルが言った。

「そんなこととはつまり、自ら命を絶つということですか」

彼女がうなずく。ドゥレルは深く息をしてから言った。

「彼は自殺していません。殺されたのです」

彼女はすぐには反応を見せなかった。まるでその言葉が彼女には届かないかのように、ふたりのあいだが薄い膜で隔たれているかのように感じられた。それから彼女はゆっくりとドゥレルを見上げ、彼の目を見つめて言った。

「でも――あの手紙は？　タイプライターに挟まっていた、彼の手紙は？」

「彼は自殺しようと考えたのかもしれません――そこはなんとも言えません。だが、もしそのつもりだったとしたら、誰かにそれを阻まれた。それに、その手紙を書いたのが彼だとも言い切れません。タイプライターは誰だって打てますからね」

彼は隣室のタイプライターを調べるバルデルのほうを向いて、叫んだ。

「見つかったかい」

バルデルが戸口に姿を現す。

「ええ。指紋はたっぷりついていますよ。ほとんどはフレドネルのものでしょうが、ほかの指紋もあるかもしれません。タイプライターは持ち帰りましょう」

「そうだな。きっと、誰かほかの人間の指紋もあるだろう。ところで、ルンディーンのお嬢さん、なぜ彼が自殺を図ろうとしていたなんて思うんです？　ありえない話ではなかった、とおっしゃいましたが」

彼女は口を結んだまま、ハンドバッグをぎゅっと抱えこんだ。スエード製で、ベージュ色の大きなハンドバッグだった。ドゥレルは彼女が、その表情が示すより、もっと速く頭を回転させているような気がしてならなかった。彼女が口を開く。

「そういう意味で言ったんじゃないんです。もし彼がそのつもりなら、ピストルを使うはずだと……」と言って、また押し黙った。

「ピストルはどこに置いてあったんですか？」

「あそこの棚の上です」と彼女は言い、頭を振って壁にかかった武器のコレクションを示した。そしてつづけた。

「銃弾はいつも書き物机の引き出しにしまっていましたが、それもいまはなくなっています」

「どうやら、家の中をくまなくお探しになったようで」

エイヴォルが、とつぜん激昂した。椅子から立ち上がり、激しい勢いで床を行ったり来たりしはじめる。彼女が言った。

「手紙を読んでから、真っ先に探したわ。彼が真剣なのか、あるいは悪い冗談のつもりなのかわからなかったけど。探すことがそんなにおかしなことかしら」

「いつのことです？」

「あなた方がやってくる直前です。あなた方が入ってくる音で目が覚めたんです」

「では、あなたはここで一晩過ごしたのですね」

「ええ」

ドゥレルは彼女に視線を据えた。ボールペンを鼻先に押しつける。その瞳をさまざまな思考が交錯する。彼が言った。

「昨日の夕食後、どこでどのように時間を過ごされたのか、正確にわれわれに話してくださいますか。あなたの叔母様がたが、昨晩からあなたの姿を見ていないとおっしゃっていました。手はじめに――そうですね、やはり昨晩の夕食後からお話しいただけますかな」

「わたしはジスラヴェードへ行きました。七時から九時のあいだは映画館にいました」

「それから？」

「それから……」彼女は一瞬口ごもった。「それから女友達を訪ねました。わたしたち、夜中の二時過ぎまでおしゃべりしていたんです。それからわたしはここまで車で移動して、家に入りました。ブルーノがいなかったので、わたしは彼がもしかしたら――もしかしたら外に出てわたしを探しているのかもしれないと思って、でも、当然帰ってくるものだと信じていました。わたしはベッドに横になって、彼の帰りを待っていました。そのうち、眠ってしまったんです」

「その女友達の名前は？」

「バールブロー・ヘルグレーンです。消防署の近くに住んでいて、ゴム工場で秘書をしています」

ドゥレルはメモを取った。

「車で家に帰ったとおっしゃった？」

「ええ。通りがかりの車に乗せてもらいました」

「誰の車ですか？」

「わかりません――車種も、車の色も、運転手の名前もナンバーも、なにも……」

彼女はいらだちを隠さず、吐き捨てるように言った。

「そうですか。ドライバーの顔もおそらく覚えていらっしゃらないでしょうね」

「ふつうの外見でした。白いトレンチコートを着て。それと、帽子。灰色の帽子です」

ドゥレルは彼女に微笑んで見せ、鼻の頭を指でかいた。

「なにかしら覚えているものですな。ただ、その人物を追跡するのは非常に困難と言わざるを得ない」

彼女は答えなかったが、床の敷物の上を行ったり来たりするのはやめ、戻ってくるとまたすとんと椅子に座った。彼女のいまの態度とさっきの態度はまるで五〇年代の詩のように文末の韻を無視していたし、その内容もおそらく同じように抽象的なものなのだろうとドゥレルは思った。彼は物憂げに彼女を見つめて言った。

「地主さんが牧師さんに対していらだっているようだったとおっしゃいましたね。なぜですか？　牧師さんの手つづきになにか不備があったのですか？」

「どうかしら。なにがいけなかったのか、わたしにはわかりません。すべてが終わったあと──つまり、書類やその他の手つづきが終わったあと、レーテ牧師がブルーノと話がしたいとおっしゃって。ふたりだけで話したいので、わたしには遠慮してほしいと。それで、わたしは受付を出て外で待っていたんです。そしたら、彼らが言い争う声が聞こえてきました」

ドゥレルは驚いてニンジン色の眉を上げた。

「言い争いを？　フレドネルさんと牧師さんで？」

「ええ、言い争いをしていました。でも、なにを言い合っているのかはわかりませんでした。ブルーノはなにも言わなかったけれど、外に出てきたときには不機嫌な表情でした」

彼女はまた立ち上がって言った。

「この辺で失礼させてもらえませんか。今回のことですごくストレスがかかっていますし、それに──それにわたし、まだ朝食も済ませていないんです」

「もちろんです」と、ドゥレルは言った。「どうぞご自由になさってください。もしなにか興味深いことがあったら、またお話ししましょう」

彼女はコートの前を引き寄せ、ハンドバッグをしっかりと腕の下に挟んで部屋を出ていった。彼女の頬は上気していた。彼らは窓越しに、彼女が小走りに叔母たちの住む家へ向かい、玄関前の階段を上がっていく姿を見守った。バルデルが言った。

「あれはいったい真実を話しているんでしょうかね」

ドゥレルはしばらく黙っていた。それから出し抜けにこう言った。

「車を押収して、丁寧に調査するよう指示してくれ。ヘッドライトも忘れずに――どちらか片方が壊れているはずだから。それからタイプライターに手紙、それと、この紙だ」ドゥレルは胸ポケットから茶色の包装紙を抜き出し、彼に手渡した。「ヘルグレーンとかいうお嬢さんについても、いくつか調査を頼む。それからこの家をくまなく調べてくれ――掃除機をかけてな、どういう意味かわかると思うが。それが終わったらドアと窓をぜんぶ封印してくれ」

それからしばらく沈黙し、下唇を軽く吸いながら、ペンを上着の内ポケットに戻した。

「わたしはこれから牧師さんに挨拶に行ってくるよ」

そう言って、彼は小さく口笛を吹いた。透き通った、まるでヒバリのさえずりを思わせる美しい旋律だった。そして、つけ加えた。

「真実か、だって。いやいや、どうして――あのお嬢さんは、馬がトロットで駆けるように軽やかに嘘をつくね。立派な競走馬さ」

そう言いながら、彼は腰を曲げて一本の乾いた茎のようなものを床から拾い上げ、考え深げにそれを眺めたあと、また床に落とした。

ラッセは農場に向かう階段を小走りに下り、砂利道を駆け、県道を横切って厩舎の前へやってきた。昨日、厩舎のそばに古い自転車が置いてあるのを見かけた。誰のものかはわからないが、家族の所有物だと思われた。だが、自転車はなくなっていた。いらついて後ろを振り返ったところに、ちょうどマグヌスがやってきた。すり切れたスエードの革ジャンパーに長靴、うなじにつばの狭い革製の帽子をひっかけている。足取りは無骨かつリズミカルで、足に履いた長靴が彼の日々の労働を物語っていた。

ラッセは彼のもとへゆっくりと歩いていき、言った。

「おい、いま頃来たのか。昨日の延縄をいっしょに引き上げるはずじゃなかったのかい」

マグヌスは立ち止まり、さして興味もなさそうに彼を見つめた。

「寝坊した。夕べは干し草の上で寝たんだよ。おふくろの愚痴に疲れたときとか、最近じゃあしょっちゅうだが、そういうときに干し草の上で寝るのさ。上がってきて起こしてくれればよかったのに」

「おまえが干し草の上で寝てるなんて知るわけないだろう。べつにどうということもなかったけどな。ホルゲルとふたりでも同じだよ――おまえが舟を漕いだからといって釣果が上がるわけでもないし」

マグヌスは帽子を取って髪をかきむしった。

「まあ、そうだろうな」

ラッセが言う。

「あの園芸農家のところまで自転車で行こうと思ったところなんだが――イヴォンヌさ、知ってるだろう。昨日は厩舎のそばに自転車が置いてあったのに、誰かが乗っていったらしい」

「おふくろのを使えよ。母屋のほうに置いてある――ほかの自転車はぜんぶ壊れてるよ。へえ――つまり、兄貴は畑のほうには来ないってことかい」

マグヌスはまた帽子をかぶり、手ですばやく後ろにずらした。そして兄に向かって皮肉な笑みを見せたが、その視線は冷たかった。

ラッセは言った。

「ジャガイモだっけ?」

マグヌスはもうすでに汗をかいたかのように手で額を撫であげた。

「そうだ。なかなかうまいことできてるぜ――おれがトラクターでジャガイモを掘りあげる。すると女どもが、めいめい都合のいいときに拾い上げる。そうだ……」と、彼は笑い声を上げた。「……雌牛の種付けを頼みたいって電話が来たんだ。もしなにもすることがないんだったら、ルビーンを連れていってくれないか」

「連れていくってなんだい。雌牛がこっちに来るんじゃないのか——少なくとも昔はそうだったはずだ」

マグヌスは母屋に向かって引き返し、ラッセはそれについて歩いた。

「自転車はそこだ」

ラッセは自転車のハンドルを片手で握り、もう片方の手を胸ポケットに入れてタバコを探した。ふたりはまた、もとの道を戻りはじめた。マグヌスが言う。

「いや——ただ、あっちが来られないというだけだ。おっさんが病気になっちまって、ほかの誰も時間がないんだとさ——それにタイミングもあるしな。でも、まあいいや。雄牛を雌牛のところに引っ張っていくなんて、兄貴みたいな洒落男には似合わない」

ラッセはとつぜん足を止めた。昨晩の猫のことが頭に浮かんだ。彼は生け垣に沿って視線を走らせ、猫を置いたはずの場所に目をとめた。猫はいなくなっていた。マグヌスも足を止めて言った。

「なにをきょろきょろしているんだ？」

「猫だよ。昨日の晩、ここに死んだ猫がいたんだ。首にひもを巻きつけられて——白い猫で、背中に黒い斑（ぶち）があって……」

沈黙が流れる。ラッセがマグヌスを振り返ると、弟の表情がこわばっていた。ラッセはつづけた。

「いったいどこへ行っちまったんだろう——間違いなく死んでいたのに」

マグヌスが言った。

「カラスじゃないか。死んだ猫なんて放っておけよ」

彼はふたたび歩きはじめ、ラッセは背後に従った。マグヌスが、ややぎこちない、かすれた笑い声を上げた。

「わかった——じゃあホルゲルに頼むとしよう。兄さんがおもしろがると思ったんだがな——勇気が足りないんじゃないか。ルビーンのことが怖いんだろう。ホルゲルを見習えよ——あいつ、ときどきルビーンを乗りまわしてるんだぜ」

ラッセは自転車にまたがり、とくに意識もせずにロースルンドの園芸農場へと向かったが、彼らの温室が視界に入ったとたん、昨晩の心地よい甘やかな気持ちで胸がいっぱいになった。遠くのほうにイヴォンヌの姿が見える。温室から姿を現した彼女は、両腕になにか光沢のある荷物を抱えていた。県道へ近づいて来る彼女のそばに、もうひとり別の人物がいるのに気づく——もちろん、園芸農場の主人である、イヴォンヌの父親だ——彼女とふたりきりで会えないのは残念だった。彼は自転車のスピードを上げた。途中のカーブで小さな小太りの男を追い抜く。彼と同じ方角に向かって、危ないことに車両の走行側を歩いていた。男の背広のどぎつい青のストライプ柄が目にとまる。足取りは強くしなやかだった。それと同時にイヴォンヌがラッセに気づき、彼に向かって腕を振り上げた。抱えていたぴかぴかと光る荷物を道路際の地面に落とす。彼は彼女の目の前でブレーキをかけた。

「やあ、お嬢さん。昨晩はありがとう。日中は花屋にいるんじゃなかったっけ？」

彼女は微笑んだ。

「あら、どうも。わたしが昨晩、あなたの夢を見たかどうか知りたくない？　今日はママがお店に立っているの」

ラッセは笑い、畑のほうに頭を振ってみせた。

「きみのお父さんだろ。挨拶させてくれよ」

「もちろん。ちょっと植木の梱包を手伝ってから――そのあと、すこしなら話せるわ」

父親が上半身を起こして叫んだ。

「おい、戻っておいで」

「はい、パパ」

彼女は地面から荷物を拾い上げ――それはビニールの袋と梱包用の紙だった――、

父親のほうへ歩きかけた。父親は灰色の樹皮を光らせたリンゴの木々のあいだにスコップを差し、腕をかけて休んでいる。ラッセは彼女から荷物を取り上げた。

「ぼくが運ぶよ。これはなにに使うんだい？」

「あの話、覚えてない？　――あの、ビニールと皮膚と、人間の話。これは梱包に使うの。実用的でいいのよ」

ふたりはロースルンドのもとに近づいた。イヴォンヌがラッセを紹介すると、父は言った。「イヴォンヌはずいぶん社交的な子でね――さあ、こいつを頼むよ」

彼は根に付着した土塊が落ちてしまわないように、慎重にリンゴの木を横倒しにした。イヴォンヌは梱包紙で全体を覆うと、薄い皮膜のようなビニールの袋を取り、端をすばやくたぐり寄せ、下から木に穿かせて根が袋の底に着くまで引っ張った。そして袋の端を伸ばしながらリンゴの木を上まで覆い、最後に口を縛った。

「だいたい、ナイロンストッキングを穿くのと同じ要領ね」と、彼女は言った。「女なら、ただでこういう技術が身についたりするのよ」

イヴォンヌの視線がとつぜんラッセを通り越し、彼の肩を外れたあたりでとまった。ラッセは背後を振り返った。あの青いストライプ柄の男がすぐそばに立っていた。数え切れないほどの小さなそばかすが、鼻を中心に広がっている。その目は、彼らのやりとりを親しげに、興味深そうに見守っていた。男は咳払いをして言った。

「どうか、わたしがお仕事の邪魔になりませんように。わたしはただ、牧師さんのお住まいを知りたいだけなのです。どこへ行けばレーテ牧師に会えますかな？」

イヴォンヌは身をかがめ、新しくビニールの袋を引き寄せながら、明るい笑顔で答えた。

「レーテ牧師補ね。もちろん知ってます。あそこの学校の隣にある、白い家に住んでますよ」

彼女はその方向へ頭を振って見せた。

「ラッセ、お願い——悪いけどもう一本植木を持ってきて、根っこのほうを持ち上げてくれない？」そう言うと、彼女は訪問者に向かって言った。

「ボーラリードに住んでる方ではなさそうね」

「ええ。さまざまな状況がわたしをここへ呼び寄せました」

「あら」イヴォンヌは彼を観察するように見つめた。

「フレドネルのことね？　警察の方ですか？」

「そのとおり。警部のドゥレルと申します——主任警部をつとめております。あなたはロースルンド家のお嬢さんですな——シャネットさんですか？　いや……」彼の目に一瞬の躊躇（ちゅうちょ）が浮かんだ。「彼女は先生のはずだ」

イヴォンヌは立ち上がって梱包紙に包まれたリンゴの木の根にビニールの袋を穿か

せ、上へと引っ張り上げた。そして、笑いながら言った。

「もう調べはついてるんですね。わたしはイヴォンヌです……あらやだ――袋が破けちゃった」

リンゴの木が袋の底を突き破って地面に落ちた。梱包紙が破け、木の根から土塊がばらばらと散らばる。彼女はラッセに不満げな視線を送った。

「慎重に扱わなきゃだめよ、ラッセ。まあ、慣れてないんだから、許してあげるけど」

ラッセは自分の顔が赤くなるのを感じた。

「袋は最初から破れていたんだよ」と、彼はぶっきらぼうに言った。「こういうのを注意して見てなきゃいけないのはきみのほう……」

ドゥレルが微笑を浮かべる。

「おやおや。どんな職業にも困難はつきものです」そう言うと、彼は真顔になった。

「あなた方も、地主のフレドネルさんのお知り合いですね」

「ええ、そうですとも。みんなが地主さんの知り合いだったし、彼のことをよく思う人は誰もいなかったわ。お金持ちってかわいそうね」

彼女は背後を振り返って大声を上げた。

「パパ――警察の方がお見えよ」

ドゥレルは顔をしかめた。視線の先に、農園の主人が次の苗木を地面から掘りだそうとするのが見えた。シャベルを差し入れ、ゆっくりと慎重にひねって木を倒す。土塊の付着した根の部分をシャベルにのせたまま、持ち手を腕に抱えこむように固定し、もう片方の手で木の幹をつかんで歩いてきた。そばまでやって来ると、彼はまず木を地面に下ろし、挨拶をしてから淡々と言った。

「フレドネルの事件の捜査ですね。まったく残念な話です。この地域全体にとってね」

ドゥレルが言った。

「あなたはフレドネルさんをよくご存じだったようで」

「ええ、もちろん知っていました。彼と直接話したのは、もうしばらく前になるが——昔は、ときどきおつきあいもありました」

「では、友人関係は終わってしまったということですかな」と、ドゥレルは慎重に言った。

ロースルンドは空っぽの表情でドゥレルを見た。

「友人関係ではありませんでした。交友関係にあった、とは言えるかもしれないが。いずれにせよ——彼はもう死んでしまった」

ロースルンドは溜息をついた。

「ここ半年間、つきあいはありませんでした」

しばしの沈黙のあと、とつぜん彼はドゥレルに向かって背をかがめ、尋ねた。「なにか――」と、彼はためらいがちに言った。「なにか、証拠は残っているんですか？」

「いや――われわれもまだ捜査を始めたばかりでしてね。なにかヒントがいただけたらありがたいのですが。殺害時刻は――昨晩の十時から十二時のあいだのいずれかの時点です」

「いや」

ローランドの答えは、彼自身が意図したよりも短く、無愛想になった。彼は慌てて言葉をついだ。「この事件については、あまりお役に立てることはなさそうです」

イヴォンヌが言う。

「でも、わたしたちの情報を集めれば、消去法的に一部の輩はシロだとわかるんじゃない？　――まず、わたしとラッセでしょう、わたしたちは昨日の夜はずっといっしょにいて、月見をしながら散歩していたし、そのあと、それぞれの家に帰った。それからシャックもちがう――なぜなら……」

ラッセがふざけたように彼女をさえぎった。

「ぼくが早起きしてウナギ漁の延縄を引き上げに行ったことを忘れてるな」

イヴォンヌが言った。

「だけど、結局そんな気持ち悪いものは手に入らなかったし……」

ドゥレルが穏やかに口を挟んだ。

「『それからシャックもちがう、なぜなら』……？」

「……なぜなら、彼は十時には自分の部屋にいて、いつものようにラジオを聴き、それから夜に弱いため丸太のようにぐっすり眠っていた。それからシャネットもちがう――なぜなら彼女は日が変わるくらいまで生徒のノートを添削していたから。それから、ママもちがう――なぜなら、ママはわたしたちといっしょにお茶をしてから、すぐに寝室に行って寝てしまったから。それから――それから、パパも――なぜなら、パパも帳簿付けの仕事をしていたから」と言うと、彼女は口を閉じ、にっこりと微笑んだ。

「考えればなにかしら出てくるものだわ、そうじゃありません？」

「すばらしい」と、ドゥレルは言った。彼は小さくお辞儀をして見せた。

「月見をしながらの散歩とは、完璧なアリバイですな――お互いのこと以外は目に入らないでしょう、ちがいますか……」

「十時から十二時のあいだ」と、ラッセが考えこんで言った。そのとき、彼はとつぜん思い出した。

「そういえば、ほかにもあるぞ。たとえば首をくくられた猫とかね。昨晩、ぼくの実家につづく砂利道に猫が捨てられていたんです——夜の散歩のあとだった。ぼくが猫に気づく一、二分前に、片目の車が通り過ぎていった。あいつが投げ捨てたんだと思うんです。あれはまぎれもない動物虐待と言わざるを得ない」

ドゥレルが興味深げに彼を見た。

「片目の車——地主さんの車ですか？」

「残念ですが、地主さんの車がどんな車かぼくは知らないし、さらに言うと、車まではかなりの距離がありました。ただ、その車が厩舎と母屋のあいだの県道で一度停まったように見えました。それからまた車が発車したときは、両方のヘッドライトが消されていた——おそらく誰にも気づかれたくなかったんだろう」

ドゥレルはこっそりと内ポケットに手を滑りこませ、手帳を取り出した。

「もう一度お話しいただけますか」と、彼は言った。「なるべく詳細に頼みます」

ラッセは思い出せる限り事細かに説明した。翌朝になって、猫の痕跡がまったく消えていたことも、マグヌスがカラスの仕業かもしれないと言ったことも。ドゥレルは無言のまま、すばやく手帳に書きつけた。ラッセが話し終えると、ドゥレルは言った。

「すばらしい。いや、まったく残酷な人間がいるものですな——あなたが見たのは殺人犯なのかもしれない。あるいは……」彼は手帳をもとのポケットに滑りこませ、ペンを唇に当てた。「……地主自身ということもありうる」

そう言い残すと、彼は回れ右をして、来たときと同じくしっかりとした足取りで県道を歩いていった。ラッセが小声で言う。

「おもしろい男だな。ネクタイを見たかい。きみのところのキンセンカとバラを合わせてもいい勝負だよ……」

だが、イヴォンヌは彼の言葉を聞き流した。彼女は両手を口のまわりに当て、警官に向かって朗らかに叫んだ。

「警部さーん……」

ドゥレルが振り向く。イヴォンヌはつづけた。

「もしわたしの記憶ちがいでなければ、ちょうどいま、教会事務室の受付時間です。そんなに混み合わないから大丈夫――牧師さんのところに用がある人なんて、めったにいませんから」

牧師が何冊もの住民台帳を繰って調べるあいだ、ドゥレルは辛抱強く待っていた。美しく、大きな牧師館が彼の住居だった。広々とした部屋に、きれいに磨きあげられた窓ガラス、それを縁取る白いレースのカーテン。ドゥレルがいるこの受付の一角も、事務室というよりは温かな家庭に近い雰囲気があった。執務用の机は白いペンキで塗られ、帳簿や記録簿を収納するキャビネットも風情があり、アイロンをかけたばかりのリネンが収まっていてもおかしくない趣だった。床はくすんだ茶色のコルクだが、その退屈で無機質な表面は彩りも豊かな裂き織りの絨毯に隠され、なごやかな雰囲気を醸しだしていた。壁際に白いオルガンがあり、その楽譜立てには賛美歌集のページが開かれている。受付の外の待合室も事務的な空間からは程遠く、さながら白と緑を基調とした小さなサロンのようだった。牧師はようやく台帳に目を通し終え、ドゥレルのほうを向いた。金曜日だったが、彼は祭服をまとっていた。三十五歳、かなりの長身だ。卵形の顔、ピンク色の肌、ツルなし眼鏡の奥の柔和なまなざしは修練の賜（たまもの）と思われた。同じくピンク色の手を軽く握り、胸元に添える——主イエス・キリストの僕（しもべ）であり、国の登記係でもある。

「わたしが見る限り、地主さんには親族がひとりもいなかったようです」

透き通った声が響く——その声は、彼のピンク色の頬が与える印象や、はじめの挨拶で手を握ったときに肌から伝わった感触を裏切らないものだった。

ドゥレルはうなずいた。

「親族がいない。そうですか。それと、もうすこし——もうすこし一般的な情報についてはどうですか」

「ええ、あります。生まれは一九一八年。ここへの転入は一九五〇年。そのとき、彼は叔父の遺産を引きついでいます——叔父自身はここに住んだことはなく、遺産の土地はルンディーンという名の農家に貸し出されていました。このルンディーンという方は、亡くなっています」

牧師はオルガンの響きを思わせる沈痛な声色で、最後の言葉を厳粛かつ無慈悲に宣告した。静寂が訪れると、彼はおもむろにつづけた。

「これはわたしが着任する前の出来事ですが、担当の教区のことは現在のことも過去のことも知っておかねばなりません」

ドゥレルは無表情な水色の瞳で牧師を見つめた。

「それで、フレドネルが農場の管理を引きついだと」

「いいえ」牧師は首を斜めにかしげた。

「そう単純なことではありませんでした。彼は土地をマグヌソン夫人に貸し出したのです――夫人が未亡人になったのは……ああ、いつからだったか思い出せない。でも、もちろんあとで調べることはできます――まあ、さほど意味はないことかもしれません。夫人と息子さんが農場を運営しています。畑はとても上手に管理されているとわたしは思うのですが……」彼は目を伏せて声を低めた。「……商売のほうが――借地料の支払いが滞っているんです。ルンディーン姉妹にお尋ねになるといい、彼女らがうちの家政婦に話していたそうですから。姉妹の家はフレドネルが住む――住んでいた、家の真向かいにあります……その家もフレドネルの所有なのですが」

ドゥレルは腰を伸ばした。

「ええ」と、彼は言った。「ルンディーン姉妹といえば――彼女たちの姪御さんが昨日、フレドネルといっしょにここへ来たそうですね」

「おっしゃるとおりです。結婚の許可を取りに来られました。結婚の宣言は日曜日に執り行なうはずだった――礼拝の冒頭で」

「これで日曜日の礼拝は、かなりちがった内容となるのでしょうね」

「おっしゃるとおりです」

「ところで牧師さん、ある筋から聞いた情報なのですが、あなたは――婚姻手続きの書類を書き終えてから――地主さんと話をされたそうですね。ふたりきりで。なにについての会話だったのですか？」

牧師は背筋を伸ばした。答えるまでにすこし間があいた。ドゥレルは牧師の組んだ両手に力が入るのを見た。

「ええ、そのあとで短い会話がありました。それは――結婚に伴う義務と権利についての話でした」

ドゥレルは驚いたように彼を見つめた。

「つまり、あなたはあの地主氏とそのことについて――なんというか、かなり年を召した大人の男性に対してそのことを話したと」

「はい。フレドネルさんには、あまりよい噂がありませんでした。わたしは彼に、そこまで年若の女性と結婚すると決めたからには、それがどのような責任を意味するものか、洞察を深めてほしかったのです。この結婚という歩みの裏に、無関係な動機や思惑などは一切ないということを確かめたかったのです」

「それで言い合いになった」

牧師の顔が曇った。両手をひねり、気まずさに耐えている。

「声を荒らげたのは地主さんです。彼は――なんというか――激怒していました。わたしは、エイヴォルが彼に引きつけられたのは、彼女が幼いうちに父親を失ってしまったせいで、その――心理学者がいうように、父親の姿をあなたに投影しているだけなのかもしれない、と言ったんです。それは結婚の礎とはなりえないと、わたしは考えます。日常の生活が過ぎるうちに価値観も変わっていくものです。それからわたしは、彼の権威――年齢や財産などが彼女に影響を与えたのだとしたら、それは正しいことではないと言いました」

「彼女に影響を与えた――つまり、彼女に結婚を強制した、とおっしゃりたかった」

「ええ。そういうつもりだったかもしれません。そうしたら、彼はそのようなことを、相手がわたしであれ誰であれ議論するつもりはない、と言いました。そして最後に心配な発言がありました。彼はこう言ったんです――彼女との結婚が楽しみだ、わかるかね、牧師さん、彼女がどこまでついてくる準備ができているのか——あの小娘が。あっという間にわたしの術中にはまるはずだ、と。それが会話のすべてです」

彼は沈黙した。一瞬、彼らはその場に立ち尽くし、お互いを見つめ合った。ドゥレルは深く、同情のこもった溜息をついた。

「そうですか。では、お話は以上ですな」

彼は礼をした。

「詳しく教えてくださって、ありがとうございました。こういうとき、悲しむご親族につらい報告をせずに済むのは、多少気が軽く感じます」

牧師が礼を返した。ふたりは並んで待合室のドアへと向かった。牧師が扉を開き、警部の太った体を通すために一歩後ろに下がった。

待合室に誰かがいた。床の中央に男がひとり立っている。口にパイプをくわえ、片手をズボンのポケットにつっこみ、もう片方の手には短い釣り糸に胴体をくくられ、ふたつに折れたウナギを二匹ぶら下げていた。男は意識的に平静を装っているように見えた。彼の牧師に対する礼を欠いた態度も、不自然なほどぶしつけだった。牧師は男の姿を見ると、一瞬うろたえて後ずさったが、すぐに柔和な笑顔を取り戻して言った。

「ご紹介します、わたしの弟のレーテ修士です。いま、シュルク湖で陸水学の実験をしていまして、その間、わたしといっしょにこの牧師館に寝泊まりしているんです。藻だったかな、セーレン……こちらはドゥレル警部だ」

ドゥレルは満面の笑みを浮かべた。

「おや、ウナギをお持ちのようですな」

相手はパイプを深く吸いこみ、鼻の穴からまっすぐに煙を吹きだして言った。

「運がよければウナギと藻の両方が手に入る。ぼくはついてたってことです。地主さんのことでいらっしゃったようですね――気の毒な地主さんだ」

彼はドゥレルを通すために脇へ移動した。同時に兄を皮肉たっぷりな視線で見つめる。

「いままさに結婚しようというところでね――これまで兄さんが知る信者の中で、もっとも優秀な堅信礼志願者と。そうだろう、カール――主が大いなる喜びをもって若き娘をお迎えになろうというときに、彼女はマモンという貪欲を司る神の手に落ちようとしていた……」

牧師は体をこわばらせた。

「やめてくれ、セーレン。ふさわしい表現とは思えない」

だが、弟はつづけた。

「……そして教区の代表たる牧師にとって、それはさらなる喜びとなるはずだった」

彼は笑ってつけ加えた。

「兄さんは人の不幸につけこむことは嫌いだろうけど――でも現実を目前にして、流れに逆らうことはできないものだよ」

ドゥレルは牧師館のつややかなマツ材の扉をすり抜けた。ちらりと背後に視線をやると、驚いたことに、牧師のピンク色の柔らかそうな頬は、まるでなにかの燃えかすのようなくすんだ灰色に変わっていた。

6

学校の前を通りかかったのと同時に、時計のチャイムが響き渡った。彼は心を決めた。格子状の門扉のすきまから体を入れ、落ち着いた足取りで砂利道を上り、白い二階建ての校舎の前に広がる遊技場を横切った。玄関口にたどり着いたところで、帰宅する子どもたちの第一団が校舎から飛び出してきた。彼らは好奇心を隠そうともせず、ドゥレルを見つめた。まるでなにもかもを見透かされているようだ。一人前の警察官が、どんなに優しい笑顔を浮かべようが目の表情を消そうが、なにも隠し事はできないと感じる。彼は男児のひとりに向かい、親しげに尋ねた。

「ロースルンド先生に会いたいのだけど、どこにいるか教えてくれるかい？」

質問をされた少年は、恥ずかしそうに後ずさりしながら、背後の玄関の奥を指さして言った。

「あそこの階段の上。ドアに、〈クラス2〉って書いてある」

ドゥレルが感謝を示すために少年を振り返ると、彼はすでにほかの児童に紛れこんでしまっていた。子どもたちは口を開けたまま、手をぎこちなく腹に押し当て、無言で彼を見つめている。

シャネット・ロースルンドは教壇のそばに立っていた。生徒たちの青いノートを束にして、エレガントな革製の書類鞄に滑りこませたところだった。ドゥレルが教室に入ってくると、彼女はすこし驚いたように目を上げ、背筋を伸ばし、額にかかった髪を後ろに撫でつけた。彼女は無言のままだったが、その視線は彼が教室に立ち入った理由を求めていた。ドゥレルは彼女に歩み寄った。真正面に来る手前で立ち止まり、片手を背広の胸ポケットに入れると瞬時にぴかぴかと光るバッジを取り出し、二本の指のあいだに挟んで掲げた。彼女はその意味を理解しかねたように、数秒のあいだバッジを見つめていた。それから、なにかに思い当たったのか、また髪の一筋を後ろに撫でつけ、ふっと神経質そうな笑みを浮かべた。背後の黒板を振り返り、黒板消しを手にとってきびきびとした動作で算数の授業の際に書かれた数字の列を消しはじめた。黒板を消しながら、彼女は親切そうな、しかし、すこしばかり急かすような口調で言った。

「警察の方がなんのご用ですか？ 当然、ブルーノのことですね？」

「ええ、ブルーノのことです。ロースルンド先生、あなたは地主さんとお知り合いだったでしょう――つまり、彼とおつきあいをなさっていた」

彼女はたっぷりと時間をかけて黒板の文字を消し終わると、黒板消しをチョークが並ぶ溝にそっと置いた。教壇に戻って天板に腰掛け、おもむろに話しはじめる。

「ええ、わたしはフレドネルとつきあっていました。二、三年前に知り合ったんです――それからかなり頻繁に会っていました。いっしょに長期休暇の旅行に行ったことも何度か。去年はイタリアに行きましたし、今年はブルガリアのサニー・ビーチに――わたしたち、とてもうまくいっていました……」と言い、彼女はすこしためらいがちにつづけた。「……きっとわたしたち、同じ種類の人間だったんです――お互いの人格を尊重して、独立した関係で。わかっていただけるでしょうか。約束もしない、絆もいらない、そういう状態がつづくことだけを望んでいた」と言い、彼女はすこし間を置くと、笑い声を上げてつづけた。

「最後の数カ月は、あまり頻繁に会うことはありませんでした――つまり――ふたりきりでは」

「あなたが決めたことなのですか？」

「いいえ。ふたりで決めたことです。遅かれ早かれ、嵐はやってきます。嵐の前の凪がきたのだと思っています」

「ですが、あなたはもちろん、彼の小さな湖に新しい風が吹きはじめたことをご存じだったでしょう」

彼女は微笑んだ。

「エイヴォルのことですね。ええ、もちろん――でもわたしには興味のないことでした。強いて言えば、驚いたというか。彼は自分の老いを感じはじめていました――彼女といっしょにいれば若さを取り戻せるとでも思ったのかしら――あの人は、とても見かけを気にする質でしたから」

ドゥレルは小首をかしげ、目を細めて彼女を見つめた。

「あなただって、そんなにお年を召しているようには思えませんが」

「ええ、もちろんそうです。でも、わたしとブルーノとは別のところでつながっていたんです――おわかりになりますか?」と言い、彼女は深く息をした。「わたしたちは人として、似た者同士だったんです。彼がエイヴォルと結婚すると聞いて、実際、とても意外に思いました」と言い、彼女はまた、ためらいがちにつけ加えた。「それが彼のアイデアだったとはとても思えない」

「いつ、どのようにその話を聞いたんですか?」

シャネットの目が遠くを見つめた。

「昨日です。わたしの母がそう言ったんだと思います」

「そうですか。それで、あなたはそのことで、さほど打ちのめされはしなかったと」

「そうです。もし彼を殺したのがわたしだとお考えでしたら、それは間違いです――

でもあなたはきっと、嫉妬が動機だとお考えなのでしょう。その説にごまかされないでください。このボーラリードでそこまで情熱の炎が燃えあがることなんてありませんし、もっとそれらしい動機はほかにだってあります」

ドゥレルは眉を上げた。

「ほう……」

彼女はふたたびドゥレルを見た。くすんだ緑色の目が、彼を射貫くようだった。

「たとえばマグヌソン家です。彼らがもう二、三年前から借地料を滞納していることは、この辺の者なら皆知っています──ブルーノがその状況にうんざりしていることを、彼らに告げたとしても驚きません。それに、たとえばルンディーン姉妹。彼女たちの兄が死んだあと、保険金の受け取りはどうなったのか、お聞きになりましたか？知らないなら教えてあげましょう。シクステン・ルンディーンは賭け事でブルーノに借金をつくっていたので、それで姉妹は保険金を取り上げられたんです。それに彼女たち、ずっとエイヴォルが──つまり、姉妹にとっての姪っ子が──ブルーノとつきあっていることに反対していました。あるいは──」と、彼女はためらいながら言った。「──わたしの父だって──そのことについてはずっと黙っていますけど、ブルーノに借金があるんです。一度ブルーノから聞いたことがあります」そう言うと、シャネットは鼻から息を吐き、教壇から降りて窓際まで歩いていった。そこでしばらくのあいだ佇んでいたが、やがて低い声で言った。

「ちがいます、恋愛沙汰ばかりではないんです。金銭問題や精神的な圧力――ブルーノ・フレドネルの死を悲しむ人間が多くないことはご存じでしょう……」

「彼と最後に会ったのはいつですか？」

彼女は弧を描くように教室を歩いた。

「覚えていません。ふたりきりで会ったのはいつかということですか？　道やお店で偶然出くわすことだって避けられませんもの。それを除けば、ずいぶん昔のことになると思います――彼がエイヴォルとつきあいはじめてからは、会っていません」

「昨日の夜はなにをされていましたか、ロースルンド先生？」

「この教室で生徒のノートを添削していました」

「長時間？」

「かなり長時間です。午前一時まで。夕食を食べてからすぐにここへ歩いてきました――早く添削を済ませてしまいたかったから」

ドゥレルは彼女の赤茶色の書類鞄を指しながら言った。

「あなたがさっき書類鞄に入れたノートのことですな」

「はい」

「昨晩で、添削は終わったのだと理解しましたが」

彼女は急に顔を赤くして、拳を握り、体をこわばらせたように見えた。

ドゥレルがつづける。

「添削は終わっているなら――なぜ今日、ノートを生徒に返さなかったのですか？自分の子どもの頃を思い出しても、ノートを提出したあとは、できるだけ早く返してほしいと先生をせっついたものですがね」

彼女はまた余裕を取り戻して答えた。

「わたしが教えているのは低学年の児童ですから。彼らにノートを返すタイミングは教師の都合によりますし、今日、ノートを持って帰るのは児童たちの成績をつけるためです」

彼女はいったん沈黙し、それから息を吸ってあとをつづけた。

「すみませんが――そろそろ教室を出てもよろしいでしょうか。昼食の時間はあまり長くありませんし、わたしは家で食べるようにしているので」

「なるほど。では、今日のところはありがとうございました……」

彼は回れ右をし、悠然と歩いて教室を出た。戸口をくぐる瞬間、初めて彼は教室に漂うにおいを意識した。このにおいをよく覚えている――幼い少年、少女が集う教室にはまったく特別なにおいがある。すこし鼻につく、そこまで清潔とはいえない、新品のシャツやセーターをもってしても、ほとんどどうにもならないあのにおい。首元を洗って、靴下を取り替えるよう、うるさく言われたものだった。

階段を下りると、ゴム長靴に色褪せたジーンズを穿いた小さな男の子が立っていた。もじもじと、手に持った帽子の飾りを落ち着きなくいじっている。ドゥレルは男の子の横を通り過ぎながら、彼の頭をぽんぽんと軽く叩いた。その拍子に男の子が口を開いた。

「おじさん」

ドゥレルは立ち止まって男の子を振り返り、腹のあたりで親しげに両手を組み合わせた。

「なんだい、ぼく」

「さっき、先生が、昨日の晩に教室でノートを添削したって言ってたでしょう。昨日、ぼくが忘れ物のマフラーを取りに来たら、ほんとうに先生は教室でノートを直してたよ」

「それはよかった」

「でもね、おじさん」

「うん」

「そのあと先生は、教室を出ていったんだよ。男の人が、車で先生を迎えにきたの。そのおじさんが来たとき、ぼくはここの物置のかげに隠れてたんだけど、そのあと先生が廊下に出てきてね。教室に鍵をかけて、そのおじさんと外に出ていったんだ。それでぼくも外に出て、後ろを見たら教室の明かりがつけっぱなしだった。先生はもういなくて、鍵も閉めてあったのに」

男の子は沈黙して息をついた。視線を足元に落とし、耳まで真っ赤になる。ドゥレルは両手を組んだまま、親指を互いにゆっくりと回しはじめた。彼は穏やかに尋ねた。

「そのおじさんって、誰だかわかるかい?」

男の子は勢いよくうなずいた。

「うん。湖によくいるおじさんだよ。牧師様の家に住んでる――牧師様の弟の」

「そうか――あのおじさんか。何時くらいのことだったか、覚えてないかな」

男の子は考えこんだ。それからきっぱりと、迷うことなく言った。

「九時五分だったよ――だって、ぼくは九時までに家に帰るように言われてて、家に着いたら五分遅れたってパパに鼻をつままれたんだから」

少年は恥ずかしそうな笑みを浮かべ、数秒のあいだようすをうかがうように立っていた。ドゥレルがさらに質問をしようと思った瞬間、ふさふさの飾りがついた帽子をすばやく頭にかぶり、身を翻して玄関を飛び出し、姿を消した。

捜査本部はヘストラに置かれることが決まった。メランデル警察署長の計らいにより、ヘストラ・ツーリストホテルの三部屋が捜査のために提供された——ドゥレルに一室、バルデルに一室、三つめの部屋はイェンシェーピンからやってきたふたりの捜査官が使うことになった。ドゥレルはホテルのレストランでひとり昼食をとった。バルデルも、ほかの部下たちも、まだそれぞれの業務に専念していて、姿を見せていなかった。ホテルの職員はドゥレルを丁重にもてなした——彼がタクシーで戻ってくると、オーナー自らが車寄せで待ち受け、彼のためにドアを開けてくれた。彼は好奇心もあらわにドゥレルを見つめたが、少なくとも一日以上は放置されたドゥレルの赤い無精ひげを目の当たりにすると、即座に無関心を装った。玄関ホールには記者がひとり、新聞社のカメラマンを引き連れて待機していた。くたびれた姿を隠す間もなくフラッシュを焚かれ、ドゥレルは目の前が真っ白になる。彼は拒むように片手を上げ、記者の質問にかぶりを振って歩いた。殺人犯はもう捕まったか、誰か怪しい人物はいるか、なにか解決の糸口は見つかったのか、地主はウナギに首を絞められて死んだという話はほんとうか——さあ、どうだかね。彼はまずひげを剃り、温かい湯を張った風呂に体を沈めた。疲労感が肉体から這い出し、神経や血管を通ってさざ波のように全身を覆う。だが、まだ休むのは早い——まずは昼食、それから数時間の仮眠をとる。そうすれば二日連続の徹夜で蓄積した疲れもすばやく回復する。腕時計に目をやると、すでに二時に近かった。昼食は美味だった。彼はオレンジ色の渦を巻くネクタイをゆるめ、靴紐をほどき、血のように赤い色の靴を足で蹴って脱いだ。肘掛け椅子に身を沈め、首を伸ばして背もたれの木枠に頭をのせる。自らの赤い短髪と、肘掛け椅子に張られた真緑の生地と、身にまとった背広の明るい青のストライプ。そのコントラストを、もし遠くから目にすることができたなら、彼はさぞ満足したことだろう――ドゥレル警部は色彩やデザインにおいては大胆であることを信条としていた。

まどろみの底に漂う意識の奥へ、電話の呼び出し音が、まるで軍隊アリのように侵入してきた。すると脳が覚醒するよりも早く体が反応し、呼び出し音が鳴りやむ前に彼の左手が受話器を取って耳に押し当てた。バルデルだった。

「どこにいる?」

「ジスラヴェードのカフェにいます――ブラック・コーヒーとオープンサンドを注文しましたよ。今晩ベッドに入ったらすばらしい心地でしょうが、それまでは起きていることにしました」と彼は言い、すこし沈黙してからつづけた。

「彼女はシロのようです。つまり、エイヴォルのことですが。彼女の女友達がアリバイを証言しました。エイヴォル・ルンディーンは夜中の二時まで女友達の家にいたそうです。ときどき夜遅くに訪ねてくるとのことでした」

ドゥレルが鼻を鳴らした。

「彼女がすでに女友達に電話をして、口裏を合わせるように頼んでいたということは一切ないと……」

「そんなこと、どうやったらわかるっていうんですか。それに、彼女は映画にも行っています。劇場の案内係が彼女を目撃しています――彼は彼女の名前も知っていますし、映画の内容もわかっています。それから警察署長のところにも行ってきましたよ。ウナギの罠に関する調査記録の暫定版があるんです。それによれば、靴跡はなし――そういった犯行の痕跡は、罠からはすべて雨で洗い流されていました。ロータリーにあった車のタイヤ痕は採取して、フレドネルの車のタイヤと比較してありました。同一のタイヤ痕である可能性は高いようです」

ドゥレルがまた鼻を鳴らした。

「彼の車があそこにあったことはわかっている――そうだろう。ベックマン夫人がそう証言していた」

「はいはい、でも暗かったでしょう。夫人も見間違えたかもしれないじゃないですか。ええと、それから――凶器の鉄の棒にはフレドネルの指紋のみが、棒の真ん中あたりに検出されました――一方、握り手からはフレドネルの指紋すら検出されませんでしたから、その部分だけ拭き取られたことは確実です。タイプライターも調査されました――キーボード全体にフレドネルの指紋がありました。そして例の置き手紙を書くのに使われたキーにだけ、フレドネルの指紋を削り取ったような痕跡があったようです。それと、おそらく彼は、人差し指しか使っていない――キーボードの指紋からわかります――同一の指紋しかついていないので」

「削り取った痕跡、だって？」

「はい。もしかしたら、タイプライターを使った人物が、たとえばペン先を使ってキーを押したのかもしれません。なお、手紙からは指紋は出ませんでした」

「部屋の調査も終わっているか？」

「まだ途中です。あそこにはいろんなものがありますからね。車については、ドアノブ、ハンドル、キーとダッシュボードについては完了しています。ハンドルは拭き取られ、キーも拭き取られ、ドアノブも拭き取られています。片方のヘッドライトが壊れています。殺人犯は家まで車を運転した、そして彼が家に入って手紙を書いたという想定が成り立つと思います」

ドゥレルは舌打ちをした。

「『彼』だと――『彼女』でないと、なぜ言い切れる？」

「ああ――たしかに……」

「車内にウナギ用の袋はあったか？」

「いいえ。ウナギ用の袋は一枚もありませんでした。それから、フレドネルの衣服についてですが。あとでリストをお持ちしますよ――ただ、二つ三つ、おもしろいことがあります。まず、彼がピストルを身につけていた可能性がある――コートの右ポケットに油染みがありまして、これがピストル用のグリースかもしれません。それからズボンの右ポケットに錠前用の鍵が入っていました。その鍵にナンバーが刻印されています――〝7777〟と」

無意識のうちに受話器を持つ手に力が入った。ドゥレルは肘掛け椅子にまっすぐに座り直した。さまざまな思考が蛍のように頭の中を飛び交う。彼は言った。

「なんだって――彼が罠の南京錠の鍵を、ズボンのポケットに入れていただって？」

「ええ、そのとおりです。ということは、鍵はもうひとつ存在するということです、そうでなければあの錠前を閉めることはできません。そのポケットに入っていた鍵で錠前が開くか試してみたところ――鍵は合致しました、そして、錠前を施錠するときにも必ず鍵が必要です。いまのところはこれですべてです。おそらく七時頃、お楽しみの夕食の頃にまたお会いしましょう」

ドゥレルは機械のように時計を見た。針は五時を指している。彼は言った。

「了解だ。まずまずだったな。昼食にグリルのチキンを食べたよ――バターで焦がしたガチョウみたいにぱりっとして、美味かったよ」

彼は音を立てて受話器を置き、肘掛け椅子にもたれて考えはじめた。鍵の件はおもしろい。ふつう、南京錠には鍵がふたついている。もしその片方がフレドネルのポケットに入っていたのなら、犯人が罠のふたを施錠するのにそれを使ったとは考えにくい。犯人は予備の鍵を使ったにちがいない。どうやってそれを入手したのか？　フレドネルから盗んだか？　フレドネルが鍵をふたつとも持って罠を見にいくこともありえなくはないが、考えにくいことだ。ひとつはキーリングにつけて持ち運び、もうひとつは予備としてどこかに保管しておくのが理にかなっている。どこに保管した？　彼の家だ。犯人はどうやってそれを手に入れた？　盗んだのか。見つけたのか。預かったのか。合い鍵をつくったか。いつ？　事件当日に。あるいはずっと昔に。ずっと昔だったという理由はなんだ。それは、犯人が長い時間をかけて計画を練っていたから、なぜなら……。

ドゥレルの頭の中で、とつぜん警報ランプが点滅した。この感覚にはなじみがある。記憶の底に地層のように折り重なった事実が突如として脳裏に浮上し、その意味を考察し、検分することを求めるとき。誰かが言ったこと、見たこと、聞いたこととして記録された言葉が、ある疑問の答えとなる可能性が生まれるとき――『誰か怖がらせようとしていた人物がほかにいた』――昨晩、ベックマン夫人との会話に出てきた言葉が小さなコルクの栓のように水面に浮かび上がってきた。それから、エーミル・ベックマンの言葉――『罠の確認なんていつだってしたいときにするでしょうよ』。ドゥレルはすばやく立ち上がった。いらいらと靴を引き寄せ、中に足をねじこんだ。靴紐を結び終えるのとほぼ同時に片手を伸ばし、受話器をつかみ、立ったままホテルの受付が応答するのを待つ。永遠の時が過ぎるように感じた。これは手がかりになる。きっと手がかりになる。彼は受付に言った。

「すみませんが、ボーラリードの牧師館に電話をかけて、レーテ修士と話したいと伝えてほしい。それから電話をすぐにわたしにつないでください」

彼はまた受話器をもとに戻し、鏡の前に立ってネクタイを締め直した。シグナル音が鳴った。受話器を取る。電話の向こうから、ややいらついたような声が聞こえた。

「はい、セーレン・レーテです。わたしに話があるそうで？」

ドゥレルはかすかに微笑み、片手でつるりとしたあごを撫でてあげた。長く深い夜の眠りから目覚めたときのように、力がみなぎってくるのを感じる。彼は言った。

「レーテ修士。今朝、牧師館でお会いしたときにお持ちになっていたウナギのことですが。あれは、どこで捕まえたものですか？」

一瞬、沈黙が流れた。ドゥレルはつづけた。

「あなたがあそこでウナギを手に立っていたとき、お兄さんは十戒の第五戒（殺してはならない）を思い浮かべていたのではないかという気がしまして——もっとも、あなたのほうでは第六戒（姦淫してはならない）について指摘したかったのかもしれませんね。あのウナギがどこにいたのか、教えていただけるとありがたいのですが」

ドゥレルの目の前にレーテ修士の顔が浮かぶ。その表情にあるのは怒りか、恐怖か、あるいはまったくの無関心か。いや、まったく無関心であるはずがない。無関心であれば、すでに質問に答えているはずだが、彼の応答はまだない。そして、やっと——ざらついた、不審そうな声が聞こえた。

「それについてお知りになりたいのだったら、お会いしたほうが早いでしょう。ここへはいつ来られますか？」

「十五分もあれば。いま、ヘストラにいます」

「わかりました。十五分後に、教会そばの三叉路で」

ドゥレルが受話器を置こうとしたとき、相手の声が聞こえた。

「ああそうだ、警部さん。誰かから長靴を借りてきたほうがいいと思いますよ」

日はすでに地平線に傾きつつあったが、空は晴れわたり、陽光に当たると暑さを感じるほどだった。太陽は二本のマツのあいだに吊された赤い提灯のようで、透き通った大気に光を放射し、新しく掘り起こされた畑の畝にあらゆる色を映し出す——黒、赤茶色、灰色がかった黄土色、ジャガイモの葉のくすんだ緑。ところどころに転がる丸い岩がくっきりと際立ち、掘り出されたジャガイモの地下茎は露に濡れてきらめいている。トラクターが鼻息荒く道路に向かって進んでくる。車両の塗装は剝げ落ちて色が判別できず、タイヤの溝には土の塊がこびりついて湯気を上げ、排気管から噴き出す煙はときに青白く、ときに地面のように黒い。トラクターの背後に土が盛られ、畝がつくられていく——それはまるで大地を丸く櫛削(くしけず)るかのような光景だった。マグヌスは県道のそばまでトラクターを運転して停止させ、座席から地面に飛び降りた。マグヌスはトラクターのそばをぐるりと回り、プラウを取り外しているところにラッセが歩いてきた。遠くのほうからは年配の女性がふたり、近づいてくる。ひとりは黒い、もうひとりは茶色の外套を羽織っている。ラッセは彼女たちには気をとめずに言った。

「なあ、マグヌス——自転車の前輪がパンクしちまった。なにか修理用の材料を持ってないか？　ゴムのりとか。あれば自分で直すんだが」

「あるに決まってるだろ。厩舎に行っといてくれ、あとから行くから」

だがラッセはそこに立ったまま、マグヌスを待った。マグヌスはプラウを取り外すと、ふたたびトラクターに飛び乗ってエンジンをかけ、弧を描くように道路に出た。その正面に老女がふたり、彼を待ち受けるように立っていた。彼女たちはマグヌスに向かって微笑み、うなずきかけた。マグヌスはふたたびエンジンを切ると、にやっと笑って言った。

「ご婦人方、お乗りになりますか」

ロヴィーサ・ルンディーンは彼に向かって片目をつむった。

「そういう台詞はエイヴォルに言ってもらったほうがいいわ」

ロアンナは甲高い笑い声を上げて言った。

「あなたたち、またよりを戻すのかしら？」

ロヴィーサが彼女の脇腹を肘で小突き、鋭い視線を向けた。

「この場で言うことなのか考えなさい、ロアンナ。いまのはまったくもってふさわしくない発言だわ」

そしてマグヌスに言った。

「あの子ったらかわいそうに――憔悴しきってしまって。自分の部屋に閉じこもって、わたしたち、声をかけるのも躊躇してしまうの。でも、マグヌス、きっとまたうちに遊びに寄ってくれるわね」

ロアンナが言う。

「そして、あの子にまた新しい猫をあげてちょうだい」

ロヴィーサが言った。

「お黙り、ロアンナ。あの猫はきっと帰ってくるわよ」

そしてマグヌスに向かって言った。

「今日うちに警察が来たんだけれど、まだ居残っているの。地主の家の中をかぎまわって、あんなの初めて見たわ」

ロアンナが言う。

「今日は一日中、スパイみたいに彼らを観察してやったわ。警察が、あの家を掃除しているの。ほんとうに掃除していたのよ――掃除機やらなんやらを使って」

ロヴィーサが言った。

「そう、この際、念入りな掃除が必要だわ。なんだか空気が軽くなって息がしやすくなったみたい――ちょっと人聞きが悪いかもしれないけれど……」

彼女の声が消えかかるところに、ロアンナが言葉をついだ。

「……なんだか解放されたように感じるわね」

ロヴィーサが言った。

「お黙り、ロアンナ。もうそろそろ行かなくちゃ、ヴィクトリアがきっと待ちかねているわ。遅くとも五時半にはあちらに着くって約束したんだし、話すこともたくさんあるし」

年老いたふたりはまたマグヌスにうなずきかけ、ロアンナは片腕をロヴィーサの腕に絡め、まるでふたりはひとつになったように道を歩いていった。だが、ふたりきりになると、おしゃべりは必要ないようだ。片方がなにかを思いつくと、すぐにもう片方が相手の心の内を読み取るのだ。ラッセは彼らの背後で密かに笑い、マグヌスはふたたびエンジンをかけて道路を進んだ。途中で右に曲がって道をそれ、厩舎の外にトラクターを止め、彼は地面に飛び降りた。

「ここにいろいろとしまってあるんだ」と、彼は言った。

ふたりは動物たちが発する生暖かい空気の中を進んだ。マグヌスが先に歩く。彼は兄を牛房から隔離された小部屋へ連れていった。部屋に入ると、マグヌスは釘を打ちつけたボードにずらりと吊された鍵の中から一本だけ取り出し、小さな南京錠がついた戸棚に近づいて開錠しようとした。彼は何度か鍵を開け損なった。鍵を鍵穴につっこみ、ねじって回そうとするが、動かない。彼は鍵を見つめ、また開錠を試み、悪態をつき、それから鍵が吊されたボードに戻って並んだ鍵の列を観察した。

「ちくしょう――鍵までなくなってやがる」

「ほかの鍵で試してみろよ」

「いつもどの釘にあの鍵をかけているかはわかってるんだ」と、マグヌスは言った。

「だが、ここにその鍵がない」

彼は混乱したようすで鍵の列を見つめていたが、しまいにすべての鍵をつかみ取り、次から次へと錠前に入れて試しはじめた。だが、どの鍵も開錠することはできなかった。

「なるほど」と、彼はついに言った。「これはしばらくどうしようもない。自転車はいますぐにいるのか？　おふくろの自転車に乗れよ」

ラッセは首を振った。

「母さんも自分で使うらしい。でもしばらく待ったっていいさ。そのうち鍵は見つかるのかな。自転車でその辺を走るのが好きなんだ」

「探しているのはこの鍵？」

ふたりはぎくりとして背後を振り返った。イーダ・マグヌソンが部屋の入り口に立ち、手を伸ばして一本の鍵を差し出していた。マグヌスが答える。

「ああ、それだよ」

「キッチンのテーブルの上に置いてあったから、ここにしまってある鍵だと思って。自転車を修理したら母屋に来なさい——もう十五分もすれば夕食ができあがるわ」そう言うと、彼女は回れ右をして背中を見せた。古ぼけた暗色のショールに身を包んでいる。それはラッセにとって十年も前から見覚えのあるものだった。彼女の背は曲がり、髪は灰色だった。脚は痩せて、歩くたびに靴のかかとが脱げる。姿を消す直前、彼女は息子たちを振り返って言った。

「そうだわ、あなたたち。明日はニッサフォシュのウッラ叔母さんのところへ行くわよ。彼女から電話があって、家に呼ばれたの。ラッセ、あなたに会うのがほんとうに久しぶりだからって」そう言うと、彼女はしばらく沈黙し、それからゆっくりとつけ加えた。

「それに、エーミルが地主さんを見つけたときの話を聞いてみたいじゃない」

足の幅ほどの細い道が、葦の群生の中をS字状につづいている。道の両側には人の背丈ほどある葦がびっしりと生え、このくねくねと曲がる小道を四方の目から隠していた。修士が先に歩き、ドゥレルはすぐ後ろをついていく。十センチメートルほどの深さの淀んだ水に足を入れると、長靴の下から茶色の泥水がわき上がる。約十数メートル進んだところで葦がまばらになり、視界が開けた――そこには小さな川が、湖に向かってゆっくりと、頼りなげに流れていた。小川の対岸には葦が隙間なく立ち並び、やはり人の背丈くらいの高さで視界をさえぎっていた。

「どうぞ――あそこにあります」

修士はドゥレルに場所を譲った。ドゥレルは興味深そうに川面をのぞいた。川には細長く茶色に腐食した箱が置かれていた。横幅は約一メートル、上は金網に覆われた箱形の生け簀だった。警部は腰を曲げてそのふたを開け、中をのぞきこんだ。泥に濁った水の中で、つやつやと青黒くくねるウナギたちが絡み合っていた。ウナギたちは入れ替わり立ち替わり、水面に上がっては底に潜り――細く長い、ヒレのついた背中がゆっくりと渦を巻き、スローモーションのように感情のない混沌をつくりだしていた。ドゥレルは腰をまっすぐに戻し、小声で言った。

「この生け簀は誰のものですか?」

「マグヌソン家のものです——ぼくの推測が正しければ」

「それにこのウナギ。湖で釣ってきたものですかな?」

「ちがうでしょうね。この湖では魚は釣れません」

「つまり、あなたはあのウナギを、ここから持ち出したということですか?」

修士はうなずいた。

「そうです。よくないことをしました——だけど、ここに生け簀を設置する方も、さほど常識のある人間じゃないと思いますがね」

「この生け簀にはいつ気づきましたか?」

「二カ月前です。まあ、湖でずっと過ごしていると、なにかと発見はありますよ。この川の河口で藻を採取していたときに、この生け簀を偶然見つけました」

「この中にウナギを入れたのは誰だかわかりますか?」

「いいえ。複数の人間がこの生け簀を利用している可能性もなくはないでしょう。昨日はここでフレドネルを見かけましたよ——彼はぼくたちが来たのと同じ、葦に埋もれた小道に入っていきました。ちょっと大きな声では言えませんが——ええと、ぼくは一、二回ほど、ここからウナギを二、三匹取って、持っていったこともあります。ウナギを数えるのは難しい——すこしくらいいなくなっても、なかなか気づかないでしょう？」

ドゥレルはうなずいた。同時に唇を丸くすぼめて前に突き出し、修士の行為についての本音は語らずにおいた。彼は言った。

「昨日、ここにフレドネルがいたとおっしゃいましたね。いつのことですか？」

「昨日の午後です。マグヌソンの――マグヌソン夫人の息子たちが――同じ時間に延縄を仕掛けていました。彼らもフレドネルを見たはずです。フレドネルがここにいたことは、ふたりの印象に残っていると思いますよ。なぜならそのとき、彼らのボートとぼくのボートが実際に衝突しましたからね。あのふたりはたぶん、フレドネルが自分たちの生け簀の近くにいるのが嫌だったんじゃないでしょうか」

「ほう。つまりこれはマグヌソン家の生け簀で、それを使っていたのはフレドネルだったということか。そうですね？」

修士はかすかな笑みを浮かべた。すこし意地の悪い笑みだったが、ドゥレルに気づかれることはあるまいと考えているようだった――葦の群生は、すでに夕闇の底に沈んでいたから――だが、ドゥレルははっきりとその表情を見ていた。修士が言った。

「あるいは、これは共産主義的施設と呼んでもいいかもしれない。人々が互いに自らの余剰分を他者と共有するんです。もちろん余剰分を持っていたのは地主ですが……」

ドゥレルはとつぜん耳を澄ませた——人差し指を口に当て、音を立てないように合図した。葦の群生の向こうに連なる森のほうから、足音が聞こえる。誰かが歩いてこちらへ近づいてくる。小枝が折れる音、長靴が互いにこすれあう音、湿地に踏みこんだときの水音、泥を吸いこみ、水が重たくはねる音が、葦の叢の奥からまっすぐに近づいてくる。次の瞬間、ふたりの目の前に男が姿を現した。男の顔には驚愕と恐怖が入り混じっていた。一瞬、すべてを投げ出して逃げていくのではないかと思われたが、なんとか平静を取り戻したようだ。男は表情を消し、いかにも驚いたという顔をしてみせた。ドゥレルは彼の顔を見たことがあった——今朝早く、厩舎のそばで見かけた男だ。黒くカールした胸毛をむき出しにし、シャツをはだけさせて歩いていた。ドゥレルが言った。

「なにか取ろうとするのなら、あなたは網を持ってやってきたはずだ——しかしそのようすだと、取るつもりはなさそうですな。反対に、ここへ預けにやってきたのかな。ずいぶんたくさんお持ちのようですから」

彼は相手の目から視線をそらすことなく、頭を振って、浅黒い肌をした男の右手を指した。

ホルゲル・スヴェンソンが右手につかんだ袋は下に長く伸びて、底がほとんど水に浸かっていた。袋の中でなにかがうごめいている。明らかに数キログラムの重さはありそうだった。ドゥレルが優しげにつけ加えた。

「延縄漁でそこまですばらしい釣果が上がるとは――ちょうどさっき、農場の方が夕べに延縄を仕掛けたと聞いたところですよ」

7

「ウナギの袋はどこで手に入れたんです？」

「厩舎の中だと言ったじゃないか——飼葉桶に置いてあったんだ」

ドゥレルは深く息をして、相手の目を突き刺すように見つめた。ホルゲル・スヴェンソンは目をそらした。彼は座り心地の悪いベンチに腰掛けながら、困惑して身をよじった。湖水浴場に設置された更衣室近くに板壁があり、それに沿ってつくりつけられた長いベンチにふたりは座っていた。ここは誰の視界にも入らない。夕闇が深まっていたが、ドゥレルがホルゲルの表情を読むには差し支えない程度だった。彼の目に映るホルゲルは、不安を抱き、捕らわれて抑圧を感じているようだった。ドゥレルは言った。

「では、誰が袋をそこに置いたんでしょうな——あなたが自分で置いたんじゃないんですか？　あなたはもちろん、車で家に帰りつき、駐車した——殺人を犯したあとでね——そして車から飛び出して、その袋を飼葉桶に放りこんだ。あとで時間に余裕ができたときに処分しようと考えながら」

「ちがう、ちがう——今朝、牛に餌をやろうとしたときに見つけたんだ。どういうわけで袋が置かれていたかなんて知らない」

「それと、なぜ猫を始末したんです？」

「猫？」

ホルゲルが上半身をねじって振り向いた。彼のごつごつとした、黒い体毛に覆われた手がベンチのふちを握っている。だが、意味がわからず問い返したその表情に偽りはないようだった。ドゥレルは試すような目で相手を見つめた。やがて溜息をつき、親しみさえ感じる口調でこう言った。

「いいでしょう。どちらか選んでください、スヴェンソンさん。昨日の夕方から夜中にかけて、あなたがなにをしていたのか包み隠さず白状するか、そうでなければこれ以降、あなたの未来は非常に不愉快なものになるでしょう。マグヌソン家で働いていると言いましたね。昨日の夜、八時にはすでに床についていたとも。ずいぶんと早い時間ですな」

ホルゲルがつばをのみこむ。

「朝起きるのが早いんだ——そしたら夜は早く寝なきゃならない。それ以上なにも言うことはない」

ドゥレルは言った。

「じゃあわたしが代わりに話しましょうか。あなたはニッサフォシュにあるウナギの罠まで出かけていってウナギを盗もうとした。そしてフレドネルに捕まった。あなたは鉄の棒で彼を撲殺し、罠の中に死体を隠した。ウナギの入った袋を手に取り、家まで車を運転して戻った。そうですね？」

ホルゲルは激しくかぶりを振った。彼は心の内でなにかと闘っているように見えたが、やがて言った。

「おれが正直に話したとして、あんたが信じてくれるかどうかなんて、どうやったらわかるんだ」

「そうそう」と、ドゥレルは言った。「だいぶよくなった。なにを信じるかはこのあとの問題だ」それから、彼は氷のように冷たい声で言った。「だが、スヴェンソンさん、これだけは確かだ。あなたがいまから話すことがなんであろうと、こうやってただ口をつぐんではぐらかしているよりはいい。あなたは床についたと言った。ほんとうのところはどうなんです？」

「部屋にいただけさ。それで十時頃、部屋を抜け出してアグネータに会いにいった――おれの女だ。おれと同じくマグヌソン家で働いている。あいつの部屋の窓をノックしたが、あいつは窓を開けてくれなかった。部屋の中が暗くて、だからおれは、あいつが部屋にいないのかと思って……」

彼は口をつぐみ、またベンチのふちを握りしめた。

「おれは、あいつがひょっとしてマグヌスといっしょにいるんじゃないか、もしそうなら厩舎の屋根裏にいるんじゃないかと思ったんだ」

「それで厩舎の屋根裏まで見にいったというわけだ」

彼はうなずいた。

「ああ、でもそこには誰もいなかった。少なくとも、おれは誰も見つけることができなかった。それで、今度はマグヌスがあいつの部屋にいるんじゃないかって気がした。おれは母屋に戻って、また窓を叩いた、だけどやっぱり誰も応えるやつはいなくて、それでおれは確信したんだ。あの女、ただじゃおかねえと思った――それからマグヌスのようすをうかがう合間に、ウナギの罠までひとっ走りして、すこしばかり失敬しようと考えた。それで厩舎に行って鍵を持ってきたが、そのあと自転車が見つからなくて――いつもなら厩舎の横に立てかけてあるのに、そこからなくなっていたんだ。だからやっぱりおれは自分の部屋に戻って、床についた。それから眠っちまった」

「鍵を持って、と言いましたね。あなたが罠の鍵を持っているんですか？」

ホルゲルは気まずそうに笑った。

「いや――おれが持ってるわけじゃない。だが鍵がどこにあるかは知っていた――鍵はマグヌスのもんだ」

「ほう。そして、つまり、いま言ったことがすべてということかね。スヴェンソンさん、そんなに簡単な話なら、とっくの昔にわたしに白状していたでしょう。そのあと、また目が覚めたこと、そしてなにより――ニッサフォシュに出かけたことを話しなさい！」

ホルゲルが暗い目つきで彼を見た。

「ああ。おれはまた目を覚ました。おれはまた外に出てあいつの部屋の窓を叩いた。これで三度目だ。だが、なにも起こらなかった。それでおれは、マグヌソンの奥さんの自転車を借りてニッサフォシュに行った。自転車はロータリーに停めた。そしてこっそりウナギの罠まで行って――そこで初めておれは、取水口のふたを閉じるための道具を忘れてきたことに気がついた。だがそれはどうでもいいことだった、なぜってもう取水口は閉じられていたから。だからおれは、もう地主がやってきて獲物を捕ったあとだとわかったんだ。もう水が止められているんだから、なにも獲物は残っていないとわかったんだ」

「懐中電灯を持っていましたね」

「ああ。それで――もうあとは自転車を置いた場所まで歩いて戻って、家に帰るしかなかった」

ドゥレルは考えこむような表情で彼を観察した。

「それは二時頃のことですな」

ホルゲルがうなずいた。

「ああ、だいたいそれくらいだった」

「そこでなにか変わったことに気づきませんでしたか」

「いや」

「地主さんには会わなかった？」

「会わなかった。だがちょうど自転車で去ろうとしたときに、ベックマンさんの家の明かりがつくのが見えた――滝のそばに住む管理人だよ」

「なるほど」

ドゥレルは考えた。つまりそれが、ベックマン夫人の見た懐中電灯の明かりで、そのため彼女は夫にようすを見にいかせたのだ。ドゥレルは総合的に見て、いまの話には信憑性があると考えた。だが一方で――なぜこのスヴェンソンが、夜のあいだに二回も外に出たのかがひっかかる。もしかすると、二回目の訪問は確認のためだったのではないか――すべてに問題はないか、なにも忘れた物はないか、一回目の訪問の痕跡は消えているか。よくあることだ――犯人は現場に戻ってくる……ドゥレルは言った。

「それで家に戻ったと。それからどうしました――また窓を叩いた？」

ホルゲルがうなずいた。

「ああ。だがなにも反応はなかった。おれは部屋に行って明かりもつけずに服を脱ぎはじめた。それでなんの気なしに窓の外を見た。そしたら、あの女が見えたんだ――あいつが厩舎からこっそり影のように忍び出てきたところが。おれは頭に来て……」

「アグネータが？」

ドゥレルの声はホルゲルの耳に入らなかったようだ。彼は興奮してつづけた。

「あいつは厩舎の角を曲がって姿が見えなくなった。おれはまた服を着て家から飛び出した。だが、もうあいつは自分の部屋に戻ったあとだった。あいつは部屋の明かりすらつけなかったんだ――おれがドアを閉める音が聞こえたんだろう」

「それで、また窓をノックした」

「そうだ、おれにはわかってた。おれは窓ガラスが割れるほど強く叩いてやった――そしたらやっと返事があった――窓際までやってきて、カーテンの隙間をほんのすこし開けて――『あっちへ行きな』って、あいつは言いやがった。『こんな夜中に人を起こすなんて、頭がおかしいんじゃないの』って。そしてカーテンを閉めた。おれじゃあ、だめなんだとさ――だがぜったいに、マグヌスをまた部屋に引っ張りこむつもりなんだ」

彼は押し黙り、まっすぐに前をにらみつけた。ドゥレルはこの哀れにも裏切られた男の中で、嫉妬という名の悪霊たちが渦を巻いているのを感じた。同時に、これがきっかけでふたりの男が敵対関係に陥ったというなら、うなずける話だと思った。こういった諍いはこの状況にふさわしく思えた——ウナギの袋、一本の鍵、葦の叢に隠された生け簣を巡る駆け引き。背後で咳払いが聞こえた。振り返ると、修士の姿が目に入った。ドゥレルは言った。

「やあ、ずいぶんお待たせしてしまいました。そうですね、修士はもうお帰りになって結構だと思います。これからマグヌソンの家に向かいます。ウナギの袋はわれわれが持っていきますから」

ヴィクトリア・ロースルンドはテーブルにコーヒーの用意をととのえた。卓上には焼きたての菓子をのせた皿がところせましと並んでいる。だが、彼女は自分の席には紅茶のカップを用意した。ここのところ、胃の調子がすぐれない。もしかしたら、このボーラリードのぴりぴりした空気と不安感を、彼女は誰よりもその身に感じていたのかもしれない。午前中、花屋にいるあいだはイヴォンヌが慰めてくれた。ほんとうは午後もずっと、あの平和なカウンターの後ろに居残りたかった——彼女が得意とする、ナデシコと月桂樹の葉を使ったリースをこしらえていたかった。四十四歳になる地域医の誕生日を祝うために、どの花を選ぶべきか、よきアドバイスをしたかった。あるいは、サボテンの寄せ植えでもつくっていたかった——ここに座って、ルンディーン姉妹や牧師とおしゃべりするよりも。彼女が彼らを茶会に招いたのは、まだ殺人事件がこの地域一帯に暗い影を落とす以前のことだった。ルンディーン姉妹、牧師、そして自分の三者のあいだで順繰りに開く金曜の茶会は、いつもならばとても楽しい憩いの時間だった。茶会では、養蜂やクッキーのレシピに始まり、日曜日に予定される礼拝の説教の一節など、たいてい彼らの共通の関心事が話題に上がった。今日の話題はただひとつ、例の殺人事件だ。レーテ牧師が立ち上がって、なにか深刻な、熟慮を重ねたと思われる言葉を述べた。〝悪は最後にはわれわれの心の中に棲みつく、それを排除できれば悪はもう存在しないのだ〟。ヴィクトリアはほんとうにそのとおりだと思いながらも、どこかぴんと来ないような気がしていた。そして、ロアンナが焼き菓子のひとつを指さして、このレシピが欲しいと言ったときに、彼女はとつぜん、牧師がなにを言わんとしたのかを理解した——そうか、レシピのことだ。

複数の新聞社がこぞって彼らに電話をかけてきた——レーテ牧師は教区の記録簿にある情報を提出しなければならなかったし、ローランドは——フレドネルの友人だったことから——遺影の作画を依頼されたし、ロアンナとロヴィーサはフレドネルの隣人として質問を受け、そして自分は——いや、彼女にはなんの電話もかかってこなかった。

ロアンナは、事件前夜に窓から見ていた光景について語った。フレドネルに電話がかかってきたときのこと、長い電話だったこと、その後に起こったことに鑑みれば、おそらくその電話には重要な意味があったであろうこと。

ヴィクトリアは言った。

「誰か、地主さんを外へおびき出そうとした人がいるんじゃないかしら。なにか、そんなふうな話を前に本で読んだことがあるわ」

ロヴィーサがうなずいた。

「地主さんにはそのあと、もう一度電話がかかってきたのよ――それで例のピストルでしょう。ロアンナはすべてを見ているの。彼女がたまたま窓際に立っていたのはとても幸運なことだったわ」

レーテ牧師は焼き菓子をひとつ手に取り、物思いに耽るように、視線を手元から外すことなく言った。

「ルンディーンさんは、このことについて警察に話をされましたか」

ロアンナはうなずいた。

「ええ。すべてお話ししましたわ。とても感じのよい警部さんだったので。とても親しみやすくて」

牧師が言った。

「羊の皮をかぶったオオカミもいますよ」

ヴィクトリアは牧師がなにを言いたいのかよく理解できなかったが、理解していないことを見抜かれるのが怖かった。彼女は取り繕うように言った。

「地主さんはいつ出かけたんでしたっけ。わたし、あの人がただ家を出ていったのがとても不思議に思えて――もし家に残っていたなら、こんな事件は起こらなかったんですものねえ」

ロアンナがコーヒーカップを持ち上げて口元に運ぶのと同時に、偶然ローランドも同じ動きをした。カップのふちのバラ模様の先に互いの視線が絡み合い、彼女はとつぜん、彼がこの話題について居心地の悪さと動揺を感じていることに気づいた。ロアンナはコーヒーを一口飲んで言った。

「地主はその電話のあと、すぐに出かけていったの――だいたい九時になる十五分前のことだった。通話の時刻がね――だってそのとき、時計がちょうどわたしの耳のそばで鳴ったんですもの」

牧師が、まるでその儀式を仕切るのは自分の役目であるかのように口を挟んだ。

「警察はそのことも知っているのですか」

ロアンナは自信のない表情を浮かべた。ロヴィーサが忌々しそうに彼女を見て言った。

「いいえ、ロアンナ。あなたは時間の話は警察にしていないわ。わたしたちは尋ねられたことだけに答えればいいの、そうしたら人様におしゃべりだと思われることもない。そうじゃありませんか、牧師様。それに、わたしたちがいちばん心を砕いているのは――エイヴォルを守ることなんですから」

牧師の顔が赤くなった。彼はあいまいな口調で言った。

「残念ながら、お嬢さんには堅信礼の意義にもとる行ないがあったようですが」

ヴィクトリアは上の空で会話を聞いていたが、とつぜん夫を振り向いて言った。

「ブルーノに電話をかけたのは、あなただったの？」

彼は口元からカップを下げて受け皿に戻そうとした。全員の視線が集まる中、彼のカップを持つ手は下へ下がるほどぶるぶると激しく震え、ついに受け皿に置いたときにはスプーンがぶつかって派手な音を立てた。

「なぜそう思うんだい？」

「地主さんが、あなたからの連絡を欲しがっていたじゃない。あなた、ジスラヴェードに出かける前に、地主さんに宛ててなにも言付けをしなかったから」

「そんなに急ぎの用でもなさそうだったから……」

「でもわたし、ちょうどその時刻にあなたに電話をかけたけど、通話中だったわ――

ずっと話し中の音が鳴っていたもの」

ローランドが笑い声を上げる。

「おまえはなにを考えているんだ。わたしがなんのために彼に電話をかけなきゃならないんだ――そんな夜中に。わたしは経理のことで頭がいっぱいだったんだよ」

ヴィクトリアは目を丸くして言った。

「でもわたし、ほんとうにあなたに電話したのよ。それに、夜中というほどでもなかったわ。ほんとうに通話中だったのよ」

「わかったよ。だがブルーノとは電話で話しちゃいない。いますぐ確認がとれる話だ。わたしの電話相手は牧師様で、牧師様のほうからわたしに電話があったんだよ」

レーテ牧師はうなずき、小首をかしげて言った。

「そのとおりです。日曜日の礼拝の祭壇を飾るために、お花を注文しようと電話をしたのですよ。最初にこちらのお家に電話をかけたのですが、話し中だったので、それでお店のほうにかけ直しました。誰かがお店にいるのじゃないかと思いまして。ご主人が偶然いらっしゃって幸運なことでした」

ローランドは安堵したように見えた。一瞬、彼に投げかけられた疑惑の影、彼を的にしたさりげない告発は姿を消した。ヴィクトリアが言った。

「まあ、わたしったら馬鹿ね、急にそんな気がしたのよ。すごく長いこと話し中だったものだから……」彼女は口をつぐみ、ごくりと茶をのみこんだ。

数分後、ロアンナとロヴィーサは部屋にふたりきりになった。牧師は手を洗うためと言って部屋を出ていった。ヴィクトリアは焼き菓子の皿を片付け、代わりに生クリームのケーキを出すために部屋から姿を消した。ローランドは彼女を手伝いにいった。

ロヴィーサは姉に向かって顔を寄せ、ささやいた。

「牧師様がここに電話をかけたときは話し中だったのね――きっと、ヴィクトリアがローランドに電話をかけて、応答するのを待っていたからだわ」

ロアンナがささやき返す。

「そして、お店のほうの電話は、牧師様がかけたときにはもう通話は終わっていた――そういうことでしょう？」

ロヴィーサはゆっくりとうなずいて見せた。彼女はつづけた。

「すぐにいろいろなことを分析しようとしても無理よ。あの小さくて丸い警部さん、なかなか礼儀正しかったわよね？」

「ええ、とっても」と、ロアンナがささやいた。「彼ならぜったいになにも漏らさないわ。話しにいく？」

「ええ、ロアンナ。もしあとでなにか思いついたらお話しするって約束をしたし。このことを、警部さんに話しましょう」

ロアンナが言う。

ちょうどそのとき、ヴィクトリアが両手にケーキを掲げて部屋に戻ってきた。

「内緒でね」

ドゥレルの全身に力がみなぎっていた。彼はキッチンの床を右に左に往復し、ときにうなり、ときに立ち止まって室内を見まわし――ホルゲルを見た。彼はテーブルの前に置かれた木製のソファに座り、罠にかかったネズミのように見えた。次にマグヌスを見た。彼はキッチンの椅子に背をもたせかけ、ほっそりとした顔に傲慢な表情を浮かべていた。次にラッセを見た。彼はホルゲルが部屋に入ってきた当初、かなり混乱しているようすだった――警部はホルゲルを先に歩かせ、その大柄な体軀の後ろに姿がすっかり隠れていたのだ。そしてイーダを見た。彼女は顔を真っ青にして怯え、両手を膝に置いてコンロの近くに座り、急に年老いたように見えた。やせ細った手はぶるぶると震え、青く細い血管が脈打ち、肉のそげたふくらはぎからスリッパにいたるまで、灰色のストッキングがたるんでしわをつくっていた。内股で腰掛けて両膝を寄せ、くぼんだ胸との対比で尻が異常に幅広く見えた。ドゥレルはマグヌスを指さして言った。

「あの小川に生け簀があることは知っていましたか。たっぷり獲物が入った生け簀ですが？」

マグヌスはかぶりを振った。

「いいや。まったく知りませんでした。だが、生け簀のようすを聞いて、思い出した。その生け簀はおれが何年か前につくって、ほかの場所に置いてあったものです——舟を係留しているあたりにね。いつの間にか、生け簀はなくなっていた。どうしてかはわからなかったが——その後、二度と生け簀のことは思い出すこともなかった」

「そしてあなたは彼が——」と、ドゥレルはホルゲルを指さした「——ウナギの罠から盗みを働いていたことも知りませんでしたね？」

「ええ」

「なぜ彼がウナギを盗むことができたかわかりますか——つまり、どうやって罠の中に入ることができたのか」

「まったくわかりません」

マグヌスが落ち着きなく椅子に座り直す。ドゥレルはホルゲルのほうを振り向いた。

「話してください。どうやって中に入ったんですか？」

ホルゲルはじっと座っていた。首から血の色がのぼり、顔面が真っ赤になった。

「マグヌスが持っていた鍵を使った。あいつが罠の鍵を持っているんだ。それでおれは、ときどき夜に自転車でニッサフォシュまで行って、罠のふたを開けて、必要なだけちょうだいした。それからウナギを売りさばくまで、あの生け簀で保管していた」

「誰に売ったんです？」

「いろいろだ――ジスラヴェードのホテルがよく買っていったな」

そう言うと、彼は声を張り上げた。「こんなしけた家の給料じゃあ、そうでもしなきゃやっていけねえからな」

「あなたはマグヌソンが鍵を持っていることを知っていた――いつそれを知ったのですか？」

「一年以上前だ。あいつがフレドネルから鍵を渡されたときの声が聞こえた。厩舎の外だった。その鍵がどこに保管されるかってことくらい、おれにもわかる。厩舎の中に、そういう鍵を吊しておく場所があるからな。フレドネルは、あいつに鍵を渡したときにこう言った――それから覚えておけ、この鍵を変なことに使うなよ――もちろん、あいつが罠からウナギを盗まないように釘を刺したのさ」

マグヌスが頭を後ろに反らし、短く硬い笑い声を上げた。彼は言った。

「そんなことを地主が気にするもんか。だったらなんでおれに鍵を預けるんだよ」

ドゥレルは静かにするようにと片手を上げ、そして言った。

「そうですね、なぜあなたに鍵を預けたのでしょうか？」

「なぜか」そう言うと、マグヌスは立ち上がった。悠然と冷蔵庫へ向かって歩き、扉を開けてビールを一本取り出した。それからゆっくりと、すがるように彼を見つめるイーダの前を横切って流しまで歩いた。彼はグラスをひとつ取り出して流しの横に置いた。栓を抜き、グラスにビールを注いで半分空になった瓶を置き、グラスを手に取って答えた。

「そうだな」と、彼は言った。「だいたいフレドネルは、いつも自分の漁のことでおれを煩わせたもんですよ。地主が湖に出ると言えば、おれが舟を漕ぐ。延縄漁をしたいと言われりゃあミミズを拾い集める。そしてときどき、地主は自分が行く代わりに、おれにウナギの罠まで行って獲物を取ってきてほしいと頼んできた。簡単な話だ——簡単すぎて申し訳ないくらいですよ」

「大丈夫です。最後にあそこに行ったのはいつですか?」

「一カ月前かな」

ドゥレルは考えこむように彼を見つめた。

「この鍵をあなたが持っていることを知る人物はほかにいますか?」

「いや。誰にも話したことはない。だがホルゲルが知っていた。そうでしょう。だから知っているのはホルゲルとおれだけだ」

「そしてもちろん、フレドネルも」と、ドゥレルは愛想よく微笑んだ。「フレドネルも知っていた」それから彼は鋭い口調で言った。

「フレドネルが、誰かがあの罠からウナギを盗んでいると疑いはじめたのには理由があります。スヴェンソンは盗んでいたのは自分だったと認めた――もしかしたら、フレドネルは、別の誰かが犯人だと思っていたのではないでしょうか？」

マグヌスは肩をすくめ、関心がなさそうにビールをちびりと飲み、言った。

「そんなことはどうだっていい。いずれにしても、おれじゃありません」

ドゥレルがつづける。

「もしフレドネルがそう疑っていたと仮定して。昨日、彼は盗人を現行犯で捕まえようとニッサフォシュへ行った可能性がある。どう思いますか？」

マグヌスが大きな音を立ててグラスを置いた。イーダはぎくりとし、互いに絡めた両手をますますきつく握った。マグヌスが怒鳴った。

「だとしたら――どうして地主はまさに昨日出かけたんです？　それでたまたま盗人と出くわすなんて奇跡じゃないか。あなたは地主が、昨日盗人が来ると知っていたと言いたいんですか？　ほんとうのところはどう考えているんです？」

ドゥレルは涼しい顔で言った。

「まあ、聞いてください」と彼は言った。「昨日になるまで、彼はこの窃盗のことは疑っていなかったのかもしれない――なぜなら、おそらく彼が生け簀を発見したのは、まさに昨日のことだからです。あなた自身、昨日、彼が葦の叢の中にいるのを見た、そうでしょう。そして彼はおそらくその生け簀に見覚えがあり、それがあなた方のものだと知っていた、そしておそらく彼はあなた方が湖で延縄を仕掛けているのを見ていた……」

「それがおれの質問と、どう関係するんですか」

ドゥレルは眉を曇らせ、答える前に床の上を行ったり来たりしはじめた。同時にアグネータの部屋のドアが開き、彼女が部屋から出てきた。

「わたしには大いに関係があるように思えます。マグヌソンさん、あなたは昨日の夜、どこにいらっしゃったのですか？ なにをなさっていたのか、どうかお聞かせください」

マグヌスは手の甲で口をぬぐうと、そのままズボンになすりつけ、ゆっくりと答えた。

「おれは七時半頃、ジスラヴェードまで行きました。おふくろのために雑誌を二、三冊買って、ガソリンを入れて、バッテリーの交換をするためにね。それで家に戻ってから横になった——知ってのとおり、延縄漁のせいで次の日の朝は早起きすることになっていたんでね」

イーダが弱々しく言った。

「でもマグヌス——昨日の夜はベッドにいなかったじゃないの……」

「ベッドに寝たなんて言ってない。おれは横になったと言ったんだよ。厩舎の屋根裏でね」

彼は鋭い勢いでアグネータを振り返った。彼女はまだ後ろ手にハンドルを握りしめたまま、ドアを背にして立っていた。彼は言った。

「言え——こいつらに話してやれ、アグネータ」

彼女は声を出せずにうなずいた。ホルゲルがソファから立ち上がってテーブルの縁をつかみ、身を前に乗り出して彼女に向かって叫んだ。

「くそう、この売女が——なにを話そうってんだ——こいつと寝たことを話すのか……」

彼女はかぶりを振った。顔を引きつらせ、いまにも泣き出しそうな表情になった。ドゥレルは元気づけるように微笑み、靴のかかとでバランスを取りながら言った。

「まあ、まあ、まあ——お話しください——マグヌソンさんが厩舎の屋根裏にいたことを証言してもらえますかな」

「はい」と、彼女は静かに言った。「あたしは厩舎の外で、これから休みに行こうとするマグヌスに会いました。ちょうど彼が車で家に戻ってきたところだったんです。彼が『今晩は厩舎の屋根裏で寝るよ、明日の朝は早起きしなきゃならんし、服を着替えるのも面倒くさいしな』って言いました。そして、厩舎のほうへ行きました」

「おまえはどうなんだ」ホルゲルの声は怒りに震えていた。「おまえもあとについて行ったんだろうが……」

アグネータは目を見開いて彼を見つめ、なにか言い返そうと葛藤していたが、短いすすり泣きの声を上げるのが精いっぱいだった。彼女はとつぜんくるりと背を向け、自分の部屋へ駆けこんだ。ドアの鍵がかかる音がした。数秒間、沈黙が流れる。マグヌスがホルゲルを指さして言った。

「あんたはこの男の言うことを信じるんですか。生け簀を持っていたのはこいつだ。彼は鍵のありかも知っていた。あんたはこいつがウナギを袋に入れて持っているところを現行犯で捕まえたんでしょう。それでこの男が袋は厩舎で見つけたと言えば、その言葉を信じるんだな。飼葉桶にあったと。あなたはおれが、あいつが一日中うろつきまわるようなところに袋を置いておくような阿呆だと思っているんですか。まったく――警察はもうちょっと頭がまわるもんだと思っていましたよ。代わりに彼を追求したらどうなんだ。こいつがまだ隠している事実を絞り出してやればいい」

マグヌスからまるで銃口を向けるように人差し指を突きつけられ、ホルゲルは前後に体を揺らしはじめた。顔色がいよいよどす黒くなり、頸動脈は敵意に波打ち、ついに彼はマグヌスに向かって吠えた。

「おれがまだなにか隠しているっていうのか。事実はぜんぶ白状した。袋は飼葉桶にあったんだ。そのせいで警部はおれが殺人犯だと決めつけている。だがおれはぜったいに認めないからな、自分がやりもしないことで――それに、おまえ――厩舎の屋根裏にいたのかもしれん――最初はな――だがそのあとどこへ行きやがった。その話はしないつもりなのかよ……」

ドゥレルは駆け寄ってホルゲルの腕をつかみ、怒鳴った。

「黙りなさい、スヴェンソンさん――あなたの供述はもうわかった。それが信憑性のあることかどうかは、いまにわかる……」

ドゥレルは沈黙し、数秒のあいだ彼らが落ち着くのを待つと、マグヌスのほうを向いてつづけた。

「――あなたは厩舎の屋根裏に行き、干し草の上に横になった。それから?」

「眠りました。眠って、夜が明けてからずいぶん経ったあと、目が覚めた」と言い、彼は意地悪く笑った。「おれを起こしたのは実際、ホルゲルだった――彼が証言してくれますよ」

「はいはい。〝眠る者は罪を犯さない〟と。もうひとつだけ、マグヌソンさん――例の鍵のことです。証拠品として預からせていただきたいのですが」

「どうぞ。鍵のありかはホルゲルに案内させてください。順番がばらばらになっちまったが、彼は正しい鍵を見つけ出せるかな」

ドゥレルとホルゲルが暗闇の中に姿を消した。あとにはイーダが動かぬ彫像のように座っていた。マグヌスはまた冷蔵庫へ歩いていき、ビールを何本か取り出し、グラスを自分とラッセのために置いた。イーダが言った。

「鍵のことは申し訳なかったわ」

「おふくろが申し訳ないって？」マグヌスは眉を上げた。

「ええ、わたし、鍵を吊したボードを昨日、床に倒してしまったの。わたし、鍵を戻したときに順番をめちゃくちゃにしたんじゃないかと心配していたのよ。間違ってたらごめんなさい——ああ、もう、わたしは横になってくるわ」

ラッセが鋭い目で彼女を見た。

「母さん、また薬をのんだな」

「わたしだって眠りたいのよ」

彼女はおぼつかない足取りで、キッチンから出ていった。ラッセは考えこむような表情で母親を見送ったが、彼の心中には別のことが浮かんでいた。彼は弟と視線を合わせ、ゆっくりと言った。

「なあ、マグヌス。昨日、延縄を仕掛けたときに、おまえはウナギが欲しいなら別の場所で手に入るようなことを言っていたな。あの生け簀のことを知っていたと、認めたほうがいいんじゃないか」

マグヌスは声を上げて笑った。かんに障る笑い声だった。彼は言った。「いいや。でもおれはウナギの罠のことなら知っていた――それは兄貴も聞いただろう。それに知ってのとおり、おれは罠の鍵を持ってるんだぜ……」

時刻は十一時を過ぎていた。ロヴィーサはクッションで飾りつけた花柄のソファに座っている。かぎ針を持つ彼女の指がすばやく動き、教会の奉納袋に使う細くとがった飾りを編みあげる。ソファ際のランプの明かりが肘掛け椅子を照らし、その長い影が重なる先にはロアンナが、カーテンの影に隠れるように立って外を監視していた。なにも見るべきものはなかったが、それはもう彼女の習慣となっていた――バラ色をした長袖のサテンブラウスと、暗い色調のミモレ丈のスカートを身につけて、フクロウのように身をすくめながら、ぴくりとも動かずに立っていた。視線は外の闇の中を、なにを探すともなくさまよっていたが、やがてもう探すものはないことを悟ると、瞳は穏やかに和らぎ、落ち着きを取り戻した。ロヴィーサは、ソファの反対側の端に、本を手にして腰掛けているエイヴォルをそっと見やった。読書をしているようには見えない。彼女のページをめくる手はずいぶん前から止まったままだった。ロヴィーサはふたたび自分のかぎ針を編む手に視線を戻して言った。

「あの人が恋しいの？――過去を振り返っているの、それとも未来を見ているの？」そう言いながら、エイヴォルの反応を確認するため上目遣いで彼女を見た。同時にエイヴォルは本から頭を上げて言った。

「叔母さん、わたしが考えこんでいることに気づいたのね。ええ――考えることは山ほどあるわ。悲しくはない。もし、そういう意味で訊いたのならね。いなくなってさみしくは思ってる――だって、そうあるべきなんでしょう」

彼女は背筋を伸ばし、一瞬の沈黙のあとで言った。

「叔母さんたち、あの結婚式のことはそんなに心配する必要なかったのよ。実現なんてしなかったと思う」

「まあ、そう」

ロヴィーサは驚いて眉を上げた。ロアンナが闇の中から振り向き、姪に向かってかすかに微笑んで言った。

「わたしもちょうどそう考えていたの。あなたのような若い娘が、ブルーノのような男を選ぶはずないって」

「選ぶって、どうしていつも――わたしが選んだみたいに。選んだのは彼よ。もしわたしが拒否していたら、どういうことになっていたか、わからないの」

彼女は口を閉じ、つばをのみこんだ。ロヴィーサが言った。

「ああ、そうね。彼はすべてを支配していた。そんなことはわかっていたわ。ブルーノ・フレドネルはどこでも権力を握っていたし、もしあなたが彼の上に立つことができたなら、あなたは……」そう言ってから、彼女は口をつぐみ、困惑したように見えた。

「ええ、よくわからないけど、そんなような話をロアンナ叔母さんとわたしでした覚えがある」といい、彼女は考えこむような口調でつけ加えた。

「彼はわたしたちをも支配していた。支配し過ぎていた。でも、わたしたちも支配されることに慣れてしまっていた」

ロアンナがうなずいた。

「あるいは、わたしがルンディーン〝夫人〟になっていてもよかったのに、ロアンナ・ルンディーン夫人に――もちろん別の名字でね。でも、シクステンが嫌がったから」

彼女はまるで彼になったつもりなのか、仰々しく頭を下げてみせた。ロヴィーサが言った。

「ロヴィーサ・ルンディーン〝夫人〟。それは願い下げね。わたしはできれば自分の足で立っていたい。まったくロアンナったら、もし自分が結婚していれば、だなんて」と言って、彼女は溜息をついた。「自分の自由を大切に思う人もいるのよ。わたしもそうだし、もしあなたが地主と結婚していたとしても、わたしは自由になんてなれなかった。あなた自身もね。ときどき、流れに身を任せるのがいちばんだと思うときもあるわ」そう言うと、彼女は深く溜息をついた。「どうして昨日の夜、彼の家で寝ていたの。わたしたち、ほんとうにあなたのことを心配したのよ。待っても待っても、あなたは帰ってこないんだもの」

「前にもそういうこと、あったじゃない」

ロアンナが言った。

「そうね、でもそのときはあの人もいっしょだったでしょう。まあ——どうでもいいことよ。いまはもう、あなたは自由の身なんだから」

ロアンナがウィンクをする。ロヴィーサが微笑んで言った。

「マグヌスかしら」

ロアンナが言う。

「シャックよ。あのふたりからお選びなさいな。とっても感じのいい若者じゃないの——あまりお金はないかもしれないけど、それはお互い様だしね」

ロヴィーサが割って入った。「似た者同士がいちばんってことよ」

エイヴォルは顔から首元まで真っ赤になった。勢いよく立ち上がって本を膝から床に落とした。前屈みになって本を拾うと、落ち着かないようすで小さな丸いソファテーブルに置いた。それから笑い声を上げ、必要以上に大きな声で言った。

「お願いだから、放っておいて。わたしは自分で相手を見つけるから。明日はこの地区のダンスパーティーがあるから、わたしも行ってくるわ。〝墓の上で踊れ〟って言うじゃない。それぐらいのリスクは負うわよ――わたしももう、純潔じゃないし」

彼女はひったくるように本をつかんで部屋から出ていった。ロアンナとロヴィーサは顔を赤くし、彼女が出ていったドアを見つめていた。ロヴィーサが言った。

「どういう意味かしら――純潔って。わたしももう、純潔じゃない、って」

ロアンナは唇をきゅっと結んで、意味ありげに妹を見つめた。彼女は言った。

「ロヴィーサ、あなたもちがうことは知ってるわ。わたしは、そうですけどね。牧師様がおっしゃるとおり、正直は美徳ね」

彼女はまた窓のほうを振り返り、そしてとつぜん、驚いて肩をすくめた。

「まあ、部屋の中に明かりが。また警察が来たのかしら」

ロヴィーサは顔を上げ、ロアンナが必死で窓の外を見ようとしているのに気づくと、自分も立ち上がって窓際まで近づいた。地主の家は暗く寂れて見えたが、大きな居間の中で、かすかな、ほとんど見逃してしまいそうな明かりが揺れていた――ほんの数秒後、明かりは消えた。

ロアンナが言う。

「わたしの見間違いかしら。あなたにも見えた？」

ロヴィーサは無言でうなずき、口元に決然とした表情を浮かべた。この表情を見るたび、ロアンナは彼女の強さを感じ、重要な事柄においては妹の意志、判断――そして、責任にゆだねてしまうのだった。ロヴィーサは言った。

「なんの明かりか、確認してきましょう」

ふたりはそれぞれショールを肩に羽織った。夜の空気は冷たく澄んでいた。月は冴え冴えと光を放ち、それに負けじと満天の星が降るように輝く。湖面には、放たれた銀の槍のように月光がまっすぐに伸びている。ロヴィーサは手に懐中電灯を持っていたが、明かりはつけずにいた。互いにささやき合いながら、ふたりは道を越えて家へ近づいていった。警察が設置した立て札が、薄ぼんやりと見える。立て札には周辺に関係者以外が入りこまないよう、立入りを禁止する旨の注意書きがあった。ロヴィーサがとつぜん懐中電灯の明かりをドアに当てた。鉛の封印が破かれている。ドアのハンドルを押し下げると鍵が開いていた。ロヴィーサがささやく。

「誰か中に入ったようね。確認してきましょう」

ロアンナは力なく彼女の手をとり、ささやき返した。

「やめて、ロヴィーサ、怖いわ。警察に電話したほうがいいんじゃない」

妹は闇の中で鼻を鳴らし、懐中電灯を消した。

「警察ですって。警察が到着する前に逃げてしまうわよ。わからないの」

「外に立って見張っていればいいじゃない――あなたがここで見張ってるあいだに、わたしが電話をかけてくるわ」

「だめ。ふたりなら大丈夫だけど。ひとりになるのは危険よ」

彼女は毅然とした態度でドアを開いた。ふたりは猫のように足音も立てずにクロークに入ると、背後のドアをゆっくりと閉じた。一瞬そこに佇み、室内の音に耳を澄ませる。いまはなにも光るものはない――そう思った瞬間、ふたたび、光源をなにかで覆ったようなおぼろげな光が揺れた。同時に、甲虫の硬い足が床を這うような音がふたりの方角に向かってきた。ロアンナはロヴィーサのあとについて歩いた。ロヴィーサはゆっくりと前へ、濃い闇の中を自信たっぷりに進んでいった。彼女はロアンナよりもこの家の造りに慣れていた――ほんの数えるほどだが、彼女はこの部屋へ入ったことがある。兄が地主とビジネスの話をするときについてきたのだが、そのたび興味深く部屋を観察したものだった。彼女はあの皮革や本、武器、毛皮が発する重たいにおいを感じた。敷物が足音を吸いこみ、ふたりはすでに居間の奥深くまで踏みこんでいた。そのとき、隣接する部屋のドアが開いた。懐中電灯に覆いをした光が長く伸びてふたりのほうへ近づいてくる。ロアンナは息が詰まってしまいそうだった。ロヴィーサがとつぜん懐中電灯をつけ、正面までやってきた暗い影に光を当てて叫んだ。

「止まりなさい――そこのあなた――誰だか知らないけど……」

ロアンナが、はっと息をのんで叫んだ。

「ローランド」

ロヴィーサは壁の近くまで歩いていくと、天井の照明をつけた。

ローランド・ロースルンドが彼女らの前に立っていた。その色褪せたシャツと変わらないほど顔色は真っ白だった。彼は姉妹の、恐怖におののいた、驚愕した、もの問いたげな視線から目をそらした。ロアンナが言った。

「ローランド。こんなところに入ったらいけないのよ。ここは立入り禁止になってるし、ドアは警察が封印してあったわ。ここから出なきゃ——ああ、なんてこと、びっくりして心臓が飛び出るかと思った。なんだ、あなただったのね。よかったわ」

ローランドは答えなかった。彼はぎゅっと目をつむり、体を震わせはじめた。片手にはくしゃくしゃになった紙を握っている。ロヴィーサが言った。

「ほらほら、ローランド。ロアンナが言うとおり、ここから出ましょう。でもまずはその紙をわたしがいただくわ」

彼は握った紙を彼女に差し出した——二つ折りサイズの大きな紙だった——そして、追い詰められた目つきで四方を見まわし、取り乱したようすで言った。

「その書類が必要だったんだ、わたしはなんてことをしたんだ——悪かった、ほかになにも証拠がなかったんだ」

そして彼はまるで後ろから殴られるのを恐れるように頭を下げて玄関へ歩いていき、姿を消した。玄関のドアが閉まる。ロヴィーサは姉を見つめて言った。

「ほらね、そんなに危険でもなかったでしょう。ただのローランドだったじゃないの。さあ、この紙はいったいなんなのかしら」

ゆっくりと折れた紙を広げ、ランプの下で読んでいると、ロアンナが言った。

「これはやはり、警察に言わないといけないわね。ほんとうに、あの警部さんが見たままのとおりに優しくて感じのよい人だといいのだけど。このことでローランドが嫌な思いをしないで済むように。それで、なんて書いてあるの？」

「いちばん上に、〈借用書〉と書いてあるわ」彼女は溜息をついた。「かわいそうなローランド、彼はフレドネルに借金があったのね――かなりの額の借金が」

8

浴室へのドアは半分開いたままだった。ドゥレルは熱いシャワーにあたり、あごと頬についた泡のかたまりを流した。時刻はすでに午前十時だ。彼は八時にモーニングコールを依頼していたが、ホテル客の望みどおりにはいかないもので、内部の連絡がうまくいかなかったか、あるいは受付カウンターの向こうにいた小柄な若い女性職員は、彼が昨晩帰ってきたときの疲れ切ったようすを見て、この人はしっかりと眠る必要があると思ったのかもしれない。彼はパイル生地のタオルで念入りに体を拭くと、鏡に映った自分を見つめ、満足げな表情を浮かべた。背景にはバルデルが、部屋にひとつきりの肘掛け椅子に腰をかけ、足を遠くまで投げ出して座る姿が映っていた。ドゥレルは額の赤い短髪を撫であげると言った。

「フレドネルはまさにその晩、誰かがウナギを盗もうとしていることがわかっていたにちがいない。そこでいくつか重要な問いが浮かんでくる――まずはそいつを整理していこうじゃないか。きみからだ」

バルデルが言った。

「わかっていたにちがいない、と。なぜそう言えるのか、ということから始めましょうよ」

「ああ、そうだな。わたしは彼が、一か八かを賭けて、なんのあてもない夜の、当てずっぽうな時刻に出かけていくとは思えない。もっと監視の目を強くしたいというなら、管理人に罠に気をつけてもらうように依頼することもできた。だがそうはしなかった――まさにあの日時に出かけるためのじゅうぶんな理由が彼にはあったのだと思う」

「そして、警部は、地主は誰が来るのかも知っていたと思うんですか？」

「そうだな。そう思うよ。その日時とわかっていたなら、誰が、ということもわかっていたと思う」

ドゥレルはぎゅっと目をつむり、それから薄目を開けて自分の鏡像を眺めた。背後を振り返り、寝室に足を踏み入れ、旅行鞄からシャツを取り出した。水色と濃い青が交互に並んだ幅広のストライプのシャツだ。そしてエメラルドグリーン、ゴールドイエロー、オレンジといった、エキゾチックな光を放つネクタイの束の中から今日の一本を選びはじめた。彼は言った。

「相手は屈強な男性、だと思うね。相手と対峙したときに、フレドネルが必死でかからないとやられかねない男だった」

「へぇえ……」バルデルは驚いたように眉を上げ、ドゥレルは微笑んだ。

「ピストルだよ。なんと言っても彼はピストルを携行していたのだからな。ルンディーン姉妹が言っていただろう――ピストルをポケットに入れたと。ピストルがあればいくぶん安心というものだ。スヴェンソンは屈強な男だ。マグヌソンもなかなか力が強そうだし」

「そうですね――それから、レーテも。カシアス・クレイ（モハメド・アリの出生名）も。なんだか今日は想像力が働くようですね――いつにも増して」

「想像で上等さ。だがモハメド・アリは鍵を持っていなかったからな」

ドゥレルは目をくるりと上に向けてから、水色の瞳を同僚に据えた。そして言った。

「フレドネルはマグヌソンがやってくると思っていたのかもしれない、なぜなら彼は兄弟が延縄を仕掛けているところを見ていたからだ。あの漁法ではたいしたものは釣れないとも思っただろう。それでは――もしマグヌソンがウナギを欲しがっているとなれば、どうやって手に入れるだろうか？　ウナギの罠に手をかける、ちがうかい――その日の夜に」

バルデルは両方の人差し指を押しつけ合い、そこに目の焦点を当てた。

「生け簀のウナギを捕ってもよかったじゃないですか」

「ああ、そうすることもできた、もし彼が生け簀の存在を知っていたならね。だが彼は否定している。そこでたいへん興味深い側面があらわになるんだ」と、ドゥレルは急に心から満足げな表情を浮かべて言った。

「よく聞いてくれ。ここにふたつの可能性が存在する。マグヌソンがウナギを欲しがっていたとしよう。どうやって手に入れる？　生け簀から盗む――もしも生け簀の存在を知っていればな。あるいはウナギの罠から盗む――もしも生け簀の存在を知らなければ、だ。そうだろう？」

バルデルがうなずき、ドゥレルがつづけた。

「次はフレドネルの番だ。フレドネルはマグヌソンがウナギを欲しがっていると考える。そして彼は、マグヌソンがウナギの罠を狙っていると想定する。それゆえに、彼はあの夜、罠までやってきた。一方で、フレドネルは生け簀を発見したことから、誰かが自分の罠からウナギを盗んでいるのではないかという疑念を抱いた。もし彼が生け簀の持ち主はマグヌソンであると考えた場合――そしておそらく彼は実際そう考えただろう――マグヌソンがウナギを手に入れるなら生け簀から取るほうが理にかなっている――ウナギの罠からではなく。だが――ここが注意すべき点だ――これらはすべて、マグヌソンが延縄漁を仕掛けたことと、ウナギの盗難に関連性があるということが前提だ。そこがわかれば、わたしの考えもおそらく理解できるだろう――フレドネルはまさにあの夜、誰かがウナギを盗もうとしているということを知る。そしてその情報は、延縄漁や生け簀とはまったく関係のないところから来る」

ドゥレルはすこし沈黙すると、空気を吸いこみ、細く美しい口笛を奏でた。そしてまた急に口笛をやめて、先をつづけた。「さて。彼はいつそれを知ったのか？　きみはどう考える？」

「事件の当日でしょう？」

ドゥレルはうなずいた。

「おそらくな。だが、〝いつ〟という問いにはふたつの意味がある。――ひとつは――自分の罠からウナギが盗まれていると知ったのはいつか――もうひとつは――犯人がその夜にやってくると知ったのはいつか。同時に知ったのかもしれない――あるいは、同時ではなかったかもしれない」

「そこになにか意味がありますか？」

「さあね。なにも意味をもたないことは山ほどあるが、なにか意味のあることもないわけではない。それはあとになってみて初めてわかる」

彼は沈黙し、思案顔でネクタイを一本手にすると、鋭い目つきで観察した。

「今日はこれにしよう」

「ええと、地主は事件の当日に生け簀のある場所にいた。つまり、彼は生け簀を目にしたときに初めて、不逞な輩がいることを理解した。そして、もしかすると、ヒントとなる情報はその夜に来たのかもしれない――いますぐ行ったほうがいいぞ、フレドネル――一時間後には犯人を現行犯で捕まえられる、と。つまりそれが、ルンディーンさんが話していた電話の内容です。彼はそのあとで家を出たわけです。彼女、なんて言ってたかな――かなり長い会話だったと言っていた――少なくとも五分。その内容さえわかればなあ」

ドゥレルは深い溜息をつき、鏡まで歩いていくと、ゆっくりと機械的にネクタイを結びはじめた。バルデルが言った。

「それに、電話をかけてきた主がわかれば」

「ああ、そのとおりだ。そしてもし、フレドネルがその電話の相手を知っていたらな」

「どういう意味で……」

バルデルが驚いたような顔をした。ドゥレルが言う。

「電話をかけてきた人物は、おそらく匿名だったのさ。ほら、電話をかけていつもとちがう声色で話すんだ――『ああ、地主さん、今晩十時頃に、ある人物があなたのウナギの罠からウナギを盗みますよ』――『どなたですかな?』と、切り返す。――『あなたの友人です……』そして声が遠くなっていき――電話が切れる」

バルデルが笑った。

「長い会話だったはずですよ。いやいや、警部——匿名の通話が長話になるなんてことはまずないでしょう」

ドゥレルが真剣な顔で彼を振り返り、してやられた、という表情をつくった。

「匿名だったにしろ、そうでなかったにしろ、そのシンプルな情報がこのケースにおいて長い会話である必要はない。だが、きみの意見に賛成だよ——フレドネルはきっと、電話の相手が誰なのかわかっていたと思う。しかしながら、それは推測であって、事実ではない」

ドゥレルはベッドに近寄って両膝を床につき、片手をベッドの下につっこんで血のように赤い靴を引っ張り出した。毛布の上に座り、靴に足を入れ、ネクタイを結んだときと同様、靴紐をゆっくりと、物憂げに結ぶ。バルデルが言った。

「なぜフレドネルはそのヒントを得たんでしょう?」

「わたしもそのことは考えたよ」と、ドゥレルが言った。「まったくもって、世の中にはまだ正義感の強い人もいるものだなあ。というのが、一般的な解釈だ。だがその背後になにかが隠れているという可能性も、もちろんある。つまり——ときに人は、ある理由から、誰かを陥れようとする場合もあるだろう——たとえば不仲な関係にある場合。だが、それはまだわからない。もしよかったら、そのことについて考えてみてくれ——ホルゲル・スヴェンソンを罠にはめる可能性があるのは誰か——あのはにかみ屋の男をね。そしてマグヌス・マグヌソンを痛い目にあわせたいと思う可能性があるのは誰か」

ドゥレルは書き物机に近づいた。南京錠に使う鍵を親指と人差し指でつまみ、バルデルに向かって挑発的に振ってみせた。

「なぜならこいつがどこへいったのか、知っていたのはそのふたりだけだからな。少なくとも当面はそこを出発点としてもいいだろう。では、下におりて朝食をいただくとしよう。それからきみの運転でニッサフォシュまで出かけ、この鍵が南京錠に合うかどうか確かめよう。そして疑惑のふたりがこの鍵を使ってウナギの罠を利用し、世間の目から遺体を隠すことは不可能ではなかったという確証を得たい」

食堂から歩み出た瞬間に、ドゥレルはロビーの片隅にいる彼女たちに気がついた。彼は驚きのため小さく口笛を吹き、目立たないようにバルデルの脇腹を小突いて口を動かさずにささやいた。

「彼女たちが来ているぞ。なにが目的だろう」

同じ頃、彼女たちもバルデルに気づいた。ロアンナが半分腰を浮かし、右手を顔の高さまで上げておずおずと手を振った――指が小さな信号機のように揺れている。ロヴィーサもまっすぐに立ち上がり、中腰だった姉を上に引っ張り上げた。ドゥレルは愛想よく満面に笑顔を浮かべ、彼女たちのもとへ急いだ。

「おやおや」と、彼は言った。「ご婦人方、なにかお話があるようですな」

ロアンナが激しくうなずいた。ロヴィーサが言った。

「もうすこし人気(ひとけ)のないところへ行きましょう。わたしたち、ここにいることを誰にも気づかれたくないんです」

彼女は決然とした態度で片手にドゥレルの腕を、もう片方の手にロアンナの腕を取った。バルデルもあとにつづこうとするのを見て、彼女は頭を振って彼を追い払った。

「わたしたち、警部と三人だけでお話ししたいんです」と、彼女は言った。バルデルは指示に従い、ホテルの入り口に向かって立ち去った。ロアンナが言う。

「わたしたち、十時四十五分の列車に乗ってここまで来たんです。ほんの十分で着きますし、マグヌソンのご家族が、ご親切に、駅までわたしたちを送ってくださって――ちょうど駅を通り過ぎる用があったそうで。ニッサフォシュへ、イーダの妹に会いに行くそうですわ。ちょうどその時間に出会って、運がよかった。もしよろしかったら、帰りは警察の車で送っていただけないでしょうか」

ドゥレルは微笑んだ。

「ええ、もちろんですとも――ただ、ちょっと……」

ロヴィーサが言った。

「わたしたち、他人のことに首をつっこむなんて、ふつうはいたしませんけど、あなたがとても親切で礼儀正しくていらっしゃるので。だから、わたしたち、お話ししようと決めたんです」

「ありがとうございます」とドゥレルは言いながら、とつぜんの混乱を感じた。「それはフレドネルさんのことでしょうか。あなた方がまだ、お話しになっていなかったことがあるのですか」

ロヴィーサが鼻を鳴らした。

「あのときわかっていたことは、すべてお話ししました。新しいことをお伝えに来たのです。でも、そのことで彼がとても嫌な思いをするんじゃないかと心配で。もしかしたら、彼がすべて説明してくれるかもしれませんけど」

「彼、とおっしゃいますと？」

ドゥレルは尋ねた。

ロアンナが言った。

「ローランド・ロースルンドです。彼とわたしたち、とてもよい友人だということはわかってください。そこを尊重していただきたいの。このあたりに座りましょうか、ロヴィーサ？」

ロヴィーサがうなずく。彼らは丸テーブルを囲むロココ調を模した椅子に腰掛けた。ロヴィーサは椅子の肘掛けに両肘をつき、組んだ両手の上にあごを軽くのせて言った。

「もしかしたら、地主に電話をかけたのはローランドだったかもしれません――つまり、わたしの姉が見ていた通話のことですけど」

ドゥレルは背筋をゆっくりと伸ばし、驚きを悟られないようにした。

「なぜそう思われるのです？」

ロアンナが言った。

「それがわたしたちの結論なんです、ロヴィーサと――わたしの妹と、わたしの。どういうことだったか、覚えていませんけれど――とても複雑な感じでしたの……つまり、牧師様が彼に電話をして……」

彼女はとつぜん悲しそうな顔になり、ロヴィーサに助けを求めるような視線を向けた。

ロヴィーサが言った。

「わたしが正確にお話しします」

彼女は明確かつ要領よくロースルンド家の茶会で起きた出来事について話し、なぜそのような結論となったかを説明した。

ドゥレルはすこし残念そうに微笑んで見せた。

「そうかもしれません。でも、もしほんとうにそれが彼だとして、わたしが彼に尋ねたとしても……そうだった、とわたしに白状するはずがありません。残念ながら、そうまくはいかないでしょう」

「では、もうひとつ別のことをお知らせしましょう」

ロヴィーサは両手を開き、重々しくテーブルにのせて言った。

「ロアンナ。書類をお出しして」

姉は手にしたハンドバッグを開くと、緊張した面持ちで折りたたまれた紙を取り出し、ドゥレルに手渡した。彼は紙を開いて目で文字を追い、脈拍が上昇するのを感じた。読み終わって質問したとき、彼は意図せずして厳しい口調になった。

「この借用書を、どうやって手に入れたのです？」

ロヴィーサが説明をした。ロアンナも熱心に首を振りながら言葉を添えたが、両手はしっかりと膝に置いたままだった。説明が終わると、しばらくのあいだ沈黙があたりを包んだ。ドゥレルはいきなり立ち上がって言った。

「なるほど。ご婦人方、これはなかなかのお手柄ですぞ。これで電話のことは説明がつく――」と彼は言って、手のひらで書類を叩いた。「――この書類と、立入り禁止の封印を破ったこと、つまり、れっきとした侵入窃盗行為と、きわめて現実的な動機――いやいや、すこしの機転、すこしの決断力、そして毅然とした姿勢があればこそのお手柄ですな」

ドゥレルは姉妹がすこし機嫌を悪くしていることに気がつき、笑顔をつくってごまかした。

「あなた方は社会に対する義務を立派に果たされた。これですべてが解決するかもしれません。これからニッサフォシュへ立ち寄る予定でしたが、あとにします。ご婦人方はボーラリードまでの車をご希望でしたな――わたしもそちらの方面に用事ができた、さあ、時間がもったいない。おわかりでしょう――この借金ですが、実際のところ、一カ月ほど前に返済期限が切れているようだ」

ルンディーン姉妹は、園芸農家の家に向かう支道に折れる手前で車を降りた。ふたりは不安そうな面持ちで、目に浮かんだ表情はイスカリオテのユダを彷彿とさせ、車で移動するあいだも言葉少なだった。ふたりは県道を、自宅へ向かって歩いていった。ひとりは華奢で、ひとりは大柄な、ふたりの暗いシルエットが、うち捨てられて後悔に満ちた印象を与え、ドゥレルはちょっとした罪悪感を覚えるほどだった。おそらく彼女たちは、剣（つるぎ）がこれほど速く――嬉々として――振り下ろされようとは思いもしなかったのだろう。よき友人であり隣人である彼の秘密を暴いてしまったこと。そして、親密な関係にある人物が、日常という見せかけの裏で他人には言えない秘密を抱えていたこと。彼女たちにとって、どちらがよりつらいことなのか、ドゥレルにはわからなかった。

彼らはいちばん手前の温室に面した砂地に車を停めた。ドゥレルはバルデルに車で待っているよう言い残し、主人を探しに行った。温室の壁越しに、ぼんやりとした人影が屋内を行ったり来たりしているのが見えた。彼は、熱と、湿気と、天井に並んだ蛍光灯からふりそそぐ無機質な光の中へと入っていった。ロースルンドは通路の砂利道を歩くドゥレルの足音に気がつき、振り返った。一瞬、不思議そうな顔をしたが、それから彼は警部の顔を思い出し、視線を宙に泳がせ、ゆっくりと肩を落とした。戦意を喪失し、負けを認めたのは明らかだった。

「そうですか、もうここに」と、彼は低い声で言った。「なにも言わずにいてくれたらと思っていた——その必要がないようにと祈っていたのに」

彼の視線がバラやダリアの花の上をさまよった。温室内は、花々の濃厚な香りに満ちていた。遠くのほうにある蛇口から水が流れ、まるで小川のせせらぎのように聞こえる。ドゥレルは内ポケットに手を入れ、借用書を取り出して言った。

「あなたは地主さんに借金がありましたね、ロースルンドさん?」

相手はうなずき、ドゥレルがつづけた。

「かなりの額の金です。そしてこの契約書に定められたとおりに借金を返済していないことは明らかです。返済期限は一カ月前に切れている」沈黙が流れ、ロースルンドは不安そうに身をよじった。彼の両手の指が、所在なげにプラスチック製のエプロンを撫でた。エプロンは腰のあたりで結ばれ、胸の部分がだらりと前に垂れ下がっていた。彼がとつぜん言った。「返済期限を延長してもらったんです。地主さんは、今日のお金に困っているわけじゃない。このシーズンが終わったら、返すつもりだったんです。今シーズンは、かなりうまくいっていて……」

ドゥレルは挑戦的な笑みを浮かべた。

「ではどうして、この手紙を取り戻すことに躍起になっていたんです？　──借金を返済するでもなく。あなたの行為は侵入窃盗というんですよ、ロースルンドさん」

「この借金について知っているのはブルーノとわたしだけだったんです。わたしの家族には知られたくなかった。家族は……」と彼は言い、すこし口ごもった。「……家族にはときどき、わたしが温室に金を使いすぎていると責められていたんです。おわかりでしょう、競争に勝つためなら、ときには実験的な事業にも投資しなければならない──わたしは温室の壁の材料として、ガラスの代わりにプラスチックを採用する実験をしていたんだ。かなり金がかかったが、それでも──ええ……」

ドゥレルがくり返した。

「……借金を返済することもなく。あなたは、フレドネルの財産目録を調べたときに、この取引があったことをご家族に知られるリスクがあると考えた。そういうことですか？」

農園主は混乱したように見えた。

「ああ、そう——財産目録で」

「そしてそれはまた、あなたが遺産管理人に借金を返済しなければならないことを意味する、そうでしょう？ 遺産管理人は返済期限の延長などしませんよ」

「そうかもしれません——でもきっと、支払うことはできたはずです」

「きっと？」ドゥレルはまた沈黙し、相手の視線をとらえようとしたが無駄に終わった。そしてすばやく言った。

「ありのままを話したほうがよいのではないですか。あなたは借金を返済できなかった。あなたにとって、フレドネルの死は願ってもない驚きだった、そしてあなたは、そもそも返済を免れるチャンスだと見た。そうじゃありませんか？」

ロースルンドはつばをのみこんだ。震えるように息を吸いこみ、首を横に振ろうとしたが、そのまま静かに立ち尽くした。ドゥレルは言葉をつぐたびに、一言一言が詰問口調になっていった。

「あるいは、それは驚きですらなかった。あなたは木曜の夜、なにをしていましたか？ フレドネルと会ったのではありませんか？」

ロースルンドがかぶりを振った。

「なにをなさっていたのです？」

「ジスラヴェードにある花屋の店舗で帳簿をつけていました。わたしは夕食を済ませてから車でやってきて――もっと正確にいうと、夜食を済ませてからです」

「いつ家に戻りましたか？」

「夜中を過ぎた頃です」

「誰か、あなたが――ずっと店にいたことを証言してくれる人はいますか？」

ロースルンドは無言で立っていた。彼はいちばん近くに咲くダリアに似た、蒼白い顔をしていた。大きな、花弁の広い花、鮮やかで丸く、かすかに虹を帯びた真珠の母貝のように輝くその花の白さは美しく、恐怖とは無関係だった――農園主の顔色とはちがって。ドゥレルは相手を観察した。目の前の男がなにかを隠そうとしているのは明らかだった。彼は侵入窃盗犯として暴かれた、それは魔が差しての行為だったのか。とつぜん、課せられた重い荷物をはねのけるチャンスを目前にし、いま、運命の行方は自分の手中にあると感じ、衝動的に行なったことなのかもしれない。誰がその誘惑に勝つことができようか……ドゥレルの物思いはロースルンドによって破られた。彼は初めて警部と目を合わせると、ささやくような声で言った。

「あなたは、わたしがフレドネルを殺した犯人だと疑っているのですか？　彼はわたしの友人だったんですよ」

「嘘をつかないで、父さん。父さんはあいつのことを嫌っていた。それに昨日の夜、店にずっといたわけじゃない」

ドゥレルはまるで目に見えない糸に引っ張られるように、首を巡らせた。ほんの二、三メートル離れたところに暗い色の髪をした若者が立っていた。彼の顔には見覚えがあったが、脳内のデータを照合するのに数秒かかった。シャック・ロースルンド――エイヴォルに恋するふたりのうちのひとり、ルンディーン姉妹のアルバム写真に端正な顔で、行儀よく収まっていた青年。エイヴォルの愛情を巡ってはフレドネルのライバルでもあった。その彼が父親にたてついている。シャックはとがめるような目つきで父親を見つめていた。口元が半分開き、それがややのろまな印象を与えていたが、澄んだ目には強い意志がうかがえる。ドゥレルが言った。

「どうしてそれがわかるんですか？」

シャックが笑った。

「だってぼくは、九時過ぎまでその店にいたからです。広場用の屋台に花を補充していたんです。つまり――屋台はガレージに置いてあるので、店の中にいたわけではありません。でも、そのあとで父に話があったので中に入ろうとしたんです。そしたら明かりはついているのに、ドアは施錠されていた。ぼくは鍵を開けて店に入りましたが、父はいませんでした。でもまあ――そのすぐあとに、父は帰ってきましたが」

シャックは真剣な表情で父親を見つめた。そしてつづけた。

「父さんは誰かと会っていたじゃないか――その話をしたほうがいいと思わないのかい」

農園主はじろりと彼を見た。

「誰と会っていたか、おまえは知っているのか？」

「思い浮かぶ人はいるよ。父さんが出てくる姿を見たんだ。なんの用事かは想像がつくさ」

「おまえの姿には気づかなかった」

「でもぼくは父さんを見た。向かいの建物から出てくるのを見たよ」

彼は言葉を切り、それからつけ加えた。

「父さん、話してしまったほうがいいよ、どこにも行き場がないのに逃げまわったって仕方がない。それにフレドネルからのあの借金――ぼくたちがなにも知らない馬鹿だと思っているのかい。シャネットとブルーノはお互いに秘密がなかった――そういう時期があった。シャネットはおもしろいと思ったことはなんでも話すから」と言って、彼はためらい、とつぜん二、三歩父に近寄り、すばやく彼の腕を撫でた。

「かわいそうな父さん」と、彼が小声で言った。「彼らがなにを思おうが関係ないよ

──ぼくは父さんのことをわかっている、みんな父さんのことをわかっている。フレドネルにどんなひどい扱いを受けたとしても、父さんが彼を殺すなんてできっこないことはわかっているよ──父さんだけはそんな人間じゃない。父さんが、今回の事件に関わっていないことはみんなわかっているよ」

彼は父の目をのぞきこもうとした。ローランドはとつぜん息子の両肩に手を置いた。その目に涙が光るのを見て、ドゥレルは割りこむのをやめた。いずれにしても、ここでなにかしらの事実が露見するかもしれないと思った。シャックは父親の手から身を引いた。そしてドゥレルのほうを向き、彼を観察するように何度か視線を上下に動かし、そのたび視線は派手なネクタイのところで一瞬止まった。彼は言った。

「お話し中、割りこんですみません。気づかれなかったようですが、ぼくはそこのバラの花の後ろで作業をしていたんです。父さんは、ぼくのためを思って黙っているんじゃないかという気がします。でも、それはなんの意味もないことです。彼がなにを言おうと、これだけはわかってください──父さんはほんとうのことを言っている、彼は骨の髄からの園芸農家で、それ以外のことはできない──ほんとうのことしか口にできない人なんです。ところで……」と言うと彼は沈黙し、すこしゆがんだ笑みを浮かべた。「そのネクタイは大失敗ですね──でも、そんな色をチューリップの花で出せたらどんなにすてきだろう。ほらね──園芸農家はつねにほんとうのことしか言えないんですよ」

彼は笑い声を上げると、足早に温室から出ていった。ドゥレルは彼を長いこと見送っていた。顔が赤くなるのを感じる。この悪ガキめ、と彼は思った――チューリップか。それから彼はふたたびロースルンドを振り向いた。

「それでは話していただきましょう、いいですか？」

農園主はうなずいた。

「ええ。それがいちばんだと思います。シャックとわたしは食事をしてから車でジスラヴェードに行きました。わたしは店に入りました。わたしのほんとうの用事は出納帳を持ってくることでした。ヨーテボリ銀行の人と会って、融資を受けられないか相談する約束をしていたんです。それで出納帳をぜんぶ持ってくるように言われていて――あまりすばらしいとは言えない内容なんですが。融資係とは八時に会いました」

「つまり、フレドネルは返済期限の延長を拒んだんですね」

「はい」ロースルンドは手で額を撫であげた。「彼はもう延長はしたくなかったようです。一カ月前に延期してもらったばかりですからね――そのとき、彼はまだシャネットに興味を持っていた。延ばしてもらった期限は九月末日まででした」

「そして、昨日が九月の最後の日だった」

ロースルンドはうなずき、唇を噛んだ。そしてつづけた。

「わたしに残された唯一のチャンスは、この銀行融資を成立させることだった。融資係とわたしとで、かなりこみ入った話もしました。相手はそこまで否定的な態度ではありませんでしたが、一方で銀行からすればうちの経営状態が芳しくないことは確かです。彼は自分だけでは判断しかねると言って、ヨーテボリの本部と相談させてほしいと回答しました。それで、しばらく返事を待つことになったんです」と、彼は言った。

「どれくらい待たなければならないんですか」

「少なくとも月曜まで――つまり、回答はあさってにならないと来ないんです。いますぐ返事をくれたってよさそうなものなのに」

彼は苦々しく顔をゆがめ、いきなり美しく咲く花に向かってつばを吐いた。ドゥレルは言った。

「それで、このことを話すためにフレドネルに連絡をとったのですね」

「はい。わたしは店に戻りました――シャックがわたしを見たのはそのときのことだと思います。銀行の融資係は店の真正面に住んでいるんです。わたしは即座にフレドネルに電話をしました。会話の内容はこうです――『ブルーノ、邪魔をして申し訳ない。借金のことだが、月曜まで待ってくれないか』『月曜になったら金ができるのかい』『チャンスはある、いま銀行と話し合ったところなんだ』。すると、彼は笑った。

『銀行に融資を頼んでも無駄だよ。おれは明日にでも金を返してもらいたいね。悪いが、急ぎの案件があるんだ――きみのほかにも追い立てをしなきゃならんやつがいる』『追い立てる？』と、わたしは言った。彼の口調は悪意のあるものでした。『返済の延期は認めてもらえないということか』『だめだね。明日返済するか、月曜に破産するか、どちらかだ。お休み、友よ』。それから彼は電話を切りました――受話器を叩きつけるように、一方的に」農園主は押し黙り、レモン色をしたダリアの花へ歩み寄った。彼は指を花のがくの下に滑り入れ、いきなり茎を握ると、すばやい動作で花を引きちぎり、砂利の上に投げ捨てた。足を持ち上げ、激しい勢いで花を踏みにじる。やがて花は色褪せた、湿った物体と化した。彼は言った。「それが彼の答えだった」

ドゥレルは同情の色を浮かべて彼を見た――花をつぶす。花にとって金がなんだというのだろう。ロースルンドが長い息をつくまで待って、彼は親しげな、優しい声で言った。

「それからどうしました？」

「わたしは店に残っていました」

「どれくらい？」

「遅くまで。かなり遅くまでです」

「誰か証言できる人はいますか？」

「いいえ。わたしは作業に戻ろうとしたのですが、うまくいきませんでした。帳簿をつけることもできなかった。そのあと、牧師さんから電話がかかってきました。明日の祭壇を飾るための花を頼みたいと。わたしは座って、どんなブーケをつくるべきか考えていました。そして、なにかすべてがまるく収まる道はないかと考えていた。考えてもうまくいかなくて――それに……」彼は深い溜息をついた。「……それに、逃げ道なんてどこにもなかった」

ドゥレルがまじめな顔で言った。

「いや、ありました。ひとつだけ逃げ道がね。フレドネルを消し去ることです」

ロースルンドは怯えた目でドゥレルを見つめた。

「いいえ。いいえ――それはありえません。そんなこと、考えつきもしなかった。殺すなんて――そんなことできません」

「ですが、あの花をつぶすことはできた」

「ええ。でも、あの花はわたしです。わたしが考えた逃げ道は――わたし自身が消え去ることでした」

ふたたび沈黙があたりを覆った。ドゥレルは主人がすべてを打ち明けたことを理解した。彼は自らの裏も表もさらけ出し、事実に関する情報をすべて提示し、できることなら墓場まで持っていきたかったであろう秘密までも告白した。ドゥレルは言った。

「そうですね――ロースルンドさん。事件があってから、警察はフレドネルの家を子細に捜査しました。それで見つからないものなんて、たいがいないのです。でも、彼らはその借用書を見つけることはできなかった。あなたは見つけることができた。借用書がどこに置かれていたか知っていたのですか？　どうやってその置き場所がわかったんです？」

ロースルンドはドゥレルをまっすぐに見つめた。

「借用書を書いたときに、彼がそこに収めるのを見たんです。一年前、わたしはそれに署名をして、彼の家で金を受け取った。彼は書棚にある本の一冊にその紙を挟んだ――ここならぴったりだろう、と彼は言いました。その本のタイトルは『守銭奴』といいます――モリエール著作の。彼一流の冗談だったんでしょう」

ドゥレルは農園主と別れた。ぶらつくように歩きながら温室の外に出る。さまざまな設備のあいだを縫う細い道から外れ、いちばん遠くにある温室の端を通り過ぎた。シャックがちょうど温室に隣接して建てられた小屋の中へ入ろうとするところだった。彼もまたドゥレルに気がついた。シャックは戸口で立ち止まり、ドゥレルのようすをうかがっていた。そして片手を上げ、髪をかき上げると言った。

「どうか父がこの事件に関わっていると思わないでください。実際、ハエも殺せないような人なんです。でも、もちろん、警察としてはいろいろと捜査しないといけないのでしょうね」

ドゥレルはにこりともせずにうなずいた。彼は言った。

「先入観は持たないようにしているのです。残念ながら、お父さんはすこし慎重さに欠けていました――つまり、家に忍びこんで借用書を奪うという。そのあとも、ひとりで店舗にいたということですが、やはりアリバイがないのでね」

「つまり、まだ父を犯人だと疑っているんですか？」

ドゥレルは肩をすくめた。

「心配ですか？」

「もちろんです」

シャックはなにか逡巡するようすでそこに立っていたが、出し抜けに言った。

「ぼくの部屋に来ませんか――もしかすると、警部が興味のある情報についてすこしばかりお話しできるかもしれません」

ドゥレルは驚いた顔で彼を見た。そして、申し出を受け入れ、ドアを開いて支えているシャックの横を通り過ぎ、小屋の中へ入った。居心地よく家具がそろえられた、小さな空間だった。カーテンは閉じられ、窓は開いていた。室内は薄暗かったが、シャックはカーテンを開ける代わりにランプを灯した。ピンクの傘をかぶせた磁器製のランプだった。ベッドは花柄のカバーに覆われ、壁にはグリーンのタペストリーが下がっている。小ぶりの肘掛け椅子が二脚ほど、小さなナイトテーブルにはアンテナを立てたラジオが置いてあった。シャックが近づき、ラジオの電源を入れた——彼はその場に数秒間立ってようすを見ていたが、それからつまみをねじって音楽が聞こえる位置に合わせた。

「いつも〈カロリーナ・サウス〉を聞いています」と、彼は言った。「でもまだ番組が始まっていないですね——夕方頃にならないと始まらないから」

彼はドゥレルに意味ありげな視線を送った。

「海賊ラジオ局です」と、彼は言った。「一晩中、音楽を流しているのはね——最近、ずっとラジオをつけたままでないと眠れなくて——一晩中放送しているのはたいがい、非合法の海賊ラジオ局ですね」

ドゥレルが微笑んだ。

「つまり、夜はいつもご在宅だというわけですな——実際、ほかの筋からもその情報は確認できています。わたしが興味を持ちそうだというのは、どのようなことですかな?」

「とある鍵のことです——とあるウナギの罠の」

ドゥレルはゆっくりと視線を上げた。

「ぼくの姉のシャネットがすこし前までフレドネルと熱心につきあっていたことは、たぶんご存じでしょう。あるとき、たまたまなにかの話の流れで姉が言っていたんですが、フレドネルが自分のウナギの罠から盗みを働くやつがいると疑っていたようです。残念ながら」と、彼は言った。「それを証明する機会はなくなってしまったようですが――でも彼が知る限り、その罠を開けるための鍵を持っていた人物はひとりだけなんだそうです」

「それが誰だかご存じですか？」

「はい。マグヌス・マグヌソンです。フレドネル自身が、彼に鍵を預けたそうで――その鍵を悪用されるのではないかと心配していたと。でも、それを証明するものはなにもなかったそうですが」

「そしてあなたは、マグヌソンがどこに鍵を保管していたかもご存じで？」

「それはわかりません」

シャックはとつぜん口をつぐみ、疑うようなまなざしでドゥレルを見つめた。

「なぜそんなことを訊くんですか？」そう言ってから、彼は微笑んだ。「もしぼくがそれを知っていたら、ぼくがウナギ泥棒だった可能性があるとでも？――いや、そんなことはありえない」

ドゥレルは表情を変えなかった。

「いいえ」と彼は言った。「あなたのお姉さんが、鍵のありかについても知っていた
のかどうか確認したかったのです。いずれにしても――マグヌソンが鍵を持っていた
ことは、われわれもすでに知っています」
シャックは残念そうな顔をしたが、ドゥレルは慰めるように彼の腕を叩いた。そし
て言った。
「ともあれ、重要な情報ではあります。つまり、複数の人物が、予備の鍵があること
を知っていたということですからな」
彼はゆっくりとドアに向かい、出口近くでくるりと振り向き、言った。
「どうだろう――最近は、お姉さんはどなたとおつきあいされているのかな？」
答えが返る前に、彼は部屋から足を踏み出し、満足そうな表情でラジオから流れて
いた楽曲を口笛で奏でた。

マグヌソン一家はエーミルとウッラ・ベックマン夫妻の家で、豪勢な昼食を堪能し
ていた。テーブルは客室に用意されており、かなり寒い部屋だったが、暖炉に置かれ
た数本の太いシラカバの薪が炎を上げ、周囲に暖かな空気を生み出していた。ニシン
の酢漬けが供される前に、エーミルは早くも戸棚へ行き、酒瓶を二、三本取り出した
――ブレンヴィーン（ジャガイモや穀物からつくる蒸留酒）とブランデー。ウッラが無香料の蒸留酒を好ま

ないためだ。イーダは両手を前に出して、酒を辞退した。

「わたしはお酒はいらないわ——薬と飲み合わせが悪いのよ。気絶するように眠ってしまって、そのあとひどいめまいが——それから、心臓がちょっとおかしくなるのよ。ねえ、マグヌス、あなた車の運転があるのに……」

ラッセがさえぎって言った。

「ぼくが運転するよ、母さん。飲みたいなら飲ませてやろうよ」

マグヌスが言う。

「注いでくれ。今夜はダンスパーティーだ、その前に一杯ひっかけたって誰の迷惑にもならないさ。それに、祝う理由だってあるしな」

テーブルのまわりが静かになった。ウッラが不安そうに彼を見つめ、ブランデーを自分のグラスに注ぐ手を止めた。彼女が言う。

「ヴァーナモー新聞に載ってるエーミルの写真、見た？　新聞社の人たちが大勢ここにやってきて、写真を撮ったり、質問をしたり——そう、第一発見者はエーミルだったからね。ちょっと待ってて。ヴァーナモー新聞の写りがいちばんいいの」

ウッラは立ち上がると、瓶をテーブルに置いてキャビネットまで歩いていき、引き出しを開けて新聞を何枚か取り出した。戻ってくるとテーブルを回って新聞をひとりに一部ずつ配った。エーミルはそれをいらだたしげに見ていた。彼は言った。

「少なくとも十部は買いやがったんだ、ばばあめ――なにか自慢になることだとでも思ってるのか」

だが、そう言う彼の声色は満足げに震えていた。

ウッラが言った。

「読んでみて。記事がとてもよく書けていると思うの。それに写真に写ってるエーミルも悪くないでしょう」

ラッセはすばやく記事に目を通した。ややぼやけていたが、写真にはエーミルが大きく写っていた――部外者がウナギの罠に触れないように張られた規制線、その向こうにある堰堤の上に彼は立っていた。ラッセは新聞を折りたたみ、手を伸ばしてウッラに返した。

「そうだね、ウッラおばさん」と、彼は言った。「いい夫を選んだね。ぼくらにいとこをつくることはできなかったけれど」

エーミルが顔を赤らめ、グラスを持ち上げるとぐいっと頭を反らして飲み干した。痩せた喉仏が上へ下へとヒバリが飛ぶように移動した。

「不妊だったのは雌牛のほうさ」と、彼は言った。「どうしようもないだろう。よそではそろそろ欲しいと思えば努力するもんなのに――腰を宙に浮かしたりしてさ――だがウッラは気にも留めやしない」

彼はまたグラスを満たし、けらけらと甲高い笑い声を上げた。そして急に口を閉じるとマグヌスに向かって片目をつむった。

「それにこいつ、夜はいつもくたびれて前後不覚に眠っちまうんだ」

ウッラは顔を赤くした。もじもじと、むき出しになった両腕を短い袖に隠そうとしたが、太く蒼白い二の腕に真っ赤な袖先が目立っていた。彼女は言った。

「寝てなくたって寝たふりはできるからね、タバコ臭い息を吹きかけられるのはごめんだもの」

「寝たふりだと。おい、おまえ……」エーミルは、困惑したような顔をした。「この前の晩は、どうだったんだよ——地主を見つける直前の——おれが巡回から帰ってきたとき、おまえほんとうは寝ていなかったのか。年食った牛みたいに、ぐうぐういびきをかいて——それに酒も飲んでいたな」

ウッラの目が彼の視線をとらえた。

「そうしなきゃどうなっていたのよ、わたしはゆっくり眠りたかったの。そういうふうに身を守るのがいちばん簡単なのよ。あんたがなにを考えているかなんて、お見通しよ」

エーミルは耳まで真っ赤になった。彼は叫んだ。

「おい、ふざけるな——そんな嘘をつきやがって——おまえは寝ていたんだ！」

「起きてたわ。あんたが背中を向けたときはぱっちり目を開けてた――最初はあんたがあたしを見てきたから、目をつむったのよ。それからあんたはベッドに腰掛けて、服を脱ぎはじめた――ああ、そういえば――まず最初に、あんたはあの古い南京錠を窓枠に置いたでしょう」

そう言うと、彼女は無言で怒りのまなざしを夫に向け、つづけた。

「あんなもの、ポケットに入れてうろついたりして、制服がだめになるじゃないの」

エーミルが笑い声を上げた。後ろにのけぞって両の手のひらでテーブルを叩き、食器ががちゃがちゃと音を立てた。

「制服だと」彼は笑いながら言った。「あのおんぼろのズボンを〝制服〟だと――まったく女ってやつは」

彼はまた身を乗り出して言った。

「だいたい、ここまで歩いてくるのに、ポケットにでも入れなきゃならんだろうよ――あの鍵は、おれが途中で見つけたものなんだ。この家まで上がってくる坂道の途中に落ちてたのを、おれが踏んづけたのさ。それでおまえがいつも、なんでも大事にとっておけと言うのを思い出して、そいつがらくたとわかっていながら拾ってきてやったんだぜ」

イーダが両手を耳元に当てて言った。

「ねえ、おねがい、喧嘩はやめて。仲良くしましょうよ」

「やらせとけよ」と、マグヌスが言った。「そのあいだに飲ませてもらう」

ウッラ・ベックマンはいきなり立ち上がると、もう一度キャビネットのほうへ歩いていき、数秒間、引き出しの中をかきまわした。それから片手に南京錠を持って戻ってくると、エーミルの目の前のテーブルに勢いよく叩きつけた。彼女は声を震わせながら言った。

「これのどこががらくただって言うの。じゅうぶん役に立つじゃないの」

エーミルも立ち上がった。

「役に立つだと」彼が怒鳴った。「鍵がない錠前をどうやって使うってんだ。おまえ、頭が悪いにもほどが……」

とつぜん、ウッラが夫から視線を外し、窓のほうを見た――エーミルはそれに気づき、背後を振り返って口を閉じた。窓のすぐ外を、短身で丸みのある、赤い髪をした人影が通り過ぎ、彼らがその正体を思い出す前にキッチンのドアをノックする音が響いた。ウッラが行って、ドアを開けた。彼女が戻ってきたとき、その背後にドゥレルがついてきた。彼は親しげに挨拶をしたが、その目の表情は読み取れなかった。そばかすに囲まれた水色の幕の後ろに、なにかしらの思いや考えを隠しているようだった。彼はマグヌスと視線を合わせると、言った。

「ここにおられると聞いたところでして。ルンディーンさんの姉妹が、あなた方の車に乗せてもらったとお聞きしましてね」

「ああ、そうです」

「それで、あなたの車が、ここの門の内側に駐車してあったので、こちらにいらっしゃるのがわかりました。ほんとうは、わたしはあのウナギの罠の錠前を開けるためにここへ来たのですがね——あなたが予備の鍵をくださったので——あるいは、もっと正確に言うと——スヴェンソンに鍵を渡すよう、命じてくださったので」

マグヌスは顔を曇らせて言った。

「それで今度はあなたには重すぎるからと言って、あの罠のふたをおれに開けさせようっていうんだな。だからこそ、食事中にもかかわらず、邪魔に入ることにしたわけだ」

ドゥレルが微笑んだ。

「いや、ちがいます——それとはまた別のことなのです。わたしはもう、罠まで行って、鍵を試してきたのです。だが、鍵が合わなかったもので。ちがう鍵をもらったようです」

イーダが不安そうに、はにかむように座り直した。彼女は言った。

「まあ、申し訳ありません、わたしが間違えてしまったんです、よく鍵を間違えて吊してしまうものですから」

ドゥレルはつづけた。

「いや、どうですかな。わたしは鍵をぜんぶ持ってきたのですよ——念のためにね。それに、スヴェンソンは、この鍵が罠に合うはずだと主張していましたし」

彼は目の前に鍵を掲げて見せた。ところどころに錆のついた、小さな平たい鍵だった。彼は言った。

「だが、鍵が合わないのです」

マグヌスが立ち上がった。ドゥレルに二、三歩近づき、鍵に目を寄せてじっくりと観察した。彼の顔に混乱の色が浮かんだ。

「いや、この鍵のはずだ。錆のついた場所も覚えている」

彼は言葉を切った。そして——ドゥレルが抵抗する間もなく、その鍵を奪い取った。彼はテーブルに覆い被さるようにして、ウッラの手から古い錠前をひったくると、鍵を鍵穴につっこみ、ひねった。錠前はかちりと音を立て、開錠した。

つかの間、あたりを静けさが覆った。マグヌスがエーミルを振り返って言った。

「ほら見ろよ、これでまた使い物になるぜ。役に立つものになったというわけさ。もし警察に没収されなければの話だが」

そして、ゆっくりと警部のほうに顔を向けた。

「この南京錠は、ベックマンさんが、フレドネルが殺されたその夜に見つけたものです。道端の草むらの中に落ちていたそうだ。どういう意味だと思いますか？ ――殺人犯が、罠には新しい錠をつけておいたほうが安心だとでも思ったのかな？」

彼は沈黙し、不敵な笑みを浮かべた。

「どっちにしても、この鍵は関係がないことがわかった――そして、おれも――この事件についてはシロだとね」

ドゥレルは一瞬、足元がぐらつくような感覚に陥ったが、すぐさまわれに返った。さまざまな思考が頭の中をツバメのようにすばやく飛び交う。南京錠が取り替えられていた？ なぜ？ 誰の手で？ 殺人犯か？ 犯人が、事件後にあまりにも早く遺体が発見されることを恐れたから？ ――たとえば事件の夜、誰かがウナギを盗もうと罠までやってきたときに。たしかにこれで、この忌々しく笑うマグヌス・マグヌソンを容疑者リストから外すことはできるかもしれない。彼は、ほかの誰かが罠に入ることを心配する必要はなかった。彼はフレドネルを除けば罠に合う唯一の鍵を持っていたのだから。そして、フレドネルが持つ鍵は、フレドネルのズボンのポケットに入っていたのだから。混沌の渦の中で、彼はあることに気づき、打ちのめされた。フレドネルのポケットに入っていた鍵は、交換されたあとの南京錠を解錠することができた――ここにある、古い南京錠ではなく。

混乱の中から、あるおぼろな記憶が浮かび上がった。彼は手を胸のポケットに当て、指を二本差し入れると、一枚の紙切れを光の中に取り出した。ドゥレルが言った。

「すみません、電話をお借りしたいのですが」

ウッラは彼を寝室に通した。部屋はまだ掃除されておらず、ベッドも乱れたまま、昨夜からの湿った空気のにおいがまだかすかに空中に残っていた。電話は背の低い戸棚の上に置かれていた。ウッラは部屋に居残ったが、ドゥレルが一瞥すると、ゆっくりと後ろ歩きのまま部屋から出ていった。ドゥレルは紙切れを開いて電話番号を押すと、いらいらと応答を待った。やっとのことで相手が電話に出た。

「ヨハンソン・スーパーマーケットです」

ドゥレルは咳払いをし、はやる気持ちを抑えた。

「ヨハンソンさんですか？」

「はい、そうです」

「お忙しいところ申し訳ありません、ヨハンソンさん――こちらは警察です。いま、あなたの店の領収書を持っています。時刻は十六時五十分、九月二十九日のスタンプが押してあって、この日時に、おそらく地主のフレドネルさんがあなたのお店でなにかを購入したものと見受けられます。彼がなにを買ったかおわかりですか？」

しばらく沈黙がつづいた。ドゥレルは電話の相手が深く息を吸いこむのを聞いた

――まったく、〝警察〟という言葉がどれほどつまらない効果をもたらすことか。やっと相手が答えた。

「はい、覚えています。地主さんは南京錠を買っていきました――とても品質のよい南京錠です――『これなら』と、地主さんは言っていました――『これなら、あいつらももう手出しはできまい』と」

「誰のことか、言っていましたか」

「いいや――でも、そのあと、とても奇妙なことをしていました。ご存じのとおり、南京錠には鍵が二本ついています。地主さんは鍵を一本取り出して、金鎚を貸してほしいと言いました。それから、店の外の石階段にその鍵を置いて、上から金鎚で叩きつぶしたんです。それからもう一本の鍵をポケットに入れて言いました――『これでもう予備の鍵はなくなった。わたしのポケットに一本だけ入っていれば、それでいい』と」

ドゥレルは受話器を握りしめた。彼は低い声で言った。

「もう一本の鍵を叩きつぶした？」

「そうです。鍵はぺちゃんこになっていました――わたしはあとで、その鍵を捨てました。そういえば、その鍵にはナンバーが刻印されていました――覚えやすい数字だったので、いまでも簡単に思い出せます。〝7777〟とありました」

「それでは、その錠前に合う鍵はもうほかにないということですか」

ヨハンソンはうめくように言った。

「ええ、ないでしょうな。あれはきちんとした品物ですから」

長い沈黙が流れた。ドゥレルは頭の中にまた新たな霧が降りてくるのを感じた――鍵は一本だけ――フレドネルのポケットに入っていた。だが、彼が発見されたとき、錠前は施錠されていた――あの錠前を施錠するには鍵が必要だ――その鍵はフレドネルのポケットに入っていた。彼はふと、電話の相手が叫んでいるのに気がついた。

「……もしもし……もしもし……」

答えることなく、ドゥレルは手をゆっくりと下ろし、受話器をもとに戻した。のろのろとした足取りで、彼は部屋を出ていった。

9

バルデルは目を丸くして上司を見つめた。堰堤の上に立ち、両手をズボンのポケットにつっこみ、跳ね上がった両眉と同じ角度に両肩をすくめ、再度、自分の驚きを強調するように言った。

「彼は事件と同じ夜に南京錠を新しく交換したということですか？」

ドゥレルがうなずく。

「そう、同じ夜だ。そしてあの錠前に合う鍵は一本しかなく、それはフレドネルのズボンのポケットに入っていた」

「だからここにやってきたということはないですか——ここに来たのは南京錠を交換するためで、誰かを捕まえるためではなかった——これ以降、ウナギを盗まれることがないように」

「そうかもしれない」

ドゥレルは堰堤の上を行ったり来たりしながら、推理に集中した。大量の水が流れ落ちる轟音が壁のように彼らを囲んでいた。ドゥレルはバルデルとの声のやりとりが可能な範囲を保ち、二、三メートル歩いてはまた引き返し、ごく短い距離で往復をつづけた。頭がくらくらしそうだったが、めまいを防ぐためにゆっくりと動いた。ゆっくりと歩き、ゆっくりと振り返り、スローモーションのように行ったり来たりをくり返した。彼はとつぜん口を開いた。

「そうかもしれない。だがそうだとしても、疑問は残る。まず、そのような作業をするにはまったく不向きな時間帯だった。第二に、ウッラ・ベックマンは、彼が誰かを待ち伏せしていたような印象を受けている。第三に、なぜ彼はとつぜん、そんなに急いで外出したのか、第四に、なぜ武器を身につけていたのか――あるいは、より正確に言えば、彼が武器を身につけていた可能性があるのか」

「そうですね。彼がなにかをポケットに入れたことは確かです。だが、それはもしかしたらピストルではなかったのかもしれない」

ドゥレルは立ち止まり、試すような表情で同僚を見つめた。

「それはピストルではなく、南京錠だったのかもしれないということかね」

「そのとおりです。ポケットについた油染み――これは南京錠から漏れた機械油かもしれない」

「それでは、ピストルはどこへいったのか？　あの武器の飾り棚からピストルが消えていたことは確かだ」彼はそう言うと、一呼吸置いてつづけた。「あるいは、彼はピストルと錠前と、両方を身につけていた、ということかね——ピストルは念のために、もしも誰かに出くわしたときのためにと。ベックマン夫人がやってくる足音を聞いて、彼は考えた——なんという幸運だ、ちょうど錠前を換えようとやってきたときに悪ガキのほうから出向いてくるとは、と。そういう意味かね？」

バルデルは肩をすくめて見せた。

「わたしが言いたいのは、あの置き手紙とピストルは関連性があると——より正確に言って、おそらく関連性があるということです——彼がなにかをポケットに入れたというルンディーンさんの情報は確実ですが、それは錠前を入れたのであって、ピストルが消えたことと置き手紙は、たとえば殺人犯の仕業なのかもしれない」

バルデルは両手をポケットから出し、やたら身振り手振りを交えながらつづけた。

「殺人犯は、事件を起こしたあとにフレドネルの家に侵入し、置き手紙を書いてピストルを持ち去った。フレドネルが森かどこかへ出かけていって、ピストル自殺をはかったのだと勘違いさせるためです。もしそのように誤解してしまったら、誰もウナギの罠の中に彼の遺体を探しにいったりしないでしょう。それで殺人犯は時間稼ぎができたし、その間、あったかもしれない痕跡は色褪せ、消され、跡形もなくなる、人々の記憶もあいまいになっていく……」

ドゥレルが微笑んだ。

「だが、もしもフレドネルがピストルを持っていたとして、殺人犯はそれを奪い、捨て去ることもできた――たとえば、川に――そのあとで、きみが言う天才的なアイデアを思いつき、フレドネルの家へおもむき、侵入しておおかたきみの言ったような目的でもって置き手紙を書いた。いやいや、そんな浅はかな結論を導き出してはいかんよ。やはり疑問は残る――なんの目的があって彼がここにやってきたのか――ただ錠前を取り替えるためだけにやってきたのか、それとも錠前を取り替えると同時に、盗人も取り押さえようとやってきたのか」

ドゥレルの瞳が淡いブルーに和らぐとともに、突如としてそばかすだらけの丸い顔の中に浮かび上がってくるように見えた。ほんとうは、彼はピストルのことなど考えてはいなかった。バルデルと話しながら、彼は別の問題と闘っていた。彼の視線は水に濡れて光る罠の荒削りの板の上をゆっくりと滑り、頑丈な南京錠がついた罠のふたを、それから横壁を下に、ふたたび上に、そしてぐるりと周囲をなぞっていった。フレドネルは、罠のふたから床まで延びる堅牢なはしご階段の手前に横たわっていた。

彼のポケットの中には錠前の鍵が入っていた――あの錠前に合う唯一の鍵――しかし、罠のふたは彼の遺体の上で施錠されていた。リベットで固定された蝶番と、釘で接合された錠前で、しっかりと、確実に。ドゥレルは考えた――ふたりは殺人が犯されたとき、いっしょにいたはずだ――フレドネルと殺人犯。鉄の棒による致命的な打撃は罠の中で与えられたか（ただし、これはすでに非現実的と考えられている）、あるいは屋外だったか。選択肢その一：罠の中。その場合、ふたりが罠に入っていた際には罠のふたは開いていなければならない。そして殺人犯は階段を上り、外に出てから施錠したことになる――どうやって？　犯人はこの世に存在するたったひとつの鍵を使い、その後、その鍵は突如として被害者のポケットの中に移動したことになる。外にいながらにして、被害者のポケットの中に鍵を移すことは合理的に可能だろうか？ドゥレルは思考に集中した。もしかしたら、糸をポケットの中に仕込むことは可能かもしれない、その糸を上に引っ張ってきて――たとえば――屋根の上に立ってあの小さなのぞき穴に糸をくぐらせておき、手にした鍵で施錠する、それから糸に鍵をくくりつけ、糸を伝わらせて鍵をズボンのポケットまで移動させる。結び目を工夫すれば、そのあと糸を引っ張ることによって鍵から糸をほどくことは可能だろう、それから糸を自分の手元に回収する――彼は目を閉じ、頭の中に映像を再現した。頭を殴られ、フレドネルが床に倒れる。彼は右半身を下にしてぐったりと横たわっている、ズボンの右ポケットを下にして、そしてポケットの中には鍵が……彼は溜息をついた。この方法は理にかなわない。ああ、ちがう――糸のことは忘れろ……さらに言えば。フレドネルが南京錠を交換したばかりということを犯人が知っていたとは考えにくい――

それは当日の夜の出来事だ。たまたまその場で都合よく糸を持っていて、平常心を保ちつつ、とっさの思いつきでそのような仕掛けを用意することが誰にできようか——そのアイデアを思いつくだけでも一苦労なのに——やはり——その線はありえない。犯人がほかの方法で罠から出たという可能性は？　瞬間、ドゥレルの隣にミニチュアのように小さなドゥレルが現れるのを感じた。ドゥレルは質問を投げかける。小さなドゥレルがそれに答える。趣味のよいブルーのストライプの背広を着て、それによく合う柄のシャツとネクタイを身につけた小さな紳士だ。

〝もしや、取水口から出たか？〟

小さなドゥレルが笑い声を上げる——

〝おいおい、取水口を開けたければ外に出て鉄の棒を使わないとならないんだぜ。それはさておき。もしも——取水口から出たとなれば——殺人が罠の中で行なわれたとして、ふたりの周りに水が流れていたことになる。こいつはどう考える？　遺体は乾いていたことを忘れるなよ！　からっからにな！　それに水圧だ——取水口から水面までは少なくとも約三メートルはある。何トンもの水圧で、堰堤に開いた小さな穴から一気に流れこんでくる水——誰がその中を泳いで脱出できるというんだ……なあ、あんた、もうちょっとよく考えろよ……〟

ドゥレルの額にしわが寄る。

〝では横壁のどこかから抜け出したか、あるいは天井のどこか、床からはどうだ?〟

小さなドゥレルが勝ち誇った表情で彼を見る。

〝その線を考えても無駄骨だろうな——罠は施錠されていたことを忘れるな。そうしたらふたりのうちの誰も——フレドネルも犯人も——罠の中に入ることすらできないじゃないか、わからんかね……その筋もないな——〟

ドゥレルは頭に血が上るのを感じた。

〝じゃあ、どう考えろというんだ〟と彼は言った。〝フレドネルが手だけを出して——たとえば、天井ののぞき穴から手だけを出して錠前に鍵をかけ、それから犯人に向かって階段を下りた、それはありえるかもしれんな……〟

小さなドゥレルはすこしだけ考えるそぶりを見せ、そして言った。

〝被害者がそうやって殺人犯と自分を罠に閉じこめたと。その素晴らしい思いつきも見込み薄だな、たしかに手をのぞき穴から出して、さらに錠を閉めることもできたかもしれん、だがなあ、わかるだろう……〟

ドゥレルはそのとき、頭にひらめいた考えを抑えきれずに相手をさえぎった。

〝そうやって罠に鍵をかけたのはフレドネルじゃないかもしれない——犯人がやったんだ——殺人のあとで。それから鍵をかけて、フレドネルのポケットに鍵を戻し、罠から抜け出した……〟

小さなドゥレルが不敵に笑う。

〝天井のふたからも無理、取水口からも無理……壁からも、天井のどこからも、床からも無理だ――自分でよく考えな、罠の捜査をしたとき、あんたも見ていたじゃないか……〟

ドゥレルは考えこんだ。罠におかしなところはなかった。中からも外からも、板がゆるんでいるところはなかった、釘でしっかりと打たれた角材も、まわりをぐるりと、どの側から見ても、おかしなところはなかった。どんな小さな不自然な点も、あの捜査ですぐに暴かれ、気づかれていたはずだった。小さなドゥレルが笑った。

〝また警官たちにあの罠を調べさせてみるといいさ。だがなにも得るものはないという結論になるだけだ――あの罠は要塞だ……さあ、要塞を破るにはどうする？〟

ドゥレルは首を横に振った。頭の中を掃除機で吸いこまれるような痛みを感じる。

彼は言った。

〝わかったよ、それは第一の選択肢だった……犯行の際、ふたりが罠の中にいたというのはな。では第二の選択肢として、犯行時にふたりは罠の外にいたとしよう。つまり犯人は屋外でフレドネルを殺してから、罠の中に遺体を移動させた。そうだろう？〟

小さなドゥレルは天を仰いだ――

〝ああ、そうさ。犯人はきっとそこにいたにちがいない。で、どうやって？〟ドゥレルは不安になった。

〝そうだな、言ったとおり、その場合はふたつの道がある。犯人は……〟小さなドゥレルがさえぎった。

〝取水口からか、天井のふたからか……〟と、小さなドゥレルが皮肉たっぷりに言う。

〝ああ、そうだ〟とドゥレルが返す。〝それにもちろん横壁からも……〟

〝なんだ、さっきは壁からはありえないと思っていたのに、とつぜん横から入れるようになったのか？〟

小さなドゥレルが蔑むように言い、ドゥレルは前言を翻した。

〝わかったよ、横壁はなしだ。だがもう一度調べさせる。一ミリメートルごとに、板はゆるんでいないか、角材がもろくなっているところはないか……〟

〝まあ、おおかたなにも見つからんがね〟小さなドゥレルがいたわるような声で言った。〝要塞のようなもんだと言っただろう。あの壁をのこぎりで切らされたかわいそうな警官に聞いてみな〟

〝だがもちろん、板を引きはがして、あとから釘で打ちつけることはできる〟とドゥレルは粘った。

〝はいはい、調べてみるがいいさ〟と小さなドゥレルが言う。〝だが自分だってその説を信じちゃいないだろう？　……いいや、ありうるとしてもふたつだ――天井のふたか、取水口か〟

ドゥレルが言う。

〝取水口はないな……〟

〝そうだ〟と小さなドゥレルが言う。〝なんせ、遺体はからからに乾いていたからな。取水口を通ってきたなら遺体は濡れていたはずだ〟

ドゥレルが粘る。

〝遺体はそのあと、乾いたのかも……〟

小さなドゥレルは意地悪そうに口を突き出して言った。

〝ずぶ濡れの死体が、たったの数時間で？　雨が降っていて、真夜中の、九月だというのに？　それに――犯人はあの小さな取水口からどうやって遺体を中に入れたというんだ？〟

ドゥレルはきっぱりと答えた。

〝あの穴なら大人でもじゅうぶん通ることができる、たしか五十センチメートル四方の四角い穴だった……〟

小さなドゥレルが大きなドゥレルの勢いに押され、すこし不安げに言った。

〝水流に引きこまれて手足がばたつくだろうに、死体をそんな小さな穴から通そうとしたって、横向きになって突っかかるんじゃないか？――横になっちまったら、取水口はもう通らないぜ……〟

〝だが、もし縦にすれば〟とドゥレルは言った。〝シャトル（機織りの際、横糸を縦糸に通すための道具）のように中に通すことができる〟

小さなドゥレルは一瞬口をつぐんだが、それから言った。

〝そんなに急な水流があるのに、どうやって三メートルの深さまで遺体を移動させるんだ――自分だって取水口がそれくらいの深さにあったことは知っているだろう、自分の手で測ったじゃないか……それに遺体が乾いていたことを忘れるなよ〟

ドゥレルは溜息をついた。

〝ああ、わかったよ、取水口もなしだ――だったら犯人は天井のふたから遺体を下に移したってことだ〟

〝ポケットの中の鍵はどうしたんだ〟と小さなドゥレルは勝ち誇った。〝例の糸だかひもだかで吊る仕掛けは忘れたほうがいいぜ――それに調査したっていいじゃないか――顕微鏡で見りゃあ一発でわかるさ……〟

〝ああ、そうさせるよ〟とドゥレルは歯を食いしばった。

〝あんたも自分でわかるだろう。なんらかの説明がつくはずなんだ――フレドネルは罠の中で死んでいた、罠のふたは錠が閉まっていた、錠を開ける鍵はひとつしかない、そしてそれはフレドネルのズボンのポケットの中に入っていた〟小さなドゥレルはつづけた。〝罠に入る道はふたつしかない。取水口か天井のふただ、そして遺体が取水口から入ってきたとは考えられない、であれば天井のふたからだ……〟

ドゥレルはあることをひらめいた。

〝だったら、第三の選択肢はどうだ——フレドネルは罠の中に、犯人は外にいたとしたら？〟

小さなドゥレルが笑った。

〝つまり、犯人は罠の屋根からフレドネルの頭の上に鉄棒を落としたと？〟

〝たとえばの話だが〟

〝笑っちまうな。まず第一に、フレドネルはぶちのめされた——ちょっと殴られた程度じゃないんだぜ。第二に、そんな危うい方法で運良く相手を殺せるものと犯人が期待していたというのか？　そして第三に——どうやってフレドネルのポケットに鍵を入れたんだ——外で殺してから、また中に入って自分ごと罠のふたを施錠したとは言わんだろうな？〟小さなドゥレルは本物のドゥレルに向けて不本意そうに片目をつむってみせ、ドゥレルは頭が痛くなるほど考えた。

〝だが、犯人がなんとかして堰堤側の取水口の周りを壁状に囲んで中の水を抜き、それから鉄棒で取水口のふたを開けて遺体をその縦穴に下ろし、取水口から罠の中に移し、同じ道を戻り、そして取水口のふたを閉めて逃げ去ったとは考えられないだろうか〟

〝ないだろうなあ〟小さなドゥレルは自信ありげに言った。〝相当大きな壁で囲って中の水を抜くというなら話は別だが――しかも、壁にはかなりの重さが必要だ。その仕掛けに使う資材と――共犯者とで――その準備をしているあいだ、フレドネルはそこに突っ立って、若者が数人でなにをしているのかと指をくわえて見ていたとでも言うのかい。お次は、彼らは川の水をぜんぶ抜こうとしていた、とでも言うつもりかな？〟彼は意地悪な笑い声を上げた。〝わかっているだろう――この事件の進行に、あまり長い時間はかけられないということくらい――それは危険すぎる〟

〝しかし、これはどうだ〟ドゥレルがまた表情を明るくして言った。〝殺人犯は、自ら二本の鍵のついた錠前を用意したんだ。これをAと呼ぼう。犯人はフレドネルを殺し、フレドネルが持っていた錠前を奪い取る、この錠前をBと呼ぶ。犯人は被害者を罠の中へ移し、遺体のポケットにAの鍵を一本差し入れる。それから階段を上り、もう一本のAの鍵でAの錠前を施錠する。Bの錠前とBの鍵はあとで捨てておく〟

〝まったくありうる話だ〟と小さなドゥレルは認めた。〝もしもわれわれが、フレドネルが買った錠前の鍵に〝7777〟という刻印があったこと、その二本の鍵のうち一本はぺちゃんこにつぶされ、残り一本の鍵がフレドネルのポケットに入っていたという事実を知らなければな——そしてこの二本目の鍵が、罠のふたを閉じていた錠前に適合したということは調べがついている〟

ドゥレルは芋虫のように身をよじった。小さなドゥレルがとつぜん口笛を吹き、ドゥレルに冷たい視線を送ると、言った。

〝なあ、あんたがいまから言おうとしていることを当ててようか——もしかしたら犯人は、罠のふたに開けられた小さなのぞき穴から通せるようになるまで、フレドネルをちっちゃくしたのかもしれないなあ。知ってるだろ——ヒバロ族にはそんな技法が伝わっているらしいぜ、犯人はヒバロ族の末裔かもしれないだろ。あるいは、屋根の木材の隙間から、手紙をポストに差しこむようにしてフレドネルを入れたのかもな。そのあとで、遺体を膨らませればいいわけだろう……〟

ドゥレルはもう相手の話を聞いてはいなかった。まるで稲妻のように、ある考えが彼の頭に降りてきた。彼は言った。

〝もしかしたら、やはり遺体は屋根のふたから入れられたのかもしれない——遺体は防水性の袋に入っていたんじゃないか……〟

小さなドゥレルは一瞬、自信を失ったように見えた。

〝なるほど〟と彼は言った。〝じゃあ、その袋はどこへ行った？　罠の中にその袋は残っていたのかい？〟

〝いいや〟とドゥレルは言った〝だが、袋ならなんとかして外に出すことができたかもしれない――数ミリメートルの木材の隙間から〟

小さなドゥレルは冷笑を浮かべた。

〝遺体を袋から出し、そしてその袋を罠から出すと〟小さなドゥレルは一瞬口をつぐみ、そして言った。〝ああ、たしかにそれを可能にする唯一の方法がある……〟

〝どうやるんだ〟とドゥレルは勢いこんで尋ねた。小さなドゥレルは微笑んだ。

〝殺人犯は、もしかしたら自分自身がちっちゃくなったのかもな。のぞき穴を通って罠に入り、袋を始末したわけだ――そうだろう……〟彼は大きな笑い声を上げた。その声は哀れなドゥレルの頭蓋の中でこだまし、彼は顔色を失った。笑い声は次第に遠くなっていき、耳の中から押し入るようにバルデルの声が響いて、ドゥレルを現実の世界に引き戻した。

バルデルが言った。

「警部、たいへんです、すごいことを思いつきましたよ」

「ああ、そうか。それはよかった」

バルデルの目が興奮に輝き、彼はすこし頭を前に突き出すようにして、一言一言にアクセントを置きながら言った。

「ええ、もしも鍵がフレドネルのポケットに入っていたなら――この世に存在する唯一の鍵が――いったいぜんたい、どうやって犯人は罠から出たあとに錠を閉めることができたっていうんです？」

ドゥレルは悲しげな目で彼を見やった。だがバルデルは気づかなかった。彼は緊迫したようすでつづけた。ささやくような声は、彼らを取り囲む大量の水の流れる音にかき消され、ほとんどドゥレルに届かなかった。

「あるいは――もっと奇妙なことに――どうやって犯人は遺体を罠の中に入れることができたんでしょうか？」

「それもそうだな」ドゥレルは溜息交じりに言った。「それは考えもしなかった」と言って、言葉を切った。「この前――車の中で、彼は、フレドネルは、密室に横たわっていたというような話をしたのを覚えているかな？」

バルデルがうなずいた。ドゥレルは言った。

「よし。まさにそれが遺体の状況だったんだ。密室で――考えても考えても、これ以上ないほどの密室でな……」

「あなたによ、ラッセ」ウッラ・ベックマンが戸口から彼を呼んだ。「女の人よ。早くもお知り合いができたようね」

彼女が含み笑いをすると、エーミルがそのあとにつづいた。彼はテーブルからよろよろと立ち上がって、両腕を振り上げた。片手に半分飲みかけのビールグラスを持ち、腕を動かすたびに中身がこぼれ落ちていることに気づかない。首元のシャツボタンを開け、ネクタイは斜めに曲がり、口の片方の端についたままの半熟の黄身のかすが目についた。

「おーい、どうも」と、彼は大声を上げた。「食べ物はなくなったが、探せば酒の一瓶くらいはまだあるぜ。ラッセ、早く行って電話に出てこい……」

ラッセは立ち上がって、ウッラの目の前を横切り寝室に入っていった。ウッラは好奇心をむき出しにして寝室に居残ろうとしたが、ラッセは彼女を部屋から押し出し、ドアを閉めた。受話器を取る。

「はい、ラッセ・マグヌソンです」

「もしもし、ラッセ――わたしよ。楽しくやっているようね」

電話の相手はすぐにわかった。彼の胸が温かな想いで満たされる。

「やあ、イヴォンヌ――ぼくに会いたくなったのかい」と言って、彼はすこしだけ口をつぐんだ。

「ぼくは一滴も酒を飲んでいないよ――その他の人はかなり楽しくやってるけどね。さっき食べ終わったところなんだ。今夜、会えるだろう?」

「実は、いますぐ会いたいの。こっちに来られる? ――わたしたち、いま、ジスラヴェードの花屋にいるの」

「わたしたち？」

「話はあとでするわ——ほんとうに嫌なことがあって。あなたに電話するほかなかった、なにを信じていいかわからないの。こっちに来られる？」

ラッセは彼女の声に不安の色があるのが気にかかった。まるで胸をわしづかみにされたように感じる。彼は受話器を握りしめ、半分ささやくような声で言った。

「わかった、そうするよ」

「できるだけ早くお願い」

「よし、わかった」

彼は受話器を置き、客室へ向かった。エーミルが手に新しい酒瓶を持ち、ふたをねじ開けようとしては失敗していた。ウッラがエーミルを指さす。

「見てよあの人、まずふたの下にあるひもを引っ張って取らなきゃいけないのに。瓶の首のところに小さな赤いひもがあるでしょ、わからない、エーミル？　まずそれを引っ張るのよ」

ラッセは部屋には入らず、ドアの内側で立ち止まった。そして言った。

「いますぐジスラヴェードに行かなきゃならなくなった。車を使ってもいいかな——あとでまた迎えにくるよ」

マグヌスが目を細め、真剣なまなざしで彼を見た。彼の両頬は、酒とどんちゃん騒ぎのせいで、赤い炎が灯ったように紅潮していたが、その色は吹き消されるように一瞬で消えた。とつぜんイーダがテーブルから立ち上がった。

「もういま、みんなで帰ることにしましょうよ。先に家まで寄ってもらって、わたしたちを降ろしてくれないかしら」と言って、彼女は額に手を当てた。「頭痛がまだ治まらないわ」

エーミルは両手を静かに下げ、しばらくのあいだウッラに不満げな視線を当てていたが、言った。

「これだから女ってやつは。ちょうどこれから楽しくなるってときに」

イーダは車の後部座席に腰掛け、マグヌスはラッセの隣の助手席に這うようにして座った。彼の酒臭い息が不愉快なほど近くに迫り、強烈ににおった。ラッセは下りの坂道で車を転がし、坂の半分ほど過ぎたところでエンジンをかけた。マグヌスがドアのポケットに手をつっこみ、雑誌を二、三冊取り出すと、後ろに座るイーダに差し出して言った。

「ほら、買ってきたよ。渡すのを忘れてて申し訳ない、もう中身もきっと古くなってるだろう」

イーダは雑誌を受け取り、膝の上に置いて言った。

「マグヌス、お願いよ、車の中では読めないって知ってるでしょ。ところでこの木曜日に渡すはずだった雑誌のことよりも、ほかに考えるべきことがあるんじゃないの」

マグヌスは背もたれ越しに母親を振り返った。彼はゆっくりと言った。

「おれがなにを考えるべきかなんて、どうやってわかるってんだよ」

だが、イーダは耳を貸さなかった。彼女は窓ガラスをのぞきこんで外を見、弱々しい声で言った。

「ほら、彼らが罠のところにいて見ているわ。あんなふうに罠の周りに集まって、水に落ちるのが怖くないのかしら」

ラッセは視線をウナギの罠のほうにやった。車はちょうど道を曲がって広い道路に出たところだった。罠のそばにふたりの黒い人影が見えた。ひとりは罠の屋根に膝をついた状態で、角材の上を両手で触り、体を数センチメートル移動させてはまた同じ動作をくり返していた。もうひとりは文字どおり、罠の長辺の横壁にぶら下がるようにして立っていた。側面に沿ってゆっくりと横へ移動し、堰堤の下に流れる川面から突き出たつるつると光る岩に足を置いている。マグヌスは黙って彼らを見つめ、それから言った。

「まるで角砂糖にたかるハエだな。いったいなにを見つけようとしているんだろう。警察は不気味だ――警察はいつもなにかしら見つけ出しやがる。やつらの車は黒いし

――聖書の表紙みたいな黒い色だ」と言って、彼は思い出したようにつづけた。「そうだ、聖書といえば。警察は牧師さんからほんとうの話を聞いたのかね」

十五分後、車は厩舎の外の砂利を敷いた駐車場に乗り入れた。同時にトラクターが畑のほうから大きな音を立てて、長く背の低いトレーラーを引いてやってきた。トラクターを操縦しているのはホルゲルだった。彼はわざと車のぎりぎりまでトラクターで近づいておいて急にハンドルを切り、ラッセが運転する車の一メートル近くまでトレーラーを横滑りさせ、車と平行になるように停めた。そして操縦席から飛び降りるとトラクターにもたれ、ちょうど車から降りてきたマグヌスを敵意に満ちた目でにらみつけた。畑のさらに向こう側には、灰色にすり切れた雨合羽を着たアグネータの姿がちらちらと見え、小さな男の子たちが数人、両側からジャガイモの籠を支えて引きずるように歩き、また立ち止まるとジャガイモを拾いはじめた。マグヌスが言った。

「これは今日一日じゃあ終わらねえな」

「終わらねえよ」ホルゲルが冷酷な視線で彼を見た。

「もしあとすこし人手があれば終わっていたかもしれんが、おまえはジャガイモなんて、まず蒸留して酒になるまではなんの興味もないんだろ。おまえ、酒臭いぞ、わかってんのか?」

ホルゲルはトラクターにもたれ、タイヤに目を据えたまま前屈みの姿勢になった。

それから鼻をずるずるとすすりながら息を吸いこみ、顔をマグヌスに近づけた。彼は言った。

「こんなざまじゃあ、彼女も会わなくてよかったと思うだろうよ」

マグヌスは背を起こしてホルゲルを見つめた。

「彼女って誰だ」

「フレドネルの婚約者だよ。今日ここに来て、おまえを探していた。あとで連絡をほしいと言っていたぜ――おまえが帰ってきたらな」

マグヌスは彼を見つめた。まじめな話かそうでないかを判断しかねているようだった。そして彼は言った。

「嘘だろう？」

「アグネータに訊いてみな。あいつも横に立って聞いていたから。アグネータはジャガイモ拾いを頑張ってるぜ。それにあのガキどもには、五時まで手伝えばひとり五クローナずつやるって約束してるんだ」

「いまどこにいる――エイヴォルは」

ホルゲルが肩をすくめた。彼はトラクターの連結部分に歩いていき、接続を解除した。

「家に帰ったんじゃないか」

彼は連結から外したトレーラーを両手でつかみ、トラクターの横を押して前に移動させた。どろどろの地面を長靴で踏ん張りながら押していると、ついに思いどおりの方角へトレーラーが転がりはじめる。彼はざまあみろとでもいうように笑い、言った。

「おい、気をつけろよ。ばばあどもが自由に飛びまわっている、半時間前にあのふたりがロースルンド家に向かう道を歩いていた。準備は万端、向こうはお待ちかねだ」

マグヌスは一瞬ためらうように立っていたが、それからルンディーン姉妹の家の方角へ向かって道を歩き出した。なにも言わず、後ろを振り返らず、歩を進めるごとにスピードを増し、ついには小走りになっていた。ホルゲルがますます馬鹿にするような笑みを浮かべた。彼はマグヌスに向かって叫んだ。

「おい、急げよ——向こうは今晩のダンスに誘われるのを待っているぜ」
二、三歩歩いてトレーラーに近づき、積み荷からジャガイモをひとつ握りしめると、彼は全力を振り絞ってマグヌスに向かって投げた。

花屋はさほど大きくはなかった。店舗は古い灰色の木造平屋建ての一部を占め、妻側に入り口があった。玄関の両側に窓があり、大輪のダリア、アスター、バラ、グラジオラスの花が飾られている。窓ガラスはぴかぴかに磨かれ、ふたつの窓の上に設置された蛍光灯ランプが光を放ち、クリスタル製の花瓶が宝石のように輝いている。ラッセが店に入ると、イヴォンヌはひとりカウンターに立っていた。メモ用紙になにかを書きつけていて、その背後には、カシの葉、コケモモの小枝、カラーを組み合わせた花輪が壁に立てかけられていた。飾られた白いリボンには、〝安らかに眠れ〟〝あなたは強く、清らかだった〟〝教区一同〟という文字が読めた。ラッセがカウンターに近づき、彼女の正面に立って顔を近づけると、初めてイヴォンヌは彼の存在に気がついた。彼女はすぐに笑顔を浮かべ、言った。

「ごめんなさい、ラッセ、お客さんかと思ってた――いまちょうど、あのおぞましい代物の値段がいくらになるか、計算していたところなの……」

彼女は首を振って花輪を示し、笑い声を上げた。「花輪に添える言葉はいくつか種類があるんだけど――あれはたとえばフレドネルにはまったくふさわしくないわね」

ラッセは彼女の鼻の頭にキスをして言った。

「こんなにたくさんの花に囲まれていながら、情け容赦がないんだね。なんの用だったんだい――なにか嫌なことがあったって。代わりに花嫁のブーケの話でもしないかい」

イヴォンヌが真剣な表情になった。

「ほんとに嫌なことなのよ、ラッセ。でもシャネットが帰るまでその話は待ってくれるかしら、彼女に関係することなの。彼女はそこのはす向かいの店でタバコを買ってるところだから。ああ、今日はほんとうに嫌な日だわ」

彼女は溜息をついた。ラッセはもの問いたげに彼女を見つめた。イヴォンヌが言う。

「まず、パパの一件。パパはもうひどく落ちこんでしまって。警察が、フレドネルに関係する不愉快なことをたくさん見つけ出してきたのよ――パパは自分が警察に疑われていると思ってる。かわいそうなパパ。それでママがこのことを知ると、もうこの店には立っていられなくなって、帰りたいと言い出してシャックに電話して代理を頼んだの」

「代理を」

彼女は真剣な顔でラッセを見つめた。彼女の不安げな目がきらりと光ったように思った。泣かないでおくれ、と彼は胸の内で思った。

「そう、わたしたち、土曜日には広場に屋台を置いてるでしょう。ママはいつもならその屋台のそばに立つんだけど、今日は無理だって。そういえば、屋台は三時には戻ってくるはずなんだけど――どうしてシャックはこんなに遅いのかしら」彼女はとつぜん視線をラッセの後方に移し、ラッセはドアの開く音を聞いた。シャネットが入ってきた。彼はシャネットに会うのは初めてだったが、幼少期の記憶から思い出すものがあった。彼は振り返って挨拶をした。彼女はすばやく彼に笑いかけると同時にポケットからタバコの箱を取り出し、セロファンを破ってふたを開けた。

「一本どうぞ」

「ありがとう、いまはやめておくよ」

彼女が自分のために一本取り出すと、ラッセは火をつけてやった。二度、三度と深く煙を吸いこんだところで、彼はとつぜん、花屋の中は禁煙なのではないかと考えた。草花に悪影響がありそうだ。彼は言った。

「ずいぶん大人っぽくなったなあ」そう言ったあと、彼はどうつづけていいかわからず、自分が間抜けでぼんやりしているように感じた。彼女が彼を見た。

「ええ、もちろん。あなたもずいぶん大きくなったわ。こういうことが起きたときにどうするべきなのか、わたしよりもあなたのほうがうまく判断できるのじゃないかしら」

彼は怪訝そうな顔で彼女を見つめ、彼女も彼から目を離さずにいた。灰色にくすんだ涼しげなまなざしは知的で観察力が感じられ、それがどんなことであろうと彼女が判断に困ることなどないのではないかと思われた。彼は言った。

「なんだか——不愉快なことがあったとか」

彼女はうなずき、細く煙を吐いた。煙は空気中に漂い、カウンターに置かれたバラの花束に青いヴェールのようにまとわりついた。

彼女はどう始めるべきか考えあぐねたのか、すこしのあいだ沈黙していた。そして、言った。

「ときどき、仲のよい友達に会うことがあるのだけど、わたしは——まあ、その人とつきあっていることはあまりほかの人に知られたくないんだけど——とくにママにはね、なぜって彼女はあの人のことを嫌っているから。名前はセーレンっていうの——セーレン・レーテ」

イヴォンヌがカウンター越しに身を乗り出した。

「牧師様の弟よ。牧師様は弟のことを嫌っていて、ママは牧師様が好きで、だからママも牧師様の弟は嫌いなの」

シャネットが不安げな表情で煙を吐く。彼女はイヴォンヌの解説を無視し、つづけた。

「そう、この前の夜——ブルーノ・フレドネルが殺された夜、わたしはセーレンと会っていたの。表向きには、わたしは学校の教室に座ってノートの添削をしていた——九時頃に、セーレンがわたしを迎えに来たの。わたしたち、車でジスラヴェードに行って、カフェでコーヒーを飲んだ。話したいことがたくさんあったものだから、わたしたちが帰ろうとした頃にはもうずいぶん遅い時刻になっていた——何時だったかは覚えていないけれど——十一時かな、おそらく十一時頃ね。家に帰る途中で、セーレンはボーラリードに向かう坂道のちょうど真ん中らへんにある支道に車を入れて停めたの。そこで──ええと、すこしいい雰囲気になって、でもわたしは誰かに車を見られるんじゃないかと不安だった。セーレンはヘッドライトを消して、それでもわたしはやっぱりちょっと気分がよくなくて、というのもその夜は満月で、いくら月が明るくても、雲に隠れてしまうと袋をかぶせられたみたいに真っ暗になったものだから。いずれにしても、わたしはヘッドライトもしっかりつけておいたほうがいいと思ったくらい。それで──車の中に座っていたら、誰かが道を歩いてきたの。月明かりの中、自転車を押しながら、坂道を上がってくる──とくに珍しいことでもないでしょう。急な坂を、自転車を押してやってくる男──それが誰なのか、わたしにはさっぱりわからなかった。セーレンは道のほうなんか目もくれていなかった──わたしにささやきかけようと夢中になっていて……」

イヴォンヌが姉をさえぎって言った。

「このことについて、セーレンには話したの？　──そのあとにでも」

シャネットはかぶりを振った。

「いいえ。なぜ話さなきゃいけないの。わたしが話したのはあなただけよ。この話を広める必要もないと思うの──わたしと、あなたと、ラッセ、この三人でじゅうぶん。この車の中での話を世間に知られたくないの」と言うと、彼女は鼻から息を吐き、タバコを何度か吸った。「子どもたちに後ろ指さされて、いやらしく囃し立てられるのも、村中の人たちがわたしが姿を現すたびに、隠れてひそひそやるのも、もううんざりなのよ」

イヴォンヌが低い声で笑った。

「ほんとうの理由を話しても大丈夫だと思うわよ。ラッセは信用できるわ」

そう言うと、彼女は彼を見つめ、意味ありげにつけ加えた。

「セーレン・レーテは既婚者なの……」

シャネットは唇を嚙んだ。

「はいはい、わかったわ——噂話やなにやらはブルーノのときで、もうたくさん。誰もがスキャンダルに耐えられる訳じゃないのよ」彼女は深く息を吸い、目を閉じた。

「このことについて考えはじめたのは今日が初めてなの。ウナギの入った袋やあなたも知ってるすべてのこと、警察がかぎまわっていること」彼女はくすりと笑った。

「ブルーノが死んだからってなんだというの——その件は損害ではなく、祝福としてとらえるべきでしょう。そう、なにを言おうとしていたのかしら——その、自転車の男。よく考えてみると、実際いまそうしているわけだけど、彼が荷台にのせていたものが急によみがえってきたの。あの荷台にのっていたもの、誓ってもいい、あれは袋だった！」

彼女は沈黙した。同時に緑色に塗られた店のワゴンが店舗の外に停まった。彼らが絡み合うアスターの花越しに窓の外を見ると、シャックが操縦席から飛び降りるところだった。ラッセは混乱していた。彼はシャネットが提示したさまざまな断片が互いにどう関わるのかまったく理解できなかった。

「きみと、イヴォンヌと、ぼく。いったいなぜきみはぼくにその話をしようと思ったんだい？」

シャネットが灰色の冷たい目で彼を見つめた。彼女は彼が理解できないことに驚いているようだった。やがて、彼女は言った。

「坂道を、自転車を押して上がってきたのは、マグヌスだったの。あなたの弟よ。あなたは知っておくべきだと思ったのよ」

彼女は沈黙し、それからつけ加えた。

「でも、見間違いということもあるわ」

ドアが開いて、シャックが入ってきた。店内に集まった彼らを見つめ、ラッセと、シャネットがいることに驚いているようすだった。彼は言った。

「こいつはよかった——これだけの人手があれば、ワゴンの花を片付けるのも一瞬で終わるよ。そうしたら、もう店を閉める時間だ」

10

ドゥレルはメランデル警察署長と向かい合わせの席に腰を下ろし、くつろいだ姿勢を取った。両足を前に伸ばし、両方の指を互いに絡ませ、その手を膝の上に置き、視線をぐるりと動かして天井を仰いだ。そしてまぶたを閉じた。彼の目が与える印象に注意力をそがれないほうが、相手もいろいろと考えやすいはずだ。ドゥレルは格調高く宣言した。

「準備はできた──どうぞ始めてくれ」

メランデルは咳払いをし、紙をぱらぱらとめくって言った。

「技術的な調査についてはとくに進展はないと思う。解剖の結果から始めようか？」

「よろしい」

警察署長は報告書から直接その内容を読み上げた。ドゥレルは心の中で、すでにわかっていることや冗長な部分はすべて括弧でくくり、反対に重要なこと──彼自身が重要だと思うこと──については慎重に指で拾い上げ、脳内の特別なファイルに収めていった。

一、フレドネルの死因は頭部に与えられた打撃によるもの。打撃は相当な力をもって斜め上の方向から加えられ、被害者の頭蓋を割り、脳に致命的なダメージを与えた。打撃は重く細長い凶器によって加えられた――被害者のそばに置かれていた鉄棒が凶器と断定しうる。

二、打撃を加えられた際、フレドネルは垂直に立った姿勢であったと推測される。被害者は前方に倒れ、その際、顔面に複数の軽度の打撲傷を負った――なお、これらの傷は死因とは無関係である。両手で防御を試みた形跡がないことから、打撃を受けたのちに頭部が地面に接触した際には意識のない状態であったと推定される。地面との衝突の際に顔面に付着した微細な物質を分析したところ、殺害はウナギの罠の中ではなく、草地にて行なわれたものと推定される。皮膚と衣服から検出された藻に関しては、おそらく罠の中に滞在した際に付着したものと推定される。その他、頸部周辺からはウナギの体表面粘質物が検出された。

三、致命傷となった打撃が加えられた推定時刻は二十二時から二十四時のあいだである。

警察署長が沈黙した。ドゥレルの耳に彼が別の書類を取り上げる音が聞こえた——読み上げがつづいた。

鉄棒：採取された血液と脳の組織片はブルーノ・フレドネルのものである。鉄棒表面に付着した明確かつ識別可能な指紋は同人に由来する。その他の指紋は当該物件から検出されなかった。打撃を与えた際に加害者が握っていたと思われる鉄棒の持ち手部分からは、いかなる指紋も検出されなかった——加害者は手袋を装着していたか、あるいは加害行為ののち、遺体の近くに鉄棒を置く前のいずれかの時点で持ち手についた指紋を拭き取ったと推測される。

ウナギの罠：外側において破損等の異常はない。天井、床を含めたすべての面において、板が外された形跡はない。罠の中のはしご階段に関し、被害者がこれに沿って落下した形跡はない。また、鉄棒が罠の中に——たとえば獲物を確認する際に使用する屋根のふたに設けられたのぞき穴を通って——床に落下した形跡はない。

屋根のふた：破損はなく、いずれの蝶番も外された形跡はない——なお、いずれの蝶番も罠の内側に固定されている。南京錠がかけられたU字形の金具も破損の形跡はない——この金具についても、罠の内側から固定されており、内側部分の破損は見られない。

南京錠：当該南京錠は、鍵を用いてのみ施錠が可能なタイプであり、掛けがねを押すことによって施錠可能なタイプではない。ピッキング等で解錠を試みた形跡はない。南京錠は新品で、きわめて頑丈かつ安全性の高い構造を有する。

のぞき穴：破損の形跡はない。

取水口：罠の中へ水を取りこむ経路たる取水口には特段の破損等の形跡はない。堰堤上に設置された当該取水口への水流を制御する装置についても、血痕等、特段の痕跡は見られない。

コンクリート製の堰堤：特段の痕跡はない。足跡等の痕跡は、犯行当夜の雨により消滅したと推測される。

周辺環境：加害者あるいはその他の人物に由来する痕跡はない。罠近くにあるロータリーには車のタイヤ痕が発見された——当該タイヤ痕は被害者所有の車両のタイヤと一致した。

被害者の衣服：当該衣服には、被害者の血液と脳の組織片が付着していたが、被害者が受けた打撲傷以外に由来する痕跡は検出されなかった。外套の右ポケットには武器や金属製品等に使用される油分が付着していた。被害者の衣服のポケットに入っていた物件のリストは別添Aのとおり。被害者が着用していた衣服について、いずれも異常な点はない。犯行時に受けたと考えられる上記痕跡以外に特段の形跡はない。

ドゥレルは指をぱちんと鳴らしてさえぎると、背もたれから体を起こし、前傾姿勢になって言った。

「いいかな――ポケットの中身だけでなく、ポケットそのものについてもちゃんと調査したか、確認してもらえないか。とくに、鍵が入っていたポケットの生地については念入りに調べてほしい――鍵をポケットの中に引きこむための、なにかしら仕掛けのようなものの痕跡が、ポケットの外側や内側に残っていないかどうか。その場合は生地になにかしらの跡が残っているはずだから」

警察署長は首を横に振りながら眉間にしわを寄せ、ドゥレルは口を結んだ。

「ええと――いや、なんでもない。わたしが知りたいのはポケットの布地を通してひもや細い糸が引っ張られた跡のような穴が、大なり小なり開いていないかということなんだ。その点についてだけメッセージを伝えてくれないか。もしもなにか見つかったとでも言うのなら警察バッジをのみこんでもいい、わたし自身もありえないとは思ってるんだ。では――先へ進もうか」彼はまた椅子に背をもたせかけ、警察署長は物憂げに調書を読み上げた。

被害者の車両・被害者の車両から発見された物件についてのリストは別添Bのとお

り。特筆すべき事項として、釣り針と浮きを装着した長さ一・五メートルの釣り糸がドアポケット内にて発見された一方、ほかの釣り道具、すなわち釣り竿、リール、ほかの釣り糸等は釣り専用の道具箱に収納され、荷室に置かれていた。

ドゥレルがまたさえぎった。

「一・五メートル。ずいぶん短いな」

「ああ、そうだな。だが道具箱にはもっと長い釣り糸などもあったようだ。つづけていいかな」

指紋やその他の痕跡は発見されなかった。特筆すべき事項として、被害者の指紋も検出されなかった。ドアノブ、ハンドル、ギア等に本来付着していたと思われる指紋は拭き取られたものと推測され、これについては加害者が犯行後に同車両を運転し、元の場所に移動させたためと思量される。床と座席については特筆すべき事項はない。車両はごく最近清掃されたばかりと推察される。運転席の床に付着していた土は、ニッサフォシュにて同車両が駐車していたとされる場所の土と同一であった。タイヤに付着していた土についても同様であった。車両の右側のヘッドライトについては、電球が切れていた。

タイプライター：フレドネルの自宅の居間に置かれていたタイプライターについては、被害者の指紋が付着していた。ただし、発見された置き手紙を書くために使用されたはずのキーに関してのみ、いずれも付着した指紋が部分的に欠けており、これはメッセージを書くためにキーを押下した際、たとえばペン先などを用いたためと推量される。

置き手紙：指紋は検出されず。

居間：犯行当日の朝に清掃された。絨毯およびその他の床から干し草が発見された。干し草の位置等については別添Cのスケッチを参照のこと。

ドゥレルが羽根のようにひらりと椅子から飛び降りた。彼は警察署長の目の前に佇み、一瞬の沈黙ののち、口から機関銃のように矢つぎ早に言葉を繰り出した。

「その置き手紙は誰が書いたと思うね？　もちろん殺人犯だ。彼はいつ手紙を書いた？　もちろん車を家のすぐそばに駐車してからだ。家の周りを歩いて居間に入りこみ、一枚の紙とペンを用意し、フレドネルが自殺を犯したことを暗示するメッセージを書いた。フレドネルはいない、ピストルもない、弾も見当たらない――もちろん拳銃自殺だ――どこかこの近くだ、なぜなら車は置いたままだから。探して、探して、探しまわるがなにも見つからず、やがて日々は過ぎ去り、鮮やかだった痕跡も色褪せ、犯人はまた安寧を取り戻す。そうじゃないか?」

ドゥレルは警察署長を力のこもったまなざしで見つめた。警察署長は考え深げにうなずいて返した。ドゥレルがつづける。

「だが、フレドネルの家の床に干し草が落ちていたと」

警察署長がふたたびうなずいて言った。

「ああそうだ、とくにタイプライターの周りに――タイプライターが置かれていた机の下の床にな。もちろん犯人の体に付着していたものだろう?」

ドゥレルは目を固く閉じて言った。

「たしかにさっきはそう言った。だが、車の中には干し草は一本もなかった」

「そうだなあ」警察署長は語尾を引きのばし、困惑の表情を浮かべた。ドゥレルがつづける。

「彼は直接家に入らなかったのかもしれない。車を駐車してから干し草のあるような場所に行き、戻ってきて体に付着した干し草を家の中に落とした。干し草はどこにあるのか? 単独か、あるいは複数犯か、体についてしまうほど日常的に干し草の近くにいる人物は誰か? 誰が干し草の中に身を横たえ、犯行後に頭をしぼり、フレドネルがどこかへ姿を消して、額に一発拳銃を撃って自殺したものと周りに信じこませるのも悪くないアイデアだと思いついたのか」

彼はとつぜん沈黙したが、警察署長が口を開こうとする前にまたつづけた。

「もしかするときみが最初に思い浮かべる人物かもしれない、あるいはきみがあとから思い浮かべる人物かもしれない――だが、もしかするとわたしが思い浮かべる誰か別の人物かもしれない、その人物はけっして車の中に足を踏み入れることはなかった」

彼は口をつぐんだ。それから低い声でつづけた。

「まず、アリバイの有無をつっつくことから始めたい――電話帳を貸してくれたら、わたしが住所を調べるから、もしそれが遠方の場所なら移動手段の都合をつけてくれないか」

公民館の外の駐車場にはスモーランドの畑に散る岩のように、多くの車が密集して駐められていた。暴走族仕様のアメリカ車が、フォルクスワーゲンやヴォルヴォといった、堅実な車と並んでいる。公民館の横に長く延びた壁にはイルミネーションが飾られ、一台のステーションワゴンがその照明を反射し、色とりどりに輝いていた――ワゴンの後部には〈トラーネモー・プードルズ〉と、文字が斜めに飛び出すような字体で書かれ、その周りを音符のマークやのびのびとしたタッチで描かれた楽器のイラストが囲んでいた。建物の窓からは大音量のポップミュージックが闇の中に響き渡り、かすれた咆哮(ほうこう)のようなファルセットの歌声が漏れ聞こえていた。イヴォンヌとラッセは若者たちでごったがえす入り口をなんとか通り抜けた。ボーラリード、ジスラヴェード、その近隣の地区から若い男女が集まり、土曜日の解放感と気分転換を求めてひしめきあっていた。ラッセは入場チケットを差し出した。彼は先客をかき分けるようにしてクロークまでたどり着くと、イヴォンヌのコートを脱がせてやり、それから彼女が鏡を探して髪を直すのを待っていた。ダンスホールからは大混雑の客の合間を縫って、タバコの煙が出口へと流れ出る風に乗り、クロークを靄のように包んでいる。ラッセはちらりと会場をのぞいた瞬間、踊る群衆の中にホルゲルとアグネータを見つけた。ほとんどの客が体を左右に振って踊る中、ホルゲルはブロンドのアグネータを固く抱きしめ、頬と頬をくっつけ、彼女のほうは目を閉じて彼にぴったりと体を密着させている。彼の腕が腰をしっかりと抱き寄せ、彼女は背中がのけぞるような姿勢で、身動きがとれないように見えた。イヴォンヌがラッセの隣に戻ってきた。会場に足を踏み入れると、中は入り口ほど混雑していないことがわかった。空席のテーブルがいくつかあり、オーケストラにいちばん近いベンチが空いていた。ふたりは窓際の六人用のテーブルに腰をかけた。ラッセは赤い頬をしたウェイトレスに手を振って合図し、コカ・コーラを注文した。舞台の上では四人の長髪の、セミプロのポップミュージシャンが前後にゆっくりと体を揺らしていた。よくそろった振り付けで、バックグラウンドのドラマーが刻むリズムに合わせて武器を持つようにギターを体の前で揺らしていた。ドラムのリズムは脈を打つように踊る客たちの頭上に響いた。彼らは音楽に体を包まれ、腕、脚、腰や頭をまるで見えない糸に操られるようにかくかくと動かしている。この会場にやってきたのは二十代や十代の若者だけではなかった。三十を超えているとみられる客も多くいたが、彼らは少なくともこの金属的で、不協和音とファルセットが交錯するスペース・ロックに合わせて踊ろうとはしなかった。〈トラーネモー・プードルズ〉の演奏リストにはよりトラディショナルな楽曲もあった。ラッセはこっそりとイヴォンヌを観察した。彼女はトマトのように赤い、肩のデザインが個性的なノースリーブのミニドレスを身につけ、つややかで豊かな黒髪が顔の輪郭を包んでいた。彼は言った。

「ここにいるやつらはみんな、ぼくに嫉妬しているだろうな。ぼくだってその気になれば、両腕いっぱいに女の子を抱えることもできるんだが」

彼女は笑った。

「それはどうかしらね。ちょっとうぬぼれが強いんじゃない」

「ぼくが望みさえすればね——だけどぼくはそれを望まない。ねえきみ、きみという人を創りあげた自然の力に感謝だ。さあ、こちらへ」

彼は立ち上がり、彼女の手を引いてダンスホールへと進んだ。「あんな変な踊りはしなくていいから」と、彼はささやいた。「もっと近くに、そう……」

彼は彼女を抱き寄せ、いまの気分に合うゆっくりとした柔らかなリズムを曲の中に見出し、ささやいた。「ぼくらは対等だ、そうだろう――ひとつに寄り添い合って――支配し、従属する関係じゃない。そこの彼と彼女みたいにね……」と言い、彼はちょうど踊りながら通り過ぎていったホルゲルとアグネータのほうを頭で指し示した。

彼らはさっきと同じように体を密着させているが、ホルゲルのごつごつとした手が、まるで力ずくで獲物を押さえつける爪のように彼女の腰の右側に食いこんでいた。彼らといちばん近くまで接近したとき、ホルゲルから強い酒の臭いがした。ラッセは言った。

「間違いかもしれないが――もしかしたら、体の支えが必要なだけなのかもしれないな。あいつ、ものすごいウィスキーの臭いがしたよ」

席に戻るとコーラはすでにテーブルに置かれていた。赤い頬をしたウェイトレスが勘定をしようと急いで近づいてきた。ラッセは五クローナを渡し、釣りは受け取らないことにして、目で礼を言った。それと同時にマグヌスが入り口から入ってくるのが見えた。ラッセは腰を浮かし、彼に手を振った。マグヌスは彼に気づき、大幅な足取りでテーブルの近くにやってきた。彼はイヴォンヌを見ても表情を変えずに言った。

「ここに座ってもいいかい。おれにも連れがいるんだが」

「もちろんよ。座って」

イヴォンヌはすこし黙ってから、笑い声を上げた。

「人数が増えるみたい――内輪のメンバーがそろったわ。シャネットとセーレンと、シャックがお出ましよ」

今度は彼女が立ち上がり、彼らに手を振ってみせた。マグヌスが後ろを振り返り、一瞬ひるんだような顔をしたが、それから隣のテーブルから椅子をひとつ引き寄せた。

「七人席だ」と、彼は言った。「シャネットとエイヴォルが、仲良くコーラを飲んでくれるといいがな。共通の知人が死んだいまとなっちゃあ、思い出が重なる部分も多いだろうからな……」

ちょうどそのとき、バンドが演奏を再開し、エレキギターの音が空気を切り裂いた。シャネットがエイヴォルに、一瞬ドライな視線を送る。彼女たちは互いにはす向かいの席に座り、ひとつずつコーラを受け取った。エイヴォルがストローに口をつけ、グラスの中身がゆっくりと下へ沈んでいく。シャネットが言った。

「エイヴォルったら、それは弔い酒のつもり？　堂々たるものね。そんなにも早く立ち直るとは想像もしなかったわ」

エイヴォルは顔を真っ赤にしたが、返事はしなかった。マグヌスが背もたれから背を起こし、冷たい声で言い放った。

「お望みならおれたちは別のテーブルへ行くよ。ここに座ったことがまず間違いだった。行こうぜ、エイヴォル」

「いいの、大丈夫」彼女はストローから唇を離し、かぶりを振った。「シャネットの嫌がらせは鏡のようなものなの、彼女のとても興味深い内面を映し出しているのよ。シャネット、供花はなにを贈るつもり？　デイジーか、アーティチョークの花もいいわね。〝彼は来る、来ない、来る、来ない〟――花占いに使うのはどちらもいいけど、アーティチョークのほうがメリットがある。溶かしたバターにつけるとおいしいのよね。言ってる意味、わかるかしら――いつも〝来ない〟で終わったとしても、食べる楽しみが残るでしょう？」

「喧嘩が始まるようなら踊りに行こう」ラッセはイヴォンヌに向かって片目をつむった。「ここから出てもいいし」

　彼の視線が彼女の背後にある窓に移った。会場から漏れた明かりが駐車場を照らし、そこにホルゲルとアグネータがいることに彼は気づいた。ホルゲルが片手で彼女の腕をわしづかみにし、もう片方の手でウィスキーの瓶を口に持っていく。瓶を逆さにしてあおる彼の口の両端から酒が流れ落ち、アグネータはホルゲルから逃れようともがいていた。ホルゲルはウィスキーを飲み干すと、空になった瓶を開いた車の窓の中へ投げこみ、彼女を乱暴に引き寄せてキスをした。彼女が抵抗する……ラッセは苦笑いをし、イヴォンヌが声を低くして言った。

「外になにが見えるの？」

ラッセが答える。

「ほんとうはまんざらでもない女の子」

音楽が途絶えた一瞬、シャネットが笑い声を上げた。鋭く短い笑い声だった。彼女はマグヌスに向かってうなずき、言った。

「これからもまだ悲しいことは起こりそうね。ひとり消えたと思ったら、またその次も消えるかも」

そう言うと、彼女はテーブルを覆うように体を前に倒し、エイヴォルに向かって言った。

「あなたがブルーノの地獄行きを願ってたことなんてお見通しよ――あなたがその片道切符を買ったようなものじゃないの」

エイヴォルが眉を上げて言った。

「なにを言ってるのか、よくわからない」

シャネットの顔が赤くなった。首元から頰まで、まるで炎がちらちらと這い上がってくるようだった。

「あなたは彼のことなんか、ちっとも好きじゃなかったじゃない。ネズミが猫を好きになることはないのと同じよ。どうして結婚式まで挙げようとしたのか理解しかねるけど、もちろんこうなることは計算ずくだったはずよ」

セーレンが彼女の腕をつかんで軽く揺すった。

「ほらほら、シャネット」と、彼は言った。「落ち着いて。さあ、踊りにいこう」

彼がシャネットを椅子から引っ張り上げると、彼女は嫌々ながらあとにつづいた。ちょうどすれ違いざまに彼女はエイヴォルに向かって、ふんと鼻を鳴らした。

「きっと挙式を交換条件に、彼に遺言を書いてもらったんだわ」

シャックも立ち上がった。彼はシャネットの隣、エイヴォルの真正面の席に座っていた。彼は彼女をはにかむような表情で見つめて言った。

「ぼくと踊ってもらえるかな」

シャネットが笑い声を上げる。

「まあ、エイヴォル……」

「断る」

マグヌスが吐き捨てるように答え、つづけた。

「デイジーやアーティチョークの話をするなら、バラの話をしたっていいよなあ。今後はおまえの忌々しいバラの花は自分でとっておくことだ。あるいはフレドネルの墓にでも撒いてやれ、死体と同じように茶色く腐っていくだろうぜ」

シャックはマグヌスを振り向きもしなかった。彼の目は磁石に吸い寄せられるかのようにエイヴォルの口元に釘付けになっていた。

「ぼくと踊ってくれないかい」

エイヴォルは首を横に振った。

「そんなこと言わないで、シャック。あなたが――あなたが、ただ恥をかくだけよ」

「おまえと踊るわけがないだろうが！」

マグヌスが怒鳴りつけるように言い、ゆっくりとテーブルから立ち上がって、シャックのほうへ体を傾けた。

「お断りだ。おまえがただ恥をかくだけだ。これだけはっきり言ってもわからないか？　恋愛運には恵まれないようだな、おまえも、おまえの姉貴も」

シャネットがセーレンの手から腕をふりほどき、マグヌスのところまで戻ってきた。

彼女は吐き捨てるように言った。

「この人殺し！」

マグヌスの体がこわばった。彼はゆっくりと彼女を振り向いた。ラッセはマグヌスのこめかみがどくどくと脈打つのを見た。シャックはとつぜん顔色を失ってシーツのように蒼白になり、へなへなと椅子に腰を落とし、口を半開きにして胸郭をゆっくりと上下させた。イヴォンヌがラッセの手を探りあて、ぎゅっと握った。彼は彼女の手を守るように自分の両手で挟んだ。イヴォンヌの手は冷たく、震えていた。セーレンはふたたびテーブルに戻るとシャネットのそばに立ち、彼女を落ち着かせようとその肩に両手を置き、ささやくように言った。

「踊りにいくんだろ」

シャネットは彼の手をふりほどいた。ドラムが騒々しくシンバルを叩く。〝love me, love me, love me〟と、がなるようなボーカルが三回くり返し、その声が会場のざわめきの上を悪鬼のように駆けた。シャネットが言った。

「あの夜、あなたのことを見たのよ。坂の途中で――自転車を押しながら――荷台には袋を積んで――あなたのお兄さんにはもう話したわ――あのとき、あなたはどこからやってきたの？　――あなたは、警察にはあの夜、厩舎の屋根裏にいたと思わせようとしてる――そうはいかないわよ、あなたがどこにいたかなんて想像はつくわ」

彼女は頰を紅潮させ、視線をコーラのグラスに張りつけたままのエイヴォルを激しい手振りで指した。

「彼女のところでしょう――ブルーノの寝室にでもいたのかもね。熱い密会のあと、すべては予定どおりに進み、邪魔をしにくる者は誰もいない」彼女は深く息を吸い、自分にささやきかけるように言った。「バラを贈りつづけたかわいそうなシャック。

あなたの情熱は無駄にされた、かわいそうな弟、相手がひどすぎたわ——なぜこんなにどうしようもない女に恋をしたの、あなたはたったひとりの人しか愛せない人間なのに」

彼女は口を閉じ、シャックと視線を合わせようとした。シャックはゆっくりと唇を動かし、声にならない声で言った——きみは、きみは——それからとつぜん絶望の表情を浮かべて立ち上がり、テーブルからグラスをひったくり、窓に投げつけて割ろうとするかのように大きく腕を振り上げた。だが、そこで動きを止めた。窓の外の暗闇を見つめる目が驚きで大きく見開かれる。ラッセは窓を振り返り、同じ光景を見た——窓の外にホルゲルがいた。窓ガラスに顔面をべったりと押しつけ、左右に裂けた唇には敵意のこもった笑みが浮かび、その目はまっすぐにマグヌスを見つめていた。彼は一瞬で姿を消したが、それと同時に会場の入り口から大声で泣き叫ぶ声と人々のざわめきが聞こえてきた。アグネータが踊る男女のあいだを割って入るように駆けこんできた。その顔は恐怖に青ざめ、片方の頰は赤と青の色に腫れあがっていた。彼女がヒステリックな悲鳴を上げ、音楽がやんだ。

「……誰か助けて、あの人に殺される、助けて——あの人、狂ってる」

彼女のあとを追い、人混みをかき分けてホルゲルが会場に姿を現した。ラッセとマグヌスが勢いよく立ち上がり、椅子が床に倒れた。エイヴォルとイヴォンヌは席から離れ、壁のほうへ避難した。シャックはただひとり、ふたたび力なく椅子に座りこみ、両の握り拳でテーブルを強く叩いた。アグネータはマグヌスの背後にまわり、膝から崩れ落ちるように座りこんだ。ゆっくりと前へ歩いていくホルゲルを数人の男たちが押しとどめようとしたが、彼は上半身を激しく左右に振って彼らをふりほどいた。会場を静寂が包んだ。ホルゲルの胸の上下に合わせて荒い息づかいが聞こえた。目は真っ赤に充血し、口の片方の端からよだれが垂れている。酒の臭いを靄のように体の周りに漂わせ、怒りの波に任せて手を開いたり閉じたりしていた。

マグヌスが叫んだ。

「おまえ、なにをしていやがる――ここから失せろ、警察を呼ぶぞ」

彼はすがるようにあたりを見まわした。

「警備員はいないのか」

誰も返事をしなかった。アグネータが彼の背後で追いつめられたような、息が詰まったようなすすり泣きの声を上げた。ホルゲルが近づいてくる。ゆっくりとした足取りだが、彼とマグヌスのあいだには誰も割って入ろうとしなかった。ホルゲルは一メートルほど離れたところで足を止めた。ジャケットの下でシャツは裂け、ゆるんだネクタイの結び目が偏り、黒い髪が汗で額に張りついていた。ろれつの回らない口調で彼が言った。

「警備員だと――警備員におれが止められると思うか。いい加減、白黒つけてやるぜ、わかってんのか」

彼はとつぜん両腕を風車の羽根のように広げ、怒鳴った。「おい、わかってんのか――白黒つけて……」

マグヌスはわずかに後ずさって言った。

「ここから失せろ。アグネータはここに残していけ。今回のことは、おまえが一晩寝て酔いを覚ましてから話し合おう」

「酔いだと！」ホルゲルが吠える。「ここに残していけだと。ああ、そうしてやる」そして彼はまたドスのきいた声で怒鳴った。「それでまたこの女と寝るつもりなんだな」

シャネットが甲高く響く笑い声を上げた。セーレンが彼女の腕を取ってささやいた。

「ほら、シャネット、また噂の的になるぞ――ぼくも巻き添えだ。ここから出よう」

シャネットが答えた。

「ガキどもは家に帰って寝る時間よ」

ホルゲルが目をぎゅっとつむった。「この腐れ女先公が」

セーレンがシャネットの腕をつかみ、マグヌスとホルゲルを取り囲む人の輪から彼女を引っ張り出した。姿が消える前に、またシャネットの笑い声が響いた。ホルゲルが言った——怒りと憎悪のこもった声だった。

「どけ——あの女をとっ捕まえてやる」

マグヌスが言った。

「彼女に触るな。ここから消えろ」

ホルゲルが数秒間、ぎらついた目でマグヌスを見つめ、それからいきなりなんの前触れもなく、怒号を上げながら彼に飛びかかった。自分でも制御できない声でわめきつづける。

「あの夜、屋根裏でアグネータと寝ただろう——このちくしょうめが。引き替えにおまえをずたぼろにしてやる。ふたりで後悔するがいい」

マグヌスは勢いで後ろに下がった。彼はホルゲルに圧されるままテーブルの上に仰向けに倒れた。めりめりと音がしてテーブルの脚が折れ、グラスがすべて床に落ちてガラスの割れる音が響いた。数人が悲鳴を上げ、華奢な十九歳の男がこの破壊行為を止めようとホルゲルの腕をつかみかけたが、まるで手袋のように宙に飛ばされた。イヴォンヌがラッセの体にしがみつき、かすかに震えていた。「行こう、イヴォンヌ——おいで……」

ホルゲルが立ち上がった。ガラスで切った彼の右手から血が流れていたが、本人は気づいていなかった。ホルゲルはマグヌスのジャケットの襟をつかみ、引っ張り上げた。マグヌスは立ち上がり、ホルゲルの手をふりほどいた。次の瞬間、まるで馬が蹴り上げるように、マグヌスのパンチが相手のみぞおちに入った。彼は体をふたつに折った。つづいて渾身の力をこめたマグヌスの左拳がホルゲルのあごに命中し、彼は後ろによろめいた。目から表情が失われている。一瞬、ホルゲルは突っ立ったまま、頭を振り、血まみれの手で額をぬぐった。顔が鮮血に染まる。マグヌスは相手の視線をとらえたまま頭を沈め、抜け目なく次の攻撃を繰り出そうと身をかがめた。ホルゲルがゆっくりと片手を上着の下に入れ、すばやく腕を振り上げると、その手の中でなにかがぎらりと光った。彼はまたマグヌスに躍りかかった。誰かが叫んだ――ナイフだ――ナイフを持っている。マグヌスは身をかわした。ナイフはうなりを立てて彼のすぐそばを通り過ぎた。ホルゲルはバランスを崩し、まるで塀が倒れるように勢いよく床に飛びこんだ。次の瞬間マグヌスは彼の背中に馬乗りになって相手の腕をつかみ、背後にねじり上げた。ホルゲルが痛みに吠える。ナイフは彼の目の前の床につき刺さっていた――ホルゲルは自由なほうの手をナイフに伸ばそうとしたが、それより早くマグヌスがナイフを引き抜き、ガラスやテーブルの破片の中に投げこんだ。マグヌスは前屈みになって相手の腕をさらにねじ上げると、もがき、興奮して体を震わせるホルゲルの耳に向かって怒鳴った。

「さあ、おとなしくしろ――暴れるな――すこし落ち着こうぜ……」

ホルゲルの体から急に力が抜けた。すこしずつ体が波打ち、そしてとつぜん彼は泣き出した。腹ばいになって顔を片方に向け、片腕を背中に固定されてなすすべなく、喉から涙声を絞り出して言った。

「おまえら、屋根裏でいっしょだった、おまえとアグネータは。なんで教えてくれないんだ——はっきり言われたほうがまだましだ」

マグヌスが答えた。

「それはちがう、ホルゲル。おまえはどうしようもないやつだな、勘違いしやがって……」

ホルゲルが言う。

「うそだ、うそだ——おれは見たんだ」

マグヌスが答える。

「おまえはなにも見ちゃいない」

ホルゲルが言う。

「おれはこの目で見たんだ。あいつがあの夜、屋根裏から降りてくるのを——おまえは上にいた。おまえはあの夜ずっと、厩舎の屋根裏にいた」

マグヌスが答える。

「アグネータを見ただと。勘違いだろう。何時頃のことだ」

ホルゲルが言う。

「真夜中だ」

沈黙が流れた。マグヌスは石で打たれたような表情になった。アグネータが立ち上がっていた。彼女はラッセの腕に取りすがるようにしたが、彼はアグネータがそばにいることに気づかなかった。彼女が何度も首を横に振り、ささやいたせいで、初めて彼女の存在に気づく。アグネータはつぶやいた。「ちがう、ちがう、ちがう、ちがう」

マグヌスが言った。

「なんでそのとき、彼女に声をかけなかった」

ホルゲルが答えた。

「おまえがついて来たからだ――まっすぐ家の中に入らなかったから――ふたりで道のほうに外れていったじゃないか」

マグヌスが言った。

「そんな闇の中のこと、おまえはどこから見ていたんだ」

ホルゲルが答えた。

「部屋からだ――おれの部屋から見えた、じゅうぶん明るかったから……」

マグヌスが言った。

「おまえは嫉妬に狂った阿呆だ、ホルゲル、自分がいちばん恐れている幽霊の姿を見たのさ。きっと夢だ、この目で見たなんて――アグネータを見たなんて」

ホルゲルがかすれ声で言った。

「ちがう――夢じゃない……」

「いいや、スヴェンソンさん、それは夢ですよ」

ラッセとマグヌスはぎくりと肩をすくめた。マグヌスが後ろを振り返ると、小柄で丸い、青のストライプの背広に派手なネクタイを着けた男の無表情な視線と目が合った。彼の傍らには制服を着た警官がふたり立っていた。

ドゥレルがつづけた。

「彼を放してあげなさい、マグヌソンさん、わたしが、あなたとアグネータさんにはアリバイがあることを証言します――スヴェンソンさんがマグヌソンさんといっしょにいるのを見た女性は、アグネータさんではありません。まったく別の人物です。その方もすぐに証言してくれることでしょう」そう言うと、彼はゆっくりと首を回し、エイヴォルを見た。ドゥレルの水色の瞳がとつぜん輪郭を失い、頬に散らばるたくさんのそばかすの中を漂うように見えた。

「そうでしょう、ルンディーンさん」と、彼は言った。「それに――あなたにはたくさん話してもらうことがあります」

11

ふたりの警官がマグヌスの両側に立った。マグヌスはゆっくりと立ち上がり、驚きの表情を隠せないまま両手で額を撫で、前髪を払った。ホルゲルと争った興奮からか、彼の両手は震えていた。あるいは、別の理由からか。ラッセは頭の中が白くなっていくのを感じた。イヴォンヌがなにか言おうとしている。彼の腕を取って、この隔離された世界から現実に引き戻そうとしている。だが、彼は判断しかねていた。マグヌスは、とつぜん警察が現れたことに衝撃を受けているようだった。シャネットが彼について話すのを思い出した。月光に照らされる自転車と荷台の上の袋。ふたりの警官が弟の腕を片方ずつ取ったとき、その光景は彼を苦しめ、皮膚が焼けるように熱くなった。ホルゲルは四つん這いの姿勢から、両膝をついてやっとのことで上半身を起こし、痛めつけられた腕を手でさすった。切り傷から血がつたい落ち、ジャケットに暗いシミをつくった。ホルゲルは両膝をついた状態からゆっくりと立ち上がり、よろめき、マグヌスを敵意のこもった目でにらみつけ、そして会場から出ていった。そのあとを、病んだように蒼白になったシャックがつづいた――イヴォンヌがかすれ声で言った。

「シャックは血を見るのが苦手なの」

アグネータがすすり泣きながら、小走りにホルゲルのあとを追っていった。ドゥレルが静かに言った。

「車両の中でお待ちください、マグヌソンさん。この会場にふたりきりになれる場所はありますかな？　ルンディーンのお嬢さんとふたりだけで話をさせていただきたい」

警官がマグヌスを連れていく――左右を振り返ることなく、まっすぐ前を見て歩いていくマグヌスに敬意を払うかのように、静かな群衆が道を開ける。

エイヴォルはドゥレルを背後に従え、舞台裏の更衣室へ歩いていった。イヴォンヌが言った。

「ここから出ましょう」

「ああ」

ラッセは彼女の腕を取った。ふたりは会場の扉付近をふさぐ好奇心旺盛な野次馬たちをかき分けて外に出た。マグヌスが黒い車両に乗せられようとしている。警官のひとりが車両の反対側にまわって後部座席に飛びこみ、もう片方の警官がマグヌスを開いたドアから押し入れ、そのあとに乗りこんだ。ラッセが車を通り過ぎながら視線をやると、後部座席で両側を警官に挟まれ、無気力な表情でうつむく弟がいた。おまえはどれくらい事件に関係しているんだ、と彼は心の中で問いかけた。なにを知っているんだ——ここ数日に交わした会話が、おぼろげになにかを形づくろうとしていた。

イヴォンヌが言った。

「ねえ、ラッセ、どうして男の人っていつも殴り合いの喧嘩になるの」

それと同時に、会場のほうからバンドが新しい曲を演奏する地響きのような音が聞こえてきた。


「ここなら、誰の邪魔も入らないでしょう」と、ドゥレルが言った。彼は手振りで肘掛け椅子を勧めた。エイヴォルは背筋をぴんと伸ばして座った。ドゥレルが親しみと優しさをこめたまなざしで彼女を見ると、人形のように冷たく空っぽな視線が返ってきた。周囲の壁は鏡に覆われている。ドゥレルは壁につくりつけの化粧台に浅く腰掛け、興奮して身振り手振りが激しくなった際に手がぶつかって落としてしまいそうな範囲にある化粧品の瓶をいくつか脇に押しやった。部屋の外から音楽がちょうどよい具合に響き、彼らの周りを緞帳のように取り囲んだ。ともすれば冗舌や長考が損ないかねない会話の真実性を担保するためにも、望ましい舞台装置と言えた。彼は慎重に口を切った。

「ルンディーンさん、先日お会いしたとき、あなたはすべてをお話しにはならなかった。そうでしょう？　たとえば、マグヌスさんとの密会については教えてくださらなかった」

彼女が言った。

「なにかの思い過ごしじゃありませんか？　それとも誘導尋問ですか、警部さん？」

彼は余裕のある笑みを浮かべた。

「いいえ」と、彼は言った。「誘導はしていません。これは、パズルの組み合わせです。もしお望みなら、わたしの思考の道筋をご披露しますよ。まずは、フレドネルさんのタイプライターに挟まっていた置き手紙から始めましょうか。この手紙は誰が書いたものだと思いますか？」

彼は、ほんのつかの間彼女を見つめたが、返事を待つつもりはなかった。両方の人差し指をぴたりと合わせ、目を細めるようにしてそれを見つめながら、言葉をついだ。

「実際問題、それはふたりのうちのひとりが書いたものと考えられます——つまり、フレドネル氏か、あるいは、彼を殺した犯人か。そうですね？　ただ、さまざまな理由から、フレドネル氏の可能性は排除して差し支えないでしょう。まず、彼にはそのような手紙を書く動機がない——それに、タイプライターのキーは、ペン先か、またはそれに似た道具を用いて押下された形跡がありました。なぜそのようなことをしたか。その理由は、犯人が自らの指紋を残さないためか、あるいは、タイプライターに残る指紋がほんとうにフレドネル氏のものであることを確実にしたかったためです。あとからキーを拭き取るという方法はあまりよろしくない――自殺志願者がそんなふうに手間をかけることは、まずありませんからな」

ドゥレルは首をかしげ、相手の反応を読み解こうと注意深く観察したが、彼女は彫像のように動かなかった。

「さて。フレドネル氏は手紙を書かなかった。彼は微笑み、言葉をついだ。では、殺人犯はどうか。犯行のあと、彼はフレドネル氏の車を運転して家のそばに駐車した。ここでわれわれは車を運転して帰ってきたのは殺人犯であると断定していますが、それは車の中の指紋が検出されるはずのあらゆる場所を調べたところ、指紋がすべて拭き取られていたためです。それで、殺人犯は家に忍びこみ、このあと始まるであろう犯人追跡への目くらましとして、あの手紙を書いたとしましょう。であれば、その人物は玄関のドアのハンドルについた指紋も拭き取っていなければつじつまが合わない。だが、犯人はそうしなかった。玄関にはフレドネル氏と――そう、おわかりですね――あなたの指紋がきれいに残されていました。さらにです、ルンディーンさん――ほんのわずかな量ですが、居間には干し草が落ちていました。とくに絨毯の上、そしてタイプライターの下に。だが、車の中には一本の干し草も落ちていなかった。そして、殺人現場のものと一致する小さな土の塊がいくつか車中から見つかっているが、フレドネル氏の自宅からは検出されなかった」

ドゥレルは申し訳ないとでも言うように両手を広げ、つづけた。

「ここにきて急に、この殺人犯が手紙を書いたという説も怪しくなってくるのです。ほかの誰かであるはずがないのに。ちがいますか?」

エイヴォル・ルンディーンは下唇を噛み、ドゥレルの視線から目をそらした。しばらく沈黙がつづいたあと、とつぜん彼女が口を開いた。

「ふたりのほかに、唯一その手紙を書きえた人物は、わたしだとおっしゃりたいのでしょう」

ドゥレルがうなずく。

「そのとおり。あなたは、われわれが到着したとき屋内にいらっしゃった。あるいはほかにも誰か、家の中にいた可能性はありますが——だが、その理由は?」

エイヴォルが短く笑い声を上げた。彼女が言った。

「ほかに偶然という可能性もあります。奇妙な偶然。もしかしたら、誰かブルーノを殺そうと計画していた人物がほかにもいたかもしれないわ——まさにその夜、彼を殺そうと——ブルーノのピストルと弾丸を使って」

ドゥレルは眉を上げ、額に深いしわを刻みながら、彼女に向かって共感を示すようにうなずいた。

「悪くありません――まったくもって、悪くない考えです。あなたは新しいパズルの組み合わせを考えついたというわけだ。そのアイデアが見込みありと判明するまでは、わたしの脳内にある事務所の専用のファイルに分類してしまっておきましょう。ですが、ルンディーンさん――干し草、干し草、干し草です……実際、フレドネル氏の事件に関連して、この界隈で干し草を保管しておけるような場所といえば、ただひとつ――マグヌソンさんの農場にしか存在しないのです。干し草はあの厩舎のものかもしれないと気がついたとき、もしかするとあなたのアリバイについてもうすこし子細に調べてみるべきではないかという考えが浮かびました。それで、いまからほんの二、三時間前に、ジスラヴェードにいらっしゃるあなたのお友達のところを訪ねたのです。彼女はわたしになんと言ったと思いますか？」

エイヴォルが彼を見つめる。その顔は仮面をまとっているようだった。ドゥレルは唐突に、この娘とポーカーに興じることは気が進まないとはっきりと思った――だが、次の瞬間、彼女は自分から手の内を見せた。彼女が笑い声を上げて言った。

「わたしの友人は、わたしが夜中の二時まで彼女の家にいたというのは嘘だと言ったんでしょう。わたしが彼女の家にやってきたのは九時半頃で、出ていったのは十二時になる十五分前だったと。そして、わたしから、わたしが夜中の二時までここにいたことにしてほしいと頼まれたと――わたしが会ってはいけない人に、会いにいくために」

彼女は沈黙した。ドゥレルは謝意を示すようにうなずいて言った。

「お友達はまさにそのとおりにおっしゃっていました。あなたがほんとうはなにをしていたのか、もう教えてくださってもいいでしょう」

彼女はまたしばらく黙って椅子に座っていた。まるで自分のもつ情報をかき集め、明確かつ論理的な説明に仕立て上げようとしているかのようだった。同時に部屋の外から聞こえていた音楽がやみ、ふたりがいる小部屋に静寂が訪れた。やがて彼女は深く息を吸いこむと、透き通るような落ち着いた声で語りはじめた。

「あの夜、わたしは映画を見にいきました――その日の早い時間に、わたしとブルーノは口喧嘩をしてしまって、わたしには気分転換が必要でした。彼はわたしを車に乗せて町まで来ると、もしかすると、わたしが帰宅する頃に自分は家にいないかもしれないというようなことを言いました。ウナギの罠まで行って、なにか用事があるからと。一方で、彼はわたしに叔母の家ではなく、彼の家に戻ってくるようにと――つまり、その夜は、彼の家に泊まるようにと言ったんです。それで――映画が終わると――とくに急ぐ必要はないと思ったので、わたしは友人のバールブローに会いに行くことにしました。わたしは彼女の家まで歩いていきましたが、途中でマグヌスが車で通りかかったんです。彼は車を停めて、友人の家――あるいは自宅まで――あるいは、どこへでも好きなところへ、わたしを車で送ると言いました。それから、できれば……」

彼女は沈黙し、また唇を噛んだ。ドゥレルは元気づけるように微笑み、言った。

「それから、できれば、あとで会えないかと尋ねてきた、そうですね――ふたりきりで」

「はい。わたしたちは夜中の十二時に会う約束をしました――彼の家の、いつもの場所で」

「厩舎の屋根裏部屋で」

彼女はうなずいた。ドゥレルと視線を合わせることなく、床のシミをじっと見つめていた。彼女は言った。

「わたしたち、とても仲がよかったんです。以前は――わたしが、ブルーノに狙われることになるまでは」

「ほほう！」ドゥレルは驚きを隠そうとしなかった。「狙われる。つまりあなたは彼に惹かれていたのではないのですね」

「ちがいます」

彼女は何度かかぶりを振った。驚いたことに、彼女の目がうるんでいた。冷徹きわまりないと思っていた、この娘が。ドゥレルは咳払いをし、少々困惑しながら言った。

「その話を聞かせていただけるとありがたいのですが。だが、無理にとは言いません。その件についてはあなたの判断にお任せします」

彼女は目を閉じ、顔を上げ、自分に語りかけるように話しはじめた。

「ブルーノは脅しの名人でした――もしわたしが彼の望みを無視したら、わたしのかわいそうな叔母さんたちは家を追い出されることに、それに――それに、マグヌスも、マグヌスのお母さんも、借地権を失うことになっていたでしょう。彼には嫌というほど思い知らされました。ブルーノがわたしに興味を持つまで、わたしはマグヌスとつきあっていたんです。ブルーノは自分の要求を突きつけ、はっきりと脅しをかけてわたしをショック状態に陥れました――わたしにマグヌスとの関係を終わらせ、自分はブルーノを選んだと彼に言い渡すように強要したんです――おまえという女は、たいした女優だよ、と彼は言いました――引き替えにいい暮らしができるんだからな。金も、家も、高級品も思いのままだ――そして、彼も手に入る、というわけです。わたしになにができたでしょうか。わたしには時間が必要でした、なによりも時間が――そのうち、彼がいままで多くの女性に飽きて捨ててきたように、わたしに飽きるときが来るかもしれない。そうでなければ、わたしにも考えがありました。結婚ならしてあげる。結婚したからなんだというの、わたしは離婚することだってできる――きっと、すぐにでも——そうすれば彼の財産の半分はわたしのものになる。彼が駆け引きをしようというなら、わたしだってそうしてやる。それからは予想より早く物事が運びました——結婚式の手つづきが——彼がその当日に決断したんです。わたしを試しているつもりなのか、彼はわたしを驚かせるのが大好きでした——もしかしたら、わたしが役を演じている限りは安心だと思っていたのかもしれません」

「なるほど」

ドゥレルは溜息をついた。壁の向こう側からふたたび音楽が響いてきた。窓もないこの小部屋は、もし鏡の上のネオンが部屋の隅々までを白く照らしていなければ、完全な暗室だということに彼は驚きをもって気づいた。ドゥレルは彼女の考えを邪魔しないように、ゆっくりと慎重に言った。

「フレドネル氏とつきあいはじめてから——マグヌスと会ったことはあるのですか？」

彼女はうなずいた。

「ええ、一度——同じ場所で——同じ時刻でした。そのときに、わたしはマグヌスとの関係を終わりにしたんです。彼には理由がわからずじまいでした——わたしは彼に、ほんとうの理由を明かすことはできませんでした。彼がそれを受け入れるはずがなかったからです。わたしは、彼のことをもう好きじゃなくなったと言いました。そして、ブルーノと結婚するつもりだと」

「そして、さっきのつづきになりますが、もう一度彼と改めて会う約束をしたとき、あなたは彼にほんとうのことを言うつもりだったのですか？」

「わかりません。わたしはこれまでにないほどブルーノに嫌悪を感じていました。それでも、彼に真実を伝える勇気があったかはわかりません」

「だが、あなたは彼に会いたいという気持ちを抑えることはできなかった？」

「はい。彼に会いたかったし、会わなければなりませんでした。わたしはバールブローの家に着いてから、ブルーノに電話をかけて、いま自分がどこにいるかを伝えました――九時を過ぎてすぐのことでした。わたしは彼に、友人の家に遅くまでいるつもりだから、わたしの帰りを待たないでほしいと伝えました。帰ったら、すぐに叔母の家に戻るつもりでした。彼は嫌みたっぷりに言いました――『好きにしろ』と。『だが、おまえのことは見張っているからな。何時に帰ってくるつもりだ？』――『二時くらいに』と、わたしは言いました。『もっと遅くなるかもしれない』と。彼は言いました。『二時に叔母の家に帰ってこい。さもないとおまえたち全員、痛い目に遭うことになる』。それで――わたしはバールブローに事情を話しました。彼女は、わたしが夜中の二時までこの家にいたと証言すると約束してくれました。でも実際には、わたしは十二時になる直前に彼女の家を出たんです。タクシーに乗って。教会の近くで車を降りました」

「それから厩舎の屋根裏部屋に忍びこんだ」

「はい」

ドゥレルは彼女を注意深く見つめた。

「マグヌスさんはすでに来ていましたか？」

「いいえ。十分くらい待った頃に来ました」

「それで、彼とは何時に別れましたか？」

「二時頃です。帰りの道を、彼がほんのすこしだけ送ってくれました。わたしにはそれ以上、ふたりで彼の家のすぐ近くを歩く勇気がなかったので」

「それで、家に戻ったときは？」

「ブルーノの家は真っ暗でした。わたしは忍び足で叔母たちの家に戻り、二階のわたしの部屋へ行きました。でも、眠れませんでした。わたしは起き上がって、考え、思いあぐねていました。念のため、部屋のランプはつけていました。もしブルーノが戻ってきてうちの二階を見上げたときのために──つまり、わたしが部屋にいるか確認しようとしたときのために」と言って、彼女は困惑の表情を浮かべた。「もちろん、部屋が暗くてもなにも言わないかもしれないけれど……でも、彼はこうすると決めたら必ずやる人だったし、わたしのことを見張っていると言っていたから──わかりますか？」

「まあ、そうですね」

ドゥレルは腰掛けた化粧台が思いのほか体に食いこんで痛むことに気がつき、立ち上がった。ゆっくりと部屋を横切ってエイヴォルの背後に立ち、鏡の中の彼女と相対した。彼は言った。

「それで、手紙はいつ書いたのですか？」

彼女はしばらく沈黙していたが、やがてかすれた声で言った。

「あなたがなにを知りたがっているのかはわかります。手紙はいつ書いたのか？　そして、その理由は？」

ドゥレルがうなずく。彼女はあごを上げると、鏡に映る彼の目を見据えた。彼女の顔からは血の気が引いていた。

「あの夜、マグヌスとわたしは、フレドネルについて話しました。わたしから彼の話を切り出したんです。彼とは別れようと思う、とわたしは言いました――ただ、いますぐは無理だと。彼にはわたしを信じてほしいと言いました。わたしはまず、フレドネル夫人になり――それから、自由の身になると。すると、マグヌスがこう言ったんです。『きみはもう自由の身だよ』。それから彼は、すこし奇妙な笑い声を上げました。どういう意味かと尋ねると、彼は言いました。『きみがおれのそばにいるということは、きみが自由だという証明だ』と。そして――翌朝――ロアンナ叔母さんが、ロヴィーサ叔母さんに、ブルーノが死んだらしいと言っているのが聞こえました――彼女は言いました。『きっと誰かに撃ち殺されたのね』と。わたしはまるで、氷のように冷たい手につかまれた気がしました――わたしは、マグヌスの言葉を思い出しました。彼は知っていたのか――もし知っていたなら、その理由は……わたしはパニックに陥りました。わたしは階段をこっそりと下りて、誰にも見られることなく、ブルーノの家に入りました。もし彼が銃で撃たれて死んでいたのなら――それは自殺だったのかもしれない。わたしはあなたがおっしゃったとおりに手紙を書きました。そのあとのことはご存じでしょう――わたしがそこにいるあいだに、あなた方が家に入ってきたんです」

ドゥレルがゆっくりと言う。

「ですが、ルンディーンさん――もし拳銃で自殺を図ったなら、たいてい武器は遺体のそばに見つかるものです。それについてはどう演出するつもりだったのですか？」

彼は効果的な一呼吸を置き、それから一言一言にアクセントを置きながらつづけた。

「フレドネルの拳銃と弾を持ち去ったのはそのためですか？　遺体のそばに忍び寄って、ピストルをそばに置くつもりだったのですか？　実際はどう考えていたんです？」

彼女はまた唇を嚙み、ドゥレルはさっきまでと同じようにゆっくりと、間を置きながらつづけた。

「残念でしたな、ルンディーンさん。この物語の、もっとそれらしい結末をわたしがお話ししましょう。あなたはマグヌスと別れてから、叔母さんの家ではなく、ブルーノ・フレドネルの家へ行った――彼と愛し合うためではない――あなたの言葉どおり――彼とお別れをするために。あなたは彼が寝室にいると予想した。居間を通り過ぎるとき、ピストルと銃弾を引き出しから取り出し、銃に弾をこめた。あなたは寝室のドアを開け、フレドネルがまだ帰っていないことを理解する。だが、あなたの決意は固かった――蛇蝎のごとく嫌悪する者には死を――彼はいつ帰ってくるかもしれない。あなたはそう思った。もしかしたら彼は外にいて、自分を探しているのかもしれない。あなたは約束したよりもすこし遅くに帰ってきた。彼の帰りを待ちながら、あなたは犯行をどうやったら自殺に見せかけることができるか、考えはじめた。そして、あなたは置き手紙を書いた。それからまた寝室に戻り、彼の帰りを待ちつづけた、だがブルーノ・フレドネルは帰ってこなかった。待ちつづけながら、あなたはマグヌスの言葉について考えはじめる――自由だ、と彼は言った――きみはもう自由の身だ、と。あれはどういう意味だったのだろうと。そのときあなたが、ぞっとしたのは事実でしょう。それでもあなたは待ちつづけた――フレドネルの帰りを。だが、彼は戻らなかった。あげくには、わたしが現れた。あなたはピストルをハンドバッグに隠した——あのときあなたが、高慢な態度をとる割には、やけに必死でハンドバッグを握りしめていたのを覚えています。バッグに入れてしまったからには、取り出すわけにはいかない。そして、あなたは恐れていた情報に接した——ブルーノ・フレドネルが死んだことが、確実となったのです」

ドゥレルは押し黙った。エイヴォルは、指の関節が白くなるほど強く両手を膝の上で握り合わせていた。彼はつづけた。

「つまり、誰が手紙を書いたのかという問いについては、あなたもわたしも正しかった。誰かがフレドネル氏を殺そうとしていたというあなたの説は、あなた自身の経験であり、試みであり、真実であった——事件の背後にはあなたがいたというわたしの説も、なかなか核心を突いていた」と言い、彼は乾いた笑い声を上げた。

「両者とも正解とは気分がいい」

エイヴォルがとつぜん口を開いた。彼女の声は金属のように冷たく、こわばっていた。

「いずれにせよ、マグヌスが犯人でないことはわかります。ブルーノが殺されたと聞いたときは、彼かもしれないと思ったけれど」

「なぜわかるんです？」

「彼と直接話したからです。なにがあったのか知る必要があったので。彼がわたしに嘘をついていないことはわかります」

ドゥレルが苦い笑みを浮かべた。

「人は嘘をつくということをご存じない――偽りの言葉、偽りの振る舞い。あなた自身がそうでした。あなたが憎む者についた嘘、あなたが愛する者についた嘘、そしてあなた自身についた嘘。いいですか、ルンディーンさん――人の言うことをたやすく信じてはいけない」そして彼は言葉を切り、尋ねた。

「これはただの職務上の質問です――ピストルはどこにありますか？」

「もうわたしのところにはありません」

「なるほど」ドゥレルは驚きの表情を見せた。「どこへやったのです？」

「マグヌスに渡しました。今日の午後のことです。わたしのそばには置いておかないほうがよいと思ったんです。誰かに関連性を疑われるといけないので」

エイヴォルは最後にちらりと笑顔を見せた。ゆがんだ、自嘲するような笑みだった。

「たとえば、あなたみたいな人に。今度はマグヌスを問い詰めるつもりですか？　わたしのことを擁護する必要はないと教えてあげてください。わたしは殺人を計画したけれど、誰かに先を越された。わたしは自由の身――次は誰が、あなたのその能力の犠牲になるのかしら？」

ドゥレルが歩いていることに気がつく者はほとんどいなかった。彼は踊る男女のあいだを、まるで水銀が滑るようにしなやかに、軽やかに進んだ。〝yeah, yeah, yeah〟の歌声が彼の耳元に響く――悪くない、と彼は思った――このリフレインはオペラ曲のコーラスに編曲してもいいし、なんならヘンデルのオラトリオのライトモチーフとして展開することもできる。彼は目の前にその光景を思い浮かべた。黒と白の衣装を着けた舞台上に並ぶ合唱隊が歌う、〝yeah, yeah, yeah〟――すると、迫力あるパイプオルガンの和音がそれに応える、〝yeah, yeah, yeah〟――彼は唇をとがらせ、いちばん高い音階に合わせて小さく口笛を響かせた。

後部座席に座っていた警官のひとりが、ドゥレルの姿が現れるのと同時に車から飛び降り、ドアのノブに手を添えて立った。警部が空いた座席に這うようにして座ると、警官は代わりに助手席に乗りこんだ。ドゥレルはマグヌスの隣に体を押しこめた。マグヌスは上半身を前にかがめ、合わせた両手を膝のあいだに垂らし、車の床を見つめていた。彼がとつぜん口を開いた。

「さあ――とっとと始めてください。エイヴォルを締め上げて真実を吐かせたんでしょう」

ドゥレルがうなずいた。

「ええ、真実をね。あなたはほんとうのことを話してくれると、彼女が請け負ってくれましたよ。彼女を裏切ることにならないとよいのですが。ところで、真実とは永久的にその価値を持ちつづけるものですから、われわれはそれを、いちばん手近にあるテープレコーダーを使って、テープに録音をしておこうと思います。いいですね、マグヌソンさん。そのテープレコーダーはジスラヴェードの警察署にあります」彼は前に体を傾けると、運転手に指示を出した。「ジスラヴェードまで頼む」

車のヘッドライトが点灯し、闇を裂いた。エンジン音が響き、車はまずバックしてから、〈トラーネモー・プードルズ〉と派手に装飾されたワゴン車を基点に、わずか半径五十センチメートルの弧を描き、車道へと走り出ていった。

イヴォンヌとラッセは警察車両が遠ざかっていくのを見ていた。同時にエイヴォルがダンス会場から外に出てきた。彼女は外套を肩から羽織り、彼らの横を通り過ぎていくところだった。急ぎ足で、フードは頭から外れ、髪は乱れていた。ラッセはイヴォンヌの腕を取ると、彼女を引っ張りながらエイヴォルのあとを追った。五十メートルほど走ったところで彼らは彼女に追いついた。ラッセが言った。

「こんな騒ぎのあとで、そんなふうに走り去るなんて――マグヌスについて、きみはなにを知っているんだい」

エイヴォルは歩をゆるめ、彼らをすばやく振り返り、話しかけてきたのが誰なのか確認しようとした。彼女の顔は外套のかすかな明かりに照らされ、青ざめて見えた。

彼女はかぶりを振った。

「なにも――それがとても恐ろしいの。せめて彼と話ができれば。わたし、まるで背後でドアを閉めてしまったような気がするの。いま彼が、そのドアのどちら側にいるのかわからない――廊下につづくドア――一カ月ものあいだ」

「あいつは落ちこんでいたよ。一カ月前、きみがその廊下に入ってしまってからね」

彼女は彼にすばやく視線を投げた。

「わかってる。どうしようもないこともあるのよ。これはそのたぐいのことだった。導火線に火をつけることを無理強いされて、そのあとはもう火薬が爆発するまで見ているしかない。かわいそうなマグヌス――わたしが知ってさえいたら」

彼らは静かに歩きつづけた。エイヴォルは内心、同行者ができたことに安堵しているのをラッセは感じ取った。彼らは県道から脇道へそれた。イヴォンヌがラッセの腕に自分の腕を絡めている。彼はエイヴォルの腕も取ってやりたかったが、その勇気がなく、三人は静かに歩きつづけた。やがてエイヴォルの家に到着した。一階はすべて明かりがつき、ロアンナ・ルンディーンがカーテンのそばで黒い影となって外の闇をうかがっている姿が見えた。エイヴォルがとつぜん言った。

「よかったら、いっしょに入らない？——お茶かなにか、飲んでいってちょうだい。いま、叔母さんたちとわたしだけになるのは避けたいの。あらゆる質問が飛んでくるのよ、わかるでしょう——帰りが早いわね、どうしたの、なにかあったの、って」

彼女はすがるような目つきで彼らを見、ラッセの腕を取って彼を引っ張りながら外階段を上った。イヴォンヌが言った。「もちろん、いいわよ」そうして彼らは家に入った。

ロヴィーサが居間の手前のホールに立っていた。こげ茶色の房飾りのついたショールを羽織り、胸の上で腕組みをしていた。彼女の背後にロアンナがちらりと見えた。ロヴィーサが言った。

「いま帰ったのね。待っていたわよ」

彼女が言葉をつづけるまで、すこし間があった。「マグヌスは、彼らにつれて行かれたのね」

エイヴォルは当惑した表情で外套を脱ぎ、ゆっくりと丁寧な手つきでハンガーにかけ、まるで時間稼ぎをしているかのようだった。ロヴィーサがつづけた。

「わかっていると思うけど、もう知っているのよ」

ロアンナが彼女の肩から顔を出して言った。

「話は聞いたわ——みんな、どうぞ中へ入って」

老姉妹は道を開け、彼らを中へ通した。イヴォンヌが先頭を歩き、次にラッセ、そしてエイヴォルがつづいた。最初に彼に気づいたのはイヴォンヌだった。

「シャック」と、彼女は驚いて言った。「あなたが……」

ロヴィーサがうなずく。

「そう」と、彼女が答えた。「シャックが殴り合いのことも、警察のことも教えてくれたわ」

ソファの端に座っていたシャックが立ち上がり、彼の目がまっすぐにエイヴォルを探し当てた。彼はまるで男子学生のようにはにかみ、所在無げに見えた。ロヴィーサが言った。

「この花束をごらんなさい——あなたのために持ってきてくれたのよ。親切じゃないこと？」

彼女は窓際のテーブルに置かれたバラのブーケを指した。バラは外の闇に向かって炭火のように赤い光を放っていた。エイヴォルがかすれた、感情のない笑い声を上げ、シャックは心配そうに頬を手で覆って言った。

「ぼくを笑わないで。このバラを受け取ってほしい——ぼくと、ときどき会ってもらいたいんだ——いいかな？」

彼の目は真剣だった。早口でつぶやくような、無防備な言葉だった。イヴォンヌがまだドアのすぐそばで佇んでいるラッセの耳にささやいた。「また、クリムゾン・グローリーよ――うちの店、破産しちゃうわ」

エイヴォルが言った。

「シャック――あなたは夢見る人ね。いずれにしても、ありがとう。あの花のひとつひとつに美しい想いがこめられているのはわかる――いままでも、いつもそうだった。あなたからはとてもたくさんの、美しい想いをもらったわ」

彼はまた低い声で言った。

「たくさんの夢――でも、もう彼らは消えてしまったから……」

「夢を消す必要なんてないわ」

「そうじゃない。彼らというのはつまり――地主さんと、それから……」

彼は唇を嚙んだ。その先をつづける勇気がないようだったが、エイヴォルは彼がなにを言いたいのかを理解した。ロアンナが言った。

「さあ、キッチンでおいしいお茶をいれてくるわ！」

エイヴォルはブーケに近寄り、背を丸め、両手でいちばん近くにあるバラの大輪を包むようにしながら、同時に深い溜息をついてから目を閉じ、花の香りを吸いこんだ。

彼女はゆっくりと言った。

「なぜマグヌスが消えたなんて思うの？」

「警察が連れていったじゃないか。犯人はきっと、彼にちがいないよ——エイヴォル……」

彼はソファから立ち上がると、ためらいがちに彼女に近づき、隣ににじり寄った。シャックはおそるおそる彼女の肩に手を置いた。まるで彼女がなにかから覚醒することを恐れるように。それは花の香りとの戯れか——あるいはひとつの決意を取り囲むあいまいな気持ち、重大な決断を下す一歩手前の状態。彼はもう一度言った。

「きみは、もうつきあえないと思うんだ、そういう——そういう……」

エイヴォルが言った。

「殺人犯とはね」

彼女は勢いよく背を起こした。シャックは彼女とぶつからないために、二、三歩後ろに下がった。彼女がつづけた。

「それはひとつの言葉でしかないわ。それをどう思うかは人の勝手よ。その言葉だけをもって、なぜそうなったかもわからずに決めつけるなんて。ある人がなにを考えているかも知らずに彼を思想家と呼ぶのと同じくらい、理不尽なことよ。包みに〝取扱注意〟と書いたシールを貼ることはできるけど、だからといってその中身がガラスなのか、布なのか、あるいはバラが入っているかなんて、判断することはできない。このバラの例を考えれば、あなたでもわかるんじゃないの」

シャックが言った。

「でも、バラの棘が手に刺さったら、きみはもうバラを美しいとは思わなくなるかもしれない」

エイヴォルは激しく息を吸って言った。

「そうかもしれない。場合によるわ。あなたを傷つけたくはないけど、バラだって、それがどこから送られてきたものかによって、美しさの度合いは変わるのよ」

彼女は冷たさと温かさの混じったまなざしで彼を見た。あるいはそれは同情だったかもしれない。ロヴィーサがとつぜん割って入った。

「あのバラは、ほんとうに素晴らしく美しいわ。エイヴォルったらなにを言っているのかしら――もちろんふたりは仲の良い友達よね」

「そう、友達」エイヴォルが乾いた笑みを浮かべた。「でもシャックはなにか別のことを話しているようよ。シャックはわたしがもう、マグヌスとはつきあいをつづけられないと――まだ将来どうなるかもわからないのに、彼のことを決めつけようとしているの。犯人は彼にちがいない、だなんて」彼女は唇を噛んだ。「わたしは彼を自由にしてあげることはできない。シャックは、始まってもいないことのつづきを求めているのよ」

「始まりの日はあった」

シャックは感情を昂らせ、上ずった声で言った。「ぼくにとって、それは、ただ待つことだった。ぼくの仕事のようなものさ。種をまいて待つ、手入れをして待つ、雑草を取り除く——ある日とつぜんそれは起こる、誰もそれを止めることはできない。つぼみが生まれ、花が開く、人はそれを待っているんだ」

イヴォンヌが彼のもとへ歩み寄り、片方の肩を抱いた。

「いまは、人間の話をしているのよ、シャック——花のことじゃないの。そろそろ家に帰りましょうか」

彼女はラッセに助けを求めるような視線を向けた。彼はシャックがイヴォンヌの腕の下で震えはじめたのに気づき、うなずいた。ロヴィーサが言った。

「あら、ロアンナがいまお茶を用意しているのよ」

エイヴォルが強い口調で言った。

「帰ってもらったほうがいいわ、叔母さん。お茶はまた今度ね」

ちょうどその瞬間、キッチンのほうから驚きの声が上がった。キッチンのドアがばたんと閉まり、ロアンナが急ぎ足で近づいてくる足音が聞こえた。彼女は居間の戸口に姿を現し、小さく笑い声を上げながら言った。

「ねえ、ドアの外で誰かが鳴いていたの。中へ入れてくれって。誰だと思う？　子猫ちゃんよ。あなた、こんなに長いあいだ、どこに行っていたの。わたしたちの家から何日もいなくなって。こんなに汚れて、毛が絡まっているわ」

彼女は腕の中にまだ成長しきっていない子猫を抱いていた。猫の背中にはサドルを連想させるような黒い斑があった。彼女は足早に居間を横切り、エイヴォルに猫を渡した。

「ほら、エイヴォル――抱っこしてあげて。まるでマグヌスがここに帰りたがっているみたいね――かわいそうに、こんなに汚れてしまって」

エイヴォルは猫を抱え上げた。ぎゅっと胸に抱き、頬を寄せ、背中をゆっくりと撫でる。ラッセが言う。

「じゃあ猫は大丈夫だったんだな――かわいそうなやつだ。ぼくはフレドネルが殺された夜、うちの敷地の門のところでこいつを見つけたんです。首のまわりにひもが巻かれていたんだ。外しておいてよかった――そうか、死んだわけじゃなかったんだな」

エイヴォルが言った。

「ブルーノはこの猫を愛していた――なのに、この猫を始末すると言っていたの」

子猫は彼女の腕の中に身をゆだね、頭を彼らのほうへ向けて喉を鳴らしはじめた。エイヴォルは軽く、ゆっくりとした手つきで猫の首からしっぽまで撫でてやった。そしてイヴォンヌの隣に立っているシャックに視線を当てると言った。

「ほら、あそこに男の人が見えるでしょう——おまえのことは、マグヌスからもらったの——あの人はわたしにお花をくれるのよ。どっちの人と仲良くするべきだと思う？」

彼女は子猫の首元に手を当て、その頭をそっとシャックのほうに向けた。猫はいきなり鋭い声を上げ、弓なりに背を丸め、まるでブラシのようにしっぽの毛を立てた。体を左右に揺らし、耳をぴたりと後方に倒して爪を立て、怒りをこめて威嚇の声を上げた。そしてエイヴォルの腕から身をよじって逃れ、床に飛び降りると一直線にキッチンへと消えた。エイヴォルはうめいた。片手には長い爪痕がバラの花のように赤くくっきりと刻まれ、血が滲んでいた。ロアンナが叫ぶ。

「たいへん、絆創膏を——急いで傷口を洗ってらっしゃい」

ラッセが言った。

「首のまわりを触ったから、それが痛んだんだろう——きっとそうにちがいない」

エイヴォルは顔色を失っていた。彼女は傷を負った腕を左手でしっかりとつかんで言った。

「あるいは、あれがあの子のわたしの質問に対する答えだったのかもしれないわ。どう思う、シャック？」

シャックも彼女と同じように青ざめていた。彼は最初に腰掛けていた椅子まで戻り、ゆっくりと答えた。

「ぼくにはわからないよ。だけど、人を傷つけるのは棘だけじゃないとわかってもらえたのはよかった。人は爪で傷つくこともある。そっちのほうがよりひどい傷かもしれない」

彼は笑い声を上げた。

「ロアンナ叔母さんがお茶をいれてくれたんだろう。じゃあ――もうすこしお邪魔して、すこしみんなで落ち着こうよ」

イヴォンヌは驚いた顔で彼を見つめ、それからラッセにゆっくりと耳打ちした。

「ビニールの肌の話、覚えてる？　そんな彼女でも、血は出るのねえ」

12

「あなたは夜九時から十二時のあいだ、なにをしていたんですか？——ジスラヴェードでエイヴォルさんと別れてから、また夜中に再会するまでのあいだですが」

ドゥレルは机の上で上半身を遠くまで伸ばし、ほぼ腹ばいの姿勢になっていた。彼はいつもとちがって、険しい表情を目に浮かべ、いらだちをあらわにしていた。机の上ではテープレコーダーが回転し、室内の音を残さず吸い取っていた。メランデル警察署長はドア付近にある訪問者用のソファに座っていた。時刻は遅かった——壁に掛けられた、なんの風情もない電気仕掛けの丸い時計は、もうあと数分で十一時になることを示していた。警備員室や、いままさに事情聴取が行なわれているこの部屋を除き、警察署内は静まりかえって真っ暗だった。メランデルは長い脚を伸ばし、かかとを床につけ、推測と事実を巡る決闘において、ふたりが交わす質問と回答の応酬に耳を澄ませていた。マグヌスは無表情な顔でドゥレルを見つめ、答えた。

「ちょうど九時過ぎにおれが車を敷地内に駐車したことと、それからおれが厩舎の屋根裏部屋に行って寝ていたことはアグネータが証言しているとおりです。そのことについてなら彼女は誓ってくれると思いますね」

ドゥレルは顔を赤くし、声を張り上げた。

「だが、そのあとは？　あなたは十二時にはそこから姿を消していた。エイヴォルが来たとき、あなたはいませんでしたね？　どこに行っていたのですか？」

マグヌスは歯を食いしばり、唇は両頬の表情筋に引っ張られて一筋の線になっていた。彼は言った。

「どう答えてほしいんです？」

「それに、スヴェンソンがあなたとアグネータを屋根裏に探しに行ったときだ。あなたはどこにいましたか？」

ドゥレルは一呼吸置き、それからゆっくりと言った。

「いいですか、マグヌソンさん。もし嘘をつきたいならつけばいい。家の反対側にいたとか、湖まで散歩に行っていたとか――そんなふうに答えをごまかすことはできるでしょう――ほんの一時はね！　だがわれわれは必ず見つけ出す――あなたがニッサフォシュに向かうところを目撃した人物を。あるいはニッサフォシュからの帰り道で。ウナギの罠の界隈で。おわかりでしょう――そうなったらあなたはまずいことになる――もしわれわれがそんな目撃者を見つけたらね。われわれは地方紙に広告を載せます。ラジオにも助けを求めます。あなたをテレビにも映します。警官を百人集めて、あなたが通った道沿いの家を一軒一軒ノックしてまわります。おそらくあなたを見たという人々が百人くらいは出てくるでしょう」彼はまた一呼吸置き、それから静かに、険しい表情をくずすことなくつづけた。「われわれは、必ずやあなたの目撃者を探し出すでしょう。そう——ほんとうにあなたの姿を見たという人物を」

彼は沈黙し、テーブルから椅子へ体を戻すとつけ加えた。

「わかるでしょう——もしあなたが誰かを見たのなら、その人もあなたを見ているのです。さあ、真実を話してもらいましょうか？」

マグヌスはテーブルの向こうで、座り心地が悪そうに身をよじった。ドゥレルはマグヌスがこちらの気持ちを探ろうとしていること、そして急に不安を覚えはじめていることを感じた。いまはこの静寂が効果的だ、と彼は思った——沈黙の時間は、ときに錠をピッキングで開けるように作用することもある。この若い男は次第に居心地の悪さを感じはじめている。天井のランプから光がまっすぐに彼の額を照らし、髪に反射し、皮膚の中の隠れるような小さな汗の粒を光らせる。頬がぴくりと引きつり、膝に置いた指がうごめき、褐色の手には血管が太く浮き出ている。——さあ、とドゥレルは心の中で言った——さあ、来い——真実を告白するのは気持ちがいいぞ。マグヌスは唇を湿らせて言った。

「誰かがおれを見たと言いましたね」

「誰かがあなたを見ています」

彼は椅子に座り直し、目を横にそらせた。

「彼女は――彼女は勝手に話を創りあげている。もしかしたら、彼女がやったのかもしれない――おれは、自分がやったことは自分でよくわかっている。彼女の話はちがう――ぜんぜん、ちがう……」

ドゥレルは安堵の波が体全体に満ちるのを感じた。手の内が明かされようとしている――誰かが彼を目撃し、彼もそれを知っているのだ。彼女は彼を見ていた――彼女とは誰だ？ ドゥレルは無表情のまま、真剣な顔つきでマグヌスを見つめた。

「ほう――彼女が犯人かもしれないと。なぜ彼女はそんなことをするんでしょうか？」

マグヌスは興奮気味に体を前に倒した。

「フレドネルに捨てられたからだ。あいつが金や土地のことで彼女をだまし――彼女をスキャンダルの的にしたからだ。彼女は町を出て、学校もなにもかもやめる寸前まで追いこまれたんだ。彼女にこそ動機があるじゃないか」

ドゥレルが言った。

「動機にはなるかもしれません――だが、その他のすべてが欠けている。フレドネルの殺人犯は家まで車を運転しています。彼女は車の運転はできますか？」

「それは知りません。でも、彼なら運転できる――彼女がいまつきあっているセーレン・レーテです。あなたは彼らふたりがあの夜なにをしていたか調べましたか？　なぜあの夜ふたりで外に出て人々を観察していたのか」

ドゥレルは微笑み、とつぜんマグヌスに対して友好的な態度を取った。

「あなたの説明を聞かせてください、マグヌソンさん。そうすればすこし前進できるかもしれない。おわかりと思うが、殺人犯にたどり着くのは、はしごを一段、一段と上っていくようなものです。いまはあなたがそのはしごに、もう一段ついでいただきたい」

ドゥレルは前屈みになってつづけた。

「九時から十二時のあいだ、なにが起こったのか。あなた自身が感じたこと、あなた自身が見たこと、あなた自身が考えていたこと。さあ、マグヌソンさん。あなたはニッサフォシュに出かけましたね」

マグヌスはうなずいた。

「はい。おれは十時半頃、自転車でニッサフォシュに向かいました。ウナギの罠まで行って、二、三匹ウナギを失敬してくるつもりだった――それは兄のためでした。湖に延縄を仕掛けたが、なにも釣れやしないことはわかっていた。だからおそらく罠にかかっているはずのウナギを取ろうと思って――罠に入って二、三匹とってやろうと考えた」

「生け簀からとってもよかったのでは？」

「いいや」と言って、彼は首を横に振った。「おれは生け簀の存在を知らなかった。それはホルゲルが隠していた秘密です。それで――おれは懐中電灯を持っていった、戦時中に使われていた古いタイプの、ふた付きのランプですよ。それから袋もひとつ持っていきました」

「それに鍵も」

彼はうなずいた。

「ええ。それに鍵も。ウナギの罠まで行くのはもう何カ月ぶりだったが、鍵はいつもの道具入れの決まった場所に置いてあったから。おれはその鍵を取ってこっそり外に出て、袋と鉄の棒を荷台に押しこめ、自転車を漕いだ。目的地までは十キロメートルくらいだから、エイヴォルと会う約束の十二時までにはじゅうぶん時間に余裕を持てるように計算した。それで――目的地に着いて駐車場からすこし離れたところに自転車を停めて、なるべく森の端のほうを通って堰堤まで行った。ベックマンの家の明かりがついていた――エーミルはまだ巡回に出る前なのかもしれないとおれは思った。もしちょうどおれが罠の上にいるところをエーミルが通りかかるとまずい。だからおれは駐車場のいちばん端にいて、耳を澄ませ、ようすをうかがっていた――月が明るくて、あの家から自分の姿を見られる危険があると思ったんだ。だがそのとき、自分のいる部屋が明るければ、外の闇の中は見えづらいということに気がついた。エーミルが外にいる音も聞こえなかったし、気配もなかった。だからおれは前に進んだ――一歩だけ前に出て、なにかを踏んづけた、なにか柔らかくて気味の悪いものだ。それは袋だった」

ドゥレルが言った。

「ウナギの入った袋ですか？」

「そうです。明かりで照らして見ると、その袋の中でなにかが動くのが見えた。それがウナギだというのはわかったが、いったいなぜそれがここにあるのかわからなかった。フレドネルがやってきて獲物をとったのか、この袋を置き忘れてどこかへ行ったのか。念のためおれは袋の口を開けて中をのぞいてみた――やはり、ウナギだった――少なくとも七、八匹はいた。これは願ってもないことだ、とおれは思った。翌朝、延縄を確認する前に、こんな獲物が手に入るなんて。これを延縄の釣り針にひっかけておけば、縄を引くたびに一匹、二匹、と湖から釣り上がる。ラッセの喜ぶ顔が目に見えるようだった。だからおれは袋ごとそれを拾い上げ、自転車に戻り、おれが持ってきた袋の中にそのまま入れて、荷台にくくりつけた。それから、それから……」

そして彼は不安に駆られ、心細くなったようだった。ドゥレルが話の先をつづけた。

「それから、自転車で家に戻ったのですな」

「ちがう。罠があるあたりに来たのはずいぶん久しぶりのことだった。どっちにせよ、ウナギの罠は見ておこうという気になったんだ。おれは歩いていった。あと数メートルというところで、おれは取水口が閉じられていることに気づいた。もうこのシーズンは漁をやめるつもりなのか、とおれは思った。おれは罠の屋根に移動した。そのとき、罠の中からなにかがさがさという音がした――おいおい、ウナギを取り忘れていったのか、とおれは思った。せっかくやってきたのに、ウナギが罠の中に忘れられてそのまま干されていくのは惜しいと思った。おれは鍵を取り出し、懐中電灯を置いて南京錠を照らした。それで錠前を開けようとしたが、開かなかった。おれは悪態をつき、なんとか鍵で錠を開けようとした。だが、ついにはあきらめた。忌々しいことに、鍵を間違えて持ってきたにちがいない、と思った。罠の中のウナギはもう仕方ない。袋のウナギは手に入ったから、それでよしとしたんだ」

　ドゥレルが彼をさえぎった。

「南京錠が取り替えられていたのは見ましたか？」

「いいや。そんなこと考えてもみなかった」

彼はとつぜん指をズボンの布に強く押し当てた。血管がより太く浮き彫りになった。

彼は静かに言った。

「だがほかに、あるものを見たんだ」

「フレドネルですな。罠の中の?」

すこしの間があいて、マグヌスが深く息を吸いこんだ。

「ええ、フレドネルです。罠の中の。おれは中のウナギを取ることはできないものの、どれくらいの大きさの獲物か確認してみようと思った。膝をついて懐中電灯で罠の中を照らして見た。フレドネルがそこに倒れていた。最初は訳がわからなかった――まるで現実のこととは思えなかった。やつは屋根から下りるはしごのせいで体の一部が隠れていた。なによりも奇妙に思えたのが、ウナギが床を這う音のほかは、静まりかえっていたことだ。地主は横向きに倒れていた」と、マグヌスは目を閉じた。「いまでも目を閉じればあの姿が思い浮かぶ――鉄棒が近くに落ちていた、鉄棒は血まみれだった。おれは全身からあぶら汗が噴き出してくるのを感じた。めまいで倒れそうだった、それから懐中電灯を消して、また堰堤の上を歩いて戻り、自転車に乗った。頭の中にはたったひとつのことしか考えていなかった――ここからはできるだけ早く去ったほうがいい、と」

彼が笑った。かすれた、声にならない笑いだった。

「フレドネルが罠の中で殺されていた。なにも見なかったようにふるまうことがいちばんだ。おれがあそこにいたことを知る者は――誰もいない。おれが何匹かウナギをくすねようとしていたことを知る者は――誰もいない。家からここへ自転車で来る途中におれを見た者は――誰もいない。おれから警察にこのことを通報することはない。そんなことはほかの誰かに任せればいい。それに彼が発見されるまで、何日か、それ以上かかるかもしれない。それに、あいつがもういないと考えるとなんて気分がいいことか。おれは自転車で家に帰る道で、大声で笑っていた――あのブタは報いを受けたんだ、とおれは思った――だが同時に、おれの中で恐怖が生まれた――自分があそこにいたことは、誰にも悟られてはならない、と考えた――あいつを発見したことを、誰にも悟られてはならない」

彼は言葉を切った。テープレコーダーは、昆虫が柔らかな翅(はね)を震わせるような音を立てていた。

ドゥレルが言った。

「ええ、そのとおりです、マグヌソンさん。彼はそのような体勢で倒れていましたし、鉄棒やウナギについてもおっしゃるとおりです――あなたがそこにいたことは間違いないようだ。真実とはときに心地よいものです。それは何時頃のことでした――フレドネルの死体を発見したのは何時頃のことですか?」

「十一時から十一時半のあいだです。あそこまで自転車で行くのに三十分もかからないが、まっすぐ罠に行ったわけではないし、十一時半よりすこし前だったかもしれない」

「それからあなたは家に戻った――出発は十一時半くらいのことですかな?」

「時計は見ませんでした。でも、それくらいの時間だったと思います」

「だがあなたは、夜中を過ぎてもしばらくは家に帰らなかった」

マグヌスがつばをのみこんだ。

「そうです」と、彼は言った。「自転車のせいです。ニッサフォシュから戻る途中、数キロメートルほど走ったところでタイヤがパンクして、それからは自転車を引いて歩いたんです。だがまるで、時が止まっていたように感じた。おれは、自分が歩いていることにも気がつかなかった。頭の中はフレドネルのことでいっぱいだった――おれは大きな声で独り言を話していたんです――フレドネルが死んだ、フレドネルが地獄に落ちた、と。砂利道を歩くリズムに合わせてその声が響いた。おれは歩いて、歩いて、自分がどこを歩いているかもわからずただ前に進んだ――ニッサ通りに出て、ボーラリードへの坂道を上がって、闇の中を、ときには月明かりの中を、ただウナギの罠のことだけを考えながら。おそらくそのときに、彼女はおれを見たんでしょう。シャネットは」

「そのあと家に帰りましたか?」

「ええ、そのあと家に帰りました。自転車を停めて。ウナギの袋のことはすっかり忘れていました——気づけば唐突にそれが荷台にのっていたという感じです。おれは落ち着いて対処しなければならないと思った。誰にも、なにも気づかれてはならない——誰にも悟られてはならない、と。おれはウナギを延縄漁で仕掛けた釣り針にひっかけようかと考えた——これは危険なことだろうか？　ラッセはごまかせるだろうが、このボーラリードの湖でウナギなんか捕れやしないことはみんな知っている。しかし——いずれにしても、あの袋は荷台にのせておいてはならない。おれは荷台から袋を取って、厩舎に忍びこんだ——もしエイヴォルがおれに会うつもりでいたなら、もうすでに屋根裏に来ている頃だった。おれは袋を飼葉桶のひとつに置いた——次の日の朝までなら安全な隠し場所だと思った。その頃にはおれは袋を始末する方法を思いついているだろう。それから屋根裏に上がった。エイヴォルがすでにいて、おれが来るのを待っていた」

「素知らぬ顔で会われたわけですか？」

彼はうなずいた。

「はい。おれにはもう、なにが現実だかわからなくなりはじめていた。あのとき唯一、たしかに感じたことは、これでもうエイヴォルは自由になったという安心感だけだった」

ドゥレルは沈黙が流れるに任せた。しばらくの静寂が必要だと思った。つまりフレドネルは十一時にはすでに死んでいたのだ。この供述は真実だろうか。おそらく真実に思える。とすると、犯行時刻の可能性はいきなり一時間は短い幅に絞られる。ベックマン夫人が地主と遭遇した時刻から、マグヌソンの死体の発見まで。そしてそのあいだに、ベックマンはなにも異変に気づくことなく一度巡回をしている。彼はウナギの罠の取水口が開けられていたか閉じられていたか覚えていない、だが彼は南京錠を――交換された古い南京錠を発見している。これによって、犯行時刻の可能性はより狭まるだろうか？　一方でこの南京錠にまつわる一連の話は唯一の不合理な点だ――この忌々しい南京錠が謎を生み出し、その自らの非合理性に高笑いをしているようだ。南京錠と鍵のことを考えはじめると、脳が煙に巻かれたように感じた。彼はふたたびマグヌスの目をとらえて尋ねた。

「あなたはフレドネルの車を現場近くで見ましたか？」

「いいや」

「あなたがニッサフォシュへ向かう途中で、彼の車とすれ違いませんでしたか？――あるいは、帰り道に後ろから追い抜かれたことは？」

マグヌスは蒼白い顔のまま微笑んだ。

「なかったと思います。二、三台の車に追い抜かれたし、二、三台の対向車にも会ったけれど、どれもフレドネルの車ではなかった」

「だが、確実ではないでしょう」

「おれは対向車が来たらその車を見るし、たいてい誰の車かはわかる。おれはフレドネルの車を見なかったことについては自信がある」

「あなたを追い抜いたか、またはすれ違った車のヘッドライトは片方だけではありませんでしたか」

マグヌスはかぶりを振って言った。

「いいや。ぜったいにちがいます」

ドゥレルは溜息をついた。あの犯行当夜、マグヌソン家の農場を通り過ぎていった黒い車について、なにかすこしでも、すでに入手した情報を補完する材料が欲しかった。敷地のそばで、スピードを落とし、首にひもが巻かれた子猫を捨てていったあの車。彼は最後に言った。

「それからピストルですが——今日、エイヴォルさんから受け取りましたね。いまはどこにありますか？　おわかりと思いますが、今回の事件に関連して証拠物件として押収したい」

「厩舎の道具部屋に置いてあります。自転車を修理する道具の上の棚です。鍵なら、もとのボードに吊してありますよ」彼はかすかに微笑んだ。

「あなたも知ってるでしょう。もうここを出てもいいですか。あるいはおれは警察署のゲストルームにでも一泊しなきゃならないのかな。おれは干し草のほうがいい――干し草の上で寝るのは、温かいし気持ちがいいからね」

「ええ」と、ドゥレルは言った。「よくわかりました。お望みなら車を一台お出ししますよ。わたしはここにしばらく残って、録音を聞き返します。非常に興味深い内容だった。混声合唱の中に澄んだソロが響く――なかなかのハーモニーですよ」

マグヌスが言った。

「彼女に電話をしてもいいですか？」

「どうぞ」

彼は机の上に置かれた電話機に近づき、ダイヤルを回した。ドゥレルは疲れた頭でぼんやりと彼を見ていた――もうすこししたら家に帰るよ――お茶を飲んでる？――いま――誰と？ ――いや、おれはもう屋根裏に行って寝るよ。明日会おう。みんなによろしく――シャックだけは抜かしてな。あいつの考えていることはわかってる――ああ、やっと眠れるよ……。

彼が受話器を戻したとき、ちりんと音が鳴った。マグヌスはメランデルにつきそわれて部屋を出ていきながら、ドゥレルには一瞥もくれなかった。彼は考えた――澄んだソロ――だがしかし、誰かの声は偽物のはずだ――なぜそれが見つけられない。昨今の現代音楽家とやらのせいで、自分の耳はおかしくなってしまったようだ。合唱、声、事実、観察――絡まったひもの結び目はどこにある――まるでひもが自分の首のまわりに巻かれているようだった。

「逃しちまったな。この捜査が始まって以来、これほど真犯人に肉薄した瞬間はなかったと思うが」

ドゥレルは溜息をつき、彼を長いあいだ見つめた。

「そんなことはないさ」と、彼は言った。「今夜は殺人犯からは遠く離れていたね。忘れたのかい――殺人犯はフレドネルの車を運転して家に戻った。マグヌソンは自転車で戻ったんだ。目撃者までいるんだからな」

ドゥレルはタクシーに支払いを済ませ、ホテルの入り口まで歩いていき、夜間用のベルを鳴らした。しばらくののち、ポーターがあくびをしながら姿を現した。上着も脱いで足にはスリッパを履いている。彼がドアを開けた。ドアを支えながら、彼は警部に対して好奇心旺盛な視線を向け、ドゥレルはそれに気づかないふりをした。受付の背後にある時計はすでに一時を指していた。彼はロビーを歩きながら尋ねた。

「バルデル警部補はもう帰っているかな?」

ポーターがうなずく。

「何時間か前にお戻りです――疲れ切っていらっしゃいましたよ――いまのあなたよりも、ずっと」

ドゥレルは笑みを浮かべ、自室に向かって階段を小走りに駆け上がった。ほかの泊まり客の迷惑にならないように、音を立てずに廊下を歩いていると、バルデルの部屋から深いいびきの音が聞こえてきた――ドゥレルの部屋の隣――バルデルの部屋の外には靴磨きを依頼するために左右の靴が置かれていた。彼は後ろ手に部屋のドアを閉め、ぼんやりとしたフロアライトを灯し、なるべく小さな音量でラジオをつけ――それからベッドに仰向けに身を投げ出した。目を閉じ、タンポポの花畑から自由に綿毛が舞うように、自らの思考を解き放った。さまざまな人物の映像や声が脳内をよぎっていく。これまで見たものや聞いたこと、それらのつながりを探り、それぞれのピースの組み合わせを試していった。部屋にはダンスミュージックが流れ、彼を雑念から隔てるスクリーンのように取り囲んだ。まるでまぶたが目を覆うように、音楽が耳をふさいだ。思考は渦を巻き、ゆっくりとその焦点をフレドネルに当てた――どんなふうに過ぎていったのか――あんたの人生の最後の一日は。あんたは生け簀のそばにいた。なぜ？　実は、この問いに対する合理的な回答はひとつしかない――生け簀の存在を、そのとき初めて知ったからだ。あんたはそれを自分の目で確かめたかった、そして、誰かがウナギの罠から盗みを働いているかもしれないという疑惑は確信へと変わった。それからどうした？　あんたは新しい南京錠を買った——だが、それだけじゃない。あんたは明らかに、ウナギ泥棒を現行犯で捕まえようと考えた。どうやって、まさにその夜に泥棒が現れるとわかったのか？　誰かがあんたに情報を提供したのか？　なぜ？　——誰かがあんたを、闇の中、ウナギの罠まで誘い出したんだ。遺体を隠すにはおあつらえ向きの場所である、あの罠の近くに。その前はなにが起きた？　あんたは自宅の居間にいた。電話が二本かかってきた——短い電話と長い電話。誰がその電話をかけたのかはわかっている——一本は園芸農場の主人から、もう一本はエイヴォルから——だがふたりの電話はそれほど長くなかったはずだ。ドゥレルはそこで思考の流れを滞留させた——ふたりとも、短い通話だった。誰がそう言っていたか——そうだ、園芸農場の主人とエイヴォルだ。だが、どちらかが嘘をついている——ああ、フレドネルさんよ、あんたが答えてくれたらなあ。このなりゆきをずっと見ていた老婦人——彼女はどちらかの電話がかなり長くつづいたと言っていた、それには根拠もある。その電話の最中に、彼女は植木に水をやるためにじょうろを取りにいき、妹と話し、そして通話が終わるまでに水をやり終えたんだ。誰が嘘をついているのか。そして、なぜ嘘をついているのか。ラジオが数秒間途絶え、すぐにまた別の曲が始まった。ドゥレルは考えを進めた——そしてあんたは出かけていった——長い通話のあとに、すぐ。どこへ？　まっすぐウナギの罠に車を運転していったのか、それとも途中で誰かを乗せたかもしれない。この殺人犯め。あんたは殺人犯を車に乗せた——そいつはお返しとばかりにあんたの車を家まで運転して戻ったんだ。それにピストルは？　老婦人はあんたが電話に応答しようとしながらピストルをポケットに入れたと言っている。もうひとりの若いお嬢さんは、彼女が家に戻ってきたときにピストルはいつもの場所にあり、彼女がそれを持ち去ったと主張している。お嬢さんが嘘をついているか、老婦人が嘘をついているのか——彼は動きを止めた——そうか、と彼は考えた——あんたはポケットに入れたピストルをもう一度外に取り出し、それをいつもの場所へ戻したんだ、それを老婦人が目にしなかっただけだ。それなら誰も嘘をついていない。われわれが外の世界から受ける印象と、実際の出来事のあいだには錯覚というものが生じがちだ。さて、それからだ。あんたはいま、外にいる——もしかすると、殺人犯といっしょに。取水口のふたを閉め、罠に流れこむ水をせき止める。あんたは南京錠を解錠し、中へ降りていく——鉄棒は堰堤の上に置いてきた。罠にかかったウナギを袋に入れる、たった一匹を残して。なぜだ？　作業が中断されたのかもしれない——途中で誰かに声をかけられたとか。おい、あいつがやってきた、ウナギ泥棒だ、急いで上がってこい、と。あんたは袋を持って階段を上り、罠のふたを閉める。南京錠を新しいものに取り替え、古いほうは力の限り遠くへ投げ捨てる。新しい錠前に鍵を差し入れ、満足げな笑みを浮かべて鍵をひねり、それを尻ポケットに入れる。

あんたはウナギ泥棒を捕まえようと、前に数歩進む。もしかしたら、車の照明はぜんぶ消し、車体は木々のあいだに隠してきたが、泥棒に車が見つかるかもしれないと考える。だが、あんたはさほど遠くへは行けなかった。殺人犯が鉄棒を振り下ろす……ドゥレルは目の前にその映像を見ていた。彼は痛みをこらえるかのように歯を食いしばった。そして――それからどうなった。あんたは罠の中へ隠された。罠の中に、あんたは置かれた――だが、どうやって、その方法は？　ドゥレルの思考はふたたび不合理の混沌に陥った。罠のふた、取水口のふた、南京錠と鍵とウナギが重なり合ってぐるぐると渦を巻く――光をくれ、と彼はうめいた。そこにあることはわかっている、まるで例のコエビガラスズメが血濡れた額を天井の照明にぶつけていたように、自分はその光に引き寄せられる、ただ手が届かないだけで、そこにあることはわかっている、真実はそこにある。あともうすこしなのに……彼は溜息をついて身をよじり、片方の手を拳にしてもう片方の手のひらに打ちつけた、何度も何度も。目の前にさまざまな顔を思い浮かべた――ロアンナの顔、ロヴィーサの顔、エイヴォルの冷たい、計算ずくの、狡猾な顔、セーレン・レーテの人を見下すような顔、ホルゲルの褐色の肌に黒い髪、マグヌスの――自由の身となり、知人たちとの交流を断って休みにつこうとする顔、エーミル・ベックマンの細いネズミのような顔。ドゥレルはゆっくりと目を開き、ルイ・アームストロングが〈キス・オブ・ファイヤー〉をがなり立てる声に気がついた。彼はベッドから立ち上がって床を横切り、ボリュームを下げようとして、とつぜんそのままの姿勢で凍りついた。彼の頭の中でなにかが動きはじめた。混沌の波がとつぜん凪ぎ、整ったリズムを刻みはじめ、そこから放出された光がレーザー光線のように彼の無意識の世界に切りこみ、対面するふたつの鏡を鋭く照らした。彼は声もなく、唇だけがそのふたつの言葉を形取った――〝錯覚〟と〝なぜ〟。その両者のあいだでぶらぶらと揺れる、首にひもを巻かれた子猫。解放の笑みが彼の顔に広がり、片手が短く刈られたニンジン色の髪を撫であげた――絶対的な満足感と解放感が一気に彼の内部を満たした。「ゴリラみたいな歌声だな」彼はラジオの中のアームストロングに向かってつぶやいた。だが、消してしまえばいい。彼はつまみをねじった。つかの間、彼はそこに佇んで静寂を楽しんだ。〈キス・オブ・ファイヤー〉か、と彼は思った――その瞬間、かすかな不安が頭をもたげ、それは一気に膨らんだ――たいへんだ、と彼は思った――もしこの推理が正しければ、もしかすると――〝お茶を飲んでる？　――いや、おれはもう屋根裏に行って寝るよ――みんなによろしく〟……ドゥレルは電話機に突進した。受話器を握り、ポーターが応えるのをいらいらと待つ。やっとのことで眠たそうな声が聞こえると、彼はまるでむち打つようなすばやさで言った。

「タクシーを一台呼んでくれ、急いでほしい――だが、その前に、バルデルにつないでくれ」

彼は腕時計に目を落とした。時刻は真夜中を指していた――まだ間に合えばいいが。それが避けられない運命ならば。

イーダは目が冴えて眠れなかった。頭がぎりぎりと痛む――これ以上、不眠がつづいたら、頭がおかしくなってしまう、と彼女は思った。キッチンの時計が二時を打ち、その音が床から枕元へ這いあがってくる。手持ちの睡眠薬がなくなり、こうして三時間も冴えた頭のまま横になっている。たった一度、不安な溜息とともに身をよじり、寝返りを打った。静寂の中、あらゆる感覚はまるで磁石のように彼女の内部に吸いこまれていく。イーダは溜息をつき、目を閉じた。厩舎のほうから動物たちの鳴き声が聞こえてきた。あなたたちも眠れないの、かわいそうに。彼女は彼らの鳴き声を聞いていた。最初はなんの気なしに、それから次第に動物たちの声に意識が移った――鳴き声が高く低く響く。牛が一頭、鎖から外れたのかもしれない。一分ほど、彼女は鳴き声に意識を集中させた。そして両足をベッドの端から床に下ろし、椅子の背にかけてあったカーディガンをとり、肩に羽織って窓際へ歩いていった。窓の外を横切る道の向こうに、大きな黒い影のように厩舎が建っている。道路に沿って吊されたいくつものランプの明かりがその窓ガラスに反射し、ゆらゆらと揺れている。彼女は空中に浮かぶランプを凝視した——ちがう、ランプは動いていない。外は無風だ。明かりに照らされた木の梢に下がる大きな枯れ葉は、空中で静止したままだった。ふたたび厩舎の窓ガラスを見つめる。やはり明かりは揺れていた。牛たちの鳴き声が悲鳴へと変わる。彼女は窓を開け放った。鎖がじゃらじゃらと鳴る音が聞こえてきた。二、三の窓にちらちらとゆらめく炎が赤やオレンジ色の光を放ち、外を照らしている。同時にいちばん遠くの窓にも赤い炎が下から徐々に立ち上がってくるのが見えた。イーダは恐怖に陥った。両手がだらりと下がる。彼女は動揺し、取り乱して叫んだ。「燃えてる、厩舎が燃えてる……」

「消防車を呼べ！」

ラッセがイーダに叫んだ。彼は壁のフックにかけた上着をつかみ取り、腕を通しながら階段を走りおりた。キッチンを通り過ぎるとき、一瞬立ち止まり、片手でアグネータの部屋のドアを力任せに叩きながら叫んだ。

「火事だ、アグネータ——起きて母さんを見ていてくれ」

その次の瞬間には家の外に出ていた。小屋のほうからホルゲルが走ってきた。木靴の片方が脱げ、立ち止まって履き直す。ボタンを外したシャツが腰のまわりにはためき、伸びかけたひげが顔の周りを黒い影のように覆っていた。ラッセは彼に向かって叫んだ。

「家畜を外に出すんだ――くそう、急げ……」

厩舎の片面の窓から炎が強い光を放っていた――牛が激しく鳴き、ブタが悲鳴を上げ、ニワトリたちが騒ぎ立て、鎖を引きずる音、炎のはぜる音が、黒い壁の向こうに広がる惨状を物語っている――どうすればいいんだ、と彼は思った――どうやって助ければいいんだ……県道の向こうから、こちらに向かって走ってくるいくつもの黒い人影が見えた――そのとき、窓ガラスが割れて炎が噴き出し、黒い壁を舐めるように火炎がゆらゆらと立ちのぼった。彼は厩舎の入り口に向かって走り、混乱の中で必死にドアをこじ開けた――動物たちの頭上を靄のように覆う煙の中から、木材が折れ、はぜる音が衝撃音となって彼を襲った。動物たちは鎖から逃れようと暴れていた――雌鳥が数羽、彼に正面からぶつかり、顔のすぐそばでばたばたと羽ばたき、頭や肩を乗り越えていった。死の恐怖に怯える悲鳴が彼の耳をつんざく。一瞬、彼は呆然と立ち尽くした――それから干し草の向こう側にある通路を走り、動物たちをつなぐ鎖を、手前から奥に向かって外しはじめた――煙が喉に突き刺さり、目からは涙が流れ落ち、周囲には耐えがたい悪夢のような警報音が鳴り響いている――鎖を、と彼は思った――鎖を外さなければ。だが動物たちは自由になると通路に密集した――なぜだ、どうして外に逃げないんだ。彼はいまや厩舎のいちばん奥にたどり着き、轟音とともに炎を上げる干し草の塊からわずか数メートルの距離にいた。炎はすでに炭化して黒くなった壁を這うように上っていく――彼は、通路の反対側を振り向いた――混乱に陥った動物たちをかき分け、ブタの囲いのドアを開け放つ。ブタは争うように出口にひしめき、ラッセの脚に突進して彼を床に押し倒した。彼はまた立ち上がった。いちばん近くにある牛の房に入ると、牛はラッセを蹴り、体当たりする。

「外に出るんだ」荒い息の中で、彼はかすれた声で言った。「おまえを助けようとしてるんだよ――」

そのとき、厩舎の中に複数の人影があることに気がついた――出口のほうを振り向くと、人々が家畜を鎖から外しているのが見えた。彼の顔に笑みが浮かんだ――なんとかなるかもしれない、と彼は思った。

「解放した動物を外に出してくれ」と、彼は叫んだ。「ほかのことはどうでもいい――家畜を外に出してくれ……」

目の前が暗くなった。背後で火の燃えさかる音が大きくなっていく――いま初めて意識する熱風が、避けられない嵐のように襲い来る。煙が濃くなる――ここから出なければ。もうこれ以上は無理だ……彼は出口に向かってよろめき、地面に倒れ、這いずって前に進もうとした。外へ、と彼は思った――外へ出なければ。激しい発作のように咳きこむ。まるで肺の中に火が燃え移ったかのようだ――外へ、外へ……気がつくと、彼は厩舎の外にいた。咳きこみながら、よろよろと立ち上がる。目から涙が流れ落ちる。何人かの手が彼の体をつかみ、厩舎の扉から引きずって離した。開け放たれた厩舎の入り口には火焔が壁と化して立ちはだかり、ごうごうという音はますます大きくなっていった。厩舎の奥の炎はすでに天井にまで達し、窓からはトーチランプのように炎が噴き出していた。彼の全身をなすすべのない絶望感が襲う。彼は炎に背を向け、目を閉じた。ふたたび目を開けたとき、そばにイヴォンヌが立っていた。彼女は彼を両腕で抱き寄せ、ささやいた。

「ラッセ――もう出てこられないんじゃないかと思った」

彼は周囲を見渡した――県道や畑には黒山のように人が集まっていた。近隣の農場や公民館からやってきた人々――佇んで火事を見守る彼らの顔を、炎があかね色に染めている。人々のざわめきの中を叫び声が響く――家畜を放すな、また中に戻っていくぞ……誰かがとつぜん叫んだ。

「マグヌス！」

ラッセは周りを振り返った。彼の目の前にホルゲルが立っていた――炎に照らされた彼の顔は、伸びかかった黒いひげに覆われ、亡霊のように見えた。ラッセは激しい絶望感に打たれた。――マグヌス、なんてことだ、マグヌスは屋根裏にいる。まさにその瞬間、マグヌスの姿が目に入った。焼け落ちた側と反対の壁の屋根のすぐ下にある小窓がとつぜん開き、その中にマグヌスがいた――反対側じゃなくてよかった、とラッセは思った。そして叫んだ。

「飛び降りろ――マグヌス、飛び降りろ――」

だが、彼の声はかき消された。炎から上がる轟音、屋根の梁が焼け落ちる音、人々と動物たちのわめき声、誰かが走る足音、長くあとを引く、牛の咆哮が厩舎の中から響いてきた。ホルゲルが彼の腕をつかみ、ラッセが絶望的な視線を返す。彼はホルゲルの顔が、必死の決意に顔をこわばらせるのを見、彼の唇の動きを読んだ――あいつが、まだ残っている――罪のない哀れなあいつが――助け出さなければ……彼はラッセの腕から手を離し、群衆の中をかき分けていった。人々が見守る中、ホルゲルは厩舎の入り口に向かい、曲げた両腕を顔の前に掲げ、炎から守る盾のようにしてつっこんでいった――地獄の炎の中へ。誰かが叫ぶ。

「あいつを止めろ――焼け死ぬぞ」

別の誰かが叫ぶ。

「飛び降りろ……」

数人の男たちがタープを持って走ってきた。厩舎の屋根近くに開いた窓の下にタープを広げて持ち、叫ぶ。

「いまだ、飛び降りろ――大丈夫だ……」

そして、マグヌスが飛び降りた……黒い鳥のように、ぴんと張られたタープの上にまっすぐに落ちた——あいつは大丈夫だ、とラッセは思った。ああ、神様、助かった……だがホルゲルは——かわいそうなホルゲル……遠くのほうから消防車のサイレンが近づいてきた。ラッセは笑みが浮かんでくるのを抑えられなかった。彼はイヴォンヌの肩を抱いてささやいた。

「消防車が来る——彼らになにができるんだろう……」

そして、笑みは混乱した笑いに変わった。そのとき、また牛の鳴く声が響いた——とつぜん、炎を四角く切り取った厩舎の入り口に、黒い塊が現れた。首を左右に振り、真っ赤な目玉がぎらぎらと光る。頑丈な短い角、高く持ち上げた鼻先をドアの枠に打ちつけ、猛火の苦痛とパニックに咆哮を上げる。次の瞬間、雄牛は鼻を鳴らし、土を蹴りながら、猛烈な勢いで外に飛び出した——ラッセは考えた、ルビーンを自由にしてやることができなかった、だがホルゲルは——そしてラッセは、ホルゲルが前傾姿勢で雄牛の幅広い背にしがみついているのを見た。それから彼はとつぜん、ロデオの騎手のように上半身をまっすぐに起こした。彼の体もまた真っ黒だった。炎の中から馬車が飛び出してきたような、目を疑う光景だった——雄牛は道路に集まる人々に向かい、何トンもの勢いで突進していった。ラッセはホルゲルの狂ったような雄叫び、雄牛の咆哮を聞きながら、まっすぐにマグヌスのほうを見た——彼はよろめいていた。背後の誰かがつられて地面に倒れ、もうひとりが彼のそばに立ち、両肩を支えている。

そのとき、イヴォンヌが金切り声で叫んだ。

「パパ――危ない――シャック……」

だが、遅かった。彼らはまるでピンが倒されるように、男を背に乗せた雄牛の巨体によって、地面に叩きつけられた……。

「遅かったか」と、ドゥレルは言った。

遠くからでも、地平線をぼんやりと赤く染める光と、木々の頂からゆらめき立つ炎が見えた――なぜだ、と彼は考えた――なぜ人の思考はコンピュータよりも遅いのか、事実はすべて出そろっていたのに。彼は運転手に教会のそばで停まるように指示をし、車から降り、支払いを済ませ、バルデルをすぐ背後に従えて火事の現場へと走っていった。消防車がすでに到着していた。消防士たちが湖岸まで伸ばしたホースを数本抱え、大量の水を燃える厩舎にめがけて放水していたが、ひと目みれば、その行為にはほぼ象徴的な意味合いしかないことがわかった。厩舎は実際のところ焼け落ちてしまい、屋根はそのまま地面に落下していた。人々は無言のまま、現場から距離を置いて、この夜起こったドラマの最終章を見守っていた。見覚えのあるふたりの人影が目にとまり、ドゥレルは彼らに近づいた。

「こんばんは」と、彼は言った。「あるいは、ごきげんよう、と言うべきかな。この場にふさわしい挨拶かはわかりませんが」

ロアンナ・ルンディーンはすすり泣いていたが、ロヴィーサは背筋をぴんと力強く伸ばしていた。彼女が言った。

「ごらんのとおりよ。まあ――家畜は無事でしたけど」

「人間はどうです？」

ロヴィーサが頭をくるりと振り向け、彼をまじめな顔で見つめた。

「どういう意味ですか？」

「誰か取り残された人はいますか？」

「いいえ」彼女はかぶりを振った。「ふたりとも無事でした」

彼はもの問いたげな目つきで彼女を見た。

「ふたりとも？」

「ええ。マグヌスも、スヴェンソンも。スヴェンソンはルビーンを――雄牛を助け出そうとして半狂乱でした。まあ――うまくいったのですけどね。雄牛の背に乗って、飛び出してきたんです。それが、別のふたりにとっては災難だったかもしれません」

ロアンナが、涙を指先で拭き取ろうとした。だが涙のつぶはあふれるままに彼女の頰を伝い落ちた。

「雄牛がローランドとシャックを突き飛ばしたんです。案の定、たいへんなことになってしまって――かわいそうに、ローランドはそのうえ踏みつけられたんです」

彼女はまた涙をぬぐい、言葉をついだ。

「救急車を呼んだそうです。なんてことかしら……」彼女は一呼吸置いて言った。

「……まるで、わざとやったみたいに見えたわ」

「誰が、なにをやったんです？」

ロヴィーサが手短に言った。

「スヴェンソンがルビーンの背に乗って駆けてきたんです。まるで、ローランドをまっすぐ狙っているように見えました。ローランドは意識不明だそうです」

「あの中ですか？」

彼は頭を振って彼女たちの背後にある母屋を指した。

「ええ、ふたりとも母屋で横になっています」ロアンナが涙をすすり上げた。「ああ、なんて夜なんでしょう」

ロヴィーサが、ふと姉を守るかのように彼女の肩を抱いた。そして、おもむろに言った。

「ほんとうにそのとおりよ、ロアンナ。なんて夜だろう。もう家に帰りましょう――わたしたち、休んだほうがいいわ」

彼女はドゥレルとバルデルに向かってうなずいた。ドゥレルはふたりが道を歩いていくのを長いこと見送っていた。ふたりの老婦人が、やや勢いを弱めた炎に背中を照らされ、歩いていく。ふたりの前には長い影が伸び、ゆらめき、大きくなり、そして遠くの闇に溶けていった。

ドゥレルは溜息をついた。

「では、中に入ろうか」と、彼は言った。

ふたりは母屋へ歩いていった。外階段の手前で、彼は見た——背中に黒い斑のある、まだ小さな子猫。彼は立ち止まり、子猫を抱き上げると、耳の後ろをそっとかいてやった。彼は言った。

「そうか、おまえもここにいたか。そのときが来たということが、わかったのかい?」

13

ドゥレルが猫を腕に抱いてキッチンに入ってきた。バルデルが影のように彼の背後につき、キッチンのドアを閉めかけ、室内の人々に不快感を与えまいと思ったのか、両手でドアハンドルを持ち直し、音を立てないようにゆっくりと閉めた。イーダ・マグヌソンは窓際に立っていた。能面のような硬い表情で、窓の外の燃える厩舎を見つめながら、しきりに両手をもむようにしている。つやのない乱れた髪が頬に張りついている。すり切れたガウンのボタンを喉元まで留め、くすんだ色の襟首から、細く蒼白いしわの目立つ首を伸ばしていた。マグヌスはシャツをはだけ、両袖をまくり、片手にビール瓶を持ってキッチンのテーブルについている。エイヴォル、ラッセ、イヴォンヌが彼のそばに座っていた。イヴォンヌはラッセの手の上に自分の手を置いている。彼の手はすすにまみれ、傷だらけだった。彼は自分の肌と衣服に染みついた、煙に燻された強烈な臭いを感じていた。アグネータはちょうどコンロに沸き上がったコーヒーを入れるために、騒がしい音を立てながら、彼らの背後にある食器棚からカップと受け皿を取り出していた――ときおり、キッチンに置いたソファの上で毛布に覆われて横たわるシャックに、心配そうな視線を投げかける。彼の黒髪に包まれた黄みがかった蒼白な顔、大きな暗色の瞳はふたりの警察官が入ってきたとき、天井の一点を見つめていた。口は半分突き出たように開いていた。居間につづくドアが開け放たれている。ドア枠の片方にはシャネットが、もう片側にはセーレン・レーテがそれぞれ背をもたれて立っていた。彼女は足元に置かれたマットレスに横たわるローランドに注意深い視線を向けている。彼もまた体に毛布をかけられていた――呼吸は短く、苦しげだった。彼がまだ意識を取り戻していない状態にあることは明白だった。ドゥレルが低い声で挨拶をした。誰かが返事をし、イーダを除いた全員の視線が彼に集まった。イーダはまだ窓の外に顔を向け、厩舎を包む炎と、消防士たちが放つ水が大量の水蒸気となってもうもうと上がっていくさまを見つめていた。ドゥレルは咳払いをした――どう切り出すべきか迷っていると、マグヌスが助け船を出した。彼はビール瓶を持ち上げ、まるで議長のハンマーのように、瓶の底でテーブルを三回叩いた。彼は言った。

「仕事が増えちまいましたね、警部さん。また新しく捜査を始めなきゃなりませんね。もうすでにこれが放火事件であるということは当たりがついているんでしょう。さあ、保険金の受取人は誰かな」

彼は乾いた、皮肉な笑い声を上げ、ビール瓶を口につけると二、三口ごくごくと飲みくだし、唇の周りを泡でいっぱいにした。

ドゥレルはしばらくのあいだレーテを見つめていたが、こう言った。

「保険をかけていたことは幸いでした。だが、ご心配なく、新たな捜査は不要ですよ、マグヌソンさん」

彼は一呼吸置いてからつづけた。その水色の瞳はなにも文字が書かれていない便箋のように無表情だった。「放火事件に関する捜査の大部分はブルーノ・フレドネル殺人事件の捜査に含まれます。そして、事件の捜査はもう完了しました」

彼は猫をゆっくりと撫でながら、視線をキッチンに巡らせた。

「スヴェンソンさんがいませんね」と、彼はとつぜん言った。「あの荒くれカウボーイの」

マグヌスが言った。

「あなたがここに来る予感がしたんでしょう。いずれにしても、もうこの輪の中にあいつは入れませんよ。給料を払っちまったら――〝失せろ！〟の一言だ」

セーレンが両目を固く閉じて言った。

「つまりあなたは、ここにフィナーレを飾りに来たというわけか――捜査は完了した、と。ここから立ち去るときは、もちろん殺人犯も道連れということですね」

　ドゥレルはレーテをしばらくのあいだ見つめ、そして言った。

「ええ、そんなところです。だが、まず、修士さん、わたしが計画殺人に関する講義を行ないましょう。きわめて巧妙に練られた、失敗するはずのない計画でした――仮に〝もし〟という疑念が邪魔することがなければ、もしも地主さんが二、三十クローナと引き替えにとっさに錠前を交換するような機転の利く人物でなければ、もしもマグヌソン家に不眠症という母系遺伝の体質がなければね」

　イーダが肩をぎくりとさせ、初めてドゥレルの存在に気づいて振り返った。彼は彼女に向かってかすかに微笑み、つけ加えた。

「あなたのお姉さん――ウッラ・ベックマンさんのおかげで、おそらく犯人が想定していたよりも早い段階で追跡が始まったのです」彼は言葉を切り、それから急に芝居がかったようすでつづけた。「そうだろう。ここに紛れこんだ犯人よ。おまえは記憶を消して忘れ去ろうとしている――事実を忘却の彼方に追いやり、これを不合理な話と決めこんで、耳を貸さないつもりでいる――自分にはあずかり知らぬ話だと。おまえはあの夜、なにをした？」ドゥレルは深く息を吸いこみ、彼らに視線を巡らせた。

「おまえは、おそらく何日も、何週間も考えぬいた計画を実行した。まず――あの日、おまえは地主に、彼の罠からウナギを盗む常習犯がいると語り、彼にその証拠を提示した。出所のわからないウナギが、シュルク湖の葦の群生に隠された生け簀に保管されていると主張したのだ。おそらく彼に、そこまで行って自分の目で確かめることを勧めたんだろう――少なくとも、地主はそのとおりに行動した。だが、それだけでは足りなかった。おまえは、まさにその日の夜、ふたたびウナギ泥棒が罠にやってくるという情報を得たと、なんならニッサフォシュまで同行して現行犯を捕まえたときの証人になってもいいと申し出た。あそこへは車に同乗して行ったのだろう。そしておまえは、ニッサフォシュに向けて出発すべき時刻がわかったら電話をすると約束した」ドゥレルは言葉を切り、すこしの間を置いてからつづけた。「錯覚というものは、厄介でねえ。おまえがちょうど電話をしようとする直前から、ブルーノ・フレドネルはある注意深い老婦人の監視下に置かれていたことは知らなかっただろう。彼女は地主に電話がかかってきた瞬間を見ていた――短い通話が一件、長い通話が一件。捜査を進めるうちに、これらの通話については裏を取ることができた――いずれかはローランド・ロースルンドによるもの、もう一件はフレドネルの未来の妻によるものだった。どちらが先だったかという議論には意味がない。だがそこには、注目すべき鍵が隠されていたのだ――どちらの通話も、長話にはなりようのない用件だった。おまえの通話も同様だ――その内容は、フレドネルをしてただちに電話を切らせるような内容だった。合流場所と出発時刻を知らせる電話――数十秒とかからない内容だ。つまり――目撃者のルンディーンさんは、錯覚という罠に陥ったのだ。実際に彼女が目撃したのは、三件の通話だった。最初と最後の通話のあいだに、彼女には用事ができた。彼女は二件目の通話の終了と、三件目の着電――おまえからの電話の始まり――を目撃していなかったのだ。さて――おまえはフレドネルと合流した。おまえは空手でやってきたのではない。地主を殺害し、そしてなにより――その遺体を隠すために必要な、いくつかの道具を携えてきた。ニッサフォシュに到着すると、フレドネルはロータリーに車を駐め、さらにこれからやってくるはずのウナギ泥棒に気づかれないよう、車をバックさせて木々のあいだに隠した。その直後にウッラ・ベックマンが川岸のほうからやってきた。フレドネルはそれが、自分たちが待ち構えていた泥棒だと思いこんだ。地主が彼女のもとへ行き、懐中電灯で彼女の顔を照らすあいだ、おまえは車のかげに隠れていた。実際、その夜、誰かが罠にやってくるというおまえの主張はなんの根拠もないものだった――反対に、おまえは誰かと鉢合わせするかもしれないという危険性をまったく恐れていなかった。なぜならおまえの目的はただひとつ――地主を殺し――遺体を隠すことだったから」

ドゥレルはまた言葉を切った。ラッセはイヴォンヌが不安そうに彼の腕にしがみついてくるのを感じた。窓際にはイーダが立ち、顔を彼らのほうに向けていたが、それでもまだ警部の話を上の空で聞いているように見えた。彼女は心配そうな視線をひっきりなしにシャックに投げかけていた。彼はソファに仰向けの状態で両手を毛布の外に出し、いまは目を閉じていた。彼もまた話を聞いていないように見えた――その一方で、マグヌスとエイヴォルは全身をこわばらせ、真剣な表情で耳を傾けていた。ドア枠の近くに立っているシャネットの頭からは床に横たわる父親のことは消え失せたようだった。彼女はときおりセーレンの視線をとらえようとしていた。彼は彼女から離れていった――わずかではあるが、一メートルほどキッチンドアのほうへ移動していた。ドゥレルがつづけた。

「ウッラ・ベックマンが自分の家へ戻ってしまうと、おまえとフレドネルはいっしょに罠のほうへ歩いていった。地主は取水口のふたを閉じて水をせき止め、鉄棒を置いた。罠の屋根の上を伝い歩き、屋根のふたを開けた。せっかくだから獲物がかかっていたなら捕獲したかったし、ふたりが来たのが遅すぎなかったこと――つまり、泥棒がまだここに来ていないことを確認したかったのだ。フレドネルが罠の中へ降りていき、ウナギたちを袋に詰めている隙に、おまえは鉄棒を手に握りしめた。もうすぐそのときがやってくる。フレドネルが階段を上がってきた。彼は屋根のふたを閉め、南京錠を施錠した――だがここで想定外のことが起きた。フレドネルは施錠すると同時に南京錠を新しいものと交換したのだ――たぶんおまえは、彼がなにかを遠くに放り投げたのは見ただろう、だがそれがなんだったかを気にする必要はなかった。彼が堰堤に立つおまえのところに戻ってくる――ほら、あそこだ、と、おまえは小声で言った――あそこからあいつがやってくる。フレドネルはおまえに丸めた背を向けて、道の先に視線をさまよわせた、そしておまえは――おまえは彼を殺した――鉄の棒を彼の頭に振り下ろし、致命的な一撃を与えた。

地主は死んだ。おまえは鉄棒を足元に置き、フレドネルのウナギの袋を奪って車まで急いで戻った。車のそばでおまえはウナギの入った袋をいったん地面に置き、自分が持ってきた一連の道具を手にして殺人現場に戻った。まずはひとつ目の道具――持参した鉄の棒を使って、取水口のふたを開けた――そうしてふたたび罠の中に水が流れこむ。そしておまえはふたつ目の道具を使う――大型のビニール製の袋だ。おまえはそれを園芸農場から持ち出した。農場ではそれを果樹の運搬の際に梱包材として使用している。強度はさほどない――その中に人間の体を入れて持ち運ぶことはできない――だが、おまえの計画には最適の素材だった。おまえは地主の遺体をできるだけ堰堤の縁まで移動させた。それからそのビニール製の袋を、おおかたご婦人方がストッキングを穿くときの要領で、両端をたぐり寄せ、最初に鉄棒――凶器として使用したもの――を袋の底に入れ、それからフレドネルの頭から体に沿わせて、途中で無理に持ち上げたり引っ張ったりしないように注意しながら袋をかぶせていった。袋の口を頑丈なナイロンの糸で巻いて縛った、おそらくフレドネルの車の中にあった釣り道具から拝借したものだろう。車中には明らかに途中で切断されたと思われる釣り糸が残っていた。それからおまえは遺体を凶器の入った頭のほうから慎重に水の中に下ろしていった——おまえの目測は正しかった。遺体と凶器を合わせれば、水の中では袋が破れない程度の重さで移動させることができた。おまえはもしかしたら、袋が何キログラムまでなら破れずに耐えられるのか、知っていたのかもしれない。さて——遺体はゆっくりと水底に向かって沈んでいくと、たちまちのうちに激しい水の流れに乗り、取水口に吸いこまれた。袋はここでも役に立った——腕や脚がばたつかないように押さえこみ、たやすく取水口を通過させ、次の瞬間、地主の遺体はおまえが思っていたとおりの場所に移動した——ウナギの罠の中へと。防水性の梱包材に包まれて——おまえがこうあるべきと思い描いたとおりの形で」ドゥレルは言葉を切って間を置き、片手で優しく猫を撫でた。猫は彼の腕と胸のあいだにおさまり、警部の青いストライプの上着のひんやりとした感触に満足している。それから彼はとつぜん言った。「だがその袋——それをあとに残していくわけにはいかない。おまえは殺人を完遂したあと、ふたたび取水口を閉じ、罠の中の水が空になるのを待った——そこに袋を残していくのはまずい。その小さな問題は、もしかすると細い釣り竿と、繊細につくられた釣り針、あるいは似たような仕掛けで解決することができたかもしれない。その仕掛けで袋の口を閉じている釣り糸の先端をとらえれば。だが、罠の屋根に開いた小さなのぞき穴から、どうやってその釣り糸の端をとらえるか。それが難問だった。だが——おまえはこの難問を、悪魔のごとく狡猾な方法で解いてみせたのだ。遺体を沈める直前、おまえは袋の口を閉じた釣り糸の先端を、猫の首のまわりに巻きつけておいた。そして地主の遺体を沈めると同時に、その猫をも水中へ落とし、ともに取水口をくぐらせていたのだ——猫は恐怖におののきながら、ほとばしる水流に吸いこまれ、罠の中へ移動した。だが、猫はそう簡単に溺れはしない。おまえは猫がどう動くかも予測していた——猫はもがき、もがいて上へ這い上がろうとする——恐怖のどん底で、階段状に渡された板にしがみつき、あるいは壁に爪を立て——それに猫には闇の中でもものを見る力がある——罠の上に出口となりうる小さな穴が開いている——真っ暗闇の中で、天井からかすかな光が差している。まるで、シロズコガのように」と言って、ドゥレルはかすかな笑みを浮かべた。「あるいは、コエビガラスズメのように——猫は光に吸い寄せられ、はしごをよじ登って外へ——やっとのことで外へ出る。猫を待ち受けていたおまえの目の前に。おまえは猫を捕まえる。罠の中の男と糸でつながれた猫に、逃れる道はない。おまえは首に巻きつけた糸を強く引っ張り、釣り糸を切断し、糸の先を一時的に、たとえば錠前に結びつけておく。そこでおまえは取水口のふたを閉じにいき、罠の中の水が空になるのを待つ。そして屋根に戻り、結びつけておいた釣り糸をほどき、引っ張りはじめる。袋はゆっくりと上へ持ち上がり、遺体の重さが作用しはじめる——ついに袋は破れ、おまえはやすやすとのぞき穴を通して袋を外に引っ張り出した」ドゥレルは溜息をついた。「とまあ、だいたいそんなところだ。それからおまえは猫を連れて車に戻った――地主の駐めた車に。おまえはまっすぐには帰らなかった。それは危険すぎると思ったのだろう――おまえはボーラリードの町が落ち着き、静かになるのを待った――車を走らせるときに、それを目撃する者がいなくなるまで。あるいは車を県道の手前まで走らせ、人目のつかない場所に駐車して時刻が真夜中になるのを待ったのかもしれない。いずれにせよ――おまえはこの農場を通り過ぎるとき、猫を車外に投げ捨てた。おまえは猫が死んでいると思ったのだろう――だが、猫は生きていた――言ったとおり、猫はなかなかしぶといものだよ。そしてなぜ、ここに猫を捨てたか――それにはおそらく象徴的な意味があったのだろう」ドゥレルは思慮深げに言った。「おまえは三つの点でしくじった。第一に――地主の遺体を取水口に流し入れたとき、不運なウナギが一匹、いっしょに罠の中に紛れこんだ。第二に――おまえは車のそばに置いたウナギの袋を持って帰るのを忘れた――第三に――おまえは猫を運ぶ手段として段ボールの箱を使ったが――その箱も、持ち去るのを忘れた。ただ、その箱はその後、ウナギを運ぶ手段として使われることになるのだが」と言って、彼はバルデルに目をやり、微笑んだ。それから彼はふたたび恐ろしいほど深刻な表情となり、ゆっくりと言った。「さあ――おまえは、いったい誰だ？　フレドネルを殺した犯人は」部屋の中はしんと静まりかえった。ドゥレルは彼らの目をひとりひとり順にのぞきこむようにして、穏やかな声でつづけた。「犯行当夜のアリバイを立証できない者は多くいる。園芸農場で使用される袋を入手することはたやすい――袋は屋外で保管され、誰でも盗むことができた。生け簀について知っている者もたくさんいた――」彼はいきなり、セーレンのほうを見た。「あなたはあそこからウナギを盗んでいた！　誰のために――あなたのお兄さんのためですか？　お兄さんは、ウナギをどこで入手したのか、あなたに尋ねたことでしょう。そしてあなたは――その答えを知っていたのですか？」と言って、シャネットのほうを振り向いた。彼女がうなずく。「セーレンはわたしに生け簀のことを話していました――わたしは、自分の家族にその話をしたと思います――でもわたしは、その生け簀がどこにあるかは知りませんでした」

ドゥレルが微笑んだ。

「もし生け簀が存在すると知っていたなら、そのありかを突き止めるのは難しくはないでしょう」

シャネットがささやくように言った。

「でも、わたしにはアリバイがあります。セーレンとわたしはいっしょにいました」

「そのとおり」ドゥレルが笑みを浮かべる。「それゆえ、セーレンにもアリバイがあるとおっしゃりたいのですな。だが、いまは先へ進むとしましょう――殺人の動機を持つ者もまた、多くいました」

彼は押し黙り、両手で猫を抱くとそっと床に下ろした。彼は上半身を起こし、ゆっくりと、スーツについた猫の毛を払って言った。

「この物語の第一章は、ただのわたしの推理に過ぎません。細部に間違いはあるかもしれない……第二章については、われわれはこの夜、自らが目撃証人となりました――燃えさかる厩舎の火事です」そう言うと、ドゥレルは溜息をついた。「それを見越しておくべきだった――そして未然に防ぐべきだった。ですが、ときに直感というものは最後の最後に降りてくることがあるものです。わたしにとって、それは〝なぜ〟という言葉とともにやってきた。犯人にとってはおそらく、とっさの思いつきとして降りてきたのでしょう。わたしの〝なぜ〟から始めましょうか。殺人には動機がつきものです。遺体を移動させる、あるいは隠すという行為にもつねに動機が存在します――遺体が見つからなければ、犯人の追跡は困難になる。だがこの件については別の疑問が生じるのです――なぜ被害者の遺体は、あのウナギの罠に隠されたのか？　なぜ犯人は、あらゆる手間をかけてまで、密室の謎とも呼ぶべき難問を創り出そうとしたのか？　もし動機が遺体を隠すことだけであれば、合理的に考えて、犯人は遺体をただどこへでも運ぶだけでよかった――犯人は車を使うこともできた、遺体を水底に沈めることもできた、わらの下に隠して埋めてしまってもよかった。だが、そうしなかった——犯人にはほかの動機があったのです。犯人は密室を創りたかった——すべての出口を塞ぎ、その鍵を持つ者へと捜査を誘導するための閉じられた空間を。その誘導に従い、われわれがこの事件の最終章がどのような計画のもとで展開したのか、物語を再構築することを期待したのです。燃える厩舎——おそらくはタバコの不始末による火事——そして、ひとりの男が屋根裏で焼け死ぬ。フレドネルの殺人事件が起こった数日後、地主の遺体がまだ見つからないうちに。いずれ、ウナギの罠の中に遺体が発見される頃には、人々はこう言ったでしょう。『殺人犯はこの罠の中に遺体を隠して、鍵をかけていった。ブルーノ・フレドネル以外にその鍵を持っているのは誰だ？』捜査により、火事で焼け死んだ男がその鍵を保有していたことが判明する。結論はこうです。彼がフレドネルを殺したのだ——彼には強い動機があった——いまやその彼も死んでしまった——おそらくは不慮の事故によって——あるいは恋に破れ、傷心のうちに自殺を図ったのかもしれない」

ドゥレルは深く息を吸いこみ、ゆっくりとキッチンのソファへ近づき、声をかけた。

「そうでしょう、シャックさん。だいぶ急いで説明したので、あなたにはついてくるのが難しかったかもしれないが」

シャックはぴくりとも動かなかった。顔面を蒼白にして、目を閉じたまま横たわっている。彼が言った。

「段ボールの箱は置き忘れたんじゃない――捨てたんだ」

ドゥレルはうなずいた。

「なるほど。だが、それを除けばほとんど正解でしょう?」

「あなたの言うとおり――だいたいのところは。いくつかの細かい点においてはそのとおりとは言えない。でも、それを正す気力がありません」

彼は急に深く息を吸いこんで、つづけた。

「猫は二、三日前に捕まえておいて、ジスラヴェードの広場で使っていたワゴンの中に隠しました。使った袋は元に戻しました――梱包材は、高くつきますから。ええ、そうです――フレドネルは、ぼくがウナギ泥棒のことを話すと喜んでいましたよ。だが、彼に質問されました……」シャックの呼吸が急に速くなった。ドゥレルが言った。

「質問をされた?」

「はい。彼はなぜその夜にマグヌスが来ることがわかったのか、と訊いたんです――ぼくは言いました――彼がぼくにそれを教えたんだと、彼は延縄漁を仕掛けていて、ウナギを欲しがっていたと……フレドネルはぼくの言葉を信じました――彼は熱狂していました――彼を現行犯で取り押さえるという計画に興じて――ぼくが証人として同行すると言うと、礼を言っていました――彼はぼくを坂の下で車に乗せました」

彼は口をつぐみ、激しく呼吸をし、毛布の上で両手をさまよわせはじめた。そしてつづけた。

「自分で考えた計画です――すべて――何度も何度も練り直して――試してみて……そして、それから――今夜、マグヌスが厩舎の屋根裏で休むつもりだと知った――そのことはエイヴォルの家で知りました、あそこにひとりで寝るつもりだと――エイヴォルから、ぼくの恋人からは離れて。ぼくは葉巻に火をつけ、そのまま階下の干し草に投げこみました――一階の――ちょうど彼の寝床の下の……」

シャックは弱々しい笑みを浮かべて言葉をついだ。

「なんだか、体の中が熱いんです――まるで血が流れるように……体の中で出血しているかもしれない……」

イヴォンヌが勢いよく立ち上がり、彼のもとへ歩み寄った。彼女は言った。

「もうすぐ救急車が来るわ、シャック。もうそれ以上しゃべらないで――最後にはすべてがよくなるから」

ラッセはイヴォンヌの目に涙があふれるのを見た。彼女が顔をそむける。ドゥレルは静かに立っていた。派手なストライプのスーツと、サンゴが渦巻くようなネクタイを身にまとった、丸い小男。彼はとつぜん回れ右をすると、ドアに向かって歩いた。通り過ぎざまにバルデルに向かってうなずき、無言で合図を送った。〝行くぞ――いまは彼らだけにしてやろう〟――そしてふたりは肩を並べて十月の冷たい夜の中へ出ていった。バルデルが言った。

「あのラジオから流れる音楽が、完璧とは言えないまでも彼のアリバイとなっていたわけですが――あれはどういう仕掛けだったんでしょう？」

「彼が意図して仕掛けたものかは、まったくわからんね――たまさか、そうなっただけなのかもしれない。知ってのとおり――海賊放送は日中はほとんど聞こえない、彼はつねにラジオをつけっぱなしにしていたのかもしれない。彼は寝るときには必ず音楽を聴いていたそうだからな。おそらくラジオは夜の十時頃までは音が出ず、それから急に――音楽が流れ出すようになっていたのかもしれない。検証の必要があると思うかね？」

バルデルはかぶりを振った。

「いや、かまいません。ただ不思議に思っただけです。それに、ピストルですが」

ドゥレルは頭を振って、まだ激しく燃えさかる厩舎の残骸を指した。

「あの中のどこかだ。さて、ここで待つことにしようか」

彼は首を伸ばし、耳を澄ませた。遠くのほうから近づいてくる救急車の、次第に強まるサイレンが高く低く響いた。ドゥレルがつづけた。

「あの救急車に同乗してジスラヴェードまで戻ろう。もし断られたら、タクシーをつかまえよう。ふたりとも助かればいいが――少なくとも、ふたりのうちのひとりは」

バルデルは不思議そうに彼を見つめたが、ドゥレルはそのひとりが誰を指すのか明らかにはしなかった。その代わりに彼は言った。

「しかし、なんというやつだ――荒れ狂う雄牛の背にまたがるとは、よくもそんな勇気があったものだ」そう言うと、彼は闇の中であたりを見まわした。

「ところで――彼はいったい、どこに行ってしまったんだろうなあ……」

〈解説〉うなぎの罠（THE EEL TRAP）ヤン・エクストレーム

松坂　健（ミステリー研究家）

この文章は、「ミステリマガジン」一九七一年十一月号に発表され、のち、瀬戸川猛資・松坂健『二人がかりで死体をどうぞ』（書肆盛林堂）に再録されたものです。本作品『ウナギの罠』を日本に初めて紹介した文章のため、松坂健氏のご遺族の許諾を得て、〈解説〉として掲載いたします（書名、著者名、登場人物名等の表記は原文のままですので、ご了承ください）。

今月は趣向を変えてスウェーデンのミステリ作家を紹介してみよう。スウェーデンのミステリと言えば、今年のMWA賞が米英のヴェテラン達をおさえて、ペール・ヴァールー、マイ・シューヴァル夫妻の「笑う警官」に決まったこともあってか、注目を浴びつつあるようだ。スパイ小説ブームが一段落して低調気味の英米ミステリ界は間隙をつかれた格好だ。作品の出来はともかく、北欧という目新らしい風物詩が好評を博したとも考えられるけれど、まあカンフル剤代りのスター誕生というところだろう。一般に英・米・仏それと、日本（この国を並べたのはナショナリズム意識発露のためではありませんぞ）を除いた諸国はミステリ後進国と思われているようだが、中でもスウェーデンのミステリは日本となじみが深い。戦前、小酒井不木によって紹介されたS・A・ドゥーゼ（「スミルノ博士の日記」の作者）は英米より日本で人気があったのではなかろうか。とはいっても、その程度の紹介が限度なのだから、まだ大変な傑作ミステリが眠っているかも知れないという期待は十分ある。今どき英米ものじゃ、まずお目にかかれないような、本格ミステリのイキのいいのが、時に忘れさられたように残っているのではないだろうか。そんな思いをチラッと読者に起こさせる作品が、このヤン・エクストレームの"The Eel Trap"（'67）なのだ。

前記ヴァールー、シューヴァル夫妻の作品は三、四冊英訳が出版されていて、ペイパーバック版にもなっている。一読した人の話によると、フリーリングのファン・デル・ファルク・シリーズを思い出させる地味な警察小説風なものだという。それに比べるとこの作品は、はるかに古典的な（英米が一九二〇年代に生んだような）本格ものだったから、ちょっと驚いた。しかもディクスン・カー張りの密室殺人とくるのだから嬉しくなる。

中身がどんなにコチコチの本格かは（正直いって、こんなオーソドックスなものにお目にかかるのは久し振りだ)、ちょっと筋立てを覗けばわかることだ。

大学で経済を教えているラース・マグヌソンが故郷の Boraryd(どう発音するのか浅学にしてわからず、申し訳なし)に帰ってみると、この小さな田舎町にも閉鎖的な人間関係があることを感じとるのだった。

ブルーノ・フレドナー、この田舎町で一番の大地主、イヴォールの現在の許婚、うなぎ取りを趣味にしている。

イヴォール・ランダン、従姉妹の老嬢と暮す美しい娘。

マグナス・マグヌソン、ラースの兄、フレドナーの土地を小作している。イヴォールと数カ月の交際をつづけていた。

ジャネット・ローズランド、園芸を職とするローズランド家の娘、学校の教師をしているが、身持ちはあまりよくない。

イヴォンヌ、ジャネットの弟、ラースに一目惚れするが……

ジャック、ジャネットの弟、イヴォールに思慕し、彼女に毎日花束を贈るくらいだ。

ベックマン夫妻、森林監督官、ブルーノのうなぎ取りの罠を見張るのも役目の一つ。

ゾーレン・リート、教区牧師カールの弟、ジャネットを口説くのに夢中。

というわけで、作者のエクストレームは点描風に彼らを手際よく紹介する。ここらあたりは手馴れたもので、いかにもありそうな地方人の生活に、ほんのささいな異常をミックスさせて謎への期待をふくらませてゆくところなど仲々やるなあ。その気になる幾つかの出来事とは……

①ブルーノの家と向い合わせのランダン家の人々は、その晩ブルーノに電話が何度もかかり、その後彼がピストルを手に自動車で外出するのを目撃する。

②友人宅から帰宅の遅れたベックマン夫人は森のまん中でブルーノに出会う。「失礼、待っていたのは貴女ではありません」と彼。

③森を通って帰途についていたラースは足で猫の屍骸を踏んでしまう。その猫は細紐で首をくくられていたのだ。

④誰も来るはずのない、うなぎ用の罠あたりに懐中電燈の灯りがチラチラするのをベックマンが見て不審に思う。

かくして、ブルーノ・フレドナーの死体が発見されることになる。一風かわった密室殺人の状況で。日本でこそ、うなぎは珍味として大もてだが、外国では姿格好が悪魔を連想させるからか、食べるという習慣は日本ほどないようだ。したがって、この作品でもブルーノ・フレドナーがうなぎを捕まえるのもスポーツ的な娯楽であって決して実用のためのものではない。うなぎの習性を利用して、川や湖の底にカゴをしつらえて捕まえるのが、日本人のやり方だが、フレドナーの罠はもっと大がかりでなるほど趣味的な匂いが強い。何しろ大人が一人入れるような大きな木製の箱（幅二m長さ三m高さ二m）を水中に沈め、その一側面に水門を作ってうなぎを導き入れるのである。底へは梯子を使って降りる。とにかくうなぎの寝床にはとても見えぬ代物だ（作者の図解入り）。

ブルーノはその罠の中で死んでいたのだ。頭を木材で割られ、しかもその首に一匹のうなぎがからみついていた。

敏腕のデュレル警部の調査がすぐに始まるが、おりから事件発生後に雨が降って手がかりは洗い流されるという悪条況。犯行現場の推定は死体の衣服が全く乾燥していることから罠の中だということになる。そうすると、罠内へ降りる天井部に付いている入口に鍵がかかっているのが不可解だ。鍵は被害者のポケットにある。合鍵の所在がハッキリすれば、これは何とも奇妙な密室犯罪を構成しデュレルは大いに頭を悩ます。

デュレルの執拗なアリバイ捜査は最重要嫌疑者であるマグナスに向けられる。マグナスは夜中じゅう外出していたらしく、森中に車を停めて逢引きの真最中だったジャネットも彼の姿を認めている。だが決定的な証拠をつかめない。そのうちに、ブルーノの事務室備え付けのタイプライターから彼の遺書らしきものが発見され、又イヴォールをめぐる三角関係も微妙な翳りを帯びて事件は複雑なものとなってゆくのだった。

事件の謎は、うなぎだけが知っていたということになるのだが……


作者のエクストレームは一九二三年の生まれ、薬学、経済、英及露語、統計学を学び、ストックホルムの有力な広告代理店の五〇％株主だという。ミステリを書くのは音楽（鑑賞と作曲）と並ぶ趣味らしい。今までに本書を含め七冊の著書がある。いずれも本格もののようだ。ちなみに題名を挙げれば、「死の誕生日」「沼」「虫たちの王」「火の舞踏」と如何にもそれらしい雰囲気のものばかり。

本書は構成もガッチリとしているし、小道具の扱いとトリックの照応の仕方も楽しく、古めかしい印象はぬぐえないまでも、かなりの線をいっている。妙な比較だが、戦後の横溝正史を思い出したぐらいだ。不可能犯罪と地方色の取り合わせが似ているからである。ただあれほどケレン味がないから、論理好みのイギリス人あたりにはうけるのではないか。

私はまだ本の体裁になっていないタイプ原稿のコピーで本書を読むことができた。そのため、どこの出版社でこれが出るか、わかりかねるのですが、もし英米で好評ということになれば、又スウェーデン・ミステリが見直されることになるだろう。もしかしたらポルノよりミステリの方が有名になるかもしれませんよ――ホントに。

訳者あとがき

本書は一九六七年にストックホルムを拠点とするアルバート・ボニエル社より出版された、ヤーン・エークストレム（一九二三年 - 二〇一三年）のミステリー『Ålkistan』の全訳である。

舞台は一九六〇年代のスウェーデン。深い森と湖に囲まれ、美しい田園風景が広がる田舎町ジスラヴェードに秋が訪れた。とある満月の夜、川面に浮かぶように設置された大きな箱形のウナギの罠をのぞきこんだ管理人は、信じられない光景を目にする。罠にかかっていたのは、この地域一帯の権力者である大地主フレドネルの血まみれの死体だった。頭部は割られ、首にはおとなの手首ほどもある太いウナギが一匹巻きついている。罠は外側から錠がかけられ、その鍵は地主の遺体のポケットに入っていた。

殺人事件の発生を受けて呼び出されたドゥレル警部は、部下のバルデルとともに町の住民たちに聞き込みを重ね、地元警察の助けを得て情報収集にあたる。ごうごうと響く滝の音、激しい風雨に阻まれながらも、捜査を通して浮かび上がってきたのは、冷血で支配欲の強い大地主と、抑圧された住民たちの姿だった。彼に姪を差し出さなければならなかった老姉妹、恋人を盗られた男、捨てられた女、借金を負い、きびしい取り立てを受けていた者――「彼のことをよく思う人は誰もいなかった」のだ。

この密室殺人を実行したのは誰か、動機はなにか、なぜ密室でなければならなかったのか。ドゥレル警部の捜査の進行とともに、謎を解くヒントは次々に、淡々と、ときにごくさりげなく読者の眼前に提示される。最終章のフィナーレを迎える前に、あなたは「悪魔のごとく狡猾」に仕組まれた密室トリックの謎を解くことができるだろうか。

作者のヤーン・エクストレム（スウェーデン語の発音は「エークストレム」に近い）はスウェーデン中部の地方都市ファールンに生まれ、その後、本作の舞台でもあるジスラヴェードをはじめ、ヴァーナモー、ヴェックシェーなど南部スモーランドの地方都市で育った。ルンド大学、ストックホルム商科大学にて経済や統計学等を学んだ彼は、広告マンとして成功の道を歩みながら、のちに作家活動を開始することになる。あるとき、彼はすばらしい殺人ミステリーのトリックを思いつき、当時のスウェーデンにおける四大ミステリー作家のひとりと評されたスティーグ・トレンテル（一九一四年‐一九六七年）にそのアイデアを提供したいと考え、出版社につとめる隣人（オーケ・ルンクヴィスト、のちのアルバート・ボニエル社幹部）にかけあったところ、自分で書くことを勧められ、ペンを執った結果がデビュー作『Döden fyller år（死の誕生日）』（一九六一年）として刊行されることとなった。その翌年から『Döden går i moln（死の雲隠れ）』（一九六二年）、『Träfracken（木棺）』（一九六三年）、『Morianerna（黒人たち）』（一九六四年）、『Daggormen（ヨトウムシ）』（一九六五年）と続々と作品を発表する。三作目の『Träfracken』でエクスプレッセン紙より年間最優秀ミステリーに与えられるシャーロック賞を受賞。同作と四作目の『Morianerna』はのちに映画化もされた。五作目にあたる本書『Ålkistan』（一九六七年）はスウェーデン最高の本格ミステリーのひとつと評され、著者はこれをきっかけに密室ミステリーの第一人者としての地位を確立する。

その後も『Elddansen（炎の舞）』（一九七〇年）、『Ättestupan』（一九七五年。邦訳は『誕生パーティの17人』後藤安彦訳、創元推理文庫、一九八七年）、『Mannen I berget

（山にいた男）』（一九七九年）、『Svarta veckan（最後通牒）』（一九八三年）、『Blommor till Rose（ローズに贈る花）』（一九八六年）、『Vildfikonträdet（イチジクの木）』（一九九四年）など、コンスタントに作品を発表しつづけた。

オペラを愛する赤毛の太った小男、人目を惹く大胆な色柄のスーツ姿で精力的に捜査にあたるバーティル・ドゥレル警部は、二作目でデビューを飾って以降、著者の作品におなじみの登場人物である。知り得た情報はごく些細な点に至るまで彼の脳内事務所のファイルに収められ、緻密な思考力を駆使してあらゆる可能性を探りながら謎の解明に迫る。本作において、住民にはあくまで紳士的な態度でのぞむ一方、仲間内では短気を隠さず、謎解きに悩んでベッドに倒れ込み、ひとり煩悶するさまには思わず笑いが込みあげる。密室殺人の暗い影に覆われながらも、どこかからりとした肌ざわりがあるのは、ドゥレルの愛すべきキャラクターによるところかもしれない。

ヤーン・エクストレムはその作風から、いつしかディクスン・カーになぞらえて「スウェーデンのカー」と称されるようになった。七〇年代からスウェーデン・ミステリー・アカデミーの創立メンバーとして精力的に活動し、その長年にわたる多大な功績に対して、アカデミーからグランド・マスターの称号を贈られている。二〇〇七年に最愛の妻を失くして以降は徐々に一線を退き、二〇一三年の夏、八十九歳にしてこの世を去った。彼の死去に際し、同アカデミーが掲載した追悼文によれば、彼はアイデア豊富な広告マンであり、スウェーデンを代表するミステリー作家のひとりである一方、旅行を趣味として妻とともに各地を巡り、スポーツマンでもあり、絵を描き彫刻を楽しむ、多彩な才能にあふれた人だったという。晩年は、二〇〇〇年代以降のスウェーデン・ミステリーのブームに関して「犯罪と犯罪者の話ばかり」と苦言を呈していたそうで、「主役は謎解きであるべきだ」と、あくまで本格ミステリーの系譜を担う作家としてのこだわりを見せていた。息子トーマスの言にあるとおり、「クリエイティヴで頑固」な父親でもあったようだ。

舞台の背景となる一九六〇年代のスウェーデンといえば、経済的に豊かさを極め（ふたつの大戦を通して中立を維持し、戦火を免れたことから他国と比べて経済的アドバンテージがあった）、中道左派の社民党政権が啓蒙的な政策を推し進める中、世界の最先端をいく高福祉社会、平和と人権の尊重、男女差別の撤廃をはじめとした平等な社会の実現に向けて邁進していた時代だ。好景気における働き手の不足が顕著となり、海外から労働者を積極的に受け入れた。この流れも後押しとなり、ヒッピー・ムーヴメントに乗った一部の日本の若者たちがスウェーデンを目指し、現地で飲食店などで働くケースも多くあった。そこから教育を受け直してスウェーデンに定住した人もいれば、カルチャーショックに戸惑い、同時に豊かな先進民主主義国のありようを体験し、少なからず啓発を受けて帰国の途につく人もいた。

元来、スウェーデンにはオープンかつフラットな社会を指向し、属性にかかわらず対等な人間関係を是とする風土がある。日本のタテ社会とは対照的でもあり、それは言語にも反映されている。敬語や、謙譲語等に加えて男言葉、女言葉まである日本語に比べ、スウェーデン語には原則的にそのような体系的な違いは存在しない。代わりに、話者の単語の選択や言い回し、使用される文法の違い等から相手の人となりや教養、ステイタス、ときには性別を推し量ることになる。そうして得た意味のつながりを日本語でどう再構築すべきか、時代背景を考慮しつつ最適解を見出すのは必ずしも容易ではない。

とはいえ、そんなスウェーデンでも昔は相手の社会的地位に応じて言葉遣いを変える時代があった。たとえば話し相手を主語とするとき、二人称として〝du（きみ）〟〝ni（あなた）〟あるいは職業等に関連する敬称を相手によって使い分けた。しかしながら、これも六〇年代末から七〇年代にかけて活発化した〝du-reformen（「きみ」と呼ぼう改革）〟と呼ばれるムーヴメントを経て、身分的な違いを超えて互いに〝du〟

と呼び合うことがより一般的になった。本書が出版された時代はちょうどその変化の兆しが表れつつあるのか、たとえばドゥレル警部は住民たちに対しては必ず〝ni〟を使用するが、部下にあたるバルデルには〝du〟を用い、しかし、バルデルも目上のドゥレルに対して〝du〟を使っている。過渡期の始まりを暗示する表現とも思われ、興味深く感じるところだった。

最後に、原題である『Ålkistan（オールシスタン）』について。日本のやな漁と似た仕掛けをもつこの罠は、スウェーデンにおいては湖から泳ぎ出て海に向かうウナギを捕獲するため、しばしば湖から流出する河川に設置されるものだ。〝Ål（オール）〟は「ウナギ」、〝kista（シスタ）〟は「大型の箱」を意味するとともに、ずばり「棺桶」を指す言葉であることもつけくわえておきたい。

ヤーン・エクストレム　著作リスト

Döden fyller år (1961)
Döden går i moln (1962)
Träfracken (1963)
Morianerna (1964)
Daggormen (1965)
Ålkistan (1967) 本書
Elddansen (1970)
Sagan om kommunen som ville bygga rationellt (1975)
Ättestupan (1975)『誕生パーティの17人』（後藤安彦訳／創元推理文庫）
Mannen i berget (1979)
Svarta veckan (1983)

Blommor till Rose (1986)
Uniformen (1987)
Noveller Julen 1989 (1989)
Vildfikonträdet (1994)

●訳者紹介　瑞木さやこ（みずき　さやこ）
大阪外国語大学デンマーク・スウェーデン語学科卒。ウプサラ大学スウェーデン語課程修了。フリーランスでスウェーデン語・デンマーク語の翻訳を手がける。訳書に、ケプレル『砂男』（共訳、扶桑社海外文庫）。

ウナギの罠

発行日　2024年 4月10日　初版第1刷発行
　　　　2024年12月30日　　　　第3刷発行

著　者　ヤーン・エクストレム
訳　者　瑞木さやこ

発行者　秋尾弘史
発行所　株式会社 扶桑社
〒105-8070
東京都港区海岸1-2-20 汐留ビルディング
電話　03-5843-8843（編集）
　　　03-5843-8143（メールセンター）
www.fusosha.co.jp

印刷・製本　中央精版印刷株式会社

定価はカバーに表示してあります。

ISBN 978-4-594-09406-5　C0197